帖體字學研究
王昌煥 著

目　錄

序

許慎《說文解字・序》云:「倉頡之初作書，蓋依類象形，故謂之文；其後形聲相益，即謂之字，字者、言孳乳而浸多也。」可見中國文字自初創以來，就不斷在成長和發展。早期的初文，由於各族群的生活環境不盡相同、或書寫工具的差異、或書寫者的匠心獨運，其筆畫已有所出入；後來合體成字，孳乳浸多，其形體就更為變化多端。縱使在大一統的局面下，基於現實的需要，往往會採取一些統一字形的措施，但若干時日之後，書寫的情境和需求有所改易，既有的文字又不敷應用，於是「窮則變」，一是再造新字，一則轉換舊形。變化之後，文字這種符號大致足以作為當時生活的表徵。過了一些歲月，文字與生活實況之間又有了差距，並逐漸擴大，於是，文字又需要作一番調整。大小篆、隸書、楷書之變是顯而易見的；然而，縱使在楷定之後，這種或小或大的變通仍持續在進行著。

文字的轉換舊形，大體上是沿著簡化和繁化兩條線索糾纏著進行，至其精細處則甚為複雜，雖古之書論家亦少作整體而精確之描述。王君昌煥有鑑於此，乃取楷書帖體字作全面而深入的探討。首先，王君整合了古代有關的書論；在整合之前，則必須將各家歧異的用語予以檢討，然後再將其理論進行統整。在爬梳古代書論之後，王君在將自己仔細比對出來的成果加以充實，使楷書帖體字變異的方式得以巨細靡遺，有系統的展現出來，以為進一步探究的基礎。接著，王君將前面羅列的現象加以歸納、詮釋，並進而考察帖體字變異的成因。於是一套完整的理論系統終告建構完成。

王君取帖體字為材料，為他的理論建構取得了最堅實、最美觀的建材，由於這種建材除了實用的價值外，還有其審美價值，處理起來，需要多費些心思，所幸王君對書法藝術懷著濃厚的興趣，並且已有很高的造詣，處理審美的問題，因興致盎然而得心應手，使實用和審美兩者能夠相輔相成，相得益彰，而形成完整的理論。

我年輩長於王君，所以掛上指導教授的名分，但王君在書法和書論方面的功夫卻遠勝於我。這篇論著的一切優點，都是王君苦心孤詣獲致的成績；倘有疏漏，那是我審查時的粗心。見到弟子強過自己，其快慰豈可勝言哉，是為序。

羅宗濤

九十一年元月十二日於指南山麓

凡　例

一：本書所引用中國古代書法理論，以臺北：世界書局所出版之《唐人書學論著、宣和書譜》、《宋元人書學論著》、《明人書學論著》、《清人書學論著》，上海：上海書畫出版社出版之《漢谿書法通解校正》（清・戈守智編著，沈培方校證），及臺北：華正書局出版之《書法正傳》（清・馮武編著）爲主，但標論著本名，不另註明出處。

二：本書所採用中國古代碑帖字跡，以《中國楷書大字典》（臺北：藍燈）、及《中國隸書大字典》（上海：上海書畫）、《歷代書法字源》（臺北：藍燈）、《隸辨》（臺北：世界）、《中國法書選》（日本、東京：二玄社）、《墓誌書法精選》（北京：榮寶齋）、及《造像書法選編》（北京：榮寶齋），諸多來源爲主，不另註明出處。又，本書對於《敦煌俗字譜》（臺北：石門）及《中國行書大字典》（上海：上海書畫）亦多所參稽。

三：本書各圖表，有助於對帖體字有一迅速而直接之瞭解，其體例如下：

（一）凡於附圖中可以參稽者，其形例皆有編號，以便查索，不再說明出處，以附圖之中即有出處。

（二）「變異方式」中之形例編號前三碼爲英文印刷體大寫，以與非變異方式之其他編號（不用英文編號）有所區別。另，第二章變異方式之末附有「錯字」，其編號首碼特標「X」。

（三）表號凡有「附」字字樣者，表示其資料出之於《增訂碑別字》。

（四）形例若有必須加以說明者，則於說明部份說明之；若爲例淺顯易懂，觀之自悟者，則不加說明。

（五）爲因應各種變異方式在性質上之差異，因此每種帖體字變異方式之表格列示，其格式並不完全相同。

（六）附圖中若皆爲同字者，則於正體字一欄中示出該字；若爲異字者，即表示有共同之形符，則於正體字一欄中僅示其共同之形符，帖體字一欄中亦然。後種類型於正體字下特加「☆」符號，以與前種類型區別。

四、變異方式有「借隸書」一法，其中所列各法係套用帖體字其他諸法，以爲體系，其有變異方式先爲同種變異方式列示者，定義、定名、分類及相關說明，請參原變異方式之本書。

五、東漢・許慎《說文解字》一書徵引次數較多，文中用簡稱：《說文》，不再標明作者及其所屬朝代。至於清・段玉裁之注則亦簡稱爲「段注」。

六、圖例因係碑帖中字，其排列順序例應由上而下、由右至左，此與本書之文字順序有異，翻閱對照之時，或有不便，尙祈鑒諒。

自　序

夫書者，頤情養性之藝也，雖毫芒之技，及乎調墨搦翰，信筆揮灑，從容適意，亦得披文以入其情，睹跡若見其人，此唐時張懷瓘所謂「無聲之音，無形之相」之意也。是以翰墨之道，時或留心，直見丘壑，方寸稍動，則見諸形跡，壯夫雖壯，靈臺如何，操筆可知。故猶勝棄日之談，其疏於精微之境也；壯夫不為之說，殆怯於情性之見也。

形上之談、情性之說，歷來書論多有所見，張皇幽渺，探頤鉤深，筌蹄之器，豈可忽之，而知者自得，迷者無失，其有難以言宣之精妙處也。形下之言、毫端之法，古今所論亦夥矣，雖徵實而有據，然百家殊方、人各一說，長篇與短文皆存，舊說與新意間出，重以言辭蕪雜，清英若泯，欲瑩拂其意，窺知堂奧，尚待達人矣。

余少好臨池，時逾一紀有三，調墨之際，或究心冥想，或披跡賞翫，契會本心，搖盪情靈，未嘗不心遊目想，移晷忘倦，優哉樂哉！而形跡有據，於實可徵，昭然明辨，則知書法與文字有出入矣。其出入之小者，雖可辨明，然常未加以察覺；其出入之大者，或易誤認為他字，或不知確為何字，為數雖鮮，終是實情，此則不可不思、不可不究也。無論出入之小者、出入之大者，其異於正體字則同，此於文字學向來習稱為異體字，而書法一藝特賦予帖體字之名，示其命意之異也。何哉？前者以正誤區分，後者以通權達變之理，以顯其美感形也。書跡浩瀚，帖體滿目即是，窮索著論，鱗爪偶得一二，多寡殊懸，於理難徵，是以斯編之作，固知難備其全，至於其微，掘發尤艱；然猶黽勉不已者，實自期帖體字理論體系之成耳。故不憚繁瑣，治絲愈勤，雖形勞案間，神疲楮上，及小有所得，即引為樂事，而暫忘疲苦矣。然綆短汲深，智有未逮，麤疏或見，謬誤恐亦不免，賜正補全，尚祈博雅。

余書齡方幼，才資不敏，五體麤略，八法荒疏，而王師九儒、黃師一鳴仍不棄者，以書學相期也。臨篇綴慮之際，時或愁城困坐、歧路常迷，幸而羅師宗濤解惑釋疑，指引前路，並裁成體例、點定字句，斯作之成，幸得教焉。草就之時，內人李翠瑛小姐時時垂問，視如己事，關照無已，勉勵有加；謝侑霖小姐、楊舒雯小姐，助益寔多，隆情雲高，感激之情，溢於言表。此書初成於民國八十四年五月，除　羅師宗濤外、尚經　周教授鳳五與　施教授隆民之斧正，大雅方家，問題之提點，建議之博洽，實為此書轉修轉善之良鍼。

而世事繁瑣，宛如亂縷，輕重之分，先後之別，掂拿之際，若處於迷霧茫茫之中，若有所得而不可定其多寡，若有所知而不能論其深淺，是以舉步雖易而仍艱，飄然若失，空然若離，欲有山安之心，則俟吾之師父太極門洪道子博士，其諄諄提勉，時有撥悟之效，聞之則喜，從之則悅，渡岸之功還有待點石之言。

王昌煥

壬午年新春謹誌於若水齋

第一章：緒論

第一節：研究動機與目的

本書對於帖體字學研究動機，有以下數端：

壹：數量繁多，不容忽視

在古代碑帖中，帖體字之比例相當高，披卷觀覽，觸目即是，摭拾可得；若就北魏、隋、唐三個朝代各四帖爲例，以各帖前一百字爲樣本，（註 1）其正體字與帖體字之數量與比例可製成下表：

表 1

	正體字數量	帖體字數量	合計	正體字比例	帖體字比例	合計
北魏<元楨墓誌銘>	50	50	100	50%	50%	100%
北魏<元顯儁墓誌銘>	66	34	100	66%	34%	100%
北魏<穆玉容墓誌銘>	56	44	100	56%	44%	100%
北魏<司馬顯姿墓誌銘>	61	39	100	61%	39%	100%
隋<智永真草千字文>	58	42	100	58%	42%	100%
隋<董美人墓誌銘>	49	51	100	49%	51%	100%
隋<蘇孝慈墓誌銘>	81	19	100	81%	19%	100%

隋＜元公墓誌銘＞	74	26	100	74%	26%	100%
唐＜九成宮醴泉銘＞	75	25	100	75%	25%	100%
唐＜孔子廟堂碑＞	79	21	100	79%	21%	100%
唐＜雁塔聖教序＞	71	29	100	71%	29%	100%
唐＜玄祕塔碑＞	70	30	100	70%	30%	100%
合計	590	410	1200	59%	41%	100%

由上表所列示之數目，有幾點值得注意：

一：帖體字比例之高低與時代因素有正相關；

二：帖體字比例之高低也有碑帖的個別差異，其高者超過半數，其低者亦有一成九；

三：最重要的是帖體字之總和為全部數量之四成一，比例相當高。

可見碑帖之中帖體字屢屢可見，展觀之時，若不經心，則不以為奇，及至一二字難以辨識之時，才猛然發覺帖體字早已充盈楮上。

後漢・服虔所著之書，其名為《通俗文》，是將應用於日常生活中之帖體字，蒐集成書者也。《顏氏家訓・書證篇》云：「河北此書，家藏一本。」可見當時帖體字早已盛行於民間，甚至有專著出現，以便於世人翻檢。

貳：古已多見，許書有錄

若以「帖體字」一詞為正體字變異之形體這一觀點來看，則早於西漢之時，甚或西漢之前，即有帖體字出現。古文字中，尤其是甲骨文，其文字之形體常見位置不定、增減不定，方向不定、形符不定，就所增者而言，或增聲符，或增裝飾性符號，或增義符，多從書刻者而有所變異。復就許慎《說文》而言，其中有因聲同或聲近而產生形體變易之「假」法。雙聲之例，如：

1.「鶃，鳥也。從鳥、兒聲。……鷊，鶃或從鬲。䳄，司馬相如鶃從赤。」兒爲汝移切，鬲爲郎激切，兒日紐，古歸泥紐，鬲來紐，兒鬲同屬舌音，是爲旁紐雙聲。赤爲昌古切，屬穿紐，古歸透紐，兒赤同屬舌音，是爲旁紐雙聲。

2.「暴，晞也。從日、從出、從廾、從米。𣋡，古文暴從日、麃聲。」㬥暴爲薄報切，麃爲薄交切，聲母同屬並紐。

疊韻之例，如：

1.「迹，步處也。從辵、亦聲。蹟，或從足責。」亦爲洋益切，責爲側革切，韻同爲段氏十六部。

2.「褎，袂也。從衣、采聲。袖，俗袖從由。」爲似又切，由爲以周切，韻同爲段氏三部。

同音之例，如：

1.「澣，濯衣垢也。從水，榦聲。浣，今澣從完。」爲胡玩切，玩爲胡官切，聲同匣紐，韻同段氏十四部。

2.「煙，火氣也。從火、垔聲。烟或從因。」垔爲於真切，因爲於真切，音韻皆同。

以上所舉諸例，不過略引數端，其所值得注意者有三：

一：所引數字足以證明漢時，甚至漢朝以前早有「假」法；

二：所引數字當列爲帖體字所謂之「假」法，以其爲部分形符之假借，故所產生之文字不見於其他正體字，故不爲文字學上所謂之「假借」；（註2）

三：所引數字皆爲重文，其類別除古文之外，尚有「今體」、「或體」、「俗體」、「司馬相如說」之類，可見許慎著《說文》之時，即有從正體字橫生旁出的帖體字出現，則《說文》以後之帖體字實不足爲奇，更不必視之爲訛謬雜俗。

參：文字歧衍，勢所必然

《說文》以前，據《漢書・藝文志》：「漢時閭里書師合＜倉頡＞

、<爰歷>、<博學>三篇，斷六十字以爲一章，凡五十五章，并爲<倉頡篇>。」其時之字有三千三百。西漢平帝時，楊雄取爰禮於未央庭中所說之文字，作<訓纂篇>，合<倉頡篇>之字，凡八十九章，五千三百四十字。（註 3）東漢和帝時，賈魴有<滂熹篇>，已有一百二十三章，七千三百八十字。（註 4）《說文》本身據其後敘所言：「此九千三百五十三文，重一千一百六十三。」則全部有一萬零五百一十六字。其後，代有遞增，自漢至清，自三千餘至四萬餘，其與時漸增之跡可列爲下表：（註 5）

表 2

朝代	書（篇）名	作者	字　數
西漢	<倉頡篇>		3，300
西漢	<訓纂篇>	楊雄	5，340
東漢	<滂熹篇>	賈魴	7，380
東漢	《說文》	許慎	9，353 10，516 （含重文）
東晉	《字林》	呂忱	12，824
北魏	《字統》	陽承慶	13，734
南朝梁	《玉篇》	顧野王	22，000 餘
北宋	《類篇》	王洙 等	31，319
明	《字彙》	梅膺祚	33，179
清	《康熙字典》	張玉書 等	47，035

文字遞增，與時並漸，理推如此，事實亦然；然古時文字學家多以《說文》爲宗，莫敢逾越，則《說文》以下所增之三萬餘字，豈不皆爲帖體字或異體字矣？即近代小學家章炳麟於《新方言》中所主張者，亦多復古色彩，與古人同調，口頭語上的「光棍」，卻要依《說文》找出「檮杌」以正之；習用之「嘴巴」一詞，在《說文》中也找

出「輔」以爲正者。（註 6）亦有商榷古今，斟酌時宜，較爲開通之文字學家，如唐・唐元度<進字樣表>即言：「如總據《說文》，即古體驚俗」，顏元孫《干祿字書・序》亦云：「若總據《說文》，便下筆多礙，當去泰去甚，使輕重合宜。」後世文字較諸前代有所增加，除了當時官方明定者之外，大都因時而出，或因時需而造新字，或由原字而變異，而此因時而出之字，及其後世亦有可能成爲正字，於此，清・劉熙載《藝概・書概》有言：

> 鍾繇謂八分書為章程書。章程，大抵以其字之合于功令而言耳。漢律以六體試學童，隸書與焉。吏民上書，字或不正，輒舉劾。是知一代之書，必有章程。章程既明，則但有正體而無俗體。其實漢所謂正體，不必如秦；秦所謂正體，不必如周。後世之所謂正體，由古人觀之，未必俗體也。然俗之久，則為正矣。

可知正體與帖體乃代見更迭，各有所準，並非有一成不變之定準。昔之帖體，可能即是今之正體，今之帖體，可能成爲後之正體。蘇尙耀對於一時從正體字所橫生形變之文字稱爲「歧衍」字，並說：

> 文字原是社會的產物。這些在文字演進時期蛻分出來的字，……將它獨立起來，稱之為七書；而且循許慎老先生的辦法，解釋它的條例為：「七曰歧衍；歧衍者，音歧形衍，字有後先，刀刁是也。」（註 7）

其所謂「歧衍」字雖與本書所言之「帖體」字稍有出入，然而，對於從正體字旁出橫生之字形之重視，實無二致。曾榮汾於所著《字樣學研究》中有言：

> 異體字（案：與本書之所謂「帖體字」於義大致相當）者，乃泛指文字於使用過程中，除「正字」外，因各種因素，所歧衍出之其它形體而言。於正統文字學上，因偏於以《說文》為宗之六書系統研究，對異體字之討論，似有不及，然異體現象之存在，實正顯示文字使用之實象。且文字數量逐代而增，除因

環境需要所增之「後起本字」外，所增之字，「異體」正居絕大部份，故如欲建立一完整之文字學體系，若此廣疇，豈可忽之？（註 8）

其說甚爲確當。

肆：文字辨識，關乎事實

《說文・敘》言文字之功能與重要性：「蓋文字者，經藝之本，王政之始，前人所以垂後，後人所以識古，故曰：本立而道生，知天下之至嘖，而不可亂也。」是將文字本身所具有的功用以政治教化、傳刊流後的角度來看；清・項絪跋《隸辨》所云，則更落實於個人實用層面來看：

夫欲讀書，必先識字，欲識字，必先察形。古日益廢，今日益訛，古之小學，今乃為絕學。

清・羅振玉《碑別字》亦云：

治經貴熟六書，尤貴審辨別字。

較諸《說文・敘》所言，更爲顯明切要。而古來碑帖與典籍，其中不乏帖體字，尤其碑帖之中，更是屢見不鮮；欲究明文意，往往一字之差，即有正誤對錯之分，是以文字之辨明雖爲基礎工作，而其重要性，自亦不可輕忽。

帖體字與正體字形體相差無幾者，大抵皆能辨識無疑；若形態大變，一望而難以知爲何字者，如北魏<高貞碑>「弄」字作「卡」，<張猛龍碑>「老」字作「⿺乚先」，皆爲當時之新造字，今已不用；唐武后時「臣」字作「𢘑」，爲武后運用政治力量所強行使用者，有唐之時，碑帖之中或有所見，亦爲時用之字；隋<董美人墓誌銘>「龍」字作「竜」（即今「竜」字），爲書寫者一時興起所匠心獨運者，不見於其他碑帖，亦不見於今日；亦有帖體字似此字又似他字者，如隋<元公墓誌銘>「丞」字作「丞」，似「承」字又似「丞」字；同碑

「姦」字作「姧」，似「奸」字又似「姦」字；亦有似他字而實爲此字者，如北魏＜司馬顯姿墓誌銘＞「年」字作「秊」，似「季」字而不似「年」字；亦有增益偏旁以加強字義或顯示其類者，如北魏＜張玄墓誌銘＞「爪」字作「抓」、＜魏靈藏造像記＞「標」字作「檦」；亦有因音同或音近之關係，而變異字形者，如＜張玄墓誌銘＞「坤」字作「巛」，易誤認爲「川」字或爲「巡」字簡寫；亦有借其他書體之字而難以明指爲何字者，如宋・司馬光「居」字借古文作「凥」、常見碑帖中「叔」字借隸書作「尗」、「此」字借行書作「此」；更有既非正體字，亦非帖體字，而與他字混同而爲錯字者，如隋＜元公墓誌銘＞誤「弍」爲「式」、北魏＜鞠彥雲墓誌銘＞誤「易」爲「易」，亦須一併辨明。

凡此種種，若不知其爲帖體字，且知其變異之方式，著實難以辨明應爲何字，除非從其上下文細細推究；甚至容易誤認爲他字，而仍不自知。因此，對於帖體字之辨識著實不可輕忽，並且有加以研究之必要，而對於其變異之方式或法則，更應列爲首要之工作；這種工作在於一方面從古代書論中尋找相關理論以爲參考，更重要的是直接從古代碑帖之帖體字中尋繹出一些形體變異的規律性，此種規律性也就是本書所謂的帖體字之變異方式。

伍：書法創作，實有所需

在書法創作上，若是遇有正體字結構難以呈現美感者，通常的處理方法是增減筆畫，或是借用其他書體的形構，這就造成帖體字的產生。而一幅作品之中若有一字重出者，就結構上的處理方法而言，大抵可以分爲三種：一是全同，二是全異，三是同異互見。三種之中，「全同」一法實爲少見，以缺乏變化，觀者恐嫌單調之故也；「全異」與「同異互見」二者較爲常見，以其可避免「全同」之弊，而有變化之致也。因此，書法創作上爲求字體結構上的變化，往往使用帖體字；

而帖體字的使用爲求變異有據，並使他人辨識無礙、通讀順暢，經常以古人爲式，依仿不變。由此可見，帖體字的研究不是理論上的單純研究而已，還可以應用到書法藝術創作上。不過，帖體字也不是以古代碑帖所見爲唯一之準據，如能將變異方式歸納出來，則也可以因應創作者之個人需要，根據歸納出的變異方式，將正體字予以適切的改造，況且古人所書之帖體字也並非字字皆有所據，出於己意、匠心獨運者亦有所見。由此可見，帖體字變異方式之歸納可以提供書法創作者變異結構的學理根據和可能空間。

陸：相關研究，仍有所限

對於楷書帖體字之相關研究，最爲重要者有以下兩篇：一是淩亦文所撰之＜增訂碑別字中俗字之研究＞一文，一是曾榮汾所撰之＜干祿字書研究＞一文。（註 9）二文對於本書所研究之內容皆有直接而密切之關係，對於相關論述亦頗有助益，此可分爲以下三點說明：

一：淩文所重在於分類，因此對於別字之分類極其細密、周到與深入，本書亦有所參用之處。

二：曾文對於異體字之成因極富見地，所論詳賅而客觀，亦頗可參。

三：二文所錄之別字及異體字不少，可作爲本書尋查帖體字時之參考。

然而，以本書之研究立場觀之，二文仍有所不足之處：

一：淩文以清・羅振玉之《增訂碑別字》爲研究對象，自以該書爲限，所錄別字自亦因羅氏而多而少，然羅氏所錄又有其限，故以資料而言，自有不足；曾文性質亦然。是故，本書不以古代相關論著所錄爲限，以從碑帖中直接探尋者爲主。

二：《增訂碑別字》所錄終非拓本原貌，已攙羅氏己意，《干祿字書》性質亦然，因此，就資料而言，又有二手資料之缺憾，而原始資料（指影印或照相之碑帖）坊間多有，實易得之。是以本書即直接從出刊之碑帖中，尋查帖體字，並一一剪貼分類，以避免因手錄所發生之訛誤。

三：淩氏之文並非以楷書為本位，而是以篆書為本位，並以篆字形構為準據，對隸書與楷書進行別字之歸納。（註 10）本書即以今人所處時代之正體字為準據，以判定古代碑帖中何者為帖體，如此，所論才能符於時需。

四：因二文係以某書為研究之對象，故未能就古代書論或相關典籍所見之有關帖體字之理論進行全面整理之工作，本書即以古代書論所見，先進行全面的考察與梳理之工作，以觀古人論述所及之廣度與深度，並以批判過後之結果作為部分分類之基礎。

綜上所述，帖體字學研究實有其必要，茲就本書之研究目的分列如下：

一：在語言分析的基礎上，對古代書論中有關楷書帖體字之論述進行考察與整理。

二：在歸納和分析法的運用上，對於古代碑帖中的楷書帖體字進行分類並建立變異方式。

三：將所尋找出的楷書帖體字及所建立的變異方式，應用於書法藝術創作上。

四：將對於楷書帖體字的瞭解，應用於古籍文字的審辨與斠正上。

第二節：研究內容與方法

在本書的研究內容方面，下圖有助於較為完整及周密的瞭解：

圖 1

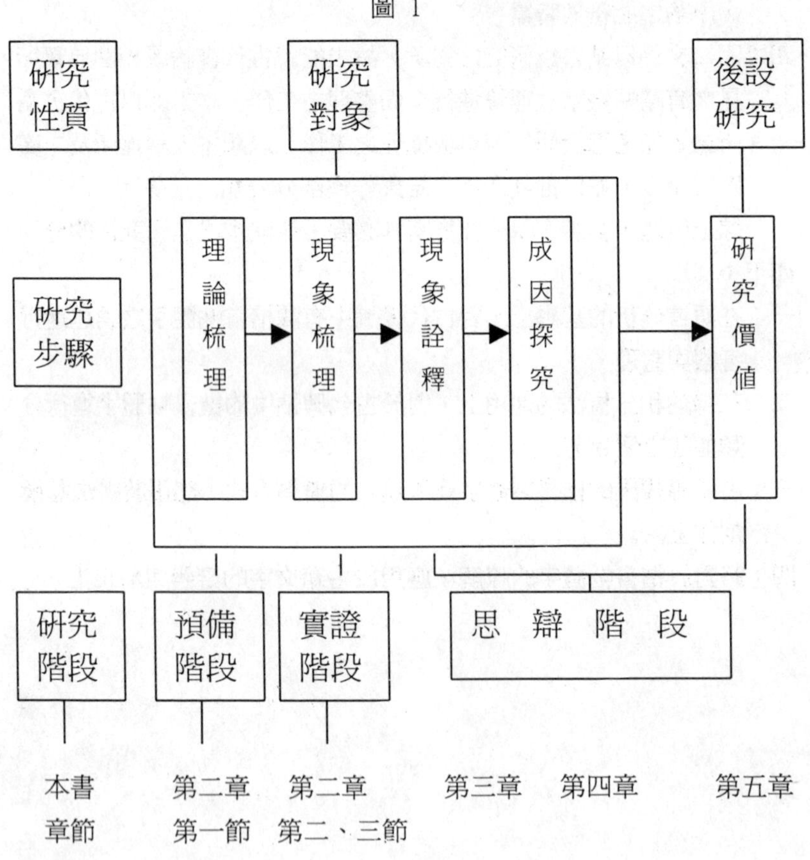

研究大要：

理論梳理：將古代書論中有關楷書帖體字的相關理論，在語言學的基礎上，予以判別，並重建其名義。

現象梳理：將碑帖中蒐集到的楷書帖體字，以分析法與歸納法一一歸類，從而排比出各種變異方式，然而，方式之間不易看出其內在之關係。

現象詮釋：將各種變異方式予以統合，尋繹出方式之間的內在聯繫，並論述之。

成因探究：探究各種變異方式背後所潛藏的原因，其爲必然的或可能的、理論的或實際的，皆論述之。

研究價值：將上述的所有研究成果以理論應用的制高點，來觀照其所可能關涉到的學域，並論述其價值內容。

名詞說明：

1.「**對象研究**」與「**後設研究**」：

在語用學上，有所謂「對象語言」與「後設語言」，所謂「對象語言」(object language)，其所討論的對象是事、物、理，所謂「後設語言」(meta language)，其所討論的對象是用來討論事、物、理的語言；兩者所使用的工具都是「語言」，(不一定是同一套語言系統)但是兩者在層次上不同，並且，後者是將前者的論述當作論述的對象。比如：「他知道書法是一門藝術。」這句話中，「書法是一門藝術」是「對象語句」(object sentence)，它用的語言是「對象語言」，討論的對象是「書法是一門藝術」一句；整個「他知道書法是一門藝術」是「後設語句」(meta sentence)，它用的語言是後設語言，它是用來討論「他知道書法是一門藝術。」這一句話。(註 11)以上所言是將舊有名詞的定義予以闡明，所使用的方法屬於「報告界說」(report-ive definition)；而本書襲用「對象」與「後設」之相對意涵，將之應用於學術「研究」上，故名之爲「對象研究」(object study)與「後設研究」(meta study)，此則爲新建的名詞，因此有必要將之先行定義，此爲「規創界說」(stipulative definition)：(註 12)所謂「對象研究」是指直接針對所要研究的對象所進行的研究，所謂「後設研究」是指以「對象研究」爲研究對象所進行的研究；兩者皆不以語言爲語用範疇，而是以研究對象爲語用範疇，雖然範疇不同，而所用的工具則同爲語言。

2.「**預備階段**」、「**實證階段**」與「**思辨階段**」:

所謂「預備階段」是指在論述本書核心之前所進行的探討，它是本書的一部分，但它並非重要部分或是主要部分，它的存在是爲了主要部分進行鋪路的工作，它有必要存在，因爲它是論文有機組成的一部分，也就是主要部分的基礎之一；然而，就論述本體而言，它的存在並不會產生重大影響，不過卻有助於論述的開展。但是並非每篇論文都有「預備階段」，要視個別情況而定。本書的「預備階段」即是對於古代書論中有關於楷書帖體字的相關論述的批判工作，其內容在於梳理名實問題、確定邏輯關係以及省思涵蓋周全與否。所謂「實證階段」是指以現存的實物進行歸納、分類與其後相關證明的論述部分，它是論文的主體之一，但是層次較低，只停留於現象界的研究而已；進一步的，又有所謂「思辨階段」，思辨是從現象抽取出重要的主題所進行的探討，它所需要的思維層次較高，從具體的現象到抽象的理解，因此，它是研究的深化與昇華，它通常也是論述主體中的主體所在。(註 13)

在研究方法上，本書主要運用歸納法、分析法與綜合法。歸納法(induction)(註 14) 是以事先建立的標準和根據，將被歸納者進行分類(classification)的工作；分類是把具有共同特點的個體對象歸入一類，並把具有共同特點的類集合成類的思維過程及方法。本書即是以歸納法將碑帖中所見之帖體字，以其所具有的共同特點予以分類並集合。

分析法(analysis)是將事物分解爲各部分並加以考察的方法。分析又可分爲「對象分析」與「概念分析」兩種，「對象分析」又稱「結構分析」，主要在釐清對象內的脈絡與結構；「概念分析」又稱「意義分析」，主要是在釐清各概念的指謂或意涵。(註 15) 本書對於古代書論中有關楷書帖體字之論述之批判，主要是運用「概念分析」，將其定義含混不明、名實不全相符、內容或有問題者，予以梳理與澄清；其所使用之學科主要爲記號學及語言學，尤其是高友工所言的「分析語言」(analyticl--anguage）的使用：

> 「分析語言」則設法廓清觀念、確定關係，校正語文上先天帶來的模稜矛盾，所以要作人為的改革，加強了約定這一方面。（註 16）

而分析語言所用的說解工具不一定是語言，圖象、表譜、公式、符號，都可以當成用來幫助論述的進行。(註 17）因此，本書在某些證據之提出，或歸納結果之建立，或爲求得論述之便利，有以圖或表等方式表達者，其效用在觀閱時更爲清楚明白、速度更快、更能看出彼此的關係與對比，也更能取代大量的文字說解。

綜合法(synthesis)是把事物各部分聯結成一個整體並加以考察的方法。本書對於帖體字之變異方式先以平行排比之方式一一列出，以觀其方式之名稱、內容與數量；再將各種變異方式之間的聯繫抽提出來，以整體的高度進行觀照，把其中的內在關係釐析清楚並論述之，其所使用的方法即爲綜合法。

第三節：帖體字之名義

壹：定義

「帖體」一名最早見於清・周星蓮《臨池管見》所言：

> 歐、虞、褚、薛不拘拘於《說文》，猶之韓、柳、歐、蘇不斤斤於音韻。空諸所有，精神乃出。古人作楷，正體帖體，紛見錯出，隨意布置。惟魯公《干祿正書》一正一帖，剖析詳明，此專為字畫偏旁而設，而其用筆盡合楷則。近來書生筆墨，臺閣文章，偏旁布置，窮工極巧，其實不過寫正體字，非真楷書也。

其次見於黃季剛《文字聲韻訓詁筆記》：

> 蓋篆文之有訛字，猶真書之有帖體。或減畫為自然之變，即篆文有訛字，亦自然之變也。（註 18）

對於周星蓮所言，值得注意者有以下數點：

一：所謂「空諸所有，精神乃出。古人作楷，正體帖體，紛見錯出，隨意布置 」，此節文字顯示出周氏認爲古人所以作帖體字，其因在於追求楷書的形態之美，所以，縱使有違《說文》，亦書之不誤。因此，周氏肯定帖體字的存在及其必要，並以爲古人之所以能將楷書寫好的原因之一，在於能不拘於正體字的形構，且能跳脫其制約，而以帖體字出之。

二：周氏又說「近來書生筆墨，臺閣文章，偏旁布置，窮工極巧，其實不過寫正體字，非真楷書也。」則更進一步指出當時書生依正體字之形構，費盡心思，窮工極巧，欲臻翰墨之妙境，卻有所不能，這種情形周氏詆爲「非真楷書也」。由此也透露出兩個訊息：一，所謂的「帖體」字爲古代的一般碑帖中所見的異於正體字的字形；二，是若依正體字的形構臨池搦翰，縱使勞形費心，窮工極巧，恐於書法所講求的美感，亦難以臻登妙境。由此可知所謂的「帖體」字，其性質不是單從文字學上（更精確的說，應是字樣學）的形體正確與否來看，而是以書法為本位，對於文字上的異體字予以另一種學域（field of study）的觀照。這種觀照是基於美感需求或審美意識上的，而不是文字學上客觀而理性地判斷是非對錯。當然，帖體字之所以稱為帖體字，其形體上的基本原因也必須以文字學的角度來審視；因此，帖體字是以文字學為基礎的判斷結果，而研究帖體字則是以文字學為基礎，再以書法為本位所進行的探討。

三：周氏所謂「帖體」，究其意涵，包括實廣。其謂「惟魯公《干祿正書》一正一帖，剖析詳明，此專為字畫偏旁而設，而其用筆盡合楷則。」魯公即顏真卿，嘗書《干祿正書》，然《干祿正書》非魯公所著，而是其叔顏元孫承其伯祖顏師古之《顏氏字樣》，及杜延業《群書新定字樣》，益宏規模，條貫理則而成。《干祿正書》分字為「俗」、「通」、「正」三類，意謂正體字之外，其餘之異體字可分為俗與通兩種；而周氏言為「一正一帖」，是以「帖體」字包括「俗」、「通」兩者。是知所謂「帖體」字者，包括一切正體字之外的異體字而言。

細究《干祿正書・序》之說，其言「俗」字：

> 所謂「俗」者，例皆淺近，唯籍帳、文案、券契、藥方，非涉雅言，用亦無爽，儻能改革，善不可加。

故知其所謂「俗」字，多行於市井小民，且用於民生日用之事，故謂之「俗」。言「通」：

> 所謂「通」者，相承久遠，可以施表奏箋啟、尺牘判狀，固免詆訶。

且又注云：「若須作文言及選曹詮試，兼擇正體，用之尤佳。」故知其所謂「通」字，多行於知識分子，用於莊重或風雅之事，且字體有所承襲；相反的，「俗」 字則爲當時民間所通行的便寫字形，前無所承，爲一時所造之與正體字相異者。其言「正」者：

所謂「正」者，並有憑據，可以施著述文章、對策、碑碣，將為允當。

注云：「進士考試，理宜必遵正體；明經對策，貴合經注本書；碑書多作八分，任別詢舊則。」故知其所謂「正」字者，皆有憑據，於正式莊重之事施之；而其所憑，未必《說文》，經典用字，亦在其內。以《干祿正書》所言之俗、通、正三種字體觀之，則周氏所言之帖體字，其所涵括的範圍與文字來源實廣而無限，凡出現於古代之不屬於直正體字者皆在其內。

對於黃氏所言，可注意者有二：

一：「訛」者，謬誤也。文字學中言訛字者，多指形體上之錯誤而言；則黃氏所謂之認爲「帖體」字，爲形訛之字，意謂有異於正體字之字形，此種說法與周星蓮所言並無不同。

二：至於「帖體」字之成因，黃氏言「或減畫爲自然之變」，對於此句，有兩點必須探討，第一點：言「或」字，是言成因或方式甚多，「減畫」不過其中之一，不必以爲帖體字只是對正體字予以減筆而已，當有更多的其他方法；第二點：言「自然之變」，是謂帖體字爲對於正體字之變異，且此種變異是勢之必至、理之必然，篆文有之，楷書亦有，古今皆同，故當以楷書之帖體字爲文字演變之時或運用之時的正常現象。

本書之「帖體字」一名即源出於以上二者，故在定名方面係襲用前人已有之名稱。至於定義方面，則採以上二說而斟酌損益之；本書標題爲「帖體字學研究」，之所以言「帖」 者，即寓含著以書法學爲本位，而不以文字學爲本位，而書法是一門藝術，因此，更深一層說，本書即是以書法藝術爲本位，對文字學上的異體字進行分類、詮釋與探究成因的研究工作。不過，本書所擇定的帖體字並非來者不拒，古人所書，變異甚大，其人有皇帝貴族、朝中大臣、文人學士、山林隱者、鄉夫村婦、市井細民，若就所書，一一尋檢，非惟不可能，亦不需要；蓋本書既以書法藝術爲本位，則當揀擇具有書法藝術之價值者，以爲研究之對象或範圍，就其中帖體字之變異方式，詳加分類，並引以爲臨習或創作時之參考。因此，所謂「帖體字學研究」，其定義可以列示如下：

一：就文字的三大要素：形、音、義三者來看，所謂「帖體字」是指不從上下文來看，單就該字與正體字比較，其音義全同而形體有別的字形而言。

二：以書法藝術爲本位，不以文字學爲本位，但又必須以文字學學理爲基礎。

三：限定以楷書爲研究之字體或書體。

四：以古代具有藝術價值之楷書資料爲研究範圍或對象。

以上是對於帖體字之解釋，以及對於本書標題之詮解；另有幾個問題與定義內容有密切相關，必須一併辨明：

一：所謂「正體字」當以何時之正體字做爲標準？

二：所謂「帖體字」有否一定的變異程度？

對於前者，文字之造，依時而增，孳乳日繁，變異旁出，邃古之初，尙無定體，倉頡以下，代見遞嬗，約定俗成，依時而異，《 說文・序》云：「封於泰山者，七十又二代，靡有同焉。」即此意也。而自《說文》一出，小學家多宗之不違，甚至以其形構爲當時之正體字，遂大倡《說文》，極詆時用之字；量古審今，以文字爲社會實用之觀點者，則較爲開通，如北齊・顏之推言：

> 世間小學者，不通古今，必依小篆是正書記，凡《爾雅》、《三蒼》、《說文》，豈能悉得蒼頡本旨哉？亦是隨代損益，互有同異……。（《顏氏家訓・書證篇》）

唐・顏元孫《干祿字書・序》亦云：

> 史籀之興，備存往制，筆削所誤，抑有前聞，豈唯豕上加三，蓋亦馬中闕五，迨斯以降，舛謬寔繁，積習生常，僞弊滋甚。

……且字書源流起於上古，自改篆行隸，漸失本真，若總據《說文》，便下筆多礙，當去泰去甚，使輕重合宜。

唐・唐元度《九經字樣》亦曰：

如總據《說文》，則古體驚俗；若依近代文字，或傳寫乖訛。

篆籀之形，本有原則，然傳寫多變，或筆削致誤，或舛謬流衍，遂以訛爲真；且自隸變之後，文字形貌去古尤遠，六書之意，多失其真，因此，若「總據《說文》，則古體驚俗」，當以當時所建立之文字形體標準以爲根據，使輕重合宜，便於時用。於此，清・劉熙載《藝概・書概》所言極爲確當：

鍾繇謂八分書為章程書。章程，大抵以其字之合于功令而言耳。漢律以六體試學童，隸書與焉。吏民上書，字或不正，輒舉劾。是知一代之書，必有章程。章程既明，則但有正體而無俗體。其實漢所謂正體，不必如秦；秦所謂正體，不必如周。後世之所謂正體，由古人觀之，未必非俗體也。然俗之久，則為正矣。

在文字學理論上，「正體字」之標準有其時代性。某一字形是否爲帖體字須視其所居之時代觀之；通常發生的情況是某個約定俗成，並經長期使用的帖體字，在某一時期可以轉變爲正體字。因此，居於今日自當以今日之標準觀之，也就是以今日之正體字爲文字形體之標準，並據之對古代碑帖中之字形予以審視，其異於正體字者即爲帖體字。

對於後者，帖體字之變異實際上有其限度，亦即以不與其他正體字混同爲限。有趣的是，本書之所謂「帖體字」係指不從上下文（co-ntext）來看，單就該字形與原正體字有所差異者，即爲帖體字；所以，當一個帖體字變異至與其他正體字相同時，已經不是帖體字，而是另一個正體字，也就沒有將之探討之必要。不過，從上下文來看，與其他文字混同的字形，本書亦予以一個稱名：「**錯字**」。錯字雖然不是帖體字，但是它有礙於文句的通讀，甚至會誤解原意，所以，本書亦有所探討，並將之置於上下文中去尋究其正體字當爲何字。（容見

第二章所附之「錯字」)

貳：相關名稱

所謂楷書「帖體字」之「相關名稱」，意指與「帖體字」一詞爲等義詞或近義詞。所謂「等義詞」(synonym) 是指兩者在意義上完全相等，尤其是指具有共同的「意含」(signification；註 19) 而言。所謂「意含」是指某事物所具有的性質 (property) 與性徵 (charact-eristics；註 20)。所謂「近義詞」是指兩者在意義上有部分相同或相通。就本書之「帖體字」來看，與之意義類似的語詞甚多，大多能確指其爲近義詞；而與之爲等義詞者，則因古人對於某一語詞往往並無確切之定義內容，只有大致之概念，因此，欲確指無誤，恐有所難，亦恐失之武斷。更且，一個語詞之產生，顯示以某一個語文符號 (verbal symbol) 來代表心中所思所想，心中所思所想縱然確定，而他人若以此語文符號來代表心中所思所想，然而兩者所思所想不同，則同一個語文符號便產生兩種意義，欲釐清兩者之別，尚須分別從其文脈中仔細辨明。所以，最容易發生也最常見的現象是同一個語詞古今有別，(如：別字) 位於同一朝代，又有所別 (如：俗字)。以下即對於帖體字的相關語詞，以名稱爲綱，分別解釋：(註 21)

一：別字、別體、白字

「別字」又稱「別體」、「白字」。「別字」之義有古今之別。今人之所謂「別字」，其義多如清・顧炎武所言：

> 「別字」者，本當為此字而誤用彼字也，今人謂之「白字」，乃「別」音之轉。(《日知錄・卷二十》)

此說之例多見於清人及近人之文字學或書法之論述中，如：

◎趙子昂，……枝山多學其好處，真可愛玩，但時有失筆別字。

（清・馮班《鈍吟書要》）

◎唐人隸書，……不通《說文》，則別體雜出。（清・錢泳《書學・隸書》）

◎然經典數經傳寫，別搆之字多有因仍未改者，特先儒別字後人弗識，而鄙陋之士又曲造音訓，不知妄作，小學之不講，無怪經注之多支離也。故治經貴熟六書，尤貴審辨別字，……。（清・羅振玉《碑別字・序》）

◎古今音異，而有別字。（註 22）

前三例並未言明別字之成因，然依其文脈，當是與正體字相異者，皆可稱之；而黃氏所言，則僅限於通假之字，則範圍大爲縮小矣。又，清・畢沅著有《文字辨證》，其撰例之一曰「別」，言經典之字爲《說文》所無者也，然紂繩別而有據 ，遵靡別而難依是亦有例焉。則其所謂「別」者，未能以經典爲本，專以《說文》爲判斷之準據，亦未能依時變通，是「別」字之義最爲窄陋者也。漢人之所謂「別字」之義爲「別字」最古之義。「別字」之名首見於《漢書・藝文志》，其中列有佚名之「《別字》，十三篇」，此「別字」之意涵爲何，可從下列三例見出：

◎獻帝踐祚之初，京師童謠曰：『千里草，何青青；十日卜，不得生。』案：千里草為董，十日卜為卓。凡別字之體，皆從上起，左右離合，無有從下發端者也。今二字如此者，天意若曰，卓自下摩上，以臣陵君也；青青者，暴盛之貌也，不得生者，亦旋滅亡。（《後漢書・五行傳》）

◎讖書非聖人所作，其中近鄙別字頗類世俗之辭（《後漢書・儒林傳》）

◎蒼自建武以來，章奏及所作書記、賦頌、七言、別字、歌詩，並集覽焉。（《後漢書・光武十王傳》）

前例：《後漢書・五行傳》之「別字」 是將一字拆解爲數字，如同將「泉貨」二字解作「白水真人」一樣，（《後漢書・光武帝紀論 》）此種拆解文字的方式正符合《說文》對於「別」字之解釋：「分解也」之義。中例：《後漢書・儒林傳》所言之「近鄙別字」，清・顧炎武《日知錄・卷二十　》云：「　近鄙者，猶今俗用之字。　」當正爲其義。後例：《後漢書・光武十王傳》載劉蒼亦有《別字》，該書內容，今不可知。北齊・顏之推《顏氏家訓・書證篇》亦載晉・王義《小學章》有「別字」之存，王氏首作陣字以代原假借用字陳字。蘇尙耀據清・王念孫《廣雅疏證》所引及之二條考之，而得結論云：

> 兩漢及北齊的所謂「別字」，應該是當時人所造且行用於當時社會間的俗字，與現代人的別字——誤用了因形、音、義疑似而實際不當用的另一字，性質絕不相侔，不可混為一談。前書《漢書・藝文志》的《別字》十三篇和東平獻王劉蒼所作《別字》二者的內容，也由此可知是屬於前一種。（註 23）

蘇氏之說實允。

二：破體

言「破體」者，文學批評有之，書法學上關於書體之創設亦有之，究其意涵，其共同之處爲破除原有既定之規範，另立一體之謂；（註 24）文字形體上之「破體」，意義亦同。古人所言，亦有所見：

◎公（按：謂北宋・黃伯思）每謂書字鍾、王以來，以意行筆，率多破體，後學沿襲，漫不合於古。今所校本，一點一畫，悉考正於《說文解字　》，……若此之類，訂改者眾，不惟文義瞭然，而字體悉正，信可以傳後矣。（南宋・莊夏跋《東觀餘論》）

◎隸書生於篆書，而實是篆之不肖子。……至隸復生真行，真行又生草書，其不肖更甚於乃祖乃父，遂至破體雜出，各立支派，不特不知其身之所自來，而祖宗一點血脈亦忘之矣。（清・錢泳《書學・隸書》）

◎六朝碑刻……，惟時值喪亂，未遑講論文翰，甚至破體雜出，錯落不檢，而刻工之惡劣，若生平未嘗識字者，諸碑中竟有十之七八，可笑也。（清・錢泳《書學・六朝人書》）

◎北朝族望質樸，不尚風流，往往畫右出鋒，猶如漢隸。其書碑志，不署書者之名，即此一端，亦守漢法。惟破體太多，宜為顏之推、江式等所糾正。（清・阮元＜南北書派論＞）

◎北朝碑字破體太多，特因字雜分隸，兵戈之間，無人講習，遂致六書混淆，嚮壁虛造。然江東俗字，亦復不少，二王帖如「稧」、「智」、「軆」、「桒」等字非破體耶？唐初破體未盡，如虞、歐碑中「吐」、「形」、（虞＜廟堂碑＞）「准」、（歐＜虞恭公碑＞）「煞」，（歐＜皇甫君碑＞）等字非破體耶？（清・阮元＜北碑南帖論＞）

◎大率破體悉從篆隸而出，學者須自詳考其法，……。（清・馮武編著《書法正傳》）

「破體」之所以言「破」者，以其破除原有正體字之規範，而另立一形體之故；馮武特明其範圍爲從篆隸而出，並非妄造，此爲其說。至於阮元之說更有「破體」即爲「俗字」之意。（「俗字」下有專節論述）故此「破體」與本書所謂之「帖體字」大抵相近。

三：通俗文

東漢・服虔所著之書即名爲《通俗文》，是將應用於日常生活中之俗字，蒐集成書者也。蘇尚耀據《文選》李善注中所引十餘條「通俗文」加以分析，認爲此書之「通俗文」有以下數項：

一：據俗語造俗字；

二：用舊字錄俗語；

三：捨本義用假借；

四：捨舊字，用新字。

其第二項爲「語詞」，並非單字，不在本書探討之內；第三項與本書帖體字變異方式中之「假」法，於理相同，然應用之時亦有差異；第一及第四項所錄爲當時所造之新字，頗具研究文字孳乳變異之資料價値，本書變異方式中亦有「假」、「新」二法與之對應。

四：雜字

東漢・周成所著書名即爲《雜字》，性質與服虔之《通俗文》相同，皆是將應用於日常生活中之俗字，蒐集成書者也。明・焦竑著有《俗書刊誤》一書，就其書名之「俗書」與其內容配合，可知其「俗書」之義。全書分十二卷，類分九項，一爲刊正訛字，二爲略記字義，三爲略記駢字，四爲略記字始，五爲音義同字異，六爲音同字義異，七爲字同音義異，八爲俗用雜字，九爲論字易訛；其中所論有詞有字，有義有形，以第一、十一與十二與本書所論有直接相關。而其「俗用雜字」之例如：山岐爲岔，水岐曰汊，是爲新造之會意字或形聲字，饒有其理，屬於本書之「新」法。

五：俗字、俗體、俗書

「俗字」又稱「俗體」、「俗書」，字、體、書三字側重不同，而皆言文字之形體也。前舉阮元＜北碑南帖論＞中即有「俗字」即「破體」之說。宋・張有《復古編》於正體用篆書，而「別」體附載注中，並根據《說文》以辨別體爲「非」或「俗」；爲「非」者，謂無有憑依，顯爲錯字；爲「俗」者，相間流行，便體書寫，於義仍有可說。

宋・顏愍楚所著書名即爲《俗書證誤》，其所謂「俗書」意爲凡異於正體字之字形皆在其內。其後之所謂「俗字」、「俗體」、「俗書」，其廣義者大抵皆與顏氏所言義同，其狹義者則如張有之見。

清・畢沅著有《文字辨證》，其撰例之一爲「俗」，謂流俗所用，不本前聞，或乖聲義，鄉壁虛造而不可知者是也，此大抵與張有所言相同。與顏氏所言之「俗書」義近者如：

◎鍾繇謂八分書為章程書。章程，大抵以其字之合於功令而言。漢律以六體試學童，隸書與焉。吏民上書，字或不正，輒舉劾。是知一代之書，必有章程。章程既明，則但有正體而無俗體。其實漢所謂正體，不必如秦；秦所謂正體，不必如周。後世之所謂正體，由古人觀之，未必非俗體也。然俗而久，則為正矣。（清・劉熙載《藝概・書概》）

◎古文邈矣，漢人傳經多用隸書，變隸為楷，益失本真。及唐開元，易以俗字，名儒病其蕪累，余因收集漢碑，間得刊正經文。（清・顧藹吉《隸辨・序》）

◎珊自典守蘭垣，每閱生童文卷，字學恆多不講，故有文理佳而轉為破體俗書所累者……。（清・鐵珊《增廣字學舉隅・序》）

後者「破體」與「俗書」連言並舉，當指兩者意義相同。清・周靖《篆隸攷異・凡例》亦言及「俗」字：

篆書雖異而隸書（筆者按：即今所謂之楷書）可通者，則注曰「隸」；古無此字而後人增益者，則注曰「俗」；或兩字而隸書合為一字者，則注曰「別」。（文淵閣《四庫全書》）

其所謂「俗」者，明指於正體字有所增減者；所謂「別」者，則指楷書本有一正體字，而篆書亦有之，兩者形構有別，然篆書之字今已不用，而以楷書字形代之者。

「俗」與「雅」為相對的反義詞，故雅俗常得並舉；然而，此種稱名本身即含有極爲濃厚的情感色彩（或稱感情色彩）。有些語詞本身即具有表情功能（expressive function），表情功能的語言有傾露情緒、敘發情感的效用，因此，它屬於語言的「非認知的意義樣態」（non-cognitive mode meaning），（註 25）對於事物的客觀面已有所扭曲，難以究知真實內容爲何。當代語言學家蘇新春認爲：

詞的感情色彩義體現人的愛憎好惡的褒貶情感。在詞的各種色

彩義中，對概念義影響最大的就是感情色彩義，這是因為感情色彩義往往有它自己的獨立內涵。（註 26）

詞義是人對客觀事物進行主觀認識的結果，最能充分反映事物的客觀面貌與內涵者稱爲「客觀義」，或「概念義」，它不含主觀的偏見或成見，以中立不倚的態度出之，故又稱「理性義」、「指代義」，它又是一切其他意義附生的基礎與核心，故又稱「中心義」。（註 27）「俗字」或「俗體」的名稱本身即有強烈的鄙斥或蔑視意味，這種意味是對於客觀事物進行主觀認識時產生認知偏差，已經從概念義中偏離旁衍，這種偏差是由於情感因素所造成的。當人對於某一種現象有所愛憎好惡的主觀情感時，若訴諸於語言文字的表達，則容易影響他人對原有事物的認識與理解，從而產生認知上的偏差；然而，客觀事物仍然存在，它不會因應個人的愛憎好惡而隨著改變自身。因此，在學術上要求客觀、真實與嚴謹的前題與原則下，對於「俗字」或「俗體」這種名稱的使用應當盡量謹慎。對於此論，清・范寅《越諺・論雅俗字》即云：

今之士人，字分雅俗，意謂前用者雅，近體者俗。俗雖確切，棄之；雅縱浮泛，僭之。夫士人下筆，豈可苟哉？然雅俗之分，在吐屬，不在文字耳！今之雅，古之俗也；今之俗，後之雅也。與其雅而不達事情，孰若俗而洞中肯綮乎？……天地生人物，人物生名義，名義生字，不能因其俗造而抹摋也。

對於世人以文字之妄分雅俗，不達事理，人云亦云，乃痛陳疾呼，欲清其說，所謂「雅俗之分，在吐屬，不在文字耳！」一句真爲當頭棒喝，乍聞之，恍冷水澆背，陡然一驚，雅俗之分不在於文字之本身，而在於使用文字者之言行舉止也。

六：異體字

曾榮汾於所著《字樣學研究》中，言及「異體字」之定義：

異體字者，乃泛指文字於使用過程中，除「正字」外，因各種因素，所歧衍出之其它形體而言。（註28）

當代文字學家裘錫圭於所著《文字學概要》中將異體字的定義及分類釐析的較爲詳謹：

異體字就是彼此音義相同而外形不同的字。嚴格地說，只有用法完全相同的字，也就是一字的異體，才能稱為異體字。但是一般所說的異體字往往包括只有部分用法相同的字。嚴格意義的異體字可以稱為狹義異體字，部分用法相同的字可以稱為部分異體字，二者合在一起就是廣義的異體字。……在部分異體字裡，由用法全同的一字異體變成的字只占很小的比例。絕大多數部分異體字是彼此可以通用的不同字。（註29）

就形、音、義三者的關係來看，本書所稱的帖體字及是裘氏所謂的「狹義異體字」。（註30）

七：通書、通用字

「通書」與「通用字」兩詞於義大抵相當。先說「通書」，淸・錢坫《十經文字通正書・敘》云：

「通」之言同，為異文一理；「正」之言準，乃殊義一宗。通正之緣，因聲因字，兩例摠之。何謂「聲」？則語言是；何謂「字」，則偏旁是。語言則臣為辰、鼻為畀，是曰「聲同」；禫為道、宗為臧，是曰「聲轉」。偏旁則工為功、功亦為工；正為征、征亦為正，是曰「互通」。……方為旁，又為謗，是曰「類通」。

其所謂「通書」，涵蓋以上四類，然皆爲假借之字，從其文字本身來看，並非「帖體字」，因帖體字並不從上下文來看，單就字形本身來看。所謂「通用字」是指某字於某些情況下，允許以另一字代替，則此代替字與被代替字互爲即稱爲通用字。裘錫圭於所著《文字學概要》

中論及通用字形成之因素，大抵可歸納爲以下幾點：

一：本字與其慣用的假借字通用。如《漢書・李廣利傳》:「士財有數千。」顏師古注曰:「財與才同。」

二：兩個擁有共同本字的假借字通用。如《漢書・杜欽傳》:「乃爲小冠，高廣財二寸。」顏師古注曰:「財與纔同，古通用字。」

三：母字與其分化字通用。如《荀子・修身》:「端愨順弟。」楊倞注曰:「弟與悌同。」

四：兩字因擁有共同的意義而通用。如《荀子・勸學》:「不積蹞步。」楊倞注曰:「蹞與跬同。」(註 31)

上述第一及第二項屬於同音代替的通假字，第三項屬於「假借在前，造字在後」的假借字，然而，無論是本字還是假借字、通假字，於今觀之，皆爲正體字，帖體字並不將文字置於文脈中去看，視其爲假借字還是通假字，而是單看文字形體本身於與其正體字比較，是否有所差異，有所差異者則爲帖體字，無差異者即爲正體字。第四項則近於帖體字的範圍，然須加上字音相同的條件，才能稱爲帖體字。

八：古今字

所謂「古今字」是指學者注釋古籍之時，遇有較爲難懂之字，以當時通行且音近義同之字解釋之。林尹先生曾分古今字爲以下數項：

一：凡言古今字者，主謂同音，而古用彼，今用此，異字異形且異義。如古用「余」今用「予」。

二：古人用某，今人用某。如古用「遹」，今用「述」。

三：隨時異用，不分時代，亦謂之古今字。如古用「義」，今用「儀」。(註 32)

「古」「今」之分，是隨時間推移的相對概念，今之視古，亦猶後之視今。不過，林氏所言之古今字爲假借字或分別文之範疇，都是因文字應用所致，皆爲正體字，與本書所稱之帖體字並無直接關係。楊潤陸將古今字分為「用字」與「造字」兩類，其用字一項與林氏所言相同；其造字一項，則有以下兩種情況：

一：古字和今字音義完全相同而形體不同，換句話說，這是因產生的時間有先後的異體字。

二：由本字與分別文構成的古今字，此又分為兩類：

（一）由於字義的引伸與文字的分化所造成，聲音相同，意義同源，形體上大致都有密切的聯係，亦即產生時間有先後的同源字。如「共」與「拱」。

（二）由於文字假借與文字分化所成，聲音相同，形體上大致有密切關係，但不同源的古今字。如「或」與「國」。（註 33）

某字是否帖體字不從上下文看，也不與其源頭比較，端視某字在當今與正體字比較之結果來看，因此，楊氏所論仍與本書之所謂帖體字有所差別。

九：野書

「野書」之名，就筆者所知，僅有一見，在北宋・林罕《字源偏旁小說》序，其云：

> 又有「文」下作「子」為「學」，「更」旁作「生」為「蘇」，凡數十百字，謂之「野書」，唐有敕文，加以禁斷，今往往見之，亦不可輒學。

此則文字值得注意者有二：

一：所言之字皆為本書所說之「新」字，「學」字新造為「斈」字，「蘇」字新造為「甦」字，皆為新造之會意字。

二：至於其言「野書」，著一「野」字，其鄙視之意全出矣。

註釋：

1：碑帖中文字以可資辨識者爲據，其殘泐漫漶者不算在內；又，稱帖體字者，以本書第二章所列之諸法爲準據。

2：帖體字之所謂「假」者與文字學上所謂之「假借」有同有異，其同者爲皆爲聲音上的緣故，其異者爲「假」法爲部分形符假借，「假借」爲全字假借；「假」法不論上下文，單就字形本身來看，而「假借」則從上下文來決定。關於此論，請詳參本書第二章第二節「假」法一項前部之概述部分。

3：據《說文・敘》之說。

4：據張懷瓘《書斷》之說。

5：資料詳見劉葉秋《中國字典史略》，臺北：漢京，1984，初版。

6：見章念馳選《章太炎先生學術論著手跡選・新方言》，北京：北京師大，1986，初版，頁 72～105。

7：見蘇尙耀＜「六書」外的另一書＞，見《中國文字學叢談》，臺北：文史哲，1976，初版。

8：見曾榮汾《字樣學研究》，臺北：臺灣學生，1988，初版，頁 120。

9：淩氏之文爲私立輔仁學中國文學研究所碩士論文，1979。曾氏之文爲私立中國文化學中國文學研究所博士論文，1982；又，曾氏又以其博士論文爲主體，寫成《字樣學研究》一書，（同註 8 書）爲其獲得國家文學博士之論文，其中有關於本書所涉及之楷書帖體字與其博士論文相同，故本書有關所見相關研究部分，不予列出。

10：淩氏以《說文》篆形爲其後文字（隸書與楷書）形構之準據，已蹈古代文字學家對《說文》宗奉不違，未能因時變通，以及未能以當時之正體字爲準據之弊。並且，《說文》之誤，容庚於《金文編》中言之多矣，「有傳寫知之訛者」，「有解說之誤者」，「有奪去者」，「有古爲一而分爲二」……，故文字之形構與說解實難定準於許書。

11：有關對象語言與後設語言的相關理論可詳參何秀煌《記號學導論》，臺北：水牛，1987，初版，頁 12、32、36。又，「對象語言」與「後設語言」

是相對的層次，我們可以把任一層次的語言當作對象語言，則比它高一層次的語言便是它的後設語言。因此，可以有後設語言，也可以有後設後設語言(meta meta language)，以及後設後設後設語言(meta meta meta language)。(同書，頁13)

12：同註11書，頁162、173。

13：《書法學》(上)中也有「實證階段」與「思辨階段」二詞，(陳振濂主編，江蘇：江蘇教育，1992，初版，頁186～199。)然而，其定義並不十分明確，並且，對於「實證階段」多有貶抑之處，頗有「思辨階段」才是書法研究之價值所在之感；筆者以爲書法的研究當視其研究主題的重要性與開創性、研究方法的瞭解與運用、論述內容的邏輯性與適切性、論述架構的合理性與特殊性，這諸多方面的綜合考量，才能斷定研究價值。因此，本書雖襲用其「實證階段」與「思辨階段」二詞，然已賦予其不同之意義，並認爲配合「預備階段」，更能有助於書法研究的性質歸納與明瞭前後銜接的因果關係。

14：研究方法中凡附有英文之名詞，其詳細解釋可參《中國大百科全書・哲學・Ⅰ》，北京：中國大百科全書，1987，初版，頁219～222。

15：參蕭振邦＜魏晉「新感性」模式的建立＞，收錄於《文學與美學》，臺北：文史哲，1990，初版，頁50。

16：見高友工＜文學研究的理論基礎——試論知與言＞，在《中外文學》，7卷7期，頁20、21。

17：同註16。

18：見黃季剛《文字聲韻訓詁筆記・文字學筆記》「說文綱領」條下。臺北：木鐸，1983，頁81。

19：見何秀煌《記號學導論》，臺北：水牛，1987，初版，頁98。

20：所謂「性徵」是指任何足以徵別不同事物或認同同一事物的性質，不管這性質是基本的還是複合的。同註11書，頁115。

21：根據日人北山博邦「別字淺說」一文(附所編「偏類碑別字」中，雄山閣出版。)統計，在古籍上，別字之名甚爲紛歧，計有「別字」、「別體」、

「別體字」、「異文」、「字體之異」、「僞體」、「譌字」、「謬體」、「俗字」、「俗體」等十一種。凡此，皆泛指一般異體，或訛俗甚者而言。其中或名異而實同，如清・王昶《金石萃編》，雖有別體、別體字、異文之稱，實無不同。本書僅就常見之名稱予以探討，並無意於將全部名稱一一列出，並進行深入之研究。

22：同註 18 書，頁 81。

23：同註 7 書，頁 105。

24：書體上也有所謂「破體」一詞，如：「右軍行法，小令破體，皆一時之妙。」（唐・徐浩<論書>）是說獻之所書不爲定體，非草非行，而又有草有行，介乎兩者，而又兼有兩者，故可謂之「 行草」，亦可謂之「草行」，此實爲書體上之改造；即不純以草書出之，亦不純以行書出之，破其原有定體之界限，而統包兩者，故不可以單一書體繩之，亦不可以單一書體既有之規範來觀照新創之書體。

25：相關論述見註 19 書，頁 147～160。

26：見蘇新春《漢語詞義學》，廣東：廣東教育，1992，初版，頁 53。

27：同註 26 書，頁 50。

28：同註 8 書，頁 120 。

29：見裘錫圭《文字學概要》，北京：商務印書館，1988，初版，頁 205～208。

30：當代漢語學家王力先生也有對於「異體字」與「同源字」的定義，然其所論實有自相矛盾之處，相關批判可見洪燕梅<睡虎地秦簡文字研究>，國立政治大學中國文學研究所碩士論文，1993，頁 127。王氏之論點可見《同源字典》，北京：商務，1991，初版，內有<同源字論>、<漢語滋生詞的語法分析>及<古音略說>三文。

31：見註 29 書，頁 264～267。裘氏所論之歸納見註 30 文，頁 64。

32：見林尹《訓詁學概要》，臺北：正中，1987，臺初版，頁 201、202。林氏所論之歸納可參註 30 文，頁 65。

33：見楊潤陸撰<論古今字>，在《訓詁研究》，第一輯，北京：北京師大，1981，頁 290、291。楊氏之歸納可參註 30 文，頁 66。

第二章：帖體字之變異方式

在論及帖體字變異方式之本體前，有必要對變異方式之名稱先行定義清楚，才能據之將變異之現象予以歸類。要事先說明的是帖體字之變異方式類似於創造文字之法則——六書，其相同處在於兩者都並不是爲了創造文字或帖體字而事先創設的條例，而是從眾多的文字形體資料中所尋繹出來的一些規律性，也就是一些法則，這些具有規律的法則是事後的發現，而不是事前的訂定。（註 1）

在國古代書論中，名稱的定義問題，除了顯而易懂的名稱確實無所疑議以外，大多並非十分精確嚴謹，故而問題叢生；因此，有必要先將在古代書論中所見到的名稱予以爬梳。具體而言，即是從分類的角度以及語言的使用兩方面來進行批判的工作；批判的表象是一種破壞，而實際上則是重建，一種對於古代書法學域（field of study）中專技語言（technical language）的整理與重新定義。在爬梳與整理的過程中，發現古代書法理論中對於帖體字變異方式之名稱有以下幾點問題：

一：定義不清；　二：名實不符；　三：因果不分；

四：源出不言；　五：涵蓋不全。

這諸多問題所解決的過程在第一節中處理，而其成果，也就是梳理過後的名稱與定義則展現在第二節中；並且，古代碑帖之中有有一些帖體字的變異方式與古代書論所言及的方式於義相通，卻不爲涵括在內，大抵是因書論所言未以帖體字爲討論主題，因此言詞簡約，例證又少，所以字義所及未能周密，範圍遂窄，而其意涵則過於所論。爲因應事實上碑帖之中所見例字在分類上之需要，及在理論上亦可以擴大原有方式所涵括之範圍，有將其方式擴大解釋之必要，也就是將其字義擴大。至於第三節中所論及的則是古代書法理論中有實無名者以及實質上未曾言及者。

第一節：對古代書論的省察

壹：定義不清

舊題唐・歐陽詢＜三十六法＞其中一法言及楷書帖體字之變異方式，其云：

> **借換**　如＜醴泉銘＞「祕」字就「示」字右點，作「必」字左點，此借換也。＜黃庭經＞「[illegible]」字、「[illegible]」字，亦借換也。又如「靈字」，法帖中或作「[illegible]」，或作「[illegible]」，亦借換也。又如「蘇」之為「蘓」、「秋」之為「[illegible]」、「鵝」之為「鵞」、為「[illegible]」之類，為其字難結體，故互換如此，亦借換也，所謂「東映西帶」是也。

對於此「借換」法，有幾點可議之處：

一：「借換」一詞究竟是一種方法，還是兩種方法？

如果是兩種方法，又何以文中一言「此借換也」、三言「亦借換也」，不曾單言此「借」也、此「換」也，似將「借換」一詞視爲一種方法；並且，＜三十六法＞中有一詞而具二法者，如「垂曳」、「向背」、「增減」，皆能於文中分言清楚，不致混淆。然而，若就本書細觀，則又似一詞而具兩法者，如對於「祕」字左右兩旁之點，文中言右旁必字之左點以左旁示字之右點爲之，此種方法，其名稱若言爲「換」，謂以彼代此，其義實難與此借用之現象契合，若言「借」法，則於義可通，故稱此例字純爲「借」法，方稱允當。

文中又有數字，就楷書正體字之立場視之，其性質相同，即<黃庭經>「迋」字、「魏」字，又如「蘇」之爲「蘓」、「秋」之爲「秌」、「鵝」之爲「鵞」、爲「䳘」之類，其共同處爲將形符本來之位置，移易他處，其中「迋」字爲由內移外，「魏」字爲由上移下，「蘓」字、「秌」字、「䳘」字皆爲左右互易，「鵞」字爲左右換爲上下；文中言末四字爲「互換如此」，言「互換」可及於末四字，卻不能含賅前兩字，若提升一層來看，單言「換」字，意謂形符之位置變換，則單一形符之移易，（指前兩字）可稱爲「換」，兩個形符之相互對換亦可稱爲「換」，（指末四字）則其稱爲「換」法，不亦宜乎！惜乎文中對於前兩字卻言「亦借換也」，未能詳加釐清其間之差異所在。

尙有「靈」字之作「霻」、「䨩」者，若依以上之探討結果來看，「靈」字之作「霻」，言爲「換」法，實不可通；言爲借「法」，謂以彼借此，於義似通，然性質又與前舉之「祕」字不同，蓋「祕」字爲兩點合用一點，「靈」 字爲以彼形符代替此形符，一爲合用，一爲改替，若亦歸屬於「借」法，則必將使「借」法一詞產生「歧義」（ambigulity）的現象。所謂「歧義」就是語言的模糊性，同樣一個語詞同時有兩種意義可說，說此義爲可，說彼義亦可，（註 2）此種曖昧不明的情形，張岱年稱之爲「模糊思維」：

> 由于中國傳統哲學中分析方法不發達，于是表現了一定程度的模糊性。這模糊性主要表現于兩點，第一，用詞多歧義，沒有明確界說；第二，立辭多獨斷，缺乏詳細的論證。……模糊思維是中國傳統哲學思維方式的主要缺點。（註 3）

嚴格說來，「借換」方法中之說解正符合模糊思維的兩種弊端：一方面未能就例字詳爲解說，致使觀者不知所指，甚且難與所立語詞之意義溝合；另一方面，何謂「借換」也未曾予以定義，且就例字詳爲考稽，若皆歸於「借換」方法之下，則又有歧義的現象產生。因此，爲避免一詞二義的歧義現象，也爲使例字之分類有所依歸，當於「借換」之外，別立一法，以涵括之。此種方法在本書第二章第三節中稱爲「代」法，謂以彼代此也。

其二：更有甚者，若再深探，不僅一詞兩法，而是一詞多法矣。

何以言之？「借換」法下有一段註解：

> （原註變體出處：）「霻」出漢隸＜無極山碑＞，「蘓」出漢隸＜徐氏紀產碑＞，「秌」出許慎《說文》，「鵞」出大曆石經文字，「䳘」出許慎《說文》。（註4）

值得注意的是，上舉數字不言屬於「借」法或「換」法，而是究其出於何碑，或何碑已有此種寫法，對於此點，清・戈守智疏解「借換」一法時，有所主張：

> 蓋真書當以篆隸為本，顏魯公援篆入楷，深得古意，今觀＜家廟碑＞中，「光」、「芙」、「昔」、「夔」等字，皆與《說文》合。虞集曰：「趙吳興書名天下，以其深究六書也。」今學者不得已而用借換之法，必考法帖所有之字尤合於篆隸者從之。（註5）

其以《說文》之學爲本位，且主張必合於古者方可從而用之，因涉及主張問題，與「借換」一法本身無直接關係，茲不具論。而其所論與原註有相同之處，皆認爲「借換」一法中所舉例字，其形體之變異現象，在小篆（指《說文》）及隸書（指漢隸諸碑）早已有之。對於此論，可注意者有以下數點：

一：其從楷書看待楷書形體之變異現象顯示出是以楷書正體字爲本位，若以小篆爲本位或隸書爲本位，則上述諸字有些是無所謂「借」或「換」者，而這也是吾人對於楷書帖體字所應抱持的立場。

二：對於「借換」一法中所舉諸字，不從「借」法或「換」法來看待，並找出其可能出於何碑，或早於何碑即已出現該種寫法，是認爲借小篆、借隸書已有之字形以變異楷書正體字，也是帖體字之成因，或「借換」一法之成因，甚至也可說是帖體字之變異方式。援篆入楷或援隸入楷在「借換」法中實居大半，若歸於「借換」方法之下，係就字形本身之變異而言，自有成立之依據；但若就方式而言，則援借其他書體以爲變異字形之用，亦可稱爲方式之一，且就筆者所見古代碑帖之中，帖體字大多能從小篆、隸書、甚至是古文、行書、草書之中尋得其字形變異之源頭，況且，在援借其他書體以用於楷書時，書寫者所關注的焦點是在如何將其他書體的寫法以楷書的特性或風格寫出，而不是在於其他書體用入楷書時，其對於正體字的變異方式是屬於「借」法，還是「換」法。因此，援借其他書體以用於楷書的寫法是帖體字產生的之依據，也可以列為變異方式之一。

三：在定名方面，首先對於「借」法一詞與其例字「祕」字進行探討。「借」者，假也，（據《說文》）言用彼於此也，就文中對於「祕」字之說明頗能符合此義；（註 6）然深究其實，所言仍有疏失之處，其所謂「借」者是借用彼形以代替此形，還是借彼形以用於此處，以補此處所缺之點畫？所舉之「祕」字兼含兩者，然而，不從此種代替的角度來看，若從另一個角度來看，則「祕」字兩點距離相近，種類相同，為避免結體之不易，可將兩點併為一點，或其中一點供兩點共用，則此種角度之變異方式可稱為「併」法，謂併合共用之意也。此「併」字之義較「借」字於義更加顯朗，且古代碑帖之中所見同性質之現象亦多有所見，有些例字著實難以明指是以此借彼，還是以彼借此，言彼言此，皆可說通，因此，以「借」字來統括此種現象，不如「併」字更能涵蓋無缺。其次，「借」字既然不用於「祕」字之例，則就其用彼於此之義，文中援引其他書體以用於楷書者，此種情況恰符於「借」義；因此，將「借」法定義為援引其他書體以用於楷書，而為帖體字變異方式之一。至於「換」法，係單就形符在文字中相對位置之改變而言，若有從「借」法者，則先列於借法，其於借法之中，以楷書為本位，仍可細分出「換」法；因此，所謂「換」法係在其帖體字前無所見的前題下，直接針對形符在位置上的變異情況所歸納出來的變異方式之一。

以上對於＜三十六法＞中「借換」一詞之探討，得到以下之結論：就名稱所包括的帖體字變異方式而言，「借換」一詞所指涉的並非一種方式，而是兩種方式；就內容以確立名稱而言，除了原有的「借」、「換」兩種名稱之外，尚可尋繹出「併」法；在定義方面，將原有之「借」、「換」二法予以確適之定義外，也對「併」法賦以定義。

貳：名實不符

《荀子・正名》:「名聞實喻。」對於一個語詞（term；名），的要求是其意義能與事物（實）相互契合，使人從語詞即能明瞭其內容。若是名實之間有所差距，甚至互不相關，則容易使人誤解內容或誤認語。在古代書論有關於帖體字的名詞中，名實不符的現象有以下四例：

一：「東映西帶」與「映帶」之意義與字面意義不合，且與習用之意義不合。

二：「繁則減除」其意義與例字有所出入。

三：「疏當補續」其意義與例字亦有所出入。

四：「增減」之意義與例字亦有所出入。

茲依序分別論述如下：

「映帶」這個語文符號（verbal symbol）實際上在語言使用的傳統下，有其約定俗成（convention）（註 7）的性質。所謂語文符號的「約定俗成」在性質上是一種成規，它經由自由選擇並賦予意義，而為大眾所共同使用與遵循，不必有任何明文的指示，甚至起了規範的作用，因而使人知道正誤對錯。《荀子・正名》即言：「名無固宜，約之以命。約定俗成謂之宜，異於約則謂之不宜。」

《荀子》所言尚有以命約之的性質，在禮教的規範上實有其必要；而語言的使用則並非以命約之，而是自然而然地在使用語言的族群中有其習性與陳規。就「映帶」一詞來說，它使人望而生義，不必贅語繁詞，即是景物或事物間相互關聯襯托之意，如東晉・王羲之＜蘭亭敘＞「此地有崇山峻領，茂林脩竹，又有清流激湍，映帶左右」；用於書法理論上，大抵與「顧盼」、「呼應」一類語詞為等義詞（synonym）（註

8）或近義詞。

在古代書論中「映帶」一詞也確實與「顧盼」、「呼應」意義相同或相近。如：

1.凡落筆結字，上皆覆下，下以承上，使其形勢遞相映帶，無使勢背。（東漢・蔡邕＜九勢＞）

2.統視連行，妙在相承起復　行行皆相映帶，聯屬而不違背也。（隋・釋智果＜心成頌＞）

3.**避就**　避密就疏，避險就易，避遠就近，欲其彼此映帶得宜。又如「廬」字，上一撇既尖，下一撇不當相同；「府」字一筆向下，一筆向左。（舊題唐・歐陽詢＜三十六法＞）

4.**應副**　字之點畫稀少者，欲其彼此相映帶，故必得應副相稱而後可。

5.**小大、大小**　＜書法＞曰：大字促令小，小字放令大，自然寬猛得宜。譬如「日」字之小，難與「國」字同大，如「一」字、「二」字之疏，亦欲字畫疏密者相間，必當思所以位置排布，令相映帶得宜，然後為上。（同上）

6.**真草偏枯**　謂兩字或三字，不得真草合為一字，謂之偏枯，須求映帶，字勢雄媚。（唐・張懷瓘＜論用筆十法＞）

7.知＜蘭亭＞韻致，取其映帶，以為態度。不知態度者，書法之餘也。（元・趙孟堅《趙子固論書法》）

8.古人論書，以章法為一大事，蓋所謂「行間茂密」是也。……右軍＜蘭亭敘＞章法古今第一，其字皆映帶而生，或小或大，隨手所如，皆入法則，所以為神品也。（明・董其昌《畫禪室隨筆》）

9.學草書須逐字寫過，令使轉虛實一一盡理，至興到之時，筆勢自生，大小相參，上下左右，起止映帶，雖狂如旭、素，咸臻神妙矣。（清・馮班《鈍吟書要》）

10.作字惟有用筆與結字，用筆在使盡筆勢，然須收縱有度；作字在得其真態，然須映帶勻美。（同上）

11.凡運筆有起止、(原注：一筆一字，俱有起止。)……有映帶、(原注：映帶以連脈絡。)……。(清・宋曹《書法約言・總論》)

12.所謂「行」者，即真書之少縱略，後簡易相間而行，如雲行水流，穠纖間出，非真非草，離方遁圓，乃楷隸之捷也；務使結字小疏，映帶安雅，筋力老健，風骨灑落，字雖不連而氣候相通，墨縱有餘而肥瘠相稱。(同上)

13.字有九宮。……每三行相並，至九字又無大九宮，其中一字即為中宮，必須統攝上下四旁之八字，而八字皆有拱揖朝向之勢；逐字移看，大小兩中宮皆得圓滿，則俯仰映帶，奇趣橫出矣。(清・包世臣《藝舟雙楫・述書下》)

14.筆鋒所到，收處、結處，掣筆映帶處，亦正有出鋒者；字鋒出，筆鋒亦出，筆鋒雖出，而仍是筆尖之鋒。(清・周星蓮《臨池管見》)

15.作字以精、氣、神為主。落筆處要力量，橫勒處要波磔……承接處要沈著，映帶處要含蓄，結局處要回顧。(清・朱和羹《臨池心解》)

綜合以上所引十五則，爲數可謂不少，因此，「映帶」一詞若不能說是術語，至少也是常用之熟語。對於這個熟語的意義的瞭解，可以從其上下文來審視：

第一則：上覆下承，無使勢背；

第二則：相承起復，聯屬不背；

第三則：係就文字本有之形態加以筆勢變化，使結體不致板滯；

第四則：字之點畫稀少時，欲求得筆畫彼此相映帶之理想，其條件爲筆畫之間應副相稱，也就是應副相稱爲映帶內涵之一；

第五則：結體當疏密相間，使之巧妙，且映帶爲結體之審美理想；

第六則：能映帶之字，字勢雄媚；

第七則：＜蘭亭序＞所以有韻致者，其因之一爲字勢有映帶，且作字不知映帶，則字無「態度」；

第八則：映帶而生之字，或小或大，隨手所如，並使字間氣脈貫通，有「行間茂密」之美；

第九則：寫草書至興來之時，筆勢連轉不絕，一氣貫通，或大或小，而消息相關，參差有致；

第十則：映帶爲得字之真態後之進一步要求，且映帶之審美標準或理想爲「勻美」二字；

第十一則：映帶之目的在於使脈絡相連；

第十二則：對於行書之審美理想其一爲字雖不連而氣候相通；

第十三則：拱揖朝向，奇趣橫出；

第十四則：映帶之筆畫有出鋒；

第十五則：對於映帶之審美理想爲「含蓄」二字。

綜合以上逐一審視之結果，可以對「映帶」一詞之意義作以下之闡釋：筆畫之間流通照應、顧盼有情，或順勢帶筆，而筆斷神連，或遙相呼應，而潛相矚視；要之，筆筆雖有起訖，而自有其善，然筆筆卻又痛癢相關，彼此之間，其偃仰向背之勢，疏密離合之態，皆有前承後接，使積畫成字之時，並非只是機械式的拼湊而已，而是有機地自然成一整體，脈絡貫串，饒有情致。這是從引文去判斷「映帶」一詞的習用意義。值得注意的是，「映帶」一詞已蘊涵筆畫與筆畫之間並非連屬不斷，而是筆斷神連，在楷書結構法中稱爲「意連」：

> **意連**　字有形斷而意連者，如「之、以、心、必、小、川、州、水、求」之類是也。（舊題唐・歐陽詢＜三十六法＞）

清・戈守智《漢谿書法通解》疏解曰：

> 趙秉文曰：似斜而還直，意斷而若連。《書法三昧》曰：作大字，波首暗接連腕末鋒，則血脈連屬。

所謂「血脈連屬」是以形象化的語句來詮釋「意連」一詞；而戈守智本身所疏解者更顯鮮明完整：

> 字有形體不交者，非左右映帶，豈能連絡？或有點畫散布、筆意相反者，尤須起伏照應，空處連絡，使形勢不相隔絕，則雖疏而

不離也。

所謂「左右映帶」、或「映帶」，即為具體實踐「意連」這個結構審美理想之方法，故言「字有形體不交者，非左右映帶，豈能連絡？」其下即為對於「左右映帶」、或「映帶」的詮釋也就是對於意連的進一步詮釋，其與上引諸文之所謂相承起復、連屬不背、應副相稱於義相同。

再從語詞合成的各字來剖析，「映帶」一詞係由「映」與「帶」二字相合而成，「映」字有反影、反映之意，如：《 古文苑・三・文木賦》：「脩竹映池，高松植巘。」《文選・閑居賦》：「長楊映沼，芳枳柑籬。」「帶」字本為束衣之帶義，引伸有圍繞義，如《戰國策・魏一 》：「殷紂之國，左孟門而右漳釜，前帶河，後被山。」有連著、附著義，如《文選・北山移文》：「風雲悽而帶憤，石泉咽而下愴。」合「映」、「帶」二字以成「映帶」一詞，則有事物或景物相互襯映關聯之意；此為其字面意義，也正是「映帶」一詞之習用意義。

更從上述的探討結果提升一層，從語用學的角度來剖析，「映帶」一詞的使用有下兩點語言上的內涵：一是集體意識，是謂「映帶」一詞已為群眾接受，以其在文字意義上有其固定的內容或一定的趨向，人所共知，而難以甚或不可賦予其它意義，因而不為個人主觀意念所轉移。語言本是社會活動的產物，若隨意將共知通用的語文符號賦予其它意義，則易使人淆惑不清、不知所指，因此，不僅難為他人所接受，而終將埋於為歷史之中，甚或改造意義之本人他日或恐也如墜霧中，迷離惝恍，不知其實。二是自然語言（natural language），所謂「自然語言」是指在一個文化歷程中陳年累月、因風隨俗地慢慢地發展出來的大眾語言，它可以應用到日常生活中許許多多的場合裡。（註 9）因此，「映帶」一詞即使不是書法學域中的專技語言，至少也是口頭習用或書面可見的熟語；並且，在意義內容不變的原則下，它容許等義詞或近義詞的置換。所以，集體意識所著重的是共同規範問題，自然語言所強調的是傳統習慣問題；前者使「映帶」一詞的意義內容有不可轉移的性質，後者則使之具有一定的認知傾向。如此，「映帶」一詞在語文符號與意義內容上便有了一對一的特定對應關係，而非隨人轉變、漫無準的。而這種特定的對應關係也正是吾人對於「映帶」一詞僅喚起一種特定的認知意義的現象。

然而，同是出現在古代書論中的「映帶」一詞及其衍生的複合詞用爲帖體字變異方式之名稱時，卻有不同的意義。這種情況有二，首先看舊題唐・歐陽詢的＜三十六法＞：

> **借換**　如＜醴泉銘＞「祕」字就「示」字右點，作「必」字左點，此借換也。＜黃庭經＞「[illegible]」字、「魏」字，亦借換也。又如「靈字」，法帖中或作「罡」，或作「丕」，亦借換也。又如「蘇」之為「蘓」、「秋」之為「秌」、「鵝」之為「鵞」、為「䳘」之類，為其字難結體，故互換如此，亦借換也，所謂「東映西帶」是也。

依其文脈細審，其所謂「東映西帶」意即「借換」之法中的「換法」，爲變異形符在一字之中的相對位置之意。然而，此實有可議之處：

一：文中有「所謂『東映西帶』」一句，所謂「所謂」者，大抵襲用前人或時人有名之語句，而施之於文章；然筆者考諸古代書論，「東映西帶」一詞除了在此文中出現外，另一次竟亦出現在歐陽詢的書論中：

> 四面停勻，八邊具備；短長合度，粗細折中；心眼準程，疏密攲正；筋骨精神，隨其大小，不可頭輕尾重，無令左短右長，斜正如人，上稱下載，東映西帶，氣宇融和，精神灑落。（唐・歐陽詢＜八訣＞）

何以自己會引用自己曾說過或寫過的語詞而冠以「所謂」一詞，似有自吹自捧之嫌。究其原因，當是＜三十六法＞並非歐陽詢所作，爲後人託名者，或是歐陽詢實有原作，然後人又有所增修，而致誤用歐陽詢曾寫過的語詞。（註 10）

二：「借換」一法所舉之例字，一開始就舉＜九成宮醴泉銘＞中之例字，而該碑爲歐陽詢所書；若＜三十六法＞真爲歐陽詢所作，何以自用所書碑帖之例字，此於常理不合。

三：再從同樣是「東映西帶」一詞之意義來比較，<八訣>中所言之「東映西帶」一詞，依上下文觀之，當與前述之「映帶」一詞義同，爲顧盼照應之意，方能開展其下「氣宇融和，精神灑落」一句。所以言「東」言「西」者，舉實以說虛也；東西二字爲修辭學上「鑲嵌」格中的「嵌字 」，但言一二方向，而實言彼此或各方也。「映帶」一詞爲概念，爲從現象抽繹出來的抽象語詞，於原有之「映帶」一詞中增益實言方向之東西二字，是顯明或加強詞義之方式，因，「東映西帶」與「映帶」於義相同。然而，在<三十六法>中的「東映西帶」一詞卻與「換」法同義，同一人之同一語詞，其義卻完全無關，於理不合，也可看出<三十六法>中至少「東映西帶」一詞非歐陽詢所增益者，當爲後人所襲用<八訣>中者。

四：「東映西帶」一詞既然與「映帶」一詞同義，何以又有「換」義？語詞有其本義，即初造之時之意義，就語詞而言，即其字面意義；語詞又有引伸義，係從本義輾轉旁生之意義，在性質上雖爲詞義之變遷，然皆與本義有所相關，其產生之原因係由於聯想作用。聯想作用雖然出於偶然，然亦有一定之軌跡以爲作用之規律，一是接近律，二是類似律，三是反對律，四是因果律。(註 11)「映帶」一詞之本義已如上述，其同義詞「東映西帶」四字又旁出「換」義，然實與流通照應、顧盼朝揖之義相去甚遠，亦無法從引伸義產生之四種聯想作用之規律去揣摩，因此，「東映西帶」一詞言爲「換」義，實有其不當之處。

然而，元・陳繹曾又旁出一說，於所著《翰林要訣・第十・分布法》中言：

> **映帶** 凡偏旁不相稱者，屈伸點畫以避之。太繁者減除之，太疏者補續之，必古人有樣，乃可用耳。

上述「映帶」一詞已有其習用之義，轉變爲「增」、「減」之義，於理難通；且增減點畫之法古已有「增」、「減」二法以爲定稱，亦沿用不輟，改稱爲「映帶」一詞，於理難通，徒使人淆惑耳。

綜合上述，對於舊題唐・歐陽詢＜三十六法＞中的「東映西帶」一詞與元・陳繹曾之「映帶」一詞，因其意義與習用之意義相去甚遠，且作爲引伸義又於理無據，而因此導致了與帖體字變異方式中的「換」、「增」、「減」三種方法的混淆，從定名的角度來看，自宜詳加審視並從中揀選適契於現象者，是以就古代書論中所見之變異方式而言，兩者名實不符，著實無法成爲變異方式。

又，隋・釋智果＜心成頌＞中有兩處亦有可議之處。其一：

繁則減除　王書「懸」字、虞書「毚」字，皆去下一點；張書「盛」字，改「血」從「皿」也。

「盛」字之形構爲「從皿、成聲」，屬形聲字，其下不從血、從皿也；而釋智果誤將盛字內部似丁之形符與皿字合看，卻成血字，對於此誤，清・馮武於《書法正傳》中之疏解有所辨明：

簡緣云：「盛」字去內「丁」字，非從「皿」也，若「皿」字則本無點。

並且，《書法三昧・二・布置》中也有言及「盛」字的減法：

太繁則**減省**，……「盛」字，則除成字中鉤。

故「盛」字所減當非一點，而是「成」字內部似「丁」之形符。

其二：

疏當補續　王書「神」字、虞書「處」字，皆加一點，「卻」字「卩」從「阝」是也。

所言王虞所書二字，純就形體而言，自無可議；然對於改「卻」字而爲「郤」字之說，則有問題：兩字之右部一爲直下而鉤，一爲二作曲筆而鉤，有似「3」形，兩者並非相互增減之關係，且其形相近，實有互相代用之可能；何況「郤」亦爲一獨立之字。因此，對於此種現象不宜從增減關係來看，當屬「形近而代用」（容見第二章第三節）一項。

又，尚有一字也有名實不符的情形：

增減　字有難結體者，……或因筆畫多而減省，……，美之為「美」。（舊題唐・歐陽詢＜三十六法＞）

書論將「美」字之帖體字列為減法，因此就減法來看，是減去大字之橫，然而，同時在所減之處又增益左右對稱之兩點，所以，若單從減法來看此字，實有所不足，必須會合增法，才能予以完整之解釋。但是，這樣的解釋實際上又有問題，如果不從大字內部之增減情形來看，而以大字及其所變異之帖體字相互比較來看，則可以發現「大」字一變而為「火」字，這種情形並非增減之法所能解釋，當從文字之形體因相似而代用之角度切入，方稱允當；並且，這種因兩成文之字形體相近而代用之情形在古代碑帖之中屢見不鮮，若以增法與減法合觀才能解釋，實覺繁，並且古人之改寫正體字也有可能不是從增減字形的角度來進行，而是從字形全體著眼，以其他形似之正體字代用，而這種解釋方式一方面可免除會合增減二法之繁累，亦可同時解釋相同性質之現象而會合增減二法所難以解釋得當者。因此，此「美」字當列為本書之所謂「代」法。

清・劉熙載《藝概・書概》中也有一段對於帖體字變異方式的主張，因與本書之定義有所差異，故一併附帶說明於此：

> 移易位置、增減筆畫，以草較真有之，以草較草亦有之。學草者移易易知，而增減每不盡解。蓋變其短長肥瘦，皆是增減，非止多一筆、少一筆之謂也。

所謂「移易位置」與本書之「換」法於義相同；而「增減筆畫」則有所出入，劉氏之「增」法即是本書之「增」法與「長」法，「減」法即是本書之「減」法與「短」法。劉氏對於「減」法之說當有所承，蓋舊題唐・顏真卿述張旭＜筆法十二意＞中亦有相同的論述：

> 又曰：「損為有餘，子知之乎？」曰：「嘗蒙所授，豈不謂趣長筆短，常使意氣有餘，畫若不足之謂乎？」長史曰：「然。」

所載文意並不十分明確，然就其「趣長筆短，常使意氣有餘，畫若不足之謂」一段審諦之，其所謂「減」法並非減去筆畫或形符，而是縮短筆畫，此正為本書之「短」法。本書之所以不從此說者，有三因焉，其一：「增」「減」二字習用之義並非伸長或縮短，而是於原有之本身有所加益或省除；其二：其說與書論中其他說法不同；其三：若「增」「減」

二法同時各有兩種意義，則於分類上即缺乏獨立性，雖名為一法，實為二法，則當將之釐析清楚，務使一名一法，一法一名，以與其他諸法相同，並便利於個別研究、邏輯分析和傳通應用。

參：因果不分

所謂「因果不分」者，意指將產生帖體字之原因與由此原因產生之變異方式都列為帖體字之變異方式，致使在古代書論中，同一性質現象卻有兩種詮釋方法。原因是因，由此原因產生的方式是果，因果本不相同，雖然兩者都可以對同一現象作為詮釋方法，或是作為變異方式，但是，還要看是以現象之歸納作為建立方式之根據，還是以現象背後之成因作為建立方式之根據，因此，兩者存在著根據的不同；也就是說，此之所謂「因果不分」，實際上也就是根據不一的問題。

在古代書論中，對於楷書帖體字之變異方式，有二處顯然是對同一性質之現象分別作出在不同標準下的詮釋內容：

◎**補空**　如「我」、「哉」字，作點須對左邊實處，不可與「成」、「戟」諸戈字同。如「襲」、「辟」、「餐」、「贛」之類，欲其四滿方正也，如<醴泉銘>「建」字是也。（舊題唐・歐陽詢<三十六法>）

◎**增減**　字有難結體者，或因筆畫少而增添，如「新」之為「新」，「建」之為「建」是也。或因筆畫多而減省，如「曹」之為「曹」，「美」之為「美」。但欲體勢茂美，不論古字當如何書也。（同上）

首先看「補空」一法，依其文意，當於「欲其四滿方正也」一句結束，而其下又加例字以為論證，稍嫌累贅，當為後人所妄加者；然而，不論其是否為後人所加，其為古人之意則屬實也。因此，若從本書論之，則同出於<三十六法>之結構方法，對於同出於歐陽詢<九成宮醴泉銘>之「建」字，卻有不同之方法以為詮釋；「補空」一法係從原因面來看待，「增」法是從結果面來看待，何以言之，蓋「增」法文中有言：「字有難結體者，或因筆畫少而增添。……但欲體勢茂美……。」其意與「補空」一法文中所言意涵相同：「欲其四滿方正也。」雖然兩者所抱持的原因相同，對同一現象也都能夠予以詮釋，但是所切入的角度不同，或是根據不同，就會產生兩種不同的結構方法，在帖體字上也會產生兩種變異方式，更會產生分類上的問題，使同一帖體字歸於此為是，歸於彼亦是的窘境。

作為楷書帖體字的分類根據，大抵可分為可見的形體與可推究的原因兩大類。以可見的形體作為分類之根據有其分類上的客觀性、一致性與便利性。所謂「客觀性」是說形體有憑有據，每一個帖體字都歸屬於一個特定而且適合的形構方式；所謂「一致性」是指每一個帖體字的歸屬工作，任何人來作，其結果都會一樣；所謂「便利性」是指以可見的形體作為分類之根據，不必勞神推究其背後之成因究竟為何，並且可以避免因不同人所推究的原因可能不同，而導致分類上的問題與煩擾。相對的，若以原因作為分類之根據，便容易流於主觀、片面、和不便。因此，對於上述的分類問題自以「增」法為變異之方式最宜；本書在楷書帖體字的分類上，根據的也是可見之形體，根據可見的形體進行歸納與分析，再從中抽繹出一個語詞，也就是一種變異方式，以概括共同性質的諸多例字。

肆：源出不言

舊題唐·歐陽詢<三十六法>言及楷書帖體字之變異方式，其中有二處對於例字之說法有值得進一步探討之必要：

◎借換　如<醴泉銘>「祕」字就「示」字右點，作「必」字左點，此借換也。<黃庭經>「[illegible]」字、「[illegible]」字，亦借換也。又如「靈字」，法帖中或作「[illegible]」，或作「[illegible]」，亦借換也。又如「蘇」之為「蘓」、「秋」之為「秌」、「鵝」之為「鵞」、為「䳘」之類，為其字難結體，故互換如此，亦借換也，所謂「東映西帶」是也。

◎**增減**　字有難結體者，或因筆畫少而增添，或因筆畫多而減省，如「新」之為「新」，「建」之為「建」，「辛」之為「辛」，「曹」之為「曹」，但欲體勢茂美，不論古字當如何也。（註 12）

對於以上諸法所舉出之例字，若單就形體而言，誠如文中之論述過程即可；然而，若就書體的演化進程來看，恐非其然。於此，「借換」之法其下有註明每一字之出處：

（原註變體出處：）「靈」出漢隸＜無極山碑＞，「蘇」出漢隸＜徐氏紀產碑＞，「秌」出許慎《說文》，「鵞」出大曆石經文字，「鯱」出許慎《說文》。（註 13）

「增減」方法之下亦有言之：

（原註變體出處：）「新」出許慎《說文》，「建」出漢隸＜高朕修周公禮殿記＞，「辛」出漢隸＜冀州從事張表碑＞，「曹」出漢隸＜靈臺碑陰＞。（註 14）

對於原註所言某字出於某書或某碑，有其邏輯上之偏執，蓋某字之所以作某形，其雖爲帖體字，然並不能確定某字真出於某書、某碑，古人也未必真有見過該書、該碑，也可以說是同形之字亦出現於其他書、碑，而書者所根據者爲他書、他碑，也可以說是書者根本不知有該書、該碑，而只是依據當時的習慣寫法或沿襲傳統的寫法，因此，若言某字早已於某書、某碑出現，或言某字出於小篆、或漢隸，於義方爲圓通，邏輯上也較爲周密。戈氏對於以上所舉之帖體字變異方式有所疏解，在「借換」方法中所言，與原註有相同性質：

蓋真書當以篆隸為本，顏魯公援篆入楷，深得古意，今觀＜家廟碑＞中，「光」、「芺」、「昔」、「夔」等字，皆與《說文》合。虞集曰：「趙吳興書名天下，以其深究六書也。」今學者不得已而用借換之法，必考法帖所有之字尤合於篆隸者從之。（註 4）

其以《說文》之學爲本位，且主張必合於古者方可從而用之，因涉及主張問題，與「借換」一法本身無直接關係，茲不具論。而其所論與原註有相同之處，皆認爲「借換」一法中所舉例字，其形體之變異現象，在小篆（指《說文》）及隸書（指漢隸諸碑）早已有之。對於此種說解，可注意者有二：

一：從楷書看待楷書形體之變異現象顯示出是以楷書正體字爲本位，若以小篆爲本位或隸書爲本位，則上述諸字有些是無所謂「增」、「減」、「借」、「換」者，而這也是吾人對於楷書帖體字所應抱持的立場。

二：原註對於所舉例字，不從「增」、「減」、「借」、「換」等諸法來看待，並找出其可能出於何碑，是認爲借小篆、借隸書已有之字形以變異楷書正體字，也是帖體字之成因，或者也可以說是「增」、「減」、「借」、「換」諸法之成因，甚至也可說是帖體字之變異方式。而戈氏也認爲援篆入楷或援隸入楷可以造成「借換」的產生。援篆入楷或援隸入楷在「借換」方法中實居大半，若歸於「借換」方法之下，係就字形本身之變異而言，自有成立之理據；但若就變異方式而，則援借其他書體以爲變異字形之用，亦可稱爲方式之一。因爲在援借其他書體以用於楷書時，書寫者所關注的焦點是在如何將其他書體的寫法以楷書的特性或風格寫出，而不是在於其他書體用入楷書時，其對於正體字的變異方式是屬於「借」法，還是「換」法；且就筆者所見古代碑帖之中，帖體字大多能從小篆、隸書、甚至是古文、行書、草書之中尋得其字形變異之源頭。因此，援借其他書體以用於楷書的寫法是帖體字產生的之依據，也可以列爲變異方式之一。

伍：涵蓋不全

以上四項對於古代書論的批判：「定義不清」、「名實不符」、「因果不分」，「源出不言」，是直接從書論本身去批判其在理論上的問題；此項名爲「涵蓋不全」，則不是從書論本身去批判，而是從本書之外，以具有相同性質的成果作爲標準，對古代書論進行批判。這種成果自以本

具有相同性質的成果作爲標準，對古代書論進行批判。這種成果自以本書所獲致的成果作爲批判之標準，而標準的內容是以所建立之變異方式爲依歸，也就是帖體字變異方式的名稱多寡問題。

本書所獲致之成果，關於帖體字之變異方式，計有十六種，其中前四種（增、減、借、換）在古代書論中已有名稱，後十二種爲本書所重新建立或發現者。兩者差異可以下表示之：

表 3

	古代書論已有之名稱	本書所載錄之名稱
增	○	○
減	○	○
借	○	○
換	○	○
長		○
短		○
斷		○
連		○
穿		○
併		○
代		○
假		○
新		○
合		○
分		○
包		○

以上是就名稱來看，若就內容來看，雖然古代書論所言及的相關內容，其所觸及的名稱數量比單就名稱來看的數量還多，包括增、減、借、換、長、併、代、新，（註 15）計有八種，正是古代書論已有名稱之

兩倍；但是，實質上，並非所觸及的每一種名稱都有足夠的例證以涵蓋本書所細分的各種方式。因此，古代書論所言著實有限，究其原因，大抵是因未以帖體字為專論的對象，僅附於結構法中之故。以下就古代書論中有專論楷書結構法之論著，依時代先後，列表以示其所言及之帖體字變異方式之名稱，若無言及者，則僅標論著名稱。

表 4

論著名稱與作者	說明
＜心成頌＞ 隋・釋智果	繁則減除（減） 疏當補續（增）
＜三十六法＞ 舊題唐・歐陽詢	借換 增減
＜論用筆十法＞ 唐・張懷瓘	
《翰林要訣・分布法》 元・陳繹曾	（文中言「映帶」一法，即增減二法）
＜大字結構八十四法＞ 明・李淳	
＜間架結構摘要九十四法＞ 清・黃自元	
《書法三昧・布置》 （佚名）	太繁則減省 太少則增益
《書法三昧・結構》 （佚名）	邊爾　太繁者，宜減除之。 幸　太疏者，補續之。
《書法三昧・結構逕庭》 （佚名）	

第二節：對古代書論的重建

——在書論中已有名稱者

對於楷書帖體字之變異方式，在古代 書法理論中已經出現之名稱，則依其名而究其實，務使名實相符，也就是確定其帖體字之變異方式；在這種前題下，進行古代書論的爬梳工作，並經過上述第一節「對古代書論的批判」的探討後，可以將古代書論中對於帖體字之變異方式歸納為以下四種。

壹：增

在原有之正體字上有所增益或減少，較為容易辨識出其與原正體字之不同，因此較容易察覺出帖體字的存在，而且，也較容易歸納出其規律性或法則，以作為帖體字之變異方式。因此，在古代書論有關結構的論述中，對於「增」法與「減」法的論述也就較多，而且最無爭議之處。古代書論中有關帖體字之「增」法，屢有所見，茲依時代先後，列示如下：

1.**補**　謂不足也。（南朝梁・蕭繹<觀鍾繇書法十二意>）

2.八曰「補」。（南朝齊・蕭子雲<十二法>）

3.疏當補續　王書「神」字、「處」字皆加一點，「卻」字「卩」從「卪」是也。（隋・釋智果<心成頌>）

4.**增減**　字有難結體者，或因筆畫少而增添，如「新」之為「新」，「建」之為「建」是也。（舊題唐・歐陽詢<三十六法>）

5.又曰：「補為不足，子知之乎？」曰：「嘗聞於長史，豈不謂結構點畫或有失趣者，則以別點畫旁救之謂乎？」長史曰：「然。」

（舊題唐・顏真卿述張旭<筆法十二意>）

6.**映帶** ……。太疏者補續之， ……。（元・陳繹曾《翰林要訣・第十・分布法》）

7.太少則增益，……如「神」字，加一點，「辛」字，加一畫。（《書法三昧・二・布置》）

8.**幸** 太疏者補續之，……。（《書法三昧・五・結構》）

對於以上諸例，可注意者有以下幾點：

一：<心成頌>中「卻」字之例並非增法，此點已辨明於本書第二章第二節「名實不符」一項中；

二：元・陳繹曾之「映帶」一詞其習用意義與其所論之內容實有不同，此亦已具論於本書第二章第二節「名實不符」一項中；

三：就名稱而言，則有以下幾種：「補」、「補續」、「增」、「增益」、「增添」、「加」，名稱雖殊，其義則同。

四：單就形體之變異而言，古代書論對於增法所言及之內容只有兩項，一是增點，二是增橫，同是屬於筆畫的其他筆畫，則未言及，顯示所言甚簡，僅以少數幾個明顯的例子作爲論證而已。

對於以上古代書論所言及的名稱及相關內容，若以碑帖所見之帖體字觀之，則有兩個問題有待解決，一是名稱問題，一是分類問題。在名稱問題上，古代書論所言及者有「補」、「補續」、「增」三種。「補」字有原本即有所不足而增益部分以補足之義，頗能符合帖體字因文字形體難以結構而有所增益之內在因素；言「補續」二字，則稍嫌累贅，且「續」字並無因不足而有所增益之義，故不從之；「增」字意謂在既有之形體之上又有所增益之義，此字意義較爲中立，並不富含原因色彩，只是就現象予以客觀性歸納。究諸碑帖之中所見有所增益之帖體字，有正如古代書論所言之「太疏」、「太少」以致「難結體」之因素，而於原有形體之上有所增益者；然而，也有相當部分並非因文字結構難以表現美感而有所增益，究其原因，或爲偶然興起，純屬戲墨，或爲表現趣味，或因個人癖好，或純屬誤加，……種種原因，雖有仁智之見，然皆非美感因素所能說明。因此，較富原因色彩的「補」字就無法概括所有有所增益之字，當以不具任何情感色彩、原因色彩，純以現象之歸納爲處理方式之「增」字爲宜；而這也突顯出對於帖體字之變異方式，其名稱也應以中立性質，不具任何情感或原因色彩之字詞爲宜，蓋情感與原因較富個人之主觀意味，所產生的差異性較大，在分類上就容易發生問題，如以可見之形體爲客觀之分類依據，則分類上自有其客觀性、一致性與便利性。在分類問題上，古代書論僅言及點與橫兩種，如不膠執於增法爲某種筆畫之增益，將之提升一層來看，視增益筆畫爲於原正體字上有所增益一義，則所謂「增」者，可以涵括古代碑帖中所見的眾多相同性質的字例，也較能符合「增」字一義。因此，楷書帖體字之變異方式中，所謂「增」者，即於原正體字上有所增益。

一：增益筆畫

（一）增點

表 AAA

圖　號	正體字	帖體字	圖　號	正體字	帖體字
AAA ～001	惚	惚	AAA ～002	牙	牙
AAA ～003	雲	雲	AAA ～004	笄	笄
AAA ～005	珮	珮	AAA ～006	執	執
AAA ～007	餘	餘	AAA ～008	底	底
AAA ～009	秋	秋	AAA ～010	飛	飛
AAA ～011	紵	紵	AAA ～012	升	升
AAA ～013	矛	矛	AAA ～014	誕	誕
AAA ～015	鬼 ☆	鬼	AAA ～016	益	益
AAA ～017	友	友	AAA ～018	曉	曉
AAA ～019	卜 ☆	卜	AAA ～020	宄 ☆	宄

AAA ～021	咸☆	咸	AAA ～022	改	改
AAA ～023	監☆	監	AAA ～024	託	託
AAA ～025	聿☆	聿	AAA ～026	支☆	支
AAA ～027	攸☆	攸			

（二）增橫

表 AAB

圖　號	正體字	帖體字	圖　號	正體字	帖體字
AAB ～001	墳	墳	AAB ～002	惋	惋
AAB ～003	皂	皂	AAB ～004	熙	熙
AAB ～005	綏	綏	AAB ～006	條	條
AAB ～007	象☆	象	AAB ～008	金	金
AAB ～009	酋	酋	AAB ～010	剋	剋
AAB ～011	哀	哀	AAB ～012	爽	爽
AAB ～013	倝☆	倝	AAB ～014	夆☆	夆
AAB ～015	夙	夙	AAB ～016	豹	豹
AAB ～017	典	典	AAB ～018	胄	胄
AAB ～019	央☆	央	AAB ～020	[illegible]☆	[illegible]

（三）增豎

表 AAC

圖　號	正體字	帖體字	圖　號	正體字	帖體字
AAC ～001	鼎	鼎	AAC ～002	冥	冥
AAC ～003	施	施	AAC ～004	齡	齡
AAC ～005	慧	慧	AAC ～006	暴	暴
AAC ～007	淵	淵			

（四）增撇

表 AAD

圖　號	正體字	帖體字	圖　號	正體字	帖體字
AAD ～001	虫 ☆	虫	AAD ～002	初	初
AAD ～003	武	武	AAD ～004	式	式
AAD ～005	戈	戈	AAD ～006	凡	凡
AAD ～007	夷	夷	AAD ～008	外	外
AAD ～009	私	私			

（五）增益對稱筆畫

對稱（symmetry）在西方美學中爲造成美感之形式原理之一，它存在於自然界，也多方發現於人爲的多種工藝品或藝術品中，而爲人類所共同的美感形式之一。一般說來，對稱的形式可以統屬於平衡（balance）的形式原則下，而平衡又可歸屬在變化中的統一（unity in varity）的原則下，換句話說，對稱即是在變化中的統一這種美感的最高形式原理之下的一種表現方式；這種表現方式所造成的美感效果，如大小的一致性、變化的規律性、相對的平衡性、及內在的秩序感，凡此，皆爲對稱所呈現的形式美感，並且在審美活動進行時效果也極爲直接明顯。以美學角度來審視「增益形符」這一帖體字之變異方式，對稱這一形式原理可以提供較爲直接有效的分類；也就是說，本書對於所增益的形符以書法藝術的觀點來看，自然宜有相對應的美學原理來進行內容的分類。

表 AAE

圖 號	正體字	帖體字	說 明
AAE ～001	奮		或受僚字右部之影響。
AAE ～002	猛		增八字之形。
AAE ～003	頤		增左部上下兩橫。
AAE ～004	洛		同墓誌銘中，落字寫法爲此帖體字所增之兩點下增一橫畫。
AAE ～005	巧		亦可將右半部視爲兮字。
AAE ～006	夙		鳳字借隸之帖體字亦有增益兩點者。
AAE ～007	亢		或受舟字之影響
AAE ～008	辛		或受「親」字左邊形符之影響。

（二）增益不對稱形符

所增之形符雖不對稱，然亦多有所據，非憑臆妄造者。

表 AAF

圖 號	正體字	帖體字	說 明
AAF ～001	仍		或受盈字之影響。
AAF ～002	隆		增一撇一橫。
AAF ～003	席		或受帶字下部影響。
AAF ～004	軀		增一撇一橫。
AAF ～005	衡		所增益之部份有若共字。
AAF ～006	丞		或受承字之影響。
AAF ～007	夷		或受蕘字之影響。
AAF ～008	騰		或受勝字之影響。

AAF ～009	嚴	嚴	增益一撇一横，與其下之攵字上部相應。

二：增益形符

形符，是指文字的「形」，依文字學的角度觀之，不論成文或不成文，皆是形符。在本書的形符，所指涉之範圍爲單一筆畫之外之任何形符。形符，在本書中最常見者爲偏旁，偏旁或稱部首，通常爲一字義符或類別之所在。每字一定有其所歸屬之部首（或其字即爲部首），而若於原正體字上又增益一偏旁，此多有疊床架屋之弊；其所增之偏旁與原字之關係當從偏旁之性質來看，亦即從所增之偏旁與原字字義之關係來看，此則可分爲兩類，第一種爲與原字義可通者，第二種爲與原字義不可通者。與原字義有所通，則尙可加強文字之以形表義之能力；與原字義不可通，則於理既不可通，又有疊床架屋之弊，此則難以爲法矣！字義即文字之意義，文字之意義本身又可分爲三大類：本義、引伸義、假借義；本義爲造字時之本來意義，引伸義爲從本義輾轉延伸而出，與本義有必然而一定程度之相關，或擴大、或縮小，或轉移，皆從本義而歧衍；假借義則因聲同或聲近之關係，而借爲他字之意義，此則與本義無關。本爲所言之字義爲本義與引伸義，假借義則置之不論，以避繁冗枝節。

(一) 所增形符與原字義可通者

表 ABA

圖　號	正體字	帖體字	說　　　明
ABA ～001	條	樤	《說文》:「條，小枝也。從木、攸聲。」更加木旁以明其屬木之義，然條字中已有木字。
ABA ～002	標	檦	《說文》:「標，木杪末也。從木，票聲。」杪末謂末之細者也。標在最上，故引伸爲標舉義。

			標舉以手，故可加又（右手意也），又寸二字小篆形近，僅一筆之差耳，且皆爲手上之部位，義可相通；更且亂字左部爲治絲之意，而秦繹山刻石從寸不從又，亦可證之；而同字左部於《說文》中皆從又，亦可證明又寸相通之意。
ABA ～003	侯		《說文》:「侯，春饗所射侯也。從人，從厂，象張布，矢在其下。」侯本爲箭靶義，凡天子意至於庶人皆有所射；後又引伸爲君主義、爵位名、士大夫之間的尊稱，是皆人事之屬，故可加人部以與箭靶義相別。
ABA ～004	棘		《說文》:「棘，小棗叢生者。從並朿。」又:「棗，羊棗也。」棗爲木屬，棘爲棗屬，以草木之類，故加艸頭以明其類。
ABA ～005	痛		《說文》:「痛，病也。從疒、甬聲。」痛之劇烈者如內火中燒，故加火部以示其烈，喻痛之難當意。
ABA ～006	滅		《說文》:「滅，盡也。從水，烕聲。」本爲盡絕之義，引伸爲熄滅、淹沒、消除義，故加火以示所滅之物，然滅字中已有火字。
ABA ～007	繠		《說文》:「繠，𠂹也。從惢系。」華爲草木屬之美者也，加草正明其類。
ABA ～008	爪		《說文》:「爪，丮也。覆手曰爪。」又，「丮，持也，象手有所丮據也。」爪丮皆爲手之動作，爪爲覆手之形，丮爲握拳之形，故得增益手旁以示其類。

（二）所增形符與原字義不可通者

表 ABB

圖　號	正體字	帖體字	說　　　明
ABB ～001	茲	[illegible]	《說文》:「茲，艸木多益。從艸、絲省聲。」資今通用滋字，故加火於義無關。

三：重複形符

（一）部份形符重複

表 ACA 附（註 16）

正體字	帖體字	出　　　處
禮	禮	北齊<天柱山銘>
高	高	北齊<邴赤齊造像記>
宴	宴	北齊<軌禪師造像記>
席	席	北齊<劉碑造像>
廣	廣	北周<廣順三年題字>
綿	緜	隋<王世琛墓誌銘>
陛	陸	北魏<王方略造須彌塔記>
	陸	北齊<賈思業造像記>

（二）全部形符重複

表 ACB 附（註 17）

正體字	帖體字	出　　　處
容	容	北齊<朱曇思造塔記>

貳：減

在古代書論中有關於楷書帖體字之變異方式，也有所謂「減」法，其所呈現的情形與上述之「增」法相同，皆是較爲顯明可見的變異方式，所以出現的次數也較多，但是所見的例字也有所限。古代書論中言及字形有所減省之理論如下：

1.**損**　謂有餘也。（南朝梁・蕭繹＜觀鍾繇書法十二意＞）

2.七曰省。（南朝齊・蕭子雲＜十二法＞）

3.繁則減除　王書「懸」字、虞書「毚」字，皆去下一點，張書「盛」字，改血從皿也。（隋・釋智果＜心成頌＞）

4.**增減**　字有難結體者，……或因筆畫多而減省，如曹之為「曺」，美之為「羙」。（舊題唐・歐陽詢＜三十六法＞）

5.**映帶**　……。太繁者減除之。……。（元・陳繹曾《翰林要訣・第十・分布法》）

6.太繁則減省，……如「毚」字，則下免除二撇；「懸」字，則除系左點；「譬」字，則除上口；「盛」字，則除成字中鉤。（《書法三昧・二・布置》）

7.**邊爾**　太繁者宜減除之。（《書法三昧・五・結構》）

對於以上所引諸文，可注意者有以下幾點：

一：元・陳繹曾所言之「映帶」一法，名實不符；＜心成頌＞中所舉「盛」字，當爲減其成字中鉤，並非「改血從皿」；＜三十六法＞中「美」字之帖體字不宜列爲減法，當列爲「代」法；上述三項皆已於本書第二章「名實不符」一節中有所批判。

二：就名稱而言，有以下數種：「損」、「省」、「減」、「減除」、「減省」、「去」、「去除」、「免除」，名稱雖殊，其義則同。

三：單就形體之變異而言，古代書論對於減法所言及之種類，較上述之增法多矣，一是減點，二是減橫，三是減豎，四是減撇，五是減鉤，六是減形符，其前五者屬於筆畫之類，末者屬於成文之形符之類，雖然所言之種類超出增法許多，尤其是已言及部分形符一類，然而，就古代碑帖所見而言，仍屬有限。

對於以上古代書論所言及的名稱及相關內容，若以碑帖所見之帖體字觀之，則有兩個問題有待解決，一是名稱問題，一是分類問題。在名稱問題上，古代書論所言及者有「損」、「減」、「減除」、「減省」，對於此問題之立場，其名稱以能與上述之「增」法對應，在涵義上儘求精簡與確當，因此，以具中立性之語詞：「減」，最能與「增」法相應。之所以相應者，因爲在名稱上，「增」與「減」在習慣用法上爲反義語（antonym），性質相同而詞義相反，故得以與上述之增法對舉；並且古代書論中有關結構法之專論中所包括的「減」法亦多言「減」字。在分類問題上，古代書論所言及之種類有兩大類，一是筆畫，且種類相同，一是形符，且爲成文，然而，就古代碑帖所見之減省種類，包括細分之類別，則超出許多，因此，當以其「減」字意涵爲依歸，言於原正體字上有所減省者皆可稱爲「減」法，不以書論所見之例字爲範圍。

一：減省筆畫

（一）減點

表 BAA

圖　號	正體字	帖體字	圖　號	正體字	帖體字
BAA～001	戈 ☆	[illegible]	BAA～002	乏 ☆	[illegible]
BAA～003	忄 ☆	[illegible]	BAA～004	婉	[illegible]
BAA～005	疒 ☆	[illegible]	BAA～006	凝	[illegible]
BAA～007	瑟	[illegible]	BAA～008	容	[illegible]
BAA～009	列	[illegible]	BAA～010	澄	[illegible]
BAA～011	泰	[illegible]	BAA～012	舟	[illegible]

(二) 減橫

表BAB

圖　號	正體字	帖體字	圖　號	正體字	帖體字
BAB～001	徽	徽	BAB～002	永	永
BAB～003	書	書	BAB～004	真☆	真
BAB～005	葳	葳	BAB～006	復	復
BAB～007	雲	雲	BAB～008	綿	綿
BAB～009	餞	餞	BAB～010	銘	銘
BAB～011	霄	霄	BAB～012	華	華
BAB～013	堈	堈	BAB～014	愕	愕
BAB～015	簷	簷	BAB～016	厚	厚
BAB～017	鳳	鳳	BAB～018	拯	拯

(三) 減豎

表BAC

圖　號	正體字	帖體字	圖　號	正體字	帖體字
BAC～001	齒☆	齒	BAC～002	犀	犀
BAC～003	魏	魏	BAC～004	映	映
BAC～005	廣	廣	BAC～006	恭	恭
BAC～007	騎	騎			

(四) 減撇

表BAD

圖　號	正體字	帖體字	圖　號	正體字	帖體字

BAD～001	伯	伯	BAD～002	魏	魏
BAD～003	賢	賢	BAD～004	久	久
BAD～005	姿	姿	BAD～006	柔	柔
BAD～007	遁	遁	BAD～008	孫	孫

（五）減省對稱筆畫

表 BAE

圖　號	正體字	帖體字	圖　號	正體字	帖體字
BAE～001	帝	帝	BAE～002	匱	匱
BAE～003	遺	遺	BAE～004	纓	纓
BAE～005	新	新	BAE～006	嘉	嘉
BAE～007	儻	儻	BAE～008	齡	齡
BAE～009	慷	慷	BAE～010	尊	尊
BAE～011	彥	彦	BAE～012	面	面
BAE～013	隰	隰			

（六）減省不對稱筆畫

表 BAF

圖　號	正體字	帖體字	圖　號	正體字	帖體字
BAF～001	儀	儀	BAF～002	載	載
BAF～003	柔	柔	BAF～004	府	府
BAF～005	寶	寶	BAF～006	纔	纔
BAF～007	傾	傾	BAF～008	柔	柔
BAF～009	愛	愛	BAF～010	歸	歸
BAF～011	遊	遊	BAF～012	適	適
BAF～013	盈	盈	BAF～014	慶	慶
BAF～015	餐	餐	BAF～016	旄	旄

BAF～017	嵬	嵬	BAF～018	巖	巌

二：減省形符

表BB

圖　號	正體字	帖體字
BB～001	圖	啚

參：借

一：借古文

表CA

圖　號	正體字	帖體字	圖　號	正體字	帖體字
CA ～001	樹	尌	CA ～002	居	凥
CA ～003	齎	賫	CA ～004	德	徳
CA ～005	禮	礼 礼	CA ～006	辭	辞
CA ～007	冊	笧	CA ～008	善	譱
CA ～009	叢	藂			

1. 叢

說明：《說文》：「叢，聚也。從丵、取聲。」聚字從取字得聲，是知許慎釋叢字以音訓也，段注曰：「於疊韻得之。」以其字於古音皆在段氏四部也。因此，叢字改易為草聚會意，其義符聚字兼聲也，是以帖體叢字屬會意兼聲字。

又，「丵，叢生艸也。」故知草木聚生為叢，藂字從草聚會意，正符文字本義。此字最早似出現於戰國楚．宋玉<招魂>：「五穀不生，菆菅是食些。」東漢．王逸注曰：「柴棘為藂，……藂，一作叢。」明指此字應為正體而叢字為帖體字。

更且，此字於漢人典籍中亦多有所見，如西漢．賈誼《新書．九．修政語下》：「天下壙壙，一人有之；萬民藂藂，一人理之。」西漢

・桓寬《鹽鐵論・論誹》:「檀柘而有鄉，萑葦而有藂，言物類之相從也。」東漢・桓譚《新論》:「通才著書以百數，唯太史公爲廣大，餘皆藂殘小論，不能比之。」

然此字卻不見於《說文》正篆，亦不見於重文，應爲《說文》所漏列。以此言之，此字既早於秦皇，當列爲古文。

二：借小篆

(一) 借《說文》正篆者

表 CBA

圖　號	正體字	帖體字	圖　號	正體字	帖體字
CBA ～001	袟	袠	CBA ～002	瑜	瑜
CBA ～003	井	井	CBA ～004	竊	竊
CBA ～005	康	康	CBA ～006	魚	魚
CBA ～007	以	㠯	CBA ～008	遷	遷
CBA ～009	秋	烌	CBA ～010	垂	垂
CBA ～011	山 ☆	山	CBA ～012	昔	昔
CBA ～013	殿	殿	CBA ～014	散	散
CBA ～015	黎	黎	CBA ～016	暴	暴
CBA ～017	亡 ☆	亾	CBA ～018	季	季
CBA ～019	華	華 華 華	CBA ～020	裘	裘
CBA ～021	蓋	蓋	CBA ～022	裴	裴
CBA ～023	教	教	CBA ～024	致	致
CBA ～025	邦	邦	CBA ～026	嬪	嬪
CBA ～027	明	朙	CBA ～028	世	世
CBA ～029	響	響	CBA ～030	並	竝

CBA ～031	光☆	光	CBA ～032	辭	辭
CBA ～033	第	第	CBA ～034	五	五
CBA ～035	文☆	文	CBA ～036	走☆	走走走
CBA ～037	躬☆	躳	CBA ～038	那	那那
CBA ～039	美	美	CBA ～040	山	山
CBA ～041	貌	皃	CBA ～042	旁	旁旁旁

（二）借《說文》重文者

表 CBB

圖 號	正體字	帖體字
CBB ～001	餐	湌

三：借隸書

（一）增

1：增益筆畫

(1) 增點

表 CCA1～1

圖 號	正體字	帖體字	圖 號	正體字	帖體字
CCA1～1.001	土☆	土	CCA1～1.002	氏☆	氏
CCA1～1.003	民☆	民	CCA1～1.004	旦☆	旦
CCA1～1.005	巨☆	巨			

(2) 增橫

表 CCA1～2

圖　號	正體字	帖體字	圖　號	正體字	帖體字
CCA1～2.001	辛 ☆	辛	CCA1～2.002	幸	幸
CCA1～2.003	競	競	CCA1～2.004	京 ☆	京

(3) 增豎

表 CCA1～3

圖　號	正體字	帖體字	圖　號	正體字	帖體字
CCA1～3.001	辰 ☆	辰	CCA1～3.002	嚴 ☆	嚴

(4) 增撇

表 CCA1～4

圖　號	正體字	帖體字	圖　號	正體字	帖體字
CCA1～4.001	犬 ☆	犬	CCA1～4.002	力 ☆	力
CCA1～4.003	阜	阜	CCA1～4.004	護	護
CCA1～4.005	戚	戚			

(5) 增益對稱筆畫

表 CCA1～5

圖　號	正體字	帖體字	圖　號	正體字	帖體字
CCA1～5.001	不	不	CCA1～5.002	鳳	鳳

2：增益形符

(1) 所增形符與原字義可通者

表 CCA2～1

圖　號	正體字	帖體字	圖　號	正體字	帖體字
CCA2～1.001	痛	痛+心	CCA2～1.002	勤	懃

1.痛

說明：《說文》：「痛，病也。從疒、甬聲。」又「病，疾加也。」「疾，病也。」是言痛、病、疾三字同義，皆爲身體有恙之意也。

身體有恙謂之痛，如《易・說卦》：「坎爲水，……其於人也，爲加憂，爲心病，爲耳痛。」《逸周書・程典》：「如毛在躬，拔之痛，無不省。」

引申爲心中有恙亦謂之痛，心中有恙，於義廣矣！有悲傷之意：《禮・三年問》：「三年之喪，二十五月而畢，哀痛未盡，思慕未忘。」《史記・秦紀》：「寡神思念先君之意，常痛於心。」有恨之意：《國語・楚語下》：「使神無有怨痛于祖國。」有憐惜意：《文選・與吳質書》：「德璉常斐然有述作之意，其才學足以著書，美志不遂，良可痛惜。」心中之痛，其用廣於身體之痛，於義引申有據，故加心旁以特明此常用之引伸義。

2.勤

說明：《說文》：「勤，勞也。從力、堇聲。」又，「勞，劇也。」「劇，務也。」段注：「務者，趣也，用力尤甚者。」專力於事謂之勤，如《尚書・蔡仲之命》：「克勤無怠。」《左傳・宣公十二年》：「民生在勤，勤則不匱。」《論語・微子》：「四體不勤，五穀不分。」有勞於身，必以心出，心之所專，身則行之，故加心旁以示其內在之發動者。

(2) 所增形符與原字義不可通者

表 CCA2～2

圖　號	正體字	帖體字	說　　明

CCA2～2.001	豹	犳	《說文》:「豹，似虎圜文。」禽獸之類加人旁於性類扞格不通。

(二) 減

1：減省筆畫

(1) 減點

表 CCB1～1

圖　號	正體字	帖體字	圖　號	正體字	帖體字
CCB1～1.001	灬 ☆	灬	CCB1～1.002	瓜 ☆	瓜

(2) 減橫

表 CCB1～2

圖　號	正體字	帖體字	圖　號	正體字	帖體字
CCB1～2.001	徵	徵	CCB1～2.002	害 ☆	害
CCB1～2.003	業	業	CCB1～2.004	德	德
CCB1～2.005	世 ☆	世	CCB1～2.006	睿 ☆	睿

(3) 減豎

表 CCB1～3

圖　號	正體字	帖體字	圖　號	正體字	帖體字
CCB1～3.001	巴 ☆	巳	CCB1～3.002	曹 ☆	曺

(4) 減撇

表 CCB1～4

圖　號	正體字	帖體字	圖　號	正體字	帖體字
CCB1～4.001	𠂤 ☆	[illegible]	CCB1～4.002	畿	[illegible]
CCB1～4.003	白 ☆	曰	CCB1～4.004	原 ☆	原
CCB1～4.005	彥 ☆	产			

(5) 減省重複形符

表 CCB1～5

圖　號	正體字	帖體字	圖　號	正體字	帖體字
CCB1～5.001	靈 ☆	[illegible]	CCB1～5.002	顯	[illegible] [illegible]

表 CCB1～5 附（註 18）

正體字	帖體字	出　處　及　說　明
䜌 ☆	[illegible] [illegible]	變字漢<史晨碑>作[illegible]，唐<留買墓誌銘>作[illegible]；蠻字漢<衡方碑>作[illegible]，隋<密長盛造橋碑>作[illegible]。

(6) 減省對稱形符

表 CCB1～6

圖　號	正體字	帖體字	圖　號	正體字	帖體字
CCB1～6.001	隋 ☆	陏	CCB1～6.002	臧	[illegible]

(7) 減省不對稱形符

表 CCB1～7

圖　號	正體字	帖體字	圖　號	正體字	帖體字

CCB1～7.001	喬 ☆	高	CCB1～7.002	叡	叡
CCB1～7.003	重 ☆	由			

表 CCB1～7 附（註 19）

正體字	帖體字	出　處　及　說　明
慶	慶	慶字漢<禮器碑>作慶，北魏<寇演墓誌銘>作慶，北周<段摸墓誌銘>作慶，隋<諸葛子恆造像記>作慶。

（三）借

1：借小篆

表 CCC

圖　號	正體字	帖體字	說　明
CCC～001	彳 ☆	彳	其曲勢本於小篆：彳。
CCC～002	朋 ☆	朋 朋	其斜勢本於小篆：朋。
CCC～003	喪	喪	下部之亡字楷書已然變形，與衣字下部同形；隸書作亡字，本於小篆：喪。

（四）換

1：上下易為左右

表 4.41

圖　號	正體字	帖體字	圖　號	正體字	帖體字
4.41～001	羣	群	4.41～002	憙	憘

2：左右易為上下

表 4.42

圖　號	正體字	帖體字
4.42～001	幼	[illegible]

3：左右互易

表 4.43

圖　號	正體字	帖體字	圖　號	正體字	帖體字
4.43～001	綿	緜	4.43～002	颯	[illegible]
4.43～001	蘇	蘓			

4：正易為偏

表 4.44

圖　號	正體字	帖體字	圖　號	正體字	帖體字
4.44～001	擊	[illegible]	4.44～002	桀	[illegible]

5：偏易為正

表 4.45

圖　號	正體字	帖體字
4.45～001	綿	[illegible]

6：偏移至左

表 4.46

圖　號	正體字	帖體字
4.46～001	庭	[illegible]

7：下移至上

表 4.47

圖　號	正體字	帖體字
4.47～001	裔	裦 裦

(五) 長

1：使筆畫間之關係產生變異者

表 CCE1

圖　號	正體字	帖體字	圖　號	正體字	帖體字
CCE1～001	㔾 ☆	冃	CCE1～002	回 ☆	囬
CCE1～003	席	席	CCE1～004	乍 ☆	乍
CCE1～005	砥	砥			

2：使內在結構關係產生變異者

表 CCE2

圖　號	正體字	帖體字	說　　　明
CCE2～001	䜌 ☆	䜌 䜌	本為上下結構，一變而為上中下結構。
CCE2～002	耳 ☆	耳	以取字而言，本為左右結構，謂左右對等，不相包括，各有地步；帖體字則一變而為子母結構，謂以此包彼，若母之護子然，此字為以左包右。 聖字上部亦猶取字。
CCE2～003	彭	彭	本為左右結構，一變而為子母結構。
CCE2～004	助	助	本為左右結構，一變而為子母結構。

(六) 短

1：使筆畫間之關係產生變異者

表 CCF

圖　號	正體字	帖體字	圖　號	正體字	帖體字
CCF ～001	孟	孟	CCF ～002	逮	逯
CCF ～003	邦	邦	CCF ～004	全 ☆	全
CCF ～005	患	患			

(七) 斷

表 CCG

圖　號	正體字	帖體字	圖　號	正體字	帖體字
CCG ～001	盛	盛	CCG ～002	奉	奉
CCG ～003	永 ☆	永			

(八) 連

表 CCH

圖　號	正體字	帖體字	圖　號	正體字	帖體字
CCH ～001	安 ☆	安	CCH ～002	畐 ☆	畐
CCH ～003	往	往	CCH ～004	聶 ☆	聶

(九) 穿

1：正穿

(1) 上穿

表 CCI1～1

圖　號	正體字	帖體字	圖　號	正體字	帖體字
CCI1～1.001	余	余	CCI1～1.002	章	章 章

	☆			☆	
CCI1～1.003	舍 ☆	舍	CCI1～1.004	開	開
CCI1～1.005	帀 ☆	市	CCI1～1.006	[illegible] ☆	⺗
CCI1～1.007	市 ☆	市			

(2) 下穿

表CCI1～2

圖　號	正體字	帖體字	圖　號	正體字	帖體字
CCI1～2.001	丕	丕	CCI1～2.002	韋 ☆	韋
CCI1～2.003	異 ☆	異			

(3) 左右穿

表CCI1～3

圖　號	正體字	帖體字
CCI1～3.001	再 ☆	再

2：斜穿

表CCI2

圖　號	正體字	帖體字
CCI2～001	夬 ☆	史

(十) 併

1：單一筆畫相併

(1) 併點

表 CCJ1～1

圖　號	正體字	帖體字
CCJ1～1.001	優	優

(2) 併橫

表 CCJ1～2

圖　號	正體字	帖體字	圖　號	正體字	帖體字
CCJ1～2.001	渠	渠	CCJ1～2.002	易 ☆	易
CCJ1～2.003	昜 ☆	昜	CCJ1～2.004	隻 ☆	隻
CCJ1～2.003	攝 ☆	攝			

(3) 併豎

表 CCJ1～3

圖　號	正體字	帖體字
CCJ1～3.001	攝	攝

(4) 不同種類筆畫相併

表 CCJ1～4

圖　號	正體字	帖體字	圖　號	正體字	帖體字
CCJ1～4.001	身 ☆	身	CCJ1～4.002	念	念

2：若干筆畫相併

(1) 相同種類筆畫相併

表 CCJ2

圖　　號	正體字	帖體字	圖　　號	正體字	帖體字
CCJ2 ～001	堯 ☆		CCJ2 ～002	雙	

(十一) 代

1：形符之同化

(1) 部份形符同化

表 CCK1

圖　　號	正體字	帖體字	圖　　號	正體字	帖體字
CCK1 ～001	壽 ☆		CCK1 ～002	儒	
CCK1 ～003	玄				

2：形符之變易

(1) 變易為對稱形符

表 CCK21

圖　　號	正體字	帖體字	圖　　號	正體字	帖體字
CCK21～001	虍 ☆		CCK21～002	必 ☆	
CCK21～003	酉 ☆		CCK21～004	四 ☆	
CCK21～005	廿 ☆		CCK21～006	今 ☆	
CCK21～007	我 ☆		CCK21～008	小 ☆	

CCK21～009	歲☆	歳	CCK21～010	爾☆	爾
CCK21～011	兼☆	兼	CCK21～012	赤☆	赤
CCK21～013	乘☆	乗	CCK21～014	亦☆	亦
CCK21～015	吳☆	呉	CCK21～016	戒☆	戒
CCK21～017	器☆	器	CCK21～018	妻☆	妻
CCK21～019	屬☆	属	CCK21～020	兆☆	兆
CCK21～021	麥☆	麦	CCK21～022	朮☆	主
CCK21～023	夾☆	主	CCK21～024	氣☆	氣
CCK21～025	輕	輕	CCK21～026	心☆	不
CCK21～027	詹☆	詹	CCK21～028	因☆	囙
CCK21～029	鐵☆	鐵	CCK21～030	贊☆	賛
CCK21～031	陰☆	陰 陰	CCK21～032	貪☆	貪
CCK21～033	巠☆	巠	CCK21～034	崩☆	崩 崩 崩
CCK21～035	芻☆	芻 芻	CCK21～036	蓋	盖
CCK21～037	㐱	尒	CCK21～038	桑	桒

	☆			☆	

(2) 變易為不對稱形符

表 CCK22

圖　　號	正體字	帖體字	圖　　號	正體字	帖體字
CCK22～001	每 ☆	每	CCK22～002	訓	訓
CCK22～003	永	永	CCK22～004	彑 ☆	⺕
CCK22～005	屯 ☆	乇	CCK22～006	褱 ☆	褱
CCK22～007	犮 ☆	友	CCK22～008	曷 ☆	曷
CCK22～009	侯 ☆	侯	CCK22～010	鬼 ☆	鬼
CCK22～011	介 ☆	介	CCK22～012	鹿 ☆	鹿
CCK22～013	陰	陰	CCK22～014	處	處
CCK22～015	夷	夷	CCK22～016	康	康
CCK22～017	庾	庾	CCK22～018	儀	儀
CCK22～019	臺	臺			

3：形近而代用

(1) 受其他正體字影響者

表 CCK31

圖　　號	正體字	帖體字	說　　明
CCK31～001	疏	踈	疋足二字形近。

CCK31～002	坐	坐	人厶二字形近。
CCK31～003	翰	翰	翰字右半與翕字形近。
CCK31～004	瓜 ☆	爪	瓜爪二字形近。
CCK31～005	象 ☆	象	象字中部與四字形近。
CCK31～006	廿 ☆	卄	廿卄二形相近。
CCK31～007	幾 ☆	幾 幾	幾字左下或受兮字影響。
CCK31～008	厂 ☆	广	厂广 二字形近。
CCK31～009	釆 ☆	米	釆米二字形近。
CCK31～010	竹 ☆	卄 ㄓ	竹字與艸頭形近。竹艸皆草木類，於義亦可通。
CCK31～011	雋 ☆	雋	雋字下部與乃字相近，且書寫較爲流便時，亦易成乃形。
CCK31～012	負 ☆	頁	負頁二字形近。
CCK31～013	斤 ☆	片	斤片二字形近。
CCK31～014	尸 ☆	尸	尸尸二形相近。
CCK31～015	奇 ☆	竒	奇字上部變異成與立字同形。
CCK31～016	斗 ☆	升 升	此即《說文・敘》中所說漢人妄自以形說義之例，「諸生競逐說字，解經誼，……人持十爲

			斗，……皆不合孔氏古文，謬於史籀。」許慎斥之尤甚。然而文字形體之變異易致與原形有所差異，是以斗字一變而爲「人持十爲斗」，再一變而爲升字矣。
CCK31～017	☆	幸	㚔幸二形相近。
CCK31～018		藝	㚔圭二形相近。
CCK31～019	王 ☆	玉	王玉二字形近。
CCK31～020	口 ☆	ㄙ	口ㄙ二字形近。
CCK31～021	ㄙ ☆	口	ㄙ口二字形近。
CCK31～022	贊 ☆	賛	先夫二字形近。
CCK31～023	潛	潜	旡夫二字形近。
CCK31～024	賓 ☆	賔	賓字中部與尸字形近。
CCK31～025	亻	彳	亻彳二字形近。
CCK31～026	業 ☆	業	業業二形相近。
CCK31～027	昜 ☆	昜	昜字與傷、殤、觴、鬺等字之右部形近。
CCK31～028	氏 ☆	互 氐 丘	由於書寫上之流便順手，而致氏字變異似互字之形。
CCK31～029	棘	棘	朿來二字形近。帖體字又多從來字變異，或增橫、或變異爲上下對稱。
CCK31～030	止	山	止山二字形近。

	☆		
CCK31～031	叉☆	之	叉之二字形近。
CCK31～032	美	美	大火二字形近。
CCk31～033	釋	釋	采米二字形近。
CCK31～034	須	須	彡字與三點水形近。
CCK31～035	留	留	卯吅二字形近。
CCK31～036	昏	昏	氏民二字形近。
CCK31～037	功	功	力刀二字形近。
CCK31～038	惡	惡	亞西二字形近。
CCK31～039	矣☆	矣	矢天二字形近。
CCK31～040	廿☆	廿	廿廿二形相近。
CCK31～041	離	離	离禹二字形近。
CCK31～042	關	關	丱廾二字形近。
CCK31～043	㔾☆	巳	㔾巳二形相近。
CCK31～044	般☆	股	舟月二字形近。
CCK31～045	攵☆	殳	攵殳二字形近，且於義亦有可通，蓋殳用以攴人也。
CCK31～046	殺	殺	同上。
CCK31～047	鹽	鹽	鹵田二字形近。
CCK31～048	宀☆	冖	宀冖二字形近。
CCK31～049	宀	穴	宀穴二字形近。

	☆		
CCK31～050	直 ☆	亘	十亠二字形近。
CCK31～051	爽	爽	爽字上部變異成亠部。
CCK31～052	愆	衍	三點水與三字形近；隸書爲求横向開展，往往將字形改異成左右取勢之形，故單就變異之結果而言，三點水與三字形近，然就其成因而言，則書寫之取勢因素恐不可忽視。
CCK31～053	餝	餝	餝字右部與芳字形近。
CCK31～054	隨	隨	隨字上部與文字形近。
CCK31～055	⺊ ☆	亠	⺊亠二形相近。
CCK31～056	⺊ ☆	人	⺊人二形相近。
CCK31～057	遲	遲	犀字內部與羊字形近。
CCK31～058	逢	逢	丰羊二字形近。
CCK31～059	昜 ☆	易	昜易二字形近。
CCK31～060	巩 ☆	工口	凡口二字形近；實則凡字書寫亦致口字之形。
CCK31～061	度	度	又文二字形近。
CCK31～062	恥	耻	心止二字形近。
CCK31～063	卿	卿	。

(2) 受其他帖體字影響者

表 CCK32

圖　號	正體字	帖體字	說　明

CCK32～001	尃☆	専	尃字與專字借隸書之帖體字形近。
CCK32～002	朔	玥	屰字一變而爲丯形，與羊字相近，再與邦字借隸書之帖體字之右部形近。

4：形遠亦代用

(1) 受其他正體字影響者

表 CCK41

圖　　號	正體字	帖體字	說　　明
CCK41～001	哉	[illegible]	哉字左下部變異與兮字下部同形，然於形相遠。
CCK41～002	垂	[illegible]	垂字下橫變異成山字，於形相遠。
CCK41～003	鬱	[illegible] [illegible]	鬱字下部變異與爵字下部同形，然於形相遠。
CCK41～004	隸	[illegible]	隸字右上部與又字於形相遠。
CCK41～005	希	[illegible]	希字上部與文字形遠。
CCK41～006	昃	昗	昃字下部與吳字下部形遠。

(2) 受其他帖體字影響者

表 CCK42

圖　　號	正體字	帖體字	說　　明
CCK42～001	坐	[illegible]	坐字雙人變爲雙口，正如嚴字帖體字上部之雙口有作雙人者。

(十二) 假

1：疊韻假借

表 CCL1

圖　　號	正體字	帖體字	說　　明
CCL1 ～001	豦	[illegible]	帖體字即處之借隸之帖體字。豦爲強魚切，處

	☆		爲昌與切，韻同段氏五部。
CCL1 ～002	坤	巛	隸書及帖體字皆爲原向左斜曲之川字所變異者，變異爲向右斜曲，以與川字相別，避免混同。其所以從川字變異，爲聲音相近之故。坤爲苦昆切、十三部，川爲昌緣切、亦在十三部，故爲疊韻。

2：同音假借

表 CCL2

圖　號	正體字	帖體字	說　明
CCL2 ～001	糧	粮	量糧字從米、量聲。量爲呂張切，良亦呂張切，聲韻俱同，故爲同音。

（十三）新

1：易聲符爲義符之新會意字

表 CCM1

圖　號	正體字	帖體字	圖　號	正體字	帖體字
CCM1 ～001	明 ☆	眀	CCM1 ～002	寶	寳
CCM1 ～003	虧	⿰缶亏	CCM1 ～004	遷	⿺辶要
CCM1 ～005	葬	⿱死土			

1.明

說明：《說文》：「朙，照也。……明，古文從日。」是知明爲古文，從囧之明爲小篆，查諸秦諸刻石，明字亦從囧。及至漢朝，有將日旁改易作目字者，除了與日字形近之外，亦有意義上之關連。明本爲照義，引伸而有光明、明亮義，又引伸之，及於人身則有視力或看得淸之意，如《禮記・檀弓上》：「子夏喪其子而喪其明。」《孟子・梁惠王上》：「明足以查秋毫之末，而不見輿薪。」又引伸爲明白事理之意：《荀子・

不苟》:「公生明，偏生闇。」因此，從目月會意，亦可通也。

2.寶

說明:《說文》:「寶，珍也。從宀玉貝，缶聲。」又「珍，寶也。」二字互訓。寶字帖體字去聲符，改易爲從珍之會意字；其珍字爲借隸之帖體，與缶字形稍相近。因此，改易爲從珍之寶字，恐亦有形體上之因素；然以字義而言，則更覺朗豁:寶既爲珍義，謂珍奇、珍貴之意也，則改易聲符爲義符，從珍之寶字更能直顯珍義。

3.虧

說明:《說文》:「虧，氣損也。從于雐聲。」於義引伸之，則凡損皆曰虧；損則就原有者有所減少，故有虛義。《說文》:「虛，大丘也。」段注曰:「虛本謂大丘，大則空曠，故引伸之爲空虛，……又引伸之爲不實之稱。……虛訓空，故丘亦訓空。」以此言之，虧字改從虛字，於形知義，更顯直接。此從字義而言，若從字形而言，亦覺可通:虛字與虧字左部，形實相近，故易致代用。再從字音言之，則虧字改從虛字，亦有其理:雐字去爲切，溪紐，古音在段氏五部，虛字邱如切，溪紐，亦在五部，故同音。綜合上述，虧字改從虛字，於文字三大要素，即形、音、義三者，皆有可說之處:於形相近，於義相通，同音假借。

4.遷

說明:《說文》:「遷，登也。從辵、䙴聲。」「登，上車也。」段注曰:「引伸之，凡上陞曰登。」是知遷有上升之意，故得改從義符升字。

5.葬

說明:《說文》:「葬，臧也。從死在茻中，一其所以荐之。《易》曰:古者厚葬，衣之以薪。茻亦聲。」葬字爲會意兼聲。古者葬法多矣，埋死者於土中爲華夏習俗，故造從死土會意之字以爲葬意。

2:易義近之義符之新造字

表 CCM2

圖　號	正體字	帖體字	圖　號	正體字	帖體字

CCM2 ～001	博	愽	CCM2 ～002	耳 ☆	身
CCM2 ～003	禾 ☆	米	CCM2 ～004	黍	[illegible]
CCM2 ～005	世	卋	CCM2 ～006	閉	閇
CCM2 ～007	類	類	CCM2 ～008	龍	龍
CCM2 ～009	體	軆	CCM2 ～010	嘗	甞
CCM2 ～011	鼓	皷	CCM2 ～012	劫	刦
CCM2 ～013	冀				

1.博

說明：《說文》：「博，大通也。從十尃，尃，布也，亦聲。」是謂博有通達、多聞之義，如《荀子・修身》：「多聞曰博，少聞曰淺。」通達必以心，多聞亦以心，故博字改從心旁成字，亦通於本義。以字形言，十字與心旁於形相近，亦有代用之可能。

2.耳

說明：耳身皆屬人體，改耳從身，是改義符，以意義由部份擴大於全身整體之意。以字形言，耳身二字於形相近，亦有代用之可能。

3.禾

說明：《說文》：「禾，嘉穀也。」段注：「民食莫重於禾，故謂之嘉穀。嘉穀之連稿者曰禾，實曰㮚，㮚之人曰米，米曰粱。」段注之人即今之仁字，謂物中可食之部份。又，《說文》：「米，粟實也。象禾黍之形。」「粟，嘉穀實也。」段注：「嘉穀者，禾黍也。粟舉連秠者言之，米則秠中之人，如果實之有人也。禾者，民食之大同，黍者食之所貴，故皆嘉穀。其去秠存人曰米，因以爲凡穀人之名，是故禾黍曰米，稻稷麥菰亦曰米。」段注及爲詳盡。是知禾米之別在於秠之留去與否耳，故禾米實爲一物，於義相通，用於合文之字多所借用。若以字形而言，禾米二字形近，亦有代用之可能。

4.黍

說明：(解說如上，不贅。)

5. 世

說明：《說文》：「世，三十年爲一世。從卅而曳長之，亦取其聲。」段注：「《 論語》：如有王者，必世而後仁。孔曰：三十年曰世。」世字取卅字而變，故三十年爲一世，帖體字改從上部爲十，下部爲廿，「廿，二十併也。」合十廿二字亦爲三十，故世字改從十廿會意。

6. 閇

說明：《說文》：「閉，闔門也。從門，才所以拒門也。」段注曰：「攷王逸少書《黃庭經》，三用⿵門午字，即今閉也，而中從午。蓋許書本作從門午，午所以拒門。舂字下曰：午，杵省也。然則此午亦是杵省，拒墳用直木如杵然，轉寫失真，乃昧其本始矣。」然而，筆者據元・趙孟頫所藏王羲之《黃庭經》心太平本（見附圖。日本、東京：二玄社《魏晉唐小楷集》)，其中閉字三作，段氏於此無誤，然門內不從午，而從下，與附圖所見之漢、隋、唐諸朝所出之閉字相同，且閉字亦未見有改從午字者，是以段氏所見，或爲眼誤，或爲碑拓不同。然而，從午之⿵門午字亦有可說之處：《說文》：「⿵門龠 ，關下牡也。」又，「關，以木橫持門戶也。」關字義即閉門，其法爲以木橫置於門內，橫置必放下之，故從下之閉於此義可說；⿵門龠字義亦爲閉門，其法爲以直木插貫地下，如杵之擣物然，故從下之閉於此義亦可說，段氏所說之從午之閉於此義亦可說。以上係就字義而言，若以字形而言，閉字改從才爲從下，以才下二字形近，或亦有代用之可能。

7. 頪

說明：《說文》：「種類相似，唯犬爲甚。從犬、頪 聲。」段注曰：「類本爲犬相似，引伸假借爲凡相似之稱。」凡於某種性質或標準上相似者爲同一類，相似與否，必分其同異，方可爲之，故改從分字以示其類字意義之所由也。

8. 龍

說明：《說文》：「龍，鱗蟲之長，能幽能明、能細能巨、能短能長，春分而登天，秋分而潛淵。從肉，[illegible]，肉飛之形。童省聲。」龍爲聖物，其體巨大，故從尨字會巨大之義。《說文》:「尨，犬之多毛者。從犬彡。」尨字音近於龐字，故假借爲龐字，爲大義，如：唐・柳宗元<三戒黔之驢>:「尨然大物。」(《柳先生集・一九三》) 此從字義言之，若從字音言之，則龍爲力鐘切、來紐，韻在段氏九部，尨爲莫江切、明紐，韻亦爲段氏九部，是爲疊韻。

9.軆

說明:《說文》:「體，總十二屬也。從骨、豊聲。」體爲人身之義，故改從骨爲從身，於義相通，且於字形又相近。

10.甞

說明:《說文》:「嘗，口味之也。從旨、尙聲。」嘗爲以口試食物之義，其適於口者則喜之；甘之於口亦爲所適者，《說文》:「甘，美也。」段注曰:「羊部曰：美，甘也。甘爲五味之一，而五味之可口者皆曰甘。」凡食物之可口者，得謂之甘，亦猶今之稱爲美味然。是以嘗字改從甘字，於義可通；且甘旨於形亦有相近之處。

11.皷

說明:《說文》:「鼓，郭也。春分之音，萬物郭皮甲而出，故曰鼓。從壴，從屮又；屮象垂飾，又象其手擊之也。」段注:「郭廓正俗字。」鼓面多以皮革所製成，故鼓字改從皮字，是顯其材質；又，皮支二字形近，亦有代用之可能。

12.刼

說明:《說文》:「劫，人欲去，以力脅止曰劫，或曰以力去曰劫。從力去。」脅者，迫也。以力迫人，尤以刀爲甚也，故改義符從刀；且刀力二字形近，亦有代用之可能。

13.兾

說明:《說文》:「冀，北方州也。從北、異聲。」段注曰:「《周禮》曰：河內曰冀州。《爾雅》曰：兩河閒曰冀州。據許說，是北方名冀，而因以名其州也。」是冀爲北方名，有遙遠意，故從北。《說文》:「北，乖也。」乖者，戾也，相背之意也，是以脊背之背從北字兼得其音與義。《說文》:「八，別也。象分別相背之形。」於義與北字相通，故得代用。又，北爲博墨切，韻在段氏一部，八爲博拔切，十一部，是爲雙聲。

（十四）分

表 CCN

圖　號	正體字	帖體字	圖　號	正體字	帖體字
CCN～001	本	夲	CCN～002	隺☆	寉

1. 本

說明：本字義爲草木之根部，字形從木，一在其下，指其根部也，故爲指事字。本字一橫與木字交穿，不可或分，隸書有改作從大從十之字，楷書亦多有從隸書作此寫法者，其仍爲本字，雖不礙於文字之辨識，音義亦皆同於原字，然從大從十於本義實無相關，故屬「分」法。

2. 隺

說明：隺 字義爲「高至也」，上翔欲遠行也；字形爲「從隹，上欲出冂。」隹字上部貫穿冖字，兩字不可或分，而隸書有改作從從隹之字，有養鳥於屋下之意，然此與隺字本義無關，音義不變，字形與原字極爲相似，無礙於辨識，故列爲「分」法。

四：借行書

行書介乎楷書與草書之間，以楷書出之則楷意淋漓，謂之真行、行楷、楷行皆可；以草書出之則草意酣暢，謂之草行或行草皆可；要之，行書自由活潑，下筆之際，一意流走，簡約相間，或游絲引帶，一筆即成，或顧盼生姿，消息相關，或盤轉紆迴，若山路之縈繞，或穩重沉斂，若泰山之安然。因此，行書難以以一定之形體繩之，亦即其定體並非一定；楷書尙有正體字以爲文字形體之準繩，草書亦有成規通例以爲引筆書寫之規約，一靜一動，皆有定準。行書居乎其中，亦動亦靜，動靜相成，因此徘徊於楷草之間，所能施展的空間極大，現於筆勢，則又可動可靜；近於草書，則動態居多，趨於楷書，則多見靜態，動靜之間，多所伸縮。

是以「借行書」一法，其行書實非有一定之定準者，然亦並非無所趨約，亦即行書在一定程度上大致亦有約定俗成之寫法，此種寫法爲書寫者所共知通用，如偏旁方之字通作才字或提手旁，如願字左上之厂部則多作一點一撇；以此言之，本書所引爲根據之行書大抵皆爲通用流行之寫法，罕僻少見者則置而不用。

表CD

圖　號	正體字	帖體字	圖　號	正體字	帖體字
CD ～001	年	年	CD ～002	方 ☆	才
CD ～003	攀	攀	CD ～004	發	𤼵
CD ～005	爲	為	CD ～006	淵	渊
CD ～007	旨 ☆	旨	CD ～008	召 ☆	召
CD ～009	𠂤彐 ☆	刂彐　川刀	CD ～010	此 ☆	此
CD ～011	流	流	CD ～012	亠 ☆	𠃊
CD ～013	柳	柳	CD ～014	卒 ☆	卆
CD ～015	爭 ☆	争	CD ～016	兊 ☆	兊
CD ～017	卒	卆	CD ～018	無	无

CD ～019	盡	盡	CD ～020	包☆	包
CD ～021	定	定	CD ～022	就	就
CD ～023	跡	跡	CD ～024	微	微
CD ～025	所	所	CD ～026	氣	氣
CD ～027	或☆	或	CD ～028	園	園
CD ～029	平	平	CD ～030	〻☆	〻
CD ～031	巛☆	一	CD ～032	顛	顛
CD ～033	反	反	CD ～034	不☆	不
CD ～035	取	取	CD～036	滿	滿
CD ～037	歸	歸	CD ～038	御	御
CD ～039	交	交	CD ～040	類	類
CD ～041	之☆	之	CD ～042	心☆	心
CD ～043	臼☆	归	CD ～044	跡	跡
CD ～045	彳☆	〻	CD ～046	能	能
CD ～047	分☆	分	CD ～048	元	元
CD ～049	允☆	允	CD ～050	爿☆	爿
CD ～051	列	列	CD ～052	勝	勝

五：借草書

表CE

圖　號	正體字	帖體字	圖　號	正體字	帖體字
CE ～001	辨	辨 辨	CE ～002	顧	顾
CE ～003	咎	咎	CE ～004	嚴	嚴
CE ～005	誕	誕	CE ～006	雚 ☆	雚
CE ～007	南	南			

肆：換

在定名方面，古代書論已然有「換」法一詞，本書自沿用不變。在定義方面，正如文中上節對於古代書論批判後所重建者，所謂「換」，是指變換形符在字體中之相對位置。

究之《說文》,「換」字之本義爲「易也」，謂以此易彼，或以彼易此之意；謂此謂彼，古代書論將其意義用於字體中形符位置之變動而言，然而，位置之變動與方向之轉換有時實爲一體之兩面，從不同角度觀照，自有不同之詮釋結果，是以本書之「換」法係統包「移換位置」與「轉換方向」兩方面而言，意義較古代書論有所擴大，以因應事理之需要。

在分類方面，本書從形符的相對位置與方向兩個角度來看，分爲「移換位置」與「轉換方向」兩大類。「移換位置」一類又依據其形符在字體中相對位置的個別變動，分爲十二類，此十二類兩兩相對，如「上下易爲左右」與「左右易爲上下」相對、「上下互易」與「左右互易」相對，恰可以顯示出位置變動的規律性與對立性。「轉換方向」一類較爲少見，本書亦分爲「上下改向」、「左右改向」與「正側改向」三類。

位置的移易轉換，不只是單方面的變動而已，它必然引起其他形符的連帶反應。形符的位置移換代表著該形符在原有字形結構中的相對地位的改變，這種改變除了所占位置的輕重之外，也表現在形符相對大小的改變上。當偏易爲正時，地位較輕之偏轉變爲視覺焦點的正，地位因而提升；而偏之形符往往較小，當其轉爲正時，爲因應新的結構關係，必然放大。因此，位置的移易所產生的連帶影響，其表現在原有形符自身的改變上，即有兩點：首先是相對地位的改變，其次是相對大小的改變。

再次，位置的移換也連帶影響其他形符的改變。在原有結構上，某一形符的位置移換必然導致其他形符的位置移換，不可能存在的情況，在有限的空間內，某一形符的位置、大小有所改變時，其他形符仍然無所改變。在有限的空間中，某一形符的內在筆畫關係改變並不足以影響其他形符，然而，當其所居的相關位置與相對大小，都有所改變時，必然會引起其他形符的連帶反應，以因應該形符的改變。因此，當某一形符「正易爲偏」時，相對的，也正代表著另一形符的改變，或「偏易爲正」，或「偏移至右」，或「偏移至左」；本書中的「換」法，其有附圖相互借用之處，其理亦即在此。

更且，不僅單一的換法其本身會引起連帶反應，帖體字的其他形構方式也會引起換法的產生，最爲顯著的方式爲「長」法；因此附圖之中也有借用「長」法中之附圖，以爲例證。

一：移換位置

(一) 上下易為左右

所謂「左」、「右」，指字形中之正左旁、正右旁而言，所占空間及於字體上下。而所謂「上」、「下」則是指字形中之正上方、正下方而言，無關乎最上與最下之極至意，係相對而言。

表 DAA

圖 號	正體字	帖體字	圖 號	正體字	帖體字

DAA～001	賚	[illegible]	DAA～002	房	[illegible]
DAA～003	囂	[illegible]			

（二）左右易為上下

表 DAB

圖　號	正體字	帖體字	圖　號	正體字	帖體字
DAB～001	曠	[illegible]	DAB～002	腰	[illegible]
DAB～003	樂	[illegible]			

（三）上下互易

表 DAC 附（註 20）

正體字	帖體字	出　　　處
區 ☆	[illegible]	北魏<王法現造像記>「堰」字作[illegible]，北魏<孫寶憘造像記>「軀」字作[illegible]。

（四）左右互易

表 DAD

圖　號	正體字	帖體字	圖　號	正體字	帖體字
DAD～001	飄	[illegible]	DAD～002	鄰	[illegible]

（五）正易為偏

所謂「正」者，統包正上方與正下方而言；所謂「偏」是指偏於字形中某一角之形符而言，不是偏旁。

表 DAE

圖　號	正體字	帖體字	圖　號	正體字	帖體字
DAE～001	茫	[illegible]	DAE～002	智	[illegible]

DAE～003	晢		DAE～004	崗	
DAE～005	望		DAE～006	落	
DAE～007	鷺		DAE～008	鷩	
DAE～009	警		DAE～010	壓	
DAE～011	履		DAE～012	禦	
DAE～013	節		DAE～014	襲	
DAE～015	姿		DAE～016	聲	
DAE～017	譬				

（六）偏易為正

表 DAF

圖　號	正體字	帖體字	圖　號	正體字	帖體字
DAF～001	懿		DAF～002	騰	
DAF～003	滿				

（七）偏移至右

「偏移至右」一類有因「正移至偏」一類所導致的連帶反應，因此附圖中的「履、節」二字性從該法所挑錄出者。圖號仍沿用原有所編者，不予變動。

表 DAG

圖　號	正體字	帖體字	圖　號	正體字	帖體字
DAG～001	嚴		DAG～002	厭	
DAE～011	履		DAE～013	節	

1. 厭

說明：犬字從內部右旁移至全字之右部，故為「偏移至右」；另，厂字從上部移至帖體字之中，是謂「上移至下」，故此字有兩種換法。

（八）偏移至左

在「正易為偏」一法中，有多字同時也屬於「偏移至左」一法者，此種情況正說明了某一形符的改變係屬於相對性質，並且會引起連帶反應。

表 DAH

圖　號	正體字	帖體字	圖　號	正體字	帖體字
DAE～001	茫	茫	DAE～002	智	智
DAE～003	誓	誓	DAE～004	崗	崗
DAE～005	望	望	DAE～006	落	落
DAE～007	鷺	鷺	DAE～008	驚	驚
DAE～009	警	警	DAE～015	姿	姿

（九）右移至偏

表 DAI

圖　號	正體字	帖體字
CCE2～001	傲	傲

（十）左移至偏

表 DAJ

圖　號	正體字	帖體字	圖　號	正體字	帖體字
DAF～001	懿	懿	DAF～002	騰	騰
DAF～004	滿	滿			
CCE2～001	極	極	CCE2～002	騰	騰
CCE2～004	漠	漠	CCE2～005	鎮	鎮
CCE2～006	滄	滄			

（十一）上移至下

表 DAK

圖　號	正體字	帖體字	圖　號	正體字	帖體字
DAK～001	代	代	DAK～002	欽	欽
DAK～003	飛	飛			

（十二）下移至上

表 DAL

圖　號	正體字	帖體字
DAL～001	鼎	鼎

1. 鼎

說明：鼎字本書上下結構，下部上包目字；帖體字則作左中右結構，即將下部拆分，各立於上部目字左右旁，且目字又借用並接合原下部之兩短豎，以爲貝字之形。

二：轉換方向

位置的移換是指某一形符在字形中相對位置的改變，方向的移換則是某一形符自身在方向上的轉移變換；「移換方向」一法就古代碑帖所見，可分爲以下三種：上下改向、左右改向、及正側改向。其中所謂「側」者，即統包左、右兩旁之意。

（一）上下改向

謂之「上下改向」，係從方向這一角度而言；若從位置之角度來看，則亦可稱爲「上下互易」。因此，在前述「上下互易」一法中之附圖亦可以移用於此。

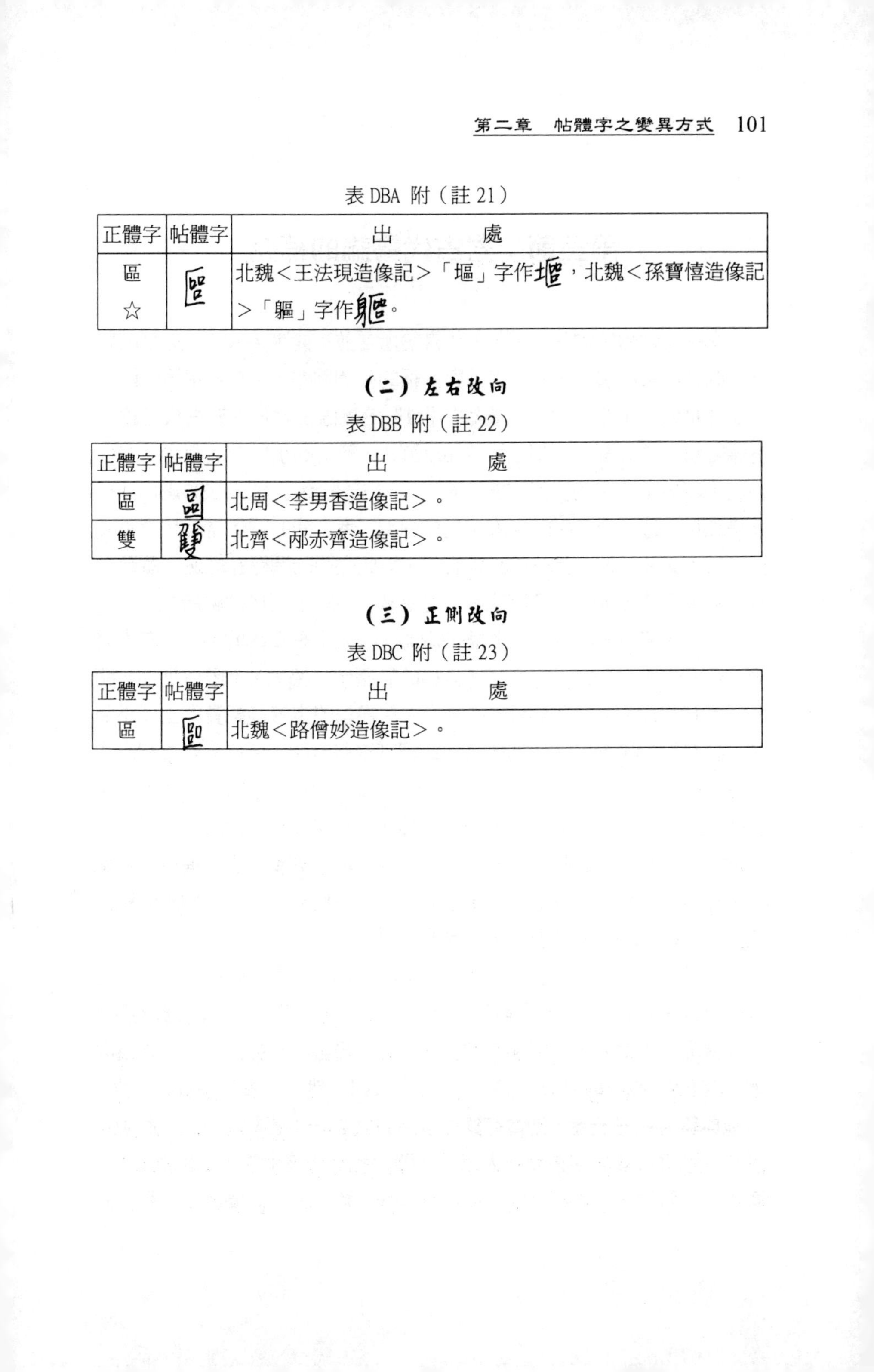

表 DBA 附（註 21）

正體字	帖體字	出　　　處
區 ☆	[illegible]	北魏＜王法現造像記＞「塸」字作[illegible]，北魏＜孫寶憘造像記＞「軀」字作[illegible]。

（二）左右改向

表 DBB 附（註 22）

正體字	帖體字	出　　　處
區	[illegible]	北周＜李男香造像記＞。
雙	[illegible]	北齊＜邴赤齊造像記＞。

（三）正側改向

表 DBC 附（註 23）

正體字	帖體字	出　　　處
區	[illegible]	北魏＜路僧妙造像記＞。

第三節：對古代書論的補充

在楷書帖體字的研究上，古代書論所言並不能饜足人心，還存在著若干問題必須解決，首先是定義與名稱的相關問題，這在本章第一節中已略加批判。所謂「對古代書論的批判」，實際上就是對於古代書論中有關帖體字的問題一一提出，並加以解決，解決的重點在於釐清在古代書論中關於帖體字的變異方式究竟有多少方法、每一種方法的適切名稱又是如何、每一種名稱的定義又是如何；三者之間的關係當然是密不可分，言此必及於彼，言彼亦必及於此，彼此之間的問題在經過一番疏理後，所獲得的結果又必須因應事理之需要，也就是對於碑帖所見，予以分類之時，將原先獲得之定義略加調整，大體上是意義的擴大。在本書中，意義的擴大是將原有字詞所涵攝的範圍予以擴大，不限於批判一節針對古代書論所釐清的定義，或者說古代書論的定義範圍實際上就不明顯，只有一個概念存在，其所延展的程度未曾言明；所以，若要把古代書論應用於本書所研究的帖體字分類上，就必須將其定義予以調整，也就是在原有之定義中確定其範圍或程度，本章第二節「對於古代書論的重建」就是在所見碑帖的事實上，以及分類理論的要求上，進行確定範圍或程度的工作，而這種確定實際上又超過古代書論所見之例證的範圍或程度，所以在性質上是一種意義的擴大。

本節名爲「對古代書論的補充 」，顧名思義，可以瞭解其所言及之方式實爲古代書論所未曾提及者。碑帖所見的帖體字爲一種事實的存，人所共見，其變異方式明顯而常見者，古代書論已有提出，並引以爲改變原有正體字結構以因應書寫者需要之法則。然而，古代書論所未提，其他典籍有所提及者，則當存錄並以爲方式之一；若典籍未見，而碑帖實有，顯係事實之存在而前人以爲無關大體而略諸不談，或爲例不多，難以一一關注，遂視而不見，或爲例至鮮，難以或不必要成立一種方式以概括之，……，種種原因，可不具論。而事實之存在不容否認，學術之研究對之也不能置之不理，因此，對於古代碑帖之中所見之帖體字就有加以處理之必要。處理方式之一爲歸納，凡變異方式屬於古代書論已提及者，則置於第二節「對古代書論的重建」中，以爲例證；其餘便是古代書論所未提及者，則再運用分析法，較其異同，辨其性質，將之分類，並予以定名、定義，再就個別方式確定其範圍，也就是細部分類。這種補充的成果擴充了古代書論所未提及的十二種方式名稱，一方面，在帖體字變異方式的數量上超出古代書論所提及者甚多，這顯示出古代書論所言有限，在古代碑帖這種原始資料中還有尙待開發、尙待成立的變異方式；另一方面，在例證的數量上也頗爲可觀，足以和古代書論所提及之方式者並駕齊驅，這顯示出古代書論所提及之方式屬於較常見者，也突顯「對於古代書論的補充」一節的重要性。

本節對於古代書論所補充的帖體字形構方式計有十種：長、短、斷、連、穿、併、代、假、新、合、分、包，皆有例字以爲證明。茲就此十二種方式一一闡述如下：

壹：長

在定義方面，所謂「長」者，在甲金文中本爲髮長義，引申爲凡長（長幼之長）之稱；《說文》訓爲「久遠也。」係據形臆說，支離附會，自非溯誼。（註 24）人皆有髮，而言其長者，必以一般人之長度爲比較之標準，認爲在長度上顯然較諸常人多出一段，此多出之一段正是所以爲長者之本因。諸引伸義大抵皆由此本因而賦予不同性質之意涵，如久義、遠義、善義、優義、直徑義、尊高義、崇尙義、多餘義，如《易・乾》：「元者，善之長也。」《易・泰》：「內君子而外小人，君子道長，小人道消也。」《詩・大雅・卷阿》：「爾受命長矣，茀祿爾康矣。」《詩・秦風・蒹葭》：「泝洄從之，道阻且長。」《詩・商頌・長發》：「濬哲維商，長發其祥。」《書・伊訓》：「立愛惟親，立敬惟長。」《禮・曲禮下》：「問國君之年，長，曰能從宗廟社稷之事矣；幼，曰未能從宗廟社稷之事矣。」其長字皆有較諸常態多出一段之義。

將長字較諸常態多出一段之義用於字體之筆畫上，則帖體字變異方式中所謂「長」者，即指原筆畫拉長之，拉長之程度因較諸常態爲多出一段，故得予以關注，並引以爲法。無論在文字書寫或書法創作中，筆畫較常態稍長，實爲常見之事，一般而言，此爲書寫過程中正常而必然產生之現象，本無關宏旨，亦無加以探討之必要，因爲這種現象通常無礙於文字之正誤與否或辨識問題；然而，若筆畫之拉長足以使筆畫之間的關係有所明顯的改變，甚或使字體的內在結構關係產生變異，則此種拉長實亦爲產生帖體字之方式。例如：原爲左右結構關係者，因某一筆畫拉長而變成子母結構，則此筆畫之拉長即爲帖體字之成因。

古代書論中對於本書之所謂「長」法，亦有所見，清・戈守智《漢谿書法通解・結字卷第五》疏解舊題唐・歐陽詢＜三十六法＞中的「補空」一法有云：

> **補空**，補其空處，使與完處相稱也。故曰：疏勢不補，惟密勢補之。疏勢不補者，謂其勢本疏而不整，如「少」字之空右，「戈」字之空左，豈可以點撇補方耶？密勢補之者，如智永＜千文＞書「耻」字，以左畫補右，歐因之以書「聖」字。……法帖中此類甚多，所以完其神理，而調勻其八邊也。

其中「密勢補之」所舉之例字「耻」、「聖」，其上橫向右伸長，蓋住右部，使「恥」字原本之左右結構變爲子母結構，「聖」字上部亦然。不過，「聖」字所用的長法，隸書已有，故當列爲「借」隸之「長」法。

一：使筆畫間之關係產生變異者

表 EA

圖　號	正體字	帖體字	圖　號	正體字	帖體字
EA～001	矛	矛	EA～002	河	河

	☆				
EA～003	汝	汝	EA～004	羨	羨
EA～005	閱	閱	EA～006	易	易
EA～007	造	造	EA～008	遠	遠
EA～009	道	道			

1.易

說明:「易」字將上部日字之下橫拉長，雖亦爲「易」字，然實易與「易」字之借隸之帖體字混同難辨。

二：使內在結構關係產生變異者

表 EB

圖　號	正體字	帖體字	說　　　　明
EB～001	極	極	本爲左右結構，因下橫拉長，變異成子母結構。
EB～002	騰	騰	本爲左右結構，因四點火向左拉長，載承月旁，遂變異成子母結構。
EB～003	耳 ☆	耳	從耳之字，如取、聖二字，其耳字上橫有拉長者，然隸書已然有之，故列爲「借隸」中之「長」法；然而聽字與聰字之耳未見隸書有拉長上橫之例，故列於此。耳字上橫之拉，使原爲左右之結構一變而爲子母結構。
EB～004	漠	漠	漠字右部橫畫拉長，使原本之左右結構變爲子母結構。
EB～005	鎮	鎮	鎮字右部真字之橫畫拉長，使原本之左右結構變爲子母結構。
EB～006	滄	滄	滄字本爲左右結構，因右部兩撇左伸，上撇載住三點水之上兩點，下撇載住全部三點，使之變爲子母結構。

EB～007	傲	傲	傲字本爲左中右結構，因中部改易成麥字借隸之帖體字，其捺向右伸，載住攵旁，使之變爲左右結構。
EB～008	響	響	響字本爲上下結構，因右邑之豎畫拉長，同時下部之音字「正移爲偏」，使之變成左右結構。

貳：短

在定義方面，《說文》言「短」字之義：「 有所長短，以矢爲正。從矢、豆聲。 」段注曰：「此上當補『不長也』三字，乃合『有所長短，以矢爲正』，說從矢之意也。 」短義與長義相對，長既較常態有所增多，則短當爲較常態有所減少，故段注所謂當補「不長也」三字，實非所宜，蓋「不長也」於義不等同於較諸常態有所減少，言「不足也」當更能直契短義。古籍言短字之義，其根本之內涵皆爲較常態有所「不足」之義，如：《書・堯典》：「日短星昴，以正仲冬。 」係從時間而言；《莊子・至樂》：「綆短者不可以汲深。 」係從空間而言；《楚辭・卜居》：「夫尺有所短，寸有所長。 」係從度量而言。

將較諸常態有所不足之義用於字體之筆畫上，則帖體字變異方式中所謂「短」者，即指原筆畫縮短之，縮短之程度因較諸常態減少一段，故得予以重視，並引以爲法。如同「長」法一樣，筆畫之長短本無礙於文字辨識與正誤，然而，若筆畫縮減的程度足以使原有筆畫之關係產生變異，或者甚至使原有內在結構產生變異者，則此種縮短筆畫之情況實亦爲帖體字成因之一。如字體中某一筆畫之縮短使原有之子母結構變成左右結構，則此種筆畫縮短之情況即爲「短」法。

在分類上，「短」法對於原有字體上所產生的變異如同「長」法一樣，也可分爲「使筆畫間之關係產生變異者」與「使內在結構關係產生變異者」兩種，茲分別列示於下：

一：使筆畫間之關係產生變異者

表 FA

圖　號	正體字	帖體字	圖　號	正體字	帖體字
FA ～001	手 手 ☆	手 亍	FA ～002	弔 ☆	弔
FA ～003	革 ☆	革	FA ～004	☆	曲
FA ～005	守	守	FA ～006	其 ☆	具
FA ～007	忠	忠	FA ～008	夫 ☆	夫
FA ～009	必	必	FA ～010	蘭	蘭
FA ～011	儀	儀	FA ～012	單	單
FA ～013	漢	漢	FA ～014	親	親
FA ～015	書	書	FA ～016	軍	軍
FA ～017	勳	勳	FA ～018	秋	秋
FA ～019	在	在	FA ～020	範	範
FA ～021	散	散	FA ～022	血	血

二：使內在結構關係產生變異者

表 FB

圖　號	正體字	帖體字	說　　明
FB ～001	啇	啇	啇字原爲不可分割之整體結構，因兩豎縮短，變爲上下結構。
FB ～002	翅	翅	翅字本爲子母結構，因支字右捺縮短，遂變成左右結構（或左中右結構）。

參：斷

在定義方面，《說文》言「斷」字之義曰：「截也。從斤㡭。㡭，古文絕。」斤用於伐木，絕為斷絲，於義相通；又，「截，斷也。」截斷互訓，明此二字為常用之字，義皆為從中斷物，使之為二也。《易‧繫辭上》：「二人同心，其利斷金。」《易‧繫辭下》：「斷木為杵。」《左傳‧襄公二十八年》：「賦詩斷章，余取所求焉。」是皆從中截物，使之為二之義。將此從中截物，使之為二之義用於字體之筆畫上，則在帖體字之變異方式上，所謂「斷」法即是將正體字原為一筆寫成之筆畫，斷而後起，分為兩筆、甚或數筆寫成。

在分類方面，因「斷」法係純為單一筆畫中事，不影響內在結構之變異，因此僅為筆畫間關係之變異而已，以下之例證皆為此類。

表G

圖　號	正體字	帖體字	圖　號	正體字	帖體字
G ～001	出	出	G ～002	典	典
G ～003	民	民	G ～004	曉	曉
G ～005	也	也	G ～006	友	友
G ～007	於	扵	G ～008	華	華
G ～009	武	武	G ～010	車 ☆	車
G ～011	軒	軒	G ～012	氏	氏
G ～013	點	點	G ～014	蟬	蟬

說明：

1.唐‧顏真卿「也」字之斷筆寫法與漢曹全碑之「地」字（圖附於也字之下）寫法實有異曲同工之妙。

2.「曉」字橫畫斷筆為二，似有意與其下之儿部相連成對稱之形態，或有意與其上分立左右邊之士字相映，頗饒趣味。

肆：連

在定義方面，所謂「連」者，《說文》言其義曰：「負車也。從辵車會意。」段注曰：「即古文輦也。」又曰：「人與車相屬不絕，故引伸爲連屬字。耳部曰：聯，連也。大宰注曰：古書連作聯。然則聯連爲古今字，連輦爲古今字，假連爲聯，乃專用輦爲連。……許不於車部曰：連，古文輦。而入之　部者，小篆連與輦殊用故；云：聯，連也者，今義也；云：連，負車也者，古義也。」段注至爲詳盡，是知連字今已用爲聯義，意即本爲分立之事物，聯合使之相屬不斷。如《禮記・曲禮上》：「拾級聚足，連步以上。」《孟子・離婁上》：「故善戰者服上刑，連諸侯者次之。」其連字皆有聯合、相屬之義。將上述連字意義用於字體之筆畫上，則所謂「連」法在帖體字之變異方式中，就是將正體字原爲分立之二筆或數筆，聯屬不斷、一筆寫成。

正體字的筆畫順序及其筆畫關係常有一定，而連法則是將相近而分立之相同種類筆畫一筆寫成，因此，在筆畫順序上就有所改易，且須事先成字在胸，否則容易導致內在結構之紊亂或體勢之攲側。連法在古代碑帖中並不常見，純以楷書出之者更顯寡少，就筆者所見諸字，連法對於字體所產生之影響皆於筆畫間關係之變異上而已，尚未對整體結構產生影響。以下就筆者所見之數字列示並稍加說明如下：

表H

圖　號	正體字	帖體字	說　　　明
H ～001	光 ☆	[illegible]	上部之短撇與下部之長撇連成一筆寫成。
H ～002	蜇	[illegible]	斯字斤部之左撇改易成懸針，與虫自左豎相連，寫爲一筆。又，虫部移止至右下方，爲「換」法中的「正移至偏」法，其字爲「偏移至左」法。
H ～003	賞	[illegible]	口字與貝字之左豎相連，一筆寫成，或受當、福等字（屬「借隸」之連法）之影響。

伍：穿

在定義方面，所謂「穿」者，《說文》言其本義曰：「通也。從牙在穴中。」《詩・召南・行露》有句正明此義：「誰謂鼠無牙，何以穿我墉。」又，《說文》：「達也。」穿爲通、爲達之義，謂兩邊之中本有物相隔，不得相通，而因外力而使之貫通，兩邊遂得通達之意。《禮・月令》：「穿竇窖，修囷倉。」《論語・陽貨》：「色厲而內荏，譬諸小人，其猶穿窬之盜也與。」《孟子・盡心下》：「人能充無穿踰之心，而義不可勝用也。」三例之穿字正是鑿通之義。將此穿義用於字體中的筆畫，在帖體字的變異方式上，所謂「穿」者，顧名思義，即筆畫間之關係在正體字中本不相交錯或貫穿，帖體字則以此筆貫穿他。此種方式不致於造成整體結構之變異，然而，在筆畫間之原有關係則有所改易。

在分類上，穿法之類別依其貫穿之方向而定，所謂「正穿」者，即向上、下、左、右四個方向貫穿；所謂「斜穿」者，即向上述四個方向以外之方向貫穿者，如右上、右下、左下、左上皆是。

一：正穿

（一）上穿

表 IAA

圖　號	正體字	帖體字	圖　號	正體字	帖體字
IAA ～001	金 ☆	金	IAA ～002	南	南
IAA ～003	養	養 養	IAA ～004	受 ☆	受
IAA ～005	侖 ☆	侖	IAA ～006	尊	尊
IAA ～007	長 ☆	長	IAA ～008	示 ☆	示

IAA ～009	示 ☆	赤	IAA ～010	虽 ☆	虽
IAA ～011	華	華	IAA ～012	雖	雖
IAA ～013	夸	夸	IAA ～014	榮	榮
IAA ～015	幸	幸	IAA ～016	毛	毛

（二）下穿

表 IAB

圖　號	正體字	帖體字	圖　號	正體字	帖體字
IAB ～001	盡	盡	IAB ～002	剋	剋
IAB ～003	萇	萇			

（三）右穿

表 IAC

圖　號	正體字	帖體字
IAC ～001	咸	咸

（四）左穿

表 IAD

圖　號	正體字	帖體字	圖　號	正體字	帖體字
IAD ～001	居	居	IAD ～002	歲	歲
IAD ～003	附	附			

二：斜穿

表 IB

圖　號	正體字	帖體字	圖　號	正體字	帖體字
IB ～001	发	发　发	IB ～002	羊	羊

	☆			☆	
IB ～003	庭		IB ～004	夕	
IB ～005	夏		IB ～006	鑣	

說明：

1.夕字之點多不突出，此處之帖體字不但長突，並且改點爲捺。

2.鑣字除了鹿字右下部右挑向右上長穿而過外，全字亦減省了又下部的四點火，就此點而言，則可歸爲「減省對稱形符」一類。

陸：併

在定義方面，所謂「併」者，《說文》言其義曰：「並也。」又，「並，併也。」二字互訓，本義從甲金文觀之，爲兩人並立之義，（註 25）故並字屬於林尹先生所謂「會同體二字見意者」之會意字，（註 26）併字「從人、并聲」，故爲形聲字，然聲亦表義，謂并人也，此則與二人並立之「並」字同義，故段注曰：「此舉形聲包會意也。」引伸此並立之義，轉移爲齊義、合義，則此分立之並立義轉爲聯合齊一之義，不再分立，而是交互融合，不分彼此，如《孫子・行軍 》：「兵非益多也，惟無武進，足以併力，料敵，取人而已。」其併字正是此義。將此併義用於字體的筆畫方面，則所謂「併」者，就帖體字之形構方式而言，其義即是兩筆、甚或多筆共用一筆，從另一個角度看，也就是一筆可供兩筆、甚或多筆共同使用。

就筆畫的增減而言，不可諱言的，「併」法實爲「減」法之形式；然而，若就性質而言，則兩者實際上存有相當的差異，亦即是減法純就正體字有所減省，或化繁爲簡，以避文字形體先天上之繁冗，或因減而減，毫無美感上之根據，純憑書寫者一時興起，妄自減省；而併法之減省筆畫純粹是因相近之筆畫或其他形符可以相互借用，且大多爲筆畫種類相同或具共同形符者，而使原爲兩筆共用一筆，或共用一形符，故謂之「併」。簡而言之，併法即減法之特殊形式，其與一般減法之相異處在於減法無共用之筆畫或形符，而併法則有。

在分類方面，併法自應以相近之相同種類之筆畫或相同之形符爲，實際上也以此種爲多，此種實爲併法之正例；而另有少數以不同種類之筆畫或形符相併，究其原因，大抵是筆畫相近且筆畫稍繁，爲求簡約，乃與旁近之筆畫或形符併用，此種實爲併法之變例。在併法的分類中，首先以相併時所用的筆畫多寡爲形式分類，分別從單一筆畫、若干筆畫以及不成文形符，三個層級來進行初步分類；其次，在前兩項中，再從筆畫種類的相同與否進行性質上的分類；不成文形符爲數較少，且係相同形符之併用，屬於正例，也就不再細分。茲從此種分類方式，列表如下：

一：單一筆畫相併

（一）相同種類筆畫相併

1：併點

表 JAA1

圖　號	正體字	帖體字	圖　號	正體字	帖體字
JAA1～001	祕	秘	JAA1～002	愾	愾

2：併橫

表 JAA2

圖　號	正體字	帖體字	圖　號	正體字	帖體字
JAA2～001	集	集	JAA2～002	革 ☆	革
JAA2～003	夢 ☆	夢	JAA2～004	粵	粵
JAA2～005	宿	宿	JAA2～006	曇	曇
JAA2～007	幽	幽	JAA2～008	葦	葦

JAA2～009	豊	豊	JAA2～010	堰	堰
JAA2～011	畫	畫	JAA2～012	奩	奩
JAA2～013	還	還	JAA2～014	愜	愜

3：併豎

表 JAA3

圖　號	正體字	帖體字	說　　　明
JAA3～001	般	般	般字右部之殳字爲帖體字，其左旁爲豎畫。
JAA3～002	奮	奮	人部豎畫拉，並與田字左豎相併；其上部之變異係「借隸」而來。

4：併撇

表 JAA4

圖　號	正體字	帖體字	說　　　明
JAA4～001	窆	窆	穴部之撇與乏字之撇相併。
JAA4～002	府	府	广部之撇與付字之撇相併；付字中間又增益一豎畫，此爲增法。

（二）不同種類筆畫相併

表 JAB

圖　號	正體字	帖體字	圖　號	正體字	帖體字
JAB～001	戠 ☆	戠	JAB～002	義 ☆	義
JAB～003	靡	靡	JAB～004	魏	魏
JAB～005	道	道	JAB～006	榮	榮
JAB～007	偏	偏	JAB～008	窳	窳

二：若干筆畫相併

(一) 相同種類筆畫相併

表 JBA

圖　號	正體字	帖體字
JBA～001	縈	[illegible]

(二) 不同種類筆畫相併

表 JBB

圖　號	正體字	帖體字	圖　號	正體字	帖體字
JBB ～001	應	[illegible]	JBB ～002	雲	[illegible]
JBB ～003	澄	[illegible]	JBB ～004	笄	[illegible]

三：不成文形符相併

表 JC

圖　號	正體字	帖體字	圖　號	正體字	帖體字
JC～001	胥	[illegible]	JC～002	競	[illegible]

柒：代

「代」者，更也；以此代彼，以彼代此，更替之義也。《尚書・皋陶謨》：「無曠庶官，天工人其代之。」《 孟子・萬章下》：「下士與庶人在官者同祿，祿足以代其耕也。」《楚辭・離騷》：「日月忽其不淹兮，春與秋其代序。」《淮南子・主術》：「不正本而反自脩，則人主逾勞，人臣逾逸，是猶代庖宰剝牲而為大匠斲也。」《史記・項羽本紀》：「彼可取而代也。」其代字皆為更替之義；求諸《說文》亦然：「代，更也。從人、弋聲。」段注曰：「更者，改也；＜士喪禮・喪大記＞注同。凡以此易彼謂之代。」是以本書以「代」法為帖體字變異方式之一，以其義能統歸帖體字中為數極多之以彼代此之諸多形例。此定名之事。

在分類方面，以彼代此之法可先求諸於文字本身。求諸文字本身，亦即從構成該字之部份形符以為之準，視其他形符有無變異成同形符者，以此角度審之，又可分成同化與否與對稱與否兩方面，因此可分為以下兩類：一為「形符之同化」，二為「形符之變異」；前者以其同化之程度又可分為「部份形符同化」與「同化為複體字」兩種；後者以其對稱與否亦可分為「變異為不對稱形符」與「變異為不對稱形符」兩類。其次，再視形符受其他文字形符之影響，所產生的變異情況予以分類；此可依形符相近與否之程度分成「形近而代用」與「形遠亦代用」兩類；兩類又皆可依受正體字或帖體字之影響，分為「受其他正體字影響者」與「受其他帖體字影響者」兩類。茲依此種分類情況，列示如下：

一：形符之同化

(一) 部分形符同化

表 KAA

圖　號	正體字	帖體字	圖　號	正體字	帖體字
KAA～001	景 ☆		KAA～002	侃	

KAA～003	尋	尋	KAA～004	靈	霝
KAA～005	靈	靈			

表 KAA 附（註 27）

正體字	帖體字	出　　處
煥	煥	唐＜兗公頌＞
照	炤	北魏＜比丘道璸記＞
懷	懐	唐＜翟惠隱墓誌銘＞
姿	姿	北魏＜道俗九十人造像記＞
蝨	蝨	北魏＜恆州刺史韓震墓誌銘＞
蠹	蠹	北魏＜冀州刺史元壽安墓誌銘＞
蠢	蠢	北齊＜孟阿妃造像記＞

（二）同化為複體字

表 KAB

圖　號	正體字	帖體字
KAB ～001	旅	旅

表 KAB 附（註 28）

正體字	帖體字	出　　處
羹	羹	元＜御服碑＞
顛	顛	唐＜圭峰禪師碑＞
願	願	北魏＜魏靈藏造像記＞
	顗	北齊＜雋敬碑＞
	顩	北齊＜張伯龍造像記＞
蠡	蠡	北魏＜彭城武宣王妃李氏墓誌銘＞
轉	轉	唐＜王訓墓誌銘＞

豁		北魏＜小劍戍王元平墓誌銘＞

二：形符之變易

(一) 變易為對稱形符

表 KBA

圖　號	正體字	帖體字	圖　號	正體字	帖體字
KBA～001	水 ☆		KBA～002	秉	
KBA～003	稟		KBA～004	金 ☆	
KBA～005	乖		KBA～006	源	
KBA～007	靈		KBA～008	豪	
KBA～009	刻		KBA～010	求	
KBA～011	陸		KBA～012	函	
KBA～013	蠻		KBA～014	風	
KBA～015	號		KBA～016	號	
KBA～017	深				

(二) 變易為不對稱形符

表 KBB

圖　號	正體字	帖體字	圖　號	正體字	帖體字
KBB～001	匡		KBB～002	穆	
KBB～003	盡		KBB～004	亥	
KBB～005	鬼 ☆		KBB～006	畚	
KBB～007	那		KBB～008	寬	
KBB～009	胄		KBB～010	雖	

三：形近而代用

(一) 受其他正體字影響者

表 KCA

圖　號	正體字	帖體字	說　　　明
KCA～001	魚 ☆	[illegible]	下部與衡字中部同形。
KCA～002	魚 ☆	[illegible]	下部與小字同形。
KCA～003	葩	[illegible]	巴匕二字形近。
KCA～004	岳	[illegible]	止山二字形近。
KCA～005	遙	[illegible]	缶王二字形近。
KCA～006	莞	[illegible]	完皃二字形近。
KCA～007	抑	[illegible]	卬印二字形近。
KCA～008	規	[illegible]	夫矢二字形近。
KCA～009	亻 ☆	彳	亻彳二形相近。
KCA～010	彳 ☆	亻	亻彳二形相近。
KCA～011	阝 ☆	卩	阝卩 二形相近。
KCA～012	卩 ☆	阝	阝卩 二形相近。
KCA～013	爿 ☆	牛	爿牛 二字形近部同形。
KCA～014	犬 ☆	火	犬火二字形近。
KCA～015	狄	[illegible]	犬火二字形近。

KCA～016	矜	矜	予矛二字形近。
KCA～017	豫	豫	予矛二字形近。
KCA～018	照	照	日目二字形近。
KCA～019	眇	眇	日目二字形近。
KCA～020	夆 ☆	夅	夆夅二字形近。
KCA～021	降	降	夆夅二字形近。
KCA～022	力 ☆	刀	力刀二字形近。
KCA～023	剪	剪	力刀二字形近。
KCA～024	攵 ☆	支	攵支二字形近。
KCA～025	杖 ☆	校	丈文二字形近。
KCA～026	攵 ☆	文	攵文二字形近。
KCA～027	衤 ☆	礻	衤礻二字形近。
KCA～028	禾 ☆	示	禾示二字形近。
KCA～029	爵 ☆	爵	寸廾二字形近。
KCA～030	獎	奬	大廾二字形近。
KCA～031	冓 ☆	冓	上部與世字形近。
KCA～032	木 ☆	才	木才二字形近。

KCA～033	木 ☆	扌	木扌二形相近。
KCA～034	扌 ☆	才	扌才二形相近。
KCA～035	藉	藉	耒禾二字形近。
KCA～036	方 ☆	礻	方礻二字形近。
KCA～037	犬 ☆	丈	犬丈二字形近。
KCA～038	冋 ☆	向	冋向二形相近。
KCA～039	帶 ☆	帶	帶字上部與卌字形近。
KCA～040	氵 ☆	冫	氵冫二字形近。
KCA～041	冫 ☆	氵	氵冫 二字形近。
KCA～042	懇	懇	豸豕二字形近。
KCA～043	邈	邈	貌狠二字形近。
KCA～044	辶 ☆	廴	辶廴二字形近。
KCA～045	厭	厭	厂疒二字形近。
KCA～046	隆	隆	隆字下部與金字形近
KCA～047	廛 ☆	厘	廛厘二字形近。
KCA～048	庶	庶	或受儉、檢等字右下部之影響，且此雙人形帖體字亦有作四點火者。

KCA～049	幺 ☆	乡	幺乡二字形近。
KCA～050	擅	擅	右上部與面字形近。
KCA～051	穎	穎	禾天二字形近。 所增之兩點下增一橫畫。
KCA～052	乾	乹	乞乚二形相近。
KCA～053	乾	乹	乞匕二形相近。
KCA～054	範	範	巳凡二形相近。
KCA～055	軌	軓	九几二字形近。
KCA～056	九 ☆	丸	九丸二字形近。
KCA～057	融	融	融字左下部與羊字形近。
KCA～058	賢	賢	貝見二字形近。
KCA～059	風	凬	虫云二形相近。
KCA～060	散 ☆	散	厶去二形相近。
KCA～061	芍	芍	勺夕二字形近。
KCA～062	規	規	夫旡二字形近。
KCA～063	契	契	大廿二字形近。
KCA～064	肇	肇	戶石二字形近。 攵又二字形近。
KCA～065	馭	馭	又叉二字形近。
KCA～066	黻	黻	黹耑二字形近。
KCA～067	製	製	𠂔耑二形相近。
KCA～068	懿	懿	壹字與鼓字左部形近。
KCA～069	弊	弊	敝敉二字形近。
KCA～070	譽	譽	譽字上部與學字上部形近。

KCA～071	竺		二工二字形近。
KCA～072	境		境字又下部與見字形近。
KCA～073	泰		下部與恭字下部形近。
KCA～074	黎		黎字又上部與刀字形近；且下部與恭字下部形近。
KCA～075	眾		眾字下部與木字形近。
KCA～076	奮		田臼二字形近。
KCA～077	兄		儿九二字形近。
KCA～078	席		或受慶字上部及帶字下部之綜合影響。
KCA～079	誕		誕字右部與派脈等字右部形近。
KCA～080	助		且目二字形近。
KCA～081	壓		月日二字形近。
KCA～082	黛		代伐二字形近。
KCA～083	珮		珮字右部與風字形近。
KCA～084	竭		立文二字形近。
KCA～085	鄰		米炎二字形近。 此字亦屬於「換」法之左右互易。
KCA～086	氓		亡己二字形近。
KCA～087	雜		雜字左部或受親字左部之影響。
KCA～088	野		予卩二字形近。
KCA～089	稽		尤大二字形近。
KCA～090	熙		巨臣二形相近。
KCA～091	紫		糸示二字形近。
KCA～092	稷		稷字右上或受貴字上部之影響。
KCA～093	歷		厂广兩字形近。
KCA～094	族		方示二字形近。
KCA～095	族		⺊厶二形相近。

（二）受其他帖體字影響者

表 KCB

圖　號	正體字	帖體字	說　　　明
KCB～001	收	收	受爿字借行書之帖體字之影響。
KCB～002	川	川	訓字右部之川字有借隸作儿者。
KCB～003	胥☆	胥	胥形與胥字借隸書之帖體字形近。
KCB～004	絹	絹	絹字右部與胥字借隸書之帖體字形近。
KCB～005	醫	醫	醫字上部與監字增點之帖體字之上部同形。
KCB～006	學	學	學字上部與譽舉等字借行書之上部形近。
KCB～007	奐☆	奐	奐字中部與四字借行書帖體字形近
KCB～008	霸	覇	雨字與西字借行書之帖體字形近。
KCB～009	魁	魁	斗字與升字借行書之帖體字形近。
KCB～010	瓊	瓊	瓊字右上與霍字借行書之帖體字形近。
KCB～011	驤	驤	襄字與衰字之帖體字形近。
KCB～012	歷	歷	止字與正字借行書之帖體字形近。
KCB～013	鶴	鶴	鶴字左部與霍字借行書之帖體字形近。
KCB～014	奮	奮	田字與臼字借行書之帖體字相近。

四：形遠亦代用

（一）受其他正體字影響者

表 KDA14.4～1

圖　號	正體字	帖體字	說　　　明
KDA～001	極	極	橫畫與四點火於形相遠。
KDA～002	丞	丞	橫畫與四點火於形相遠。

KDA～003	國	國	橫畫與橫三點於形相遠。
KDA～004	熙	熙	竪畫與冫字於形相遠。
KDA～005	營	營	營字上部與卌字於形相遠。
KDA～006	凫	凫	刀几二字於形相遠。
KDA～007	凫	凫	力几二字於形相遠。
KDA～008	凫	凫	乃几二字於形相遠。
KDA～009	粹	粹	粹字右上部與文字於形相遠。
KDA～010	隙	隙	隙字右上部與巛字於形相遠。
KDA～011	翳	翳	矢米二字於形相遠。
KDA～012	彫	彫	彡字與刀旁於形相遠。
KDA～013	凱	凱	几風二字於形相遠。
KDA～014	惱	惱	惱字右下部與山字於形相遠。
KDA～015	寡	寡	寡字與小字於形相遠。
KDA～016	炫	炫	火示二字於形相遠。
KDA～017	匠	匠	匠字左半部與辶字於形相遠。
KDA～018	工 ☆	匕	工匕二字於形相遠。
KDA～019	匕 ☆	工	工匕二字於形相遠。
KDA～020	啓	啓	攵戈二字於形相遠。
KDA～021	憑	憑	心廾二字於形相遠。
KDA～022	憑	憑	四點火與廾字於形相遠。
KDA～023	寧	寧	心字與橫畫於形相遠。
KDA～024	聯	聯	丱心二字於形相遠。
KDA～025	淄	淄	巛字與貴字上部於形相遠。
KDA～026	象	象	象字帖體字或受廌字影響，然與廌字下部於形相遠。

KDA～027	遷	遷	遷字右下部與舛字於形相遠。
KDA～028	雖	雖	虫衣二字於形相遠。
KDA～029	糾	糺	丩乚二形相遠。

（二）受其他帖體字影響者

表 KDB

圖　號	正體字	帖體字	說　　明
KDB～001	彡 ☆	小	參、戮等字之彡字帖體字中有借隸作小者；然此處之帖體字又從而與恭字下部之心旁同形，是從帖體字又有所變易者。
KDB～002	餐	飡	餐字帖體字有借小篆（《說文》重文或體）作飡者，此則又改從冫。

捌：假

在定名方面，謂之「假」者，言六書「假借」之理也。何以單舉「假」字，不連言假借二字？其因有三：

一：帖體字其他諸法皆爲單名，爲求一致並化繁爲簡以便於記憶或應用故；

二：帖體字之變異方式中，古代書論已有「借」法，若又言「假借」，或有名稱架疊之弊，或恐易致混淆難辨，以爲借法即假借一法之簡稱；

三：假即借也，言假即言借。《說文》：「假，非真也。」又，「叚，借也。」「借，假也。」以此三字觀之，「假」字當爲「叚」字之後起字，加人旁以特示其用處耳。就《說文》所說本義審之，兩者亦有相通之處；然於借字言其本義時，不言叚，則又於理難通，故當是以叚字爲初文，即叚、假二字爲古今字，形有繁簡之別，音義則當全同，

「借」正是其義，謂以此用於彼，或以此代彼也。《公羊傳・桓公元年》：「其言以璧假之何？易也。」《孟子・盡心上》：「久假不歸。」其假字皆爲借義，亦可證假、叚實爲同一字。在定義方面，「假」者，假借之理也。何以不言假借之義？以帖體字所言之「假」與文字學上之「假借」，於義有別，而於理相同之故。

因此，爲明白何謂「假」法，有必要先行對「假借」作一番概述。「假借」者，《說文・敘》：「借者，本無其字，依聲託事。令長是也。」林尹先生釋此曰：

所謂「本無其字」，是表示語言上已有這種詞彙，可是文字的形體未曾造出；所謂「依聲託事」，是指紀錄語言時，依靠同聲音的文字，來寄託一下會說不會寫的意思。「本無其字」是指字形而言；「依聲」是指字聲而言；而「託事」是指字義而言。（註29）

至於其演變過程，則有段玉裁的假借三變說：「大抵叚借之始，始於本無其字；及其後也，既有其字矣，而多爲之叚借，又其後也，且至後代，譌字亦得自冒於叚借。博綜古今，有此三變。」前者即《說文・敘》中之定義，可謂「本無其字之假借」，段氏於注中舉出來、烏、朋、子、韋、西、難、易八字，合令、長二字以爲例證；中者是即東漢・鄭玄所謂：「其始書之也，倉卒無其字，或以音類比方借爲之，趣於近而已。」（唐・陸德明《經典釋文・序》）是言文字本來已有，書寫之際，一時忘記，遂以同音之字假借爲之，此種類型可謂「本有其字之假借」，段氏亦於注中舉出十個「古文以爲」之字以爲例證；後者林尹先生斥之爲「錯字、別字」，然亦因聲音上之關係而得假借，此種類型可謂「譌字自冒之假借」，段氏亦於注中舉憂、塞、祖三字以例證。本書之所謂「假」者當指後二者而言，蓋若「本無其字」，即無正體字以爲字形之標準，也就沒有從正體字變異之帖體字。

更且，本書所謂「假」與文字學上之所謂「假借」仍有所差異，大抵可分爲以下兩點：

一：文字學上之「假借」係假借其他本已存在之正體字以用之；而帖體

字之所謂「假」者，並非以原已存在之正體字為假借之字，而是就文字之部分形符假借其他形符以代替之。也就是說，兩者存在著全部假借與部分假借之差異。

二：「假借」之字為本已存在之正體字，所以，其本身並非帖體字；而「假」法之字為本來所無之字，係從原正體字改易部分形符而成，故就其本身而言，實為帖體字。

三：某字是否為「假借」字，須從其上下文來看，而「假」法之字則不從其上下文來看，而是直接就其字形來看。然而，帖體字之變異方式之所以仍然稱為「假」者，乃因其部分形符之假借，其所根據之學理仍是遵循文字學上之「假借」理論，此亦為其相同之處。

在分類方面，「假」法既是因聲音上之關係而代換聲符，分類自宜以假借字與被假借字兩者在聲音上之關係如何為依據；此種關係可粗分為音同與音近兩種，音近又可分為雙聲與疊韻兩種，聲母相同謂之雙，韻母相同謂之疊韻，兼有雙聲與疊韻者稱為同音。茲就「假」法分為雙聲假借、疊韻假借以及同音假借三種，分別說明。又，字音取諸《說文》段注反切，其有文字不見於《說文》者，則求諸《廣韻》。

一：雙聲假借

表LA

圖　號	正體字	帖體字	說　　明
LA～001	輩	[illegible]	輩字「從車、非聲」（據《說文》，下省出處）。輩為補妹切，北為博墨切，聲母皆屬幫紐。
LA～002	憐	怜	憐為落賢切，令為力延切，聲母同屬來紐。
LA～003	操	摻	操為七力切，參為七感切，聲母同屬清紐。又，附圖之操字其右部為帖體字（屬「代」法中「形遠亦代用」之「受其他帖體字影響者」一類）。

表 LA 附（註 30）

正體字	帖體字	出　處　及　說　明
驂	[illegible]	北齊＜彭城王攸造寺功德碑＞。驂字從馬、參聲。喿爲七早切，驂爲倉含切，聲母同屬清紐。
慘	懆	隋＜賈珉墓誌銘＞、＜明雲騰墓誌銘＞。慘字從心、參聲。喿爲七早切，慘爲七感切，聲母同屬清紐。
軀	[illegible]	北魏＜徐州劉道景造像記＞。軀字從身、區聲。軀爲豈俱切，丘爲去鳩切，聲母同屬溪紐。又，「丘」字所比少一畫者，爲尊孔子而避諱缺筆之故也。
擣	[illegible]	北齊＜道興造像記＞。擣字從手、壽聲。擣爲都皓切，鳥爲都了切，聲母同屬端紐。而亦可以爲「鳥」字爲「島」字之形近代用，且「島」字亦作「㠀」，爲都皓切，與「擣」字聲韻全同。
孤	[illegible]	北魏＜元鸞墓誌銘＞。孤字從子、瓜聲。孤爲古胡切，介爲古拜切，聲母同屬見紐。又，「介」字與「孤」義有關，如《莊子・庚桑楚》:「夫函車之獸，介而離山，則不免於罔罟之患。」則此亦可歸爲下文之「新」法。

二：疊韻假借

表 LB 附（註 31）

正體字	帖體字	出　處　及　說　明
豦 ☆	處	北魏＜西河王元悰墓誌銘＞據字作[illegible]；北齊＜臨淮淮王象碑＞遽字作[illegible]。豦爲強魚切，處爲昌與切，韻同爲段氏五部。
寓	㝢	隋＜曹植碑＞。寓字從宀、禺聲。禺爲遇俱切，禹爲王矩切，韻同屬段氏十部。
酧	[illegible]	隋＜賈珉墓誌銘＞。酉爲與久切，酋爲字秋切，韻同屬段氏三部。
傑	傺	唐＜兗公頌＞、＜吉渾墓誌銘＞。

		桀爲渠列切，梨爲良薛切，韻同屬段氏十五部。

三：同音假借

表 LC

圖 號	正體字	帖體字	說 明
LC～001	鯨	鰳	《說文》：「鱷，海大魚也。從魚、畺聲。……鯨鱷或從京。」鯨爲渠京切，勍亦渠京切，聲韻俱同；且勍從京字得音，故亦爲同音。
LC～002	怨	惌	怨字從心、夗聲；而宛字亦從夗字得音，故同音。
LC～003	埋	塰	埋字從土、里聲；而厘字亦從里字得音，故同音。
LC～004	黎	梨	黎字從黍 𥝢省聲，郎奚切，來紐，韻爲段氏十五部；利爲力至切，來紐，十五部，聲韻俱同，故爲同音。
LC～005	荆	荊	荆字從艸、刑聲，刑又從幵得聲，戶經切；形字同刑字皆從幵字得聲，亦爲戶經切，故同音。

表 LC 附（註 32）

正體字	帖體字	出 處 及 說 明
遘	逅	唐<張文珪造像記>。遘字從辵、冓聲。冓爲古候切，后爲胡口切，冓聲見紐，后聲匣紐，同屬牙音，韻同屬段氏四部。
迭	迭	北魏<元悅墓誌銘>。迭字從辵、失聲。失爲式質切，矢爲式視切，聲同爲審紐，韻同段氏十二部。
鴟	鵄	北魏<敬史君碑>。鴟字從隹、氐聲。氐爲丁尼切，至爲脂利切，氐聲端紐，至聲照紐，古歸端紐，故雙聲，韻又同屬段氏十五部。
狗	猗	北齊<道興造像記>。狗字從犬、句聲。句爲古侯切，苟爲古厚切，聲同見紐，韻同段氏四部。

漆	[illegible]	北齊<道興造像記>。漆字從水、桼聲。桼爲親吉切，七亦親吉切，聲韻俱同。
菩	[illegible]	北齊<莊嚴寺造像記>。菩字從艸、咅聲。陪字從咅字得聲，故同音。
[illegible]	[illegible]	唐<潘師正碑>。[illegible]字從足、屠聲。屠爲直魚切，尌爲常句切，屠聲澄紐，古歸定，尌聲禪紐，古亦歸定，故雙聲，韻又同爲段氏五部。

玖：新

在定義方面，所謂「新」者，即新造之字；雖名爲新，實質上是以舊有之意義換以與原字相異之形構部件；在「新」的程度上，也就是與原字形構部件的同異程度，新字有全新者，有半新者，全新之字所見之例全爲「構字諸文全異之新會意字」，半新之字可分爲「易聲符爲義符之新會意字」，與「易義近之義符之新造字」兩類。全新之字又可同時從已見於碑帖與載錄於典籍與否這兩個角度予以分類：

一：已於碑帖中尋得者；

二：尙待從碑帖印證者。

兩者復可從新字與原字字形之差異程度分爲「字形迥異之新會意字」與「字形相近之新會意字」兩種。「易義近之義符之新造字」可依造字法則，亦即六書，分爲「會意字」與「形聲字」兩類。

東漢・許慎爲解經義而作《說文》，廣錄正文，亦不廢重文，且重文之中亦有「俗體」「或體」「某人說」之例，是明揭世俗之字亦有其存在之可能性、必要性與重要性，實不可以其出於鄉黨坊間而鄙斥之。言其「可能性」者，以俗書合乎造字之理，自有其存在之理據；言其「必要性」者，以俗書較諸本字或更淺顯易明、或筆劃更爲簡省，而更合於世用，自有其存在之必要性，且可能代替本字，而轉爲正字；言其「重要性」者，以其存在於古代典籍或碑帖之中，文字或於今日已然不用，然學術之研究關乎事實之真相，此又不可不明其本字，是以須究其本字若再就《說文》之正文而言，是少爲尟，犬肉爲肰，八刀爲分，人言爲信，大火爲赤，是皆會意之字，淺顯易懂，與後造俗字性質正同，又有何相異之處；更且，《說文》重文或體中宀火爲災，亦直接說明會意之法造字之可行與便利。《說文》之後俗造之字多有本字，其時充斥於日用之間，碑帖或典籍之中仍有所見，然歲之既久，經時間之淘洗，自然去蕪存菁，合於世用者自然存在，不合時宜者，必遭淘汰，此文字死活之理也。

俗造之字皆十分淺顯有趣，然詆訶爲「俗書」、「野書」，斥之爲「鄙陋」、「猥拙」者竟占大多數，認爲不合六書，與《說文》相異，或有違六書，甚不見愛於古時文字學家，歷來之論多矣，如北魏・江式<上古今文字表>云：

> 皇魏承百王之緒，紹五運之移，世易風移，文字改變，篆形錯謬，隸體失真。俗學鄙習，復加虛造，巧談辯士，以意為疑，炫惑於時，難以釐改。傳曰：「以眾非，非行正」，信哉得之於斯情矣。乃曰：追來為歸，巧言為辯，小兔為䨲，神蟲為蠶，如斯甚眾，皆不合孔氏古書、史籀大篆、許氏《說文》、石經三字也。凡所開卷，莫不惆悵，為之咨嗟。

北齊・顏之推《顏氏家訓・雜藝》云：

> 北朝喪亂之餘，書跡鄙陋，加以專輒造字，猥拙甚於江南，乃以百念為憂，言反為變，不用為罷，追來為歸，更生為蘇，先人為老；如此非一，遍滿經傳。

北宋・林罕《字源偏旁小說》序云：

> 又有文下作子為學，更旁作生為蘇，凡數十百字，謂之「野書」，唐有敕文，加以禁斷，今往往見之，亦不可輒學。

清・錢大昭《說文統釋・自序》云：

> 文子為學，老女為母。（並齊梁間俗書，見宋・戴侗《六書故》。）

……不長為矮，不食為齋，門坐為穩，小兒為仦（音嫋），人瘦弱為奀（音勒），人亡絕為歪（音終），人不能行為𡕒（音臘），大女及姊為奻（音大），山巖窟為砬（音磡），門橫關為閂（音櫎），浮在水上為氽（音酋），沒入水下為氼（音魅），身隱忽出為閄（和馘切），口上多髭為䏜（音胡）。（並宋時人俗別字，見明・何孟春《餘冬序錄》。）不正為歪，小大為尖，目水為淚，合手為拏。（並見明・吳元滿《六書正義》。）

清・羅振玉《增訂碑別字》中亦載錄本書所指之「新字」，計有以下十六字：（註33）

1.苑木爲菊；2.死土爲葬；3.追來爲歸；4.去近爲遠；
5.上下爲弄；6.身本爲體；7.穴視爲窺；8.貞臣爲賢；
9.門視爲窺；10.先人爲老；11.高上爲臺；12.事女爲妻；
13.百多爲終；14.量土爲疆；15.巧言爲辯；16.竹毛爲筆。

以上所引諸說，可知歷來對於所謂「野書」、「俗書」之例，多以爲野俗鄙陋，不登大雅之堂，故在唐朝，曾明令加以禁斷。此等俗字，多爲正字以外之別造字體，雖合六書之法，且行於一時然大多不用。以下即就此三大類依序分別指明出處並試爲疏釋：

一：構字諸文全異之新會意字

（一）已於碑帖中尋得者

1：字形迥異之新會意字

表MAA1

圖　號	正體字	帖體字	圖　號	正體字	帖體字
MAA1～001	弄	卡	MAA1～002	體	躰
MAA1～003	莞	哯			

表MAA1附（註34）

正體字	帖體字	出　處

菊	[illegible]	北魏<弔比干文>

1.弄

出處：附圖之外，北魏<弔比干文>亦有。

說明：《說文》：「弄，玩也。從廾玉。」《左傳·僖公九年》：「夷吾弱不好弄。」注：「弄，戲也。」弄，玩也，戲也，有把玩嬉戲之意，以上下合文會意，示其玩戲之動作也。又，清·羅振玉言：

> 考挊、挵、挵、卡、仒、卡六字，並「弄」之別字。《詩》：「載弄之璋」，日本《七經孟子考文》載足利學本，「載弄」作「載挊」，魏<高貞碑>「清暈發於載卡」，又作「載卡」，此挊、挵、挵、卡、仒、卡、六字，即弄之證；此以挊挵挵為俗書，以卡仒卡為古文，今列兩部，不知並是「弄」之俗體。(《羅雪堂先生全集·面城精舍雜文；龍龕手鑑跋》)

意謂遼·行均《龍龕手鑑》對於羅氏所載弄字六個俗體字中，將前三個注爲「三俗，盧貢反」，將後三個注爲「三古文，盧貢反」，而羅氏認爲當爲同一字。

2.體

出處：附圖之外，北齊<宋敬業造像記>亦有。

說明：《說文》：「體，總十二屬也。從骨、豊聲。」《廣雅·釋親》：「體，身也。」體即身也，身即體也，以身本會意爲體，適符此意。

3.莞

說明：《說文》：「莞，艸也，可以作席。從艸、完聲。」莞之本義爲蒲草，可用以作席；其另一義則須從複合詞觀之，即「莞爾」一詞，義爲微笑貌，《論語·陽貨》：「子之武城，聞弦歌之聲，夫子莞爾而笑，曰：割雞焉用牛刀。」從口、皃爲莞，正與此義相通。

4.菊

說明：《說文》：「菊，大菊，蘧麥。從艸、匊聲。」《爾雅·釋草》：「蘜治蘠。」注：「蘜，今之秋華菊。」大菊爲蘧麥，草藥名，亦爲秋菊名，可種於苑內，故東晉·陶淵明詩曰：「采菊東籬下，悠然見南山。」

2：字形相近之新會意字

表 MAA2

圖　號	正體字	帖體字	圖　號	正體字	帖體字
MAA2～001	臺	[illegible]	MAA2～002	老	[illegible]

表 MAA2 附（註 35）

正體字	帖體字	出　　　處
賢	[illegible]	南朝宋＜鄒非熊九曜石題名＞
歸	[illegible]	北魏＜呂望表＞、＜比仁僧智等造像記＞、北周＜聖母寺造石像記＞。
遠	[illegible]	唐＜鬱林觀碑＞
疆	[illegible]	北魏＜臨淮王元彧墓誌銘＞、隋＜甯贙碑＞。

1.臺

出處：附圖之外，尚有北魏＜恆州刺史元譿墓誌銘＞作[illegible]。

說明：《說文》:「臺，觀四方而高者也。從至、從高省。與室屋同意。之聲。」《老子》:「几層之臺，起於累土。」臺者，可觀四方之高層建築物，高於平地，故從高土二字會臺字之意。

2.老

出處：附圖之外，尚有北魏＜王偃墓誌銘＞。

說明：《說文》:「老，考也，七十曰老，從人毛匕，言須髮變白也。」《說文統釋・自序》云:「魏魯郡太守＜張猛龍碑＞有此字作[illegible]。」今之「先人」其意爲已過世之人也，與北朝所用義別；北朝所謂「先人」等同於現今所謂前輩之意，而令造[illegible]字以爲老意，恐是直呼老字不爲委婉耳。另，以上是以字義而言，若以字形立論，老[illegible]於形實亦相近，或以爲[illegible]字之作不惟會合異體二文以造字，同時也慮及形體之相似性。

3.賢

說明：《說文》:「賢，多財也。從貝，臤聲。」《穀梁傳・文公六年》:「使仁者佐賢者。」注:「賢者多才也。」《禮記・學記》:「就賢體遠。」疏：「謂德行賢良。」賢字本義爲多財意，引伸爲多才意、有德意，或指才能，或言操行，施之於君臣之間，則又引伸爲忠貞之意，故從貞臣會賢字之意。

4.歸

說明：《說文》：「歸，女嫁也。從止，婦省，𠂤聲。」《穀梁傳・隱公二年》：「婦人謂嫁曰『歸』，反曰來『歸』。」《廣雅・釋言》：「歸，返也。」故知歸字爲返回之意。《字彙補》有[illegible]字，云「同『歸』」，即追來二字會意成字。追字本從辵、𠂤聲，此帖體字從止，義同，蓋辵止二偏旁得互用，辵亦從止作也。

5.遠

說明：《說文》：「遠，遼也。從辵、袁聲。」遠則不近，不從不近二字合文會意者，以去字上部與遠字上部形同，故從去近爲遠。

6.疆

說明：《說文》：「畺，界也。從畕，三其界畫也。疆，畺或從土、彊聲。」《詩・信南山》傳曰：「疆，畫經界也。」量土以畫界，是皆確定疆界大小及限域之事也，其事不同，其意則一也。

（二）尚待從碑帖印證者

1：字形迥異之新會意字

表 MAB1

正體字	帖體字	正體字	帖體字	正體字	帖體字
[illegible]	[illegible]	蠶	[illegible]	罷	甭
蘇	甦	母	姥	矮	[illegible]
齋	[illegible]	穩	閠	嫋	[illegible]
羸	[illegible]	終	[illegible]	躐	[illegible]
		厂	[illegible]	栓	閂
浮	氽	溺	氼	[illegible]	[illegible]
髭	[illegible]	蹄	歪	鐵	尖

1.䨲

說明：《康熙字典》：「《爾雅・釋獸》注：江東呼兔子曰䨲。《集韻》：䨲，奴侯切，或作㝹，亦作䨲。今譌从免。」小兔爲䨲䨲當作䨲䨲又作㝹。故㝹者，小兔也。

2.蠺

說明：《說文》：「蠶，任絲蟲也。從䖵、朁聲。」《說文通訓定聲》云：「後魏俗字，神蟲爲蠶。《周禮》：馬質禁原蠶者。註：蠶爲龍精。」《玉篇》：「蠺，俗蠶字。」《天中記》：「漢人曰：吾國有蟲，大如小指，名曰蠶，食桑葉，爲人吐絲。外國復不信有之。」養蠶取絲，製以爲衣，其利至溥，若爲天授神賜，故古傳黃帝之妻嫘祖種桑養蠶，後人遂目爲神蟲，以其對於民生衣著貢獻至大也。此字亦有作「蚕」者，取義與此帖體字相通。

3.罷

說明：《說文》：「罷，遣有罪也，從网能。言有賢能而入网，即貫遣之。《周禮》曰：『議能之辟』是也。」段注：「引伸之，爲止也、休也。」罷字今通行之義爲休止、爲停止，止之不用，爲罷字之意也。罷字造字之法亦爲會意，然其從正面而言，未能直接點出意涵所在，甭字意以會意之法造字，然其意義，觀之自悟，不待多言。又，杜學知言：「今北平『不用』一詞，連讀爲「ㄅㄥˊ」，或書爲『甭』，與罷字義亦近。」（註 36）

4.蘇

說明：《說文》：「蘇，桂荏也。從艸、穌聲。」《說文通訓定聲》云：「假借爲穌《小爾雅・廣名》：死而復生謂之蘇。左襄十傳：蘇而復上者三。」《集韻》：「蘇，俗作甦。」故蘇者，復生也；復生與更生同意，遂別以更生之甦爲蘇醒字。

5.母

說明：《說文》：「母，牧也。從女，象裹子形，一曰：象乳子也。」《說文通訓定聲》：「字亦作姥，《六書故》：老女爲母，蓋齊梁間俗字。

」雷浚《說文外編》：「姥，莫古切，老母也。」《中華大字典》：「姥，老婦也。《晉書・王羲之傳》：見一老姥，持六角竹扇賣之，羲之書其扇，各爲五字，人競買之。」段玉裁云：「凡能生之，以啓後者，皆曰母。」啓後必先生於前，生於前者可曰老，故母爲老女之稱。

6. 矮

說明：《說文新附》：「矮，短人也。」《中華大字典》：「長，音矮，短也。見《篇海》。」人矮則短，短則不長，故矮者不長也。

7. 齋

說明：《說文》：「齋，戒潔也。從示、齊省聲。」《說文通訓定聲》：「《莊子・人間世》曰：不飲酒，不茹葷。……葷者辛臭之菜，蔥薤之屬。……酒可亂性，葷令氣穢，將交於神明，是皆戒之。」《康熙字典》：「亝，桂海雜字，與齋同。」酒葷皆所不食，即《論語》所謂「齊（即齋字）必變食」，「是異常饌」（楊倞《荀子注》）也。有所不食即濁葷之物不入於口，此即齋字之義也。

8. 穩

說明：《說文新附》：「穩，蹂穀聚也。一曰安也。從禾、隱省。古通用安隱。」《詩・大雅》：「乃慰乃止」，箋：「民心定，乃安隱其居。」此安穩字之義，古用隱今用穩也。「安隱其居」意爲安居於自家門內也，故從穩門內安坐以會意，於理可通，尋諸典籍，亦有可徵。

9. 嫋

說明：《說文》：「嫋，姌也。從女、從弱。」又：「姌，弱長皃。從女、冄聲。」即今之嬝娜字。西漢・司馬相如＜上林賦＞：「娬媚姌嫋」，郭注：「姌嫋，細弱也。」嬝娜、姌嫋，皆有見其細弱之意，小兒似之，故嫋者，小兒貌也，故以小人或人小會小兒意。

10. 奀

說明：《中華大字典》：「奀，讀茫，人瘦弱也。觚艭粵觚：粵中語少正音，書多俗字，人物之瘦者爲奀，音茫。按，搜真玉鏡，音尺止切，無訓。范成大《桂海虞衡志》音動，訓同觚艭。」依其言，則奀有數音，然當以錢大昭所言，以勒音爲正，其本字當爲羸。《說文解字》：「羸，瘦也。從羊、𣎆聲。」朱氏定聲云：「本訓當爲瘦羊，轉而言人耳。」朱說是也。羸者，人體瘦弱之貌也，故以不大會羸字之意；其會意之顯露直接，不若羸字之難以觀形知義也，更且，羸字與贏、嬴二字形近易混，更覺奀字之易於辨識。

11.𣨛

說明：《說文》：「終，絿絲也。從糸、冬聲。」《說文通訓定聲》：「《釋名・釋喪制》：終，盡也。《禮記・文王世子》：文王九十七乃終。<檀弓>：君子曰終。<周語>：司民協孤終。《廣雅・釋詁三》：𣨛，竟也。《爾雅・釋詁》：就，𣨛也。字亦作𣨛。」君子曰終，小人曰死，是終爲死之別名，其爲義則同；故終字又別作𣨛，是爲終字之累增字。字從歺從冬，又似爲終死兩字之合文。《玉篇》以𣨛爲終之古文，是以爲先有𣨛字，後有終字。總而言之，終有死意，人亡絕即死，死則不生，故造從不生會意之字 甭 爲死意。

12.𨁧

說明：正字當作躐，《爾雅・釋言》：「跋，躐也。」《說文》：「𨂴，步行獵跋也。」獵即躐字，躐跋連言，爲同義複詞，其義仍同。《說文》：「跋，蹎也。」蹎跋亦作顛沛，東漢・馬　融《論語注》有言：「顛沛，僵仆也。」此蹎跋之義，亦即躐字之義。故知躐跋、蹎跋皆僵仆之意，僵仆則不能行，故造從不行會意之字以爲躐字。

13.厂

說明：巖之初文爲厂，《說文解字》：「厂，山石之厓巖，人可居也。」是言巖窟也。《中華大字典》：「𥓓，若紺切，音礶，岩之巖窖也。見說略。觚賸云：粵人以山之巖洞爲𥓓。」《集韻》：「礶，若紺切，巖崖之下。」巖崖之下、巖窖、巖洞，指涉皆同，於義與巖窟無別。《楚辭・哀命》云：「穴巖石而窟伏」，注：「穴也」。若礶音一系列之字，其義亦同。礶字又作𥓓，从𠂤即爲窟窖之義。他如嵌字，口銜切，《玉篇》：「坎傍孔也」。《集韻》：「嵌巖，深谷。」又坎字，若感切，《說文解字》：

「陷也」。又龕字，口含切，《方言》:「受也」;<釋詁>:「盛也」。凡坎陷之處，皆可容受，其義與窟窨同。巖窟、巖窨、巖洞等，惟石山有之，故巖字俗作岩，義爲石山也；磡字俗作[illegible]，亦謂石山也，岩與[illegible]，由字之部位上下組合而分別。

14.栓

說明:《字彙補》:「閂，數還切，音櫦，門橫關也。」音訓之字常能表義，查諸其他字典:《集韻》:「櫦，數還切，閉門機也。」《集韻 》:「栓，數還切，貫物也。」是知三字有所關連。閂爲會意字，從門內有一橫桿會意，其得音從栓、或櫦而來；且三字皆有門橫關之意。然三字之中，以閂字其形最能明揭門橫關之意，故特造此字以表之。

15.浮

說明：正字當作汓。《說文》:「汓，浮行水上也。從水、從子。古或以汓爲沒。泅，仔或从囚聲。似由切。」《康熙字典》引《字林撮要》云:「人在水上爲氽，人在水下爲溺。」是知汓字本有浮、沒兩義，且兩義相反，爲求分別，故單舉浮義；而又另造氽字特表浮意。

16.溺

說明:《正字通》:「氼，同㲻。」《說文》:「㲻，沒也。從水、從人。」段注:「此沈溺之本字也，今人多用溺水水名字爲之，古今異字耳。」《說文》:「沒，沈也。從水、從殳。」段注:「沒者，全入於水。」是知
與沒皆沈於水中之意，與溺字義同；而北朝別造字以爲溺字，是以會意之法爲沒入水下之意也。

17. 㖪

說明:《字彙補》:「閄，和馘切，音或。隱身忽出，驚人之聲也。」正字當作㖪，《方言・十三》:「㖪，聲也。忽域切。」是謂人隱身於門內，忽出門外，呼「㖪」之聲以驚人。人隱身於門內，其字作閃，《說文》有之:「閃，闚頭門中也，從人在門中。失冉切。」故知閄字者，先是闚頭門中，見有人來，忽出門外，急出「㖪」聲以驚之。人闚於門內曰閃，忽出門外、急聲驚人曰閄，皆爲會意造字，且構字部件全同，

只有部件組合之位置關係有小異耳。

18.髭

說明：《篇海》：「[illegible]，俗髭字，見《字學元元》。」《中華大字典》：「俗謂須曰髭子，《篇海‧類篇》[illegible]下云：俗髭字。是此字世俗用之久矣。」《說文》：「須，面毛也。從頁、從彡。」須字今已作必須意，故別造鬚字以表本義。又《說文》：「[illegible]，口上須也。從須、此聲。」今通作髭。髭爲口上之毛，毛多則口爲之蓋，故從毛口之[illegible]字以表髭義。

19.[illegible]

說明：《說文》：「[illegible]，不正也。從立、[illegible]聲。火[illegible]切。」段注：「俗字作歪」。《康熙字典》：「《字彙》：歪，烏乖切，不正也。案此乃[illegible]之俗字，《正字通》云：《說文》[illegible]訓不正，俗合不正二字改作歪，《字彙》訓與同，不知歪即[illegible]之[illegible]。」攲斜不正即歪也，此以會意之法造字，於今仍通用，而本字反泯沒爲死字矣。

20.鐵

說明：《說文》：「鐵，鐵器也。從金、[illegible]聲。」徐鉉等曰：「今俗作尖非是」。又：「櫼，楔也。從木、[illegible]聲。」徐鍇曰：「此即今俗以小上大下爲櫼」。《玉篇‧小部》：「尖，子廉切，銳也。」《 說文外編》云：「尖字，《玉篇‧大部》重出，而《說文》無之。……通作鐵，《爾雅‧釋丘》：再成銳上爲融丘。郭注：鐵頂者，即尖頂。」鐵謂鐵器之尖者，櫼謂木器之尖者，皆有尖銳之意，引申爲凡尖銳之稱。尖銳之器必上小下大，故別造尖字稱之，且其音得之於鐵、櫼二字。

2：字形相近之新會意字

表 16.1～22

正體字	帖體字	正體字	帖體字	正體字	帖體字
變	[illegible]	憂	[illegible]	學	[illegible]

1.變

說明：《說文》：「變，更也。從攴、䜌聲。」人言爲信，故子夏曰：「

與朋友交，言而有信」(《論語・學而第一》) 孔子亦曰：「 言必信，行必果」(《論語・子路》) 言既出之，行必應之，方爲有信，若反其言，則變矣。《集韻》有字，然非其義。

2. 憂

說明：今通行之憂字爲憂字本字之通假字，其本字當作𢝊。蓋憂爲行貌，𢝊爲愁，既畫然矣，而愁下不云𢝊也，云憂也。清・段玉裁云此種現象屬於「至後代，譌字亦得自冒於假借」一類，究其因，則爲「或古古積傳，或轉寫變易，有不可知。而許書每字依其字形說其本義，其說解中必自用其本形本義之字，乃不致矛盾自陷，而今日有絕不可解者。」(《說文・敘注》) 而今日仍承轉寫譌字之緒，以憂爲愁意，本字卻被摒棄不用矣。《說文》：「𢝊，愁也。從心、從頁。」徐鍇曰：「𢝊形於顏面，故從頁。」頁字象人首，憂愁發於心而形於面，故憂字本字從頁從心會意。心有百念則愁思糾結，難以排解，其發於心者，必形於外，或隱或顯，觀其容貌，則可知之，故以百念會意，爲憂愁之憂之新造會意字；其於造字之法與憂字本字相同，而觀其字形以領會其意之功效實大於憂字本字。

3. 學

說明：《說文》：「斅，覺悟也。從教、從冂。冂尚矇也。臼聲。學，篆文斅省。」于鬯《說文職墨》云：「子部𡥈，從子、爻聲，當爲此字之古文。蓋先有𡥈字，後有教字；又因教字，而有斅字；又省斅字爲學字。𡥈教斅學四字，實止一字。」《說文》：「𡥈，放也。從子、爻聲。」徐氏《說文注箋》云：「放者，效也；學亦效也，學效一聲之轉。竊疑斅爲學之省。桂氏馥曰：俗書學作斈，即𡥈之變體，漢碑學字作學，變爻爲文，即其證也。」變爻爲文，其因以可從多方來看，或由於行書速寫而致形近，或爻文形近借用，或因義而變，或兼有其中兩者或三者。甚或可能以《論語・季氏第十六》之故事相關：「伯魚……嘗獨立。鯉趨而過庭。曰：學詩乎？對曰：未也。『不學詩，無以言』。鯉退而學詩。他日又獨立，鯉趨而過庭。曰：學禮乎？對曰：未也。『不學禮，無以立』。鯉退而學禮。」伯魚爲孔子之子，學爲人處世之理，先求之於典籍，故學字從人子會意，實有可能出於此事。

二：易聲符為義符之新會意字

表MB

圖　號	正體字	帖體字	圖　號	正體字	帖體字
MB　～001	華	[illegible]	MB　～002	華	[illegible]
MB　～003	切	[illegible]	MB　～004	豔	艶
MB　～005	遊	[illegible]	MB　～006	鹽	塩
MB　～007	窺	窺	MB　～008	豎	竪
MB　～009	怨	[illegible]	MB　～010	淚	泪
MB　～011	窺	闚	MB　～012	拏	拿

1.華

說明：《說文》：「華，榮也。從艸𠌶。」段注：「𠌶亦聲，此以會意包形聲也。」意謂華字爲會意兼聲。又，《說文》：「𠌶，草木華也。」𠌶華二字因音義全同，即今花字。《爾雅・釋草》：「木謂之華，艸謂之榮；榮而實者謂之秀，榮而不實者謂之英。」此析言之也；又曰：「蕍、芛、葟、華、榮。」此渾言之也。故知華爲草木之璀璨外耀之部份，亦有艸類無有華者，故華從幸艸會意，且字形亦與原字相近。

2.華

說明：同上；草木有一年始開一次華者，故從年草會意，且字形亦與原字相近。

3.切

說明：《說文》：「切，刌也。從刀、七聲。」又：「刌，切也。從刀、寸聲。」切刌二字雙聲同義，且互訓。七之初文即切字初文，甲金文中作十形，意爲將物從中斷之；斷之多以刀，故後世增益刀旁，更彰其義。切字本義既文從中斷物，故俗造之字從下刀會意，且字形亦與原字相近。

4.豔

說明:《說文》:「豔,好而長也。從豐,豐、大也;盍聲。《春秋傳》曰:美而豔。」段注曰:「《左傳》兩言美而豔,此豔進於美之義。人固有美而不豐滿者也。」又曰:「豐之本義無當於豔,故舉其引伸之義。」證之典籍,段說然也,如《詩・小雅》毛傳曰:「美色曰豔。」《方言》:「豔,美也。宋衛晉鄭之閒謂豔,美色爲豔。」是以俗造之字改從豊色爲豔;又,豊豐二字於甲今文中實同爲一字,其義正如《說文》所言:「豐,豆之豐滿也。」豆爲禮器,又:「豊,行禮之器也。從豆、象形。」裝物豐滿之豆正用以行禮也,然後世已析分爲二字矣。

5. 遊

說明:《說文》無遊字,然有游字:「游,旌旗之流也。從㫃、汓聲。古文游。」段注曰:「從㫃者,流行之義也;從孚者,汓省聲也。俗作遊者,合二篆爲一字。」然《尚書・大禹謨》有遊字:「罔遊於逸,罔淫於樂。」《孟子・梁惠王下》亦有之:「夏諺曰:吾王不遊,吾何以休。」皆爲遨遊以樂之義,故觀遊字當爲從、斿聲之形聲字,其義爲遨遊以樂。子爲古代對男子之尊稱,從辵、從子,與遊義相通。又,從另一角度看,游遊二字音同義通,古多相假,游字古文形符亦有子辵二文,或恐俗造之字係從此古文變異而出者。

6. 鹽

說明:《說文》:「鹽,鹵也。天生曰鹵,人生曰鹽。從鹵、監聲。」許氏所說,渾言析言備矣。湅治海鹽須引水至陸地,待其水份蒸發,鹽之結晶自然出矣,此爲粗鹽,恰似自地而出,故俗造之字改從土旁會意,亦可通也。

7. 窺

說明:《說文》:「窺,小視也。從穴,規聲。」窺爲視事,故改規聲從視字可通,且於形正相近似。

8. 豎

說明:《說文》:「豎,堅立也。從臤,豆聲。」段注:「堅立謂堅固立之也。豎與尌音義同,而豎從臤,故知爲堅立。」又,《說文》:「臤，堅也。」豎為直立義，如三國蜀・諸葛亮<軍令>：「始出營，豎矛戟，舒旛旗，鳴鼓角。」（見唐・虞世南輯《北堂書鈔・一二一》）豎之本義為堅立，言堅故留臤，蓋臤者，堅也；言立故留立，臤立相合為竪字，仍與豎字義同。

9.怨

說明：《說文》：「怨，恚也。從心、夗聲。」又，「恚，怒也。」怨從心生，憤懣於內，從死心會意，已於原義稍有所改，轉移為引申義也；當是夗死二字形近，且從死心會意，於怨字可通之故也。

10.淚

說明：《玉篇》：「淚，力季切，涕淚也。」《集韻》：「淚，目液也。」清・王鳴盛《蛾術編》云：「《說文》無淚字，俗又從水、從目，不知起于何時。」《字彙》：「泪，同淚。」其書為明・梅膺祚所撰，是知明代已有泪字。淚訓目液，液者，水也；故淚者，目水也，此即為泪字字義之所本。

11.窺

出處：北魏弔比干文作闚。

說明：《說文》：「窺，小視也。從穴，規聲。」《集韻》：「窺通作闚。」《文選・神女賦》注引《字林》：「闚，傾頭門內視也。」是知闚者，從門內偷視也，故從門；從門闚視若從穴洞觀看，故與從穴之窺字，其造字之意相通。

12.拏

說明：《說文》：「拏，持也。從手、奴聲。女加切。」明・張自烈《正字通》：「拿，俗拏字。」桂馥《說文義證》云：「拘捕有罪曰拏，今俗作拿。」拏為形聲字，從手、奴聲，於義為攫、為取，皆須合手為之，故俗即以合手之拿為拏，且拿字常用，而拏字已罕用矣。

三：易義近之義符之新造字

(一) 會意字

表 MCA

圖　號	正體字	帖體字	圖　號	正體字	帖體字
MCA ～001	妻	妻 妻	MCA ～002	劫	刧
MCA ～003	劫	刼		筆	笔

1.妻

說明：《說文》：「婦，與己齊者。從女、從屮、從又。又，持事妻職也。又聲。」妻為會意兼聲字。段注：「婦，主服事人者也。」婦職為操持家務、服事他人，從事女合文為字者，正是此意，言服事他人之女也。

2.刧

說明：《說文》：「劫，人欲去，以力脅止曰劫，或曰以力去曰劫。從力去。」脅，迫也。前義謂以力止人之去曰劫；後義謂用力而逃也。古今用義多以前者，如《左傳・莊公八年》：「遇賊於門，劫而束之。」《史記・九七・陸賈傳》：「然漢王起巴蜀，鞭笞天下，劫略諸侯，遂誅項羽滅之。」劫有威脅、強迫之意，若人持刀以逼迫然，亦有脅迫之意，故從刀去聲為劫。

3.刼

說明：同上；刃為刀鋒，亦有刀意。同理可證之字若「劍」字，《說文》小篆從刃，其重文籀文則從刀。

4.筆

說明：《說文》：「筆，秦謂之筆。從聿、竹。」又：「聿，所以書也。」是知筆字為合異體二字會意。筆以書寫部分之筆頭為主，筆頭以動物毛為之，故得改從毛字為帖體字。

（二）形聲字

表 MCB

圖　號	正體字	帖體字	圖　號	正體字	帖體字
MCB ～001	隧	[illegible]	MCB ～002	紙	[illegible]
MCB ～003	暫	[illegible]			

正體字	帖體字	出　處
終	[illegible]	北魏＜比丘道寶造像記＞
辯	[illegible]	隋＜李君[illegible]造像記＞ 巧字右上增益兩點，是爲兮字，此爲「代」法中之「形近而代用」。

1.隧

說明：《說文》無隧字，然其前之典籍多有所見。觀隧字之六書條例當爲從阜、遂聲之形聲字。《說文》：「阜，大陸也，山無石者。象形。」謂阜爲高平而厚之土山，故《說文》以前之典籍有作隧道、地道之義者，如《左傳・隱公元年》：「若闕地及泉，隧而相見，其誰曰不然。」《莊子・天地》：「鑿隧而入井，抱甕而出灌。」故俗造之字改阜從土，更直指其義。

2.紙

說明：《說文》：「紙，絮一箈也。從糸、氏聲。」段注：「箈下曰：潎絮簀也。潎下曰：於水中擊絮也。《後漢書》曰：「蔡倫造意用樹膚、麻頭及敝布、魚网以爲紙，元興元年奏上之，自是莫不從用焉，天下咸稱蔡侯紙。」按，造紙昉於漂絮，其初絲絮爲之，以箈荐而成之；今用竹質木皮爲紙，亦有緻密竹簾荐之是也。《通俗文》曰：「方絮曰紙。」段注所言至爲詳盡，又，《說文》：「糸，細絲也。象束絲之形。」絲可織成日常所用之物，巾亦其中一類；而破布亦爲製紙之原料之一，故俗造之字改糸爲巾，且換其位置，其方式爲「左右易爲上下」。

3.暫

說明：《說文》：「暫，不久也。從日、斬聲。」不久爲一時、短時間，如《尙書・盤庚・中》：「顚越不恭，暫遇姦宄。」站立而等，於時不久，亦得謂之暫，故俗造之字改日從足，與本義相通。

4.⿱百冬

說明：《說文》：「終，絿絲也。從系、冬聲。」《廣雅・釋詁》：「終，極也。」《釋名・釋喪制》：「終，盡也。」《文選・報孫會宗書》：「送其終也。」注：「終謂終沒也。」終者，極也、盡也、沒也，從百冬者，言冬之極盡矣，故以百冬二字合文爲終字之意。

5.⿱巧言

說明：《說文》：「辯，治也。從言在辡之間。」《論語・學而》：「巧言令色，鮮矣仁。」淸・朱駿聲《說文通訓定聲》：「《老子》：辯者不善。注謂『巧言』也。後魏俗字，巧言爲辯。」《康熙字典》：「《字彙補》：辯字本作⿱巧言。《北史》：柳⿱巧言。名取此。《正字通》：俗謂巧言曰⿱巧言。讀如辯，譎作⿱巧言。《唐書・禮樂志》：將作大匠康⿱巧言素。《音義》：俗辯字。」巧言則言詞多詭譎變化、機智圓滑，其爲善辯者之徵也。

拾：合

在定義上，所謂「合」者，即文字學上所謂「合文」之例。所謂「合文」是指合寫兩字或三字在一起的文字。漢字特性之一爲孤立語，就字形而言，即每字各有一定而獨立之空間，且字字獨立，分開書寫，但是在古文字中，時或可見將兩字、甚或三字合寫之例。周祖謨認爲商殷甲文，合文之形式有以下四種：

一、上下合寫在一起，如 [illegible]（五十）、[illegible]（六十）、[illegible]（小甲）。

二、左右合寫在一起，如 [illegible]（太乙）、[illegible]（太丁）、[illegible]（太甲）、[illegible]（示癸）、[illegible]（五月）。

三、包容在一起，如 [illegible]（雍巳）。

四、左右上下排在一起，如 □（十三月）、□（十三月）。

在金文中，合文亦有所見，如□（小子）、□（小臣）、□（武王）、□（文王）。（註 37）

合文之例，究其性質，以其詞爲當時常用之熟語，世所習用，因而會合兩字、三字爲一字，如人主名（文王、武王、小甲、太甲）、術語（小子、小臣）、月名（十三月）、數目（五十、六十）。後世合文之例，極爲少見，六朝、唐人敦煌寫經有將佛教中常用之名詞合成一字者，如「菩薩」二字合寫成「□」、「菩提」二字合寫成「卄」。（註 38）然而，「菩薩」二字合寫成「卄」則有值得注意之處，蓋《說文》中有茻字：「茻，眾艸也。從四屮。」 從艸字之字，其艸字多寫成 艹，茻字之艸旁則仿小篆作艸，而菩薩之合文作卄，與茻字實有別也。

至於現代日常生活常用之合文，則有

一：數目字

（一）廿

說明：《廣韻》人執切。亦作「卄」，而此字與「廾」字有別，「廾」爲「拱」字初文，有左撇，不作直豎。此字爲二十的合文。《說文》：

> 廿，二十并也。古文省多。

段注：

> 省多者，省作二十兩字為一字也。《考工記》：程長倍之四尺者二十分寸之一謂之「枚」，本於二字為句絕，故書「十」與上「二」合為「廿」。此可證周時凡言「二十」可作「廿」也。古文「廿」仍讀「二十」兩字。秦碑小篆則「維卄六年」、「維卄九年」、「卅有七年」，皆讀一字，以合四言。

至於字形，段注實有些錯誤，所見秦碑小篆諸刻石，如<繹山刻石>、<瑯琊臺刻石>、<泰山刻石>及秦權、秦量、秦詔版，其「廿」字未有作「卄」者，實皆作「廿」字。段注言「卄」字，不知所據何碑何拓？或恐是段注正確，而刊刻之人誤植之故。是邪？非邪？至於其讀音，《說文》段注云：

> 廿之讀如入，卅之讀如靸，皆自反也。至唐石經「二十」皆作「廿」，「三十」皆作「卅」，則仍讀為「二十」、「三十」矣。人汁切，七部。

清・翟灝《通俗編・數目》亦云：

> 《金石文字記》：《開業碑》陰多宋人題名，有曰元祐辛未陽月念五日題。以廿為念始見於此。楊慎謂廿字韻書皆因入，惟市井商賈音念，而學士大夫亦從其誤者也。

此字雖會合二個「十」字而成「廿」字，音同「念」，但口頭上通常仍讀成「二十」，以便於聽者了解；而如果是四言之句，則囿限於字數整齊之故，則讀成一音，不作「二十」二音。

此字所見之例如：漢《石經論語・八佾》：「『人而不仁，如禮何……觀之哉。』凡廿六章。」唐・李賀<公出無門>詩：「鮑焦一世披草眠，顏回廿九鬢毛斑。」清・趙翼著有《廿二史札記》一書。清・孔尚任《桃花扇・逮社》：「你看十三經、廿一史，三教九流，諸子百家，腐爛詩文，新奇小說，上下充箱盈架，高低列肆連樓。」

（二）卅

說明：《集韻》悉合切。《說文》段注則言：「古音當先立切，七部，今音蘇沓切。」

此字亦作「卅」。此造字之法同於「廿」字，爲會合三個「十」字而成，音同「薩」，讀成「三十」。馬王堆漢墓帛書《戰國縱橫家書・須賈說穰侯章》：「以卅萬之眾，守七仞之城，臣以爲湯武復生，弗易攻也。」《說文》「𠦃部」：「𠦃，三十并也。古文省。」

至於例字，唐・韓愈<唐正議大夫尚書左丞孔公墓志銘>：「孔世卅八，吾見其孫。」宋・蘇軾<巫山>詩：「不到今卅年，衰老筋應。」而民國肇造，又有「五卅運動」。

（三）卌

說明：《廣韻》先立切。此字乃會合四個「十」字而成「卌」，音同「細」，讀成「四十」。亦作「𠀀」，據此可見又會合兩個「廿」字而成。至於字形，亦有作左撇不出，而全爲豎畫者。北齊・鄭述祖<重登雲峰山記>:「此山正南卌里有天柱山者，亦是先君所號。」《敦煌變文集・目蓮緣起》:「請僧卌九人，七日鋪設道場。」

其實，若以此會合數字以成一字，則以下數字亦應歸爲合文：

二：吉祥語

會合成文者，如過年之時常見

（一）「黃金萬兩」寫成「」；

（二）「招財進寶」寫成「」。

而有人依其造字之法，又造出以下數字：

（三）「福祿」寫成「」。

（四）「壽喜」寫成「」。

（五）「加冠晉爵」寫成「」。

（六）「天天好孔吉」寫成「」。

（七）「日日有見財」寫成「」。

三：繁複詞

最爲常見者爲「圖書館」三字會合成「圕」，雖然此字已將「館」字去除，但其「館」意則在「書」字的四圍之中；四壁之中有書，且僅以「書」爲主，觀其造字爲六書之會意，又似象形，令人觀之自悟，而服其巧心慧智。

拾壹：分

在定義方面，所謂「分」者，《說文》言其本義曰:「別也。從八刀。刀以分別物也。」又，「八，別也。象分別相背之形。」分字從八刀會意，謂八之體勢左右開張，正如以刀切物，使之相別也。如《左傳・文公十六年》:「分爲二隊。」《史記・項羽本紀》:「分裂天下而封王侯。」其分字皆爲分開之意。將此分字意義用於自形上，則楷書帖體字之變異方式中，所謂「分」者，意指原爲不可分割之單字，帖體字乃就原字形構稍加改易，而爲兩個成文之字，但仍在一個文字的空間之內，音義與原字全同，亦無礙於文字之辨認，此種方式即稱爲「分」法。

在定名方面，除了「分」字正可確實契合楷書帖體字的某種變異構現象之外，「分」字與「合」字爲相互對立之反義詞（antonym），意即兩字在意涵上正爲相反。明・羅貫中《三國演義》即言：「 天下之勢，合久必分，分久必合。」其分合對舉，正爲二字互爲反義詞之例證。而前述文字學上有所謂「合文」之例，其對立之詞當爲「分字」，而楷書帖體字中亦有此例，是以將原爲不可拆分一字而分爲兩個成文之字者，雖仍爲原音原義，且居於一個文字之空間內，無礙於文字之辨識，亦稱爲「分」法。

分法之字於數至爲鮮少，爲數雖少，但求確當，不尚繁賅。玆就以下數字列表說明：

表0

圖　號	正體字	帖體字
0　～001	弔	吊

說明：

今之吊字係從弔字演變而來。《說文》：「弔，問終也。從人弓。」人字貫串於弓字之中，交結爲一，不可或分，帖體字將之改易爲從口從巾之吊字，爲弔字之通用字，故列爲分法。

考弔字之演變，隸書尚無有作吊形者，依筆者所見，應於北魏時始作；後世遂沿用不絕，且於義亦變爲懸掛。如宋・孟元老《東京夢華錄・四・公主出降》：「又有宮嬪數十，皆珍珠釵插、吊朵，玲瓏簇羅頭面。」吊朵爲宋代婦女首飾。其字形演變之情況大抵如下：

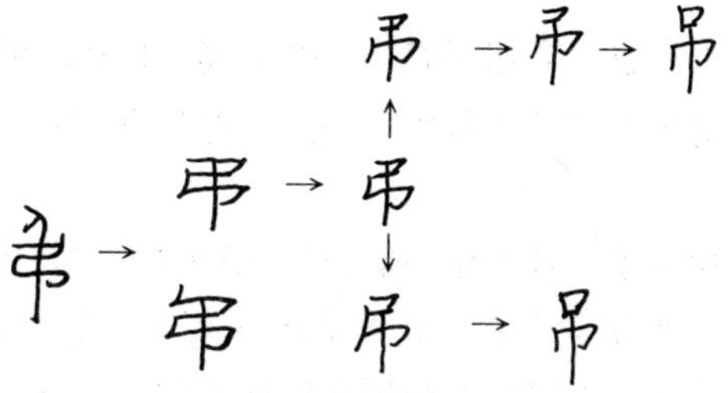

（篆書）　（隸書）（楷書）

（正體）　（　帖體　）

拾貳：包

在定義方面，所謂「包」者，《說文》言其義曰：「妊也。象人褢妊，巳在中，象子未成形也。」包字字形即象有胎兒在腹中，引伸爲裹束之義，如《尚書・禹貢》：「包匭菁茅」，《詩・召南・野有死麕》：「野有死麕，白茅包之。」《淮南子・原道》：「夫道者，覆天載地，……包裹天地，稟受無形。」其包字皆爲裹束之義。將此裹束之義用於文字形體，在帖體字的變異方式上，則所謂「包」者就是就該字之部份形符裹束其餘形符；這種包裹方式在字體的結構上會產生極大的變化，下表所列之幻字，本爲左右結構，由於右部包裹左部之幺，遂一變而爲內外結構。

表 P

圖　號	正體字	帖體字
P　～001	幻	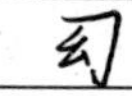

在前述之合文形式中，第三項爲「包容在一起」者，其與此處之「包」法有所差異，差異在於合文本身爲兩字、或三字合爲一字者，「包」法係就該字本身之某形符包裹其餘形符，並不與該字之外其他字相互併

合；不過，兩者皆使結構關係變爲內外結構，此爲其相同之處。又，在書法的結構理論中有所謂「包裹」一法，舊題唐・歐陽詢《大字結構三十六法》：

包裹 謂如園、圃、國、圈之類，四圍包裹也；尚、向，上包下；幽、凶，下包上；匱、匡，左包右；勾、匈，右包左之類是也。

此「包裹」法係就文字原有之結構關係就其相同者歸爲一類，並就此類細分爲五種，無何深意；而帖體字之「包」法則是就原有文字產生變異者，就原字與帖體字兩者間之差異加以比較後，所提出的一個變異方式。因此，兩者存在著就原字與就帖體字來看待的根本差異，雖然名稱與字面意義有相同之處，然兩者實質上仍有相當之差距。

附：錯字

所謂「錯字」者，亦是將原有之正體字有所改變，其所以與一般帖體字不同的地方是，則在於兩者將正體字改變的程度不同：帖體字所改變的程度尙不致於改變成他字，致與他字混淆難分；錯字是將正體字改寫過當，致與他字混同，難辨彼此，謂之此字亦可，謂之他字亦無不可，欲知其究爲何字，尙須從上下文加以研判，否則容易誤認爲他字，此種情況之文字稱爲「錯字」。

淩亦文於＜增訂碑別字中俗字之研究＞一文中認爲所謂「錯字」、或稱「譌字」者，也在於帖體字之改變正體字失當，誤爲他字：

此篇所集譌字，亦為形近而誤作他字者，然錯誤偶見，後世通行楷書正字不受影響，故俗字明顯為錯字。……或一字因點畫之失，誤為他字，由碑文年代得知，作此俗字時，正字與俗字或音義無關，絕不相通，或音聲相通，然古書無此通假例證，則不屬假借，亦歸為譌字。（註 39）

此段可注意者有三：

一：「錯字」又稱「訛字」，或「譌字」；

二：淩氏從形、音、義三者綜觀錯字，可稱完密；

三：謂「或音聲相通，然古書無此通假例證，則不屬假借，亦歸爲譌字」一段，則有可議之處：假借之字不必一一有其來歷或依古爲式，一般而言，於音聲相同或相近，即可假借，然亦應以不礙文句之通讀爲原則。（註 40）

訓詁學中有「當作」、「當爲」之條例，其由於字形混同者，即是發現錯字並有所更正者。古書之中，爲例時有，如：

《禮記・檀弓上》：「自敗於臺鮐始也。」注：「臺當爲壺字之誤也。」

《詩・邶風・綠衣》箋：「綠當作褖。」

《周禮・夏官・訓方氏》：「誦四方之傳道。」注：「故書『傳』爲『傅』，杜子春云：傅當作傳。」「當作」、「當爲」之前，其字爲錯字，其後爲所改之正字。

更進一步言，歷代所見碑帖之中，其帖體字之產生原因，以改寫本字以因應作者之美感需要，或因應章法中之形式變化，本無可厚非，且實際上也有其必要，因此，帖體字也就充斥楮上，摭拾即是；然而，若對於正體字改寫過度，與他字混同而爲錯字，並將此錯字一一寫上，則可能發生的情況是：文句難以、甚或無法讀通，且易誤會作者原意，欲通曉其意，則須根據上下文加以判斷，然上下文又是錯字，根據既失，又無從判斷，以此言之，錯字實不可取；若退一步想，篇章之中偶用錯字如何？試想「薨於」寫成「夢於」、「大孝」寫成「大考」、「懷子」寫成「壞子」、「除南陽太守」寫成「徐南陽太守」，可乎？宜乎？因此，在心態上，對於錯字實不宜爲書法創作或學習時之參考對象，宜加以注意並裁汰不用。南朝梁・庾元威＜論書＞亦有所言：

> 若以己巳莫分，東柬相亂，則兩王妙跡，二陸高才，頃來非所用也。王延之有言曰：「勿欺數行尺牘，即表三種人身。」豈非一者學書得法，二者作字得體，三者輕重得宜。

意謂錯字之出現則壞三種人身，可不慎哉！

羅振玉《增訂碑別字》中亦載錄以下數字屬於本書所謂之「錯字」：

表 X 附 （註 41）

正體字	錯字	出處及說明
壯	牡	隋＜張貴男墓誌銘＞
含	哈	北魏＜韓顯祖造像記＞
往	注	北魏＜元毓墓誌銘＞
攀	舉	唐＜河東王夫人墓誌銘＞
枚	牧	唐＜濟瀆廟北海壇祭器碑陰＞
根	琅	北魏＜元平墓誌銘＞
旦	且	北魏＜任城文宣王太妃馮氏墓誌銘＞
貌	狠	北魏＜王偃墓誌銘＞
薦	鷹	北魏＜元彧墓誌銘＞、北齊＜李希宗父子造像記＞
治	冶	北魏＜元維墓誌銘＞
持	特	北魏＜高宗嬪耿氏墓誌銘＞
民	艮	隋＜范高墓誌銘＞
鈐	鈴	唐＜閻虔福墓誌銘＞
庶	謶	北涼＜沮渠安周碑＞
滅	搣	北魏＜胡昭儀墓誌銘＞
爪	孤	北魏＜張玄墓誌銘＞

對於羅書所載諸字，有兩點值得注意：

一：表列最後之「爪」字，其於張玄墓誌銘（據清・何紹基舊藏本）中並非作「孤」，而是增益手旁，作抓，此已見於「增」法之「增益偏旁」中之「所增偏旁與原字義可通者」一項中；

二：羅氏僅言錯字與正體字，其何以言錯，則須從上下文審之，辨其當爲某字、當作某字，然羅氏闕而未言，甚可憾也。

言錯字者，除了直指其錯之外，尙須舉出其上下文，再從中研判正字當為何字。以下諸例，可以作為參稽：

表 X

圖　號	正體字	錯字	說　　明
19～001	式	弍	上下文為：「今龜筮協從，房腸行掩，式鐫玄石，用作銘云：……。」式為發語詞，無義，弍即二字古文，《說文》有載，故兩字有別。又，此帖體字所屬之隋<元公墓誌銘>，其中式字多見，然僅此字與弍字混同，其餘諸字皆為正體。
19～002	易	昜	上下文為：「德貫顏閔，文通游夏。拂纓朝伍，則冬夏威恩；背虎邦符，則齊魯易化。」易為容易之易，與昜字有別。
19～003	完	皃	上下文為：「遊心稷下，觀書芒洛，恨閱不周，與為連合，規借完典。」完典謂墳籍也。皃為貌字初文，小篆有之，與完字相別。
19～004	企	㟢	《說文》：「㟢，人在山上貌。」兩字有別。其上下文為：「素每欽想四公，企懷商洛焉。」企為冀盼意。企㟢為兩字，形雖相近，實則有別。

在古代碑帖中，最常見的錯字是「日」、「曰」二字相混，或日字混同於曰，或曰字混同於日，甚至同一碑帖之中這兩種混同的情況皆有所見，尤其在北魏的諸多墓誌銘中，這種日曰混同的情況更是屢屢可見。茲就《墓誌銘集》（上、下）（日本、東京：二玄社）中北魏以來所選十四碑，就其中之日曰二字全部列出，以探討其中的混同情況：

表 X（續 1）

圖　號	出處　及　相關說明（括弧之英文為該圖號所細分之圖號）
19～005	北魏<元楨墓誌銘> 「日」字：

	⊙歲在丙子、八月壬辰朔、二日癸巳。(A.A) ⊙十一月庚申朔，廿六日乙酉。(A.B) 「曰」字： ⊙皇上震悼，諡曰：惠王。(B.A) ⊙其辭曰。(B.B) 此碑日曰二字有別，其一：日字體勢直向長方，曰字體勢橫向長方，其二：日字四邊密合，曰字左上角有缺口。
19～006	北魏<元顯儁墓誌銘> 「日」字： ⊙廿九日甲申。(A.A) ⊙日就月將。(A.B) ⊙十四日己亥。(A.C) ⊙粵二月廿九日。(A.D) 「曰」字： ⊙其辭曰。(B.A) 此碑日曰二字有同有異，其同者在於體勢皆爲直向長方，其異者在於日字四邊密合，曰字左上角有缺口，然並不明顯。
19～007	北魏<孟敬訓墓誌銘> 「日」字： ⊙廿日癸卯。(A.B) ⊙十二日辛酉。(A.C) 本碑未見曰字，單就日字觀之，其體勢爲正方，四邊皆密合無缺。
19～008	北魏<皇甫驎墓誌銘> 「日」字： ⊙爾日搜揚。(A.A) ⊙十八日庚寅。(A.B) 「曰」字： ⊙其辭曰。(B.A)

	日曰二字未見混同，日字體勢正方，曰字橫向長方；日字四邊密合，曰字左上角有缺口；右豎階無垂腳。
19～009	北魏＜崔敬邕墓誌銘＞ 「日」字： ⊙十一月廿一日。(A.A) 「曰」字： ⊙加謚曰：貞。(B.A) ⊙其辭曰。(B.B) ⊙爰歷姬初，祖唯尚父，曰周曰漢，榮光繼武。(B.C、B.D) 此碑曰字混同於日字，皆爲直向長方，左上角皆無缺口，且右豎皆垂腳。
19～010	北魏＜李璧墓誌銘＞ 「日」字： ⊙廿一日辛未。(A.A) ⊙廿一日。(A.B) 「曰」字： ⊙其辭曰。(B.A) 此碑日曰有別：日字稍呈直向長方，曰字明顯爲橫向長方；然曰字左上角並無缺口，與日字相同，且兩字右豎皆稍有垂腳。
19～011	北魏＜穆玉容墓誌銘＞ 「日」字： ⊙九月十九日。(A.A) ⊙粵十月廿七日癸酉。(A.B) 「曰」字： ⊙作銘曰。(B.A) 日曰二字完全相同：體勢皆爲直向長方，左上角皆有開口，右下角皆有垂腳。
19～012	北魏＜司馬昞墓誌銘＞

	「日」字： ⊙七月廿五日。(A.A) 「曰」字： ⊙爲辭曰。(B.A) 日曰二字完全相同：體勢皆爲直向長方，左上角皆有缺口，右下角皆有垂腳。
19～013	北魏＜司馬顯姿墓誌銘＞ 「日」字： ⊙十二月十九日。(A.A) ⊙廿二日庚申。(A.B) ⊙聲聞上日。(A.C) 「曰」字： ⊙其詞曰。(B.A) 日曰二字有同有異：其同者爲體勢皆爲直向長方；其異者爲日字左上角有缺口，曰字則無，四邊密合；又，曰字右豎垂腳，日字則有之者二、無之者一。
19～014	北魏＜張玄墓誌銘＞ 「日」字： ⊙一日丁酉。(A.A) 「曰」字： ⊙作誦曰。(B.A) 此碑日曰二字無別：體勢皆略呈正方，左上角缺口略小，右豎稍有垂腳。
19～015	隋＜董美人墓誌銘＞ 「日」字： ⊙七月十四日戊子。(A.A) ⊙十月十二日。(A.B) ⊙嗟乎頹日。(A.C)

	⊙十二日乙卯。(A.D) 「曰」字： ⊙乃爲銘曰。(B.A) 此碑日曰二字有同有異：日字體勢皆爲直向長方，曰字爲橫向長方；日字左上角有缺口者三，無缺口者一，曰字左上角有缺口；日曰二字右豎皆有垂角，然曰字較不明顯。
19～016	隋＜蘇孝慈墓誌銘＞ 「日」字： ⊙七日己酉。(A.A) ⊙一日千里。(A.B) ⊙松阡暗日。(A.C) 「曰」字： ⊙託沉銘於幽石，文曰。(B.A) 此碑日曰二字有別：日字體勢爲正方，曰字爲橫向長方；左上角日字無缺口，曰字則有；右豎日字垂腳，曰字無垂腳。
19～017	隋＜元公墓誌銘＞ 「日」字： ⊙□月□日。(A.A) ⊙廿四日。(A.B) ⊙浴日同奔。(A.C) ⊙十二日乙卯。(A.D) 「曰」字： ⊙乃爲銘曰。(B.A) 此碑有日字無曰字，三個日字體勢皆爲直向長方，左上角皆無缺口，右豎皆有垂腳。
19～018	隋＜姬氏墓誌銘＞ 「日」字： ⊙六月九日。(A.A)

	⊙廿四日甲申。(A.B) ⊙六珈照日。(A.C) ⊙昔日體齊。(A.D) 此碑有日字無曰字，四個日字體勢皆爲直向長方，左上角皆無缺口，右豎皆有垂腳。

對於以上諸碑中日曰兩字字形之探討，若綜合其同異之情況進行探討，除了有日無曰的碑帖外，可以發現有以下幾種：

一：「日」、「曰」二字顯然有別者（＜元楨墓誌銘＞、＜皇甫麟墓誌銘＞、＜董美人墓誌銘＞、＜蘇孝慈墓誌銘＞）；

二：「日」、「曰」二字略微有別者（＜元顯雋墓誌銘＞、＜李璧墓誌銘＞、＜司馬顯姿墓誌銘＞）；

三：「日」、「曰」二字混然無別者（＜崔敬邕墓誌銘＞、＜穆玉容墓誌銘＞、＜司馬　墓誌銘＞、＜張玄墓誌銘＞）。

三種情況略爲均等，混同的情況占了三分之一，可見日曰二字字形互爲區別的意識並不強烈。

若再就體識、左上角缺口之有無、以及右豎垂腳之有無，三個角度對以上所列碑帖中的所有日字與曰字進行統計，則可以歸納爲下表：

表 X（續　2）

	體勢			左上角缺口		右豎垂腳	
	長方	正方	橫方	有	無	有	無
日	26	8	0	8	26	27	6
曰	8	1	3	7	8	11	4

由上表可以得到以下數點結論：

一：在體勢方面：日字大多作長方，其次爲正方，無有作橫方者；曰字以長方爲多，橫方較少，正方者最少。

二：在左上角有無缺口方面：日字大多無缺口，曰字缺口之有無大抵等量。

三：在右豎有無垂腳方面：兩字皆以有者爲多。之所以以此三個不同角度進行辨識，可從以下之書體（或稱字體）演進之情況瞭解，並建立日曰二字區別之標準。

（小篆）　（隸書）　（楷書）

「日」字：[小篆字形] → [隸書字形] → 日

「曰」字：[小篆字形] → [隸書字形] → 曰

以上之演進情況可注意者有以下幾點：

一：小篆之體勢爲直向長方，日字左上角無缺口，曰字則有；

二：隸書爲橫向長方，日曰二字皆然，其左上角之缺口承小篆而來，是爲日曰二字區分之唯一準據。隸書凡有口形者，其右豎與下橫之交接處以「天衣無縫」爲原則；

三：楷書直承隸出而來，但體勢以正方爲多，區別日曰二字之唯一準據爲體勢之不同，即日字爲長方，曰字爲橫方，至於其右豎之垂腳書寫之時多自然寫出，曰字亦然。

因此，筆者認爲區別日曰二字之標準宜爲：

一：若書寫者皆取橫向體勢時，則宜參照隸書之區別方法，即以左上角之有無缺口爲判別之準據；

二：若書寫者顧及楷書正體字之寫法時，則自當以體勢之長方橫方爲區別日曰二字之準據，至於其左上角缺口之有無，則已無關緊要。又，因書寫自然與便利故，右豎垂腳之有無亦非所問。

註釋：

1：此說多見於文字學上的論述，如：清・王鳴盛：「六書倉頡已備，其名至周始定。」又說：「蓋倉頡非先立此六書名目方造字，乃造成已久，後人追定其名。」戴君仁：「這六種法則，並不是先定好了，再依了來造字的，乃是就已成的文字，歸納出這六種方法。」（見戴君仁著《中國文字構造論・自序》，臺北：世界，1979，臺再版。）林尹：「六書並不是造字在先，就有這個規律，乃是中國文字構造與運用方法的歸納。」（見林尹編著《文字學概說》，臺北：正中，1989，臺初版，頁 56。）

2：「歧義」之定義可詳參何秀煌《記號學導論》，臺北：水牛，1987，初版，頁 9、171。

3：有關模糊思維之理論可參張岱年撰＜中國傳統哲學思維方式概說＞，收錄於《中國思維偏向》，張岱年、成中英等著，北京：中國社會科學，1991，初版，頁 13、14。

4：見清・戈守智《漢谿書法通解校證》，上海書畫，1986，初版，頁 111。

5：同註 3。

6：據清・端方舊藏南宋之＜九成宮醴泉銘＞佳拓，（日本、東京：二玄社）祕字實無一點共用之現象，此可證明＜三十六法＞非歐陽詢所撰，然亦可說是所見拓本不同之故。此點於本書之論證無直接相關，故附釋於此。

7："convention"一詞何秀煌翻譯爲「約定俗成」，（同註 2 書，頁 9）與原有意義稍有出入，其語病在於「約定」二字；然此處之「約定」不必真如《荀子・正名》中所說，有「約之以命」的事實存在，大抵取其規範之意義而已。

8：同註 7 書，頁 136、138、159、169。

9：同註 7 書，頁 7。

10：目今所見之＜三十六法＞實非唐・歐陽詢所作，或非原作，其因多矣，略舉以下數端以爲說證：

一：引用南宋高宗（趙構）＜書法＞之語，然歐陽詢爲唐人。

二：引用自己（歐陽詢）＜八訣＞之語，且以「所謂」語詞出之，於情理不合。

三：引用自己（歐陽詢）碑帖中之字，以爲說證，於情理不合。

四：引用同朝稍後之孫過庭《書譜》之語句。

五：同朝稍後之張彥遠《法書要錄》未予收錄。

11：參胡楚生《訓詁學大綱》，臺北：華正，1989，二版，頁 20、21。

12：此法之文句爲配合以下清・戈守智之說解，以戈氏《漢谿書法通解》一書中所見爲準；然其中文句有一處明顯有誤，即「非欲體勢茂美，不論古字當如何也。」如非欲體勢茂美，則無增減之必要，故當依其他版本，作「但欲體勢茂美」云云，方稱允當。

13：見清・戈守智《漢谿書法通解校證》，上海書畫，1986，初版，頁 111。

14：同註 13 書，頁 112。

15：詳細內容請參各變異方式前部之概述部份。

16：參淩亦文＜增訂碑別字中俗字之研究＞，私立輔仁大學中國文學研究所碩士論文，1979，頁 51、52。

17：同註 16 文，頁 52。

18：同註 16 文，頁 63。

19：同註 16 文，頁 62。

20：同註 16 文，頁 171。

21：同註 20。

22：同註 20。

23：同註 20。

24：有關「長」字解釋可參李孝定《甲骨文字集釋・第九》，臺北：中央研究院，1991，景印五版，頁 2967～2969。

25：同註 24 書，頁 3253、3254。

26：見林尹編著、黃慶萱筆記《文字學概說》，臺北：正中，1989，臺初版，頁 122。

27：同註 16 文，頁 237、238。

28：同註 16 文，頁 236、237。

29：同註 26 書，頁 182。

30：同註 16 文，頁 188、189。

31：同註 16 文，頁 190、191。

32：同註 16 文，頁 181～188。

33：同註 16 文，頁 244～249。

34：同註 33。

35：同註 33。

36：見杜學知撰<古傳俗別字試釋>，在《大陸雜誌》第 48 卷第 1 期，頁 32。

37：見《中國大百科全書・語言、文字》，北京：中國大百科全書，1988，初版，頁 210，「合文」條，周祖謨釋。

38：見曾榮汾《字樣學研究》，臺北：臺灣學生，1988，頁 127。

39：同註 16 文，頁 238。淩氏對於錯字之定義採較爲嚴格之態度，其所謂「錯字」者，即其所自言之「形符省改與他字誤合」，並可分爲兩類：

一：「部份形誤」，二：「與他字誤合」，對於其說，就本書而言，有兩點值得注意：

一：「部份形誤」一類即筆者所列爲「代」法之中「形近而代用」與「形遠亦代用」兩類之中之「受其他正體字影響者」一項，然此種情況之字不在少數，若遽稱錯字，則歷代碑帖之中豈不滿眼錯字矣。

二：用「誤合」一詞，實有語病，乃在於「誤合」一詞有其與義上之模糊性(ambigulity)，致使一詞二義：其一義爲此字與他字連成一字，然應爲分立之二字；其一義爲作者本義，即與他字混同難辨。究其成因，在於「合」字：文字學上有所謂「合文」之例，意指兩字、甚或數字會合成一字，此種字筆者亦歸爲帖體字之類，故筆者不用「誤合」一詞，而用文字學上之常用詞語：混同，意指此字本有特定之字形，因變異而致與他字之字形相同，難以分別原字爲何。

40：此種原則，以下二例可資說明：《禮記・昏義》：「爲后服資衰。」注：「資當爲齊，聲之誤也。」《禮記・緇衣》：「資冬祈寒」注：「資當爲至，齊魯之語，聲之誤也。」

41：同註 16 文，頁 240～242。

第三章：帖體字變異方式之詮釋

第一節：方式之間，有其層級

本書第二章中對於楷書帖體字之變異方式以分項方式一一列出，計有以下十六種：增、減、借、換、長、短、斷、連、穿、併、代、假、新、合、分、包。對於改造正體字的方法而言，方式與方式之間並沒有大小高下之層級問題，都是站在同等的地位，都可以對正體字進行改，所以每一種都是變異正體字的直方式，文中的並列排比，其意也正在。但是，從另一個角度來看，也就是每一種變異方式對於正體字變異的程度來看，方式與方式之間的關係又非如此單純，每一種方式對於正體字的變異程度或大或小、或多或少，都有些差異，所以實際上彼此不是在同等的地位上，可以依照對於正體字的變異程度大小而予以分類分層。這種分類分層的結果自然會將全部的變異方式建立起某種層級，要注意的是，這種層級不是優劣之分，而是對於正體字變異程度的大小多寡之分。以下之圖示（圖 2）即是此種層級建立的結果：

圖 2

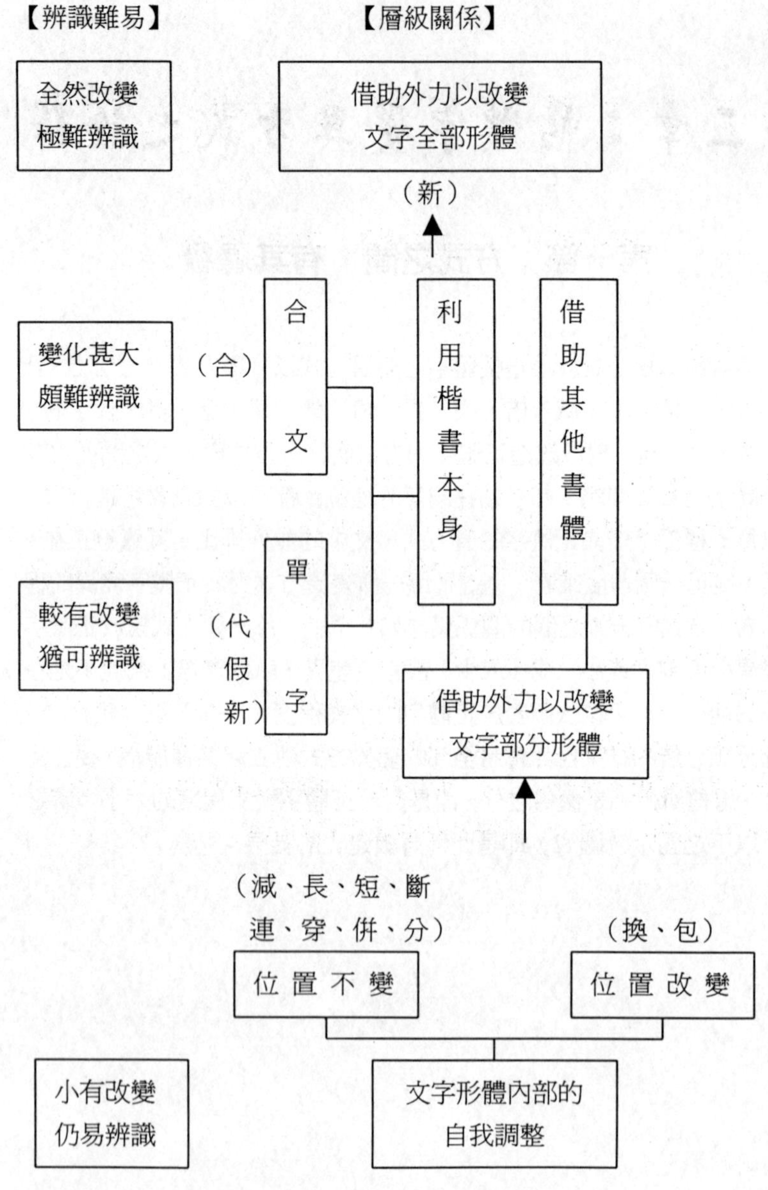
【辨識難易】
【層級關係】
全然改變
極難辨識
借助外力以改變
文字全部形體
（新）
合文
利用楷書本身
借助其他書體
變化甚大
頗難辨識
（合）
單字
較有改變
猶可辨識
（代假新）
借助外力以改變
文字部分形體
（減、長、短、斷
連、穿、併、分）
（換、包）
位置不變
位置改變
小有改變
仍易辨識
文字形體內部的
自我調整

上圖中「新」法出現兩次，其中位列最上層的「借助外力以改變全部形體」的「新」是指「新」法中的第一類：「構字諸文全新之會意字」，位列中層的「新」法是指「新」法中的第二類：「易聲符爲義符之新會意字」與第三類：「易義近之義符之新造字」。

上圖的「層級關係」是從對於正體字的變異程度而予以分成三大層級：下層、中層、上層；下層與中層又各分爲兩類，其中中層所分之兩類之一：「借助楷書本身」又可以分爲兩類。依「層級關係」可以分辨其辨識原正體字的難易程度：下層變異最小，所以是「小有改變，仍易辨識」；上層變異最大，已是全新之字，但由於仍有部分之字與原字有形似之處，或是可依其構字諸文會意出原字可能爲何，所以並不能斷然說是「無法辨識」，而是「全然改變，極難辨識」；至於中層，以其處於最易與最難之間，就理論上來看，可能產生的情況是：其偏於易者則較易，其偏於難者則較難，而事實也正符合這種推想，「借助其他書體」一類並未將全部形符改變，但是其中的改變幅度有大有小，參差不一，所以有其辨識之難易有「變化甚大，頗難辨識」者，也有「較有改變，猶可辨識」者，這兩種較難辨識的層級也分別就是「利用楷書本身」的「合文」與「單字」兩類的歸類所在。

第二節：文字要素，皆可變異

所謂「文字要素」是指文字的三大要素，也就是指「形」、「音」、「義」三者。對於此點，林尹先生中所言極爲精要：

> 文字是表達情思、紀錄語言的圖形符號。因為文字是表達情思的，所以必須有「義」可說；因為文字是紀錄語言，所以必須有「音」可讀；因為文字是圖形符號，所以必須有「形」可寫。三者缺一，都不成文字。所以「義」、「音」、「形」是構成文字的三個要素。（註 1）

從文字的構成要素，也就是從形音義三者來觀照楷書帖體字的變異方式，可以發現一個事實，就是形音義三者都可以是變異的對象。單從形體來看，毫無疑問的，帖體字的變異屬於「形」的問題與探討；但是，形符實際上也包括聲符與義符，因爲聲符與義符的存在與外在都必須有其可見的形體以資辨識，所以聲符或義符的變異，也可以說是形符的變異。所以，聲符或義符的變異本身可以說是變異的一種方式，也可以說是形符變異的原因；不過，在實際的分類上，這種形符的定義有其分類上的困擾與不便，因此，對於形符就採取狹義的內容，以便與聲符與義符對立而論。所謂「狹義的形符」在帖體字上的定義是指所變異的部分不會將聲符或義符改換的形符；相反的，若是針對義符或聲符的變異就不稱爲形符的變異，而各從其是。基於此種論點，可以將本書中所列的十六種變異方式：增、減、借、換、長、短、斷、連、穿、併、代、假、新、合、分、包，以形、音、義三者來予以分類；分類的目的在顯示出楷書帖體字的變異成分實際上包括了文字的三大要素，或者說文字的三大要素都可以將之變異。茲以形、音、義三者爲分類準據，將本書所列示的十六種變異方式作成下表：

表 5

		文字要素		
		形	音	義
變異方式	增	⊙		⊙
	減	⊙		⊙
	借	⊙	⊙	⊙
	換	⊙		
	長	⊙		
	短	⊙		
	斷	⊙		
	連	⊙		
	穿	⊙		
	併	⊙		
	代	⊙		
	假		⊙	
	新		⊙	⊙
	合	⊙		
	分	⊙		
	包	⊙		

對於上圖有三種變異方式宜加以說明：

一：關於「增」法：其「增益偏旁」之「所增偏旁與原字義可通者」與義符有關。

二：關於「減」法：其「減省偏旁」一項與義符有關。

三：關於「新」法：其「構字諸文全新會意字」與義符有關；「易聲符爲義符之新會意字」與聲符、義符皆有關係；「易義近之義符之新造字」與聲符、義符皆有關係。

第三節：同一文字，不同方式

一個文字的正體字只有一個，而其帖體字則不在此限，可以有數個，或十數個。第二章的各種變異方式只是就個別的變異方式予以歸納與集合而已，一個文字若有不同的變異方式，就會分別歸類於不同的變異方式之中；若集合相同文字的不同變異方式，就會發現一個正體字有多少、或至少有多少的變異方式。

在楷書中，有些正體字所能變異的空間較大，如筆畫較爲繁瑣者，或減或借，或代或併，都儘可能與正體字有些不同，而又能與書寫者的表現趣味或審美理想相結合。如「龜」字的帖體字（圖 3），數量眾多，洋洋可觀，其中有些係「借隸書」而來，也有些爲書寫者所新創，如北魏＜劉根造像記＞的龜字右下部似爲「皇」字，或許書寫者認爲兩者之間有所關連；又如北魏＜慈香慧政造像記＞之龜字右下部有若「飛」字，或許書寫者故作此形，以譏嘲龜類之行步笨拙；又如東魏＜敬使君碑＞之龜字下部，其右半似爲「九尋」之形，尋爲長度單位，或許書寫者認爲九尋甚短，可爲龜之長度之代表。其他各帖體字並非全部都「借隸書」而來，部分爲書寫者之自創，而此種現象也增加了龜字帖體字的數目。同樣的情況也發生在其他的正體字上，如附圖中的「繼」字、（圖4）「斷」字、（圖 5）「備」字、（圖 6）「冠」字、（圖 7）「勸」字，（圖8）都有不同的帖體字和不同的變異方式，這些都可以供作對於同一文字的帖體字的歸納之用，以及書法創作參考之用。

第四節：多種方式，集於一字

本書第二章第二節與第三節所列示者是楷書帖體字之變異方式，列示的方法是平行並列，一方面可以看出數量有多少，一方面也可以看出是那些方式；如果某字有此種變異方式，則列於此，如果該字又有另一種變異方式，則亦可列於另一種方式，如果該字還有第三種變異方式，則亦可再列於第三種變異方式。如此，一個明顯的事實於焉產生，就是一個文字容許同時有多種變異方式進行字形的改造，或是說多種不同的變異方式可以同時發生在同一個字形上。對於此種現象，下列數字可以作爲例證：

1. 轡→（圖 9）

說明：此帖體字使用了以下兩種變異方式：

（1）代：轡字上部與變、巒、鑾、鸞等字之上部形近，故爲「形近而代用」。

（2）代：轡字之口與電字下部形相稍遠，當爲「形遠亦代用」。

2. 瓊→（圖 10）

說明：此帖體字使用了以下四種變異方式：

（1）借：玉字增點屬「借隸書」之「增點」。

（2）代：右上部與穴字形相稍近，屬「形近而代用」。

（3）增：右旁之中部增一豎。

（4）代：右下部與丈字之帖體字（增點）「形近而代用」。

3. 擁→（圖 11）

說明：此帖體字使用了以下三種變異方式：

（1）代：右上部與前字上部「形近而代用」。

（2）代：幺字與乡「形近而代用」。

（3）減：隹字少末一橫。

4. 纆→纆（圖 12）

說明：此帖體字使用了以下兩種變異方式：

（1）代：右旁與厘字「形近而代用」。

（2）短：右旁中部之豎畫縮短。

5. 魏→魏（圖）

說明：此帖體字使用了以下四種變異方式：

（1）減：減去左下部之女字。

（2）代：右上部之短撇改易成小字，屬「形遠亦代用」。

（3）增：右旁左撇增益一點。

（4）代：厶與山「形近而代用」。

6. 棘→蕀（圖 13）

說明：此帖體字使用了以下兩種變異方式：

（1）增：增艸部，以示棘爲草木之類。

（2）借：棘字似兩個來字，此隸書已有，故爲「借隸書」。且於所借隸書上又有所增。

7. 儀→儀（圖 14）

說明：此帖體字使用了以下三種變異方式：

（1）長：義字之戈鉤向右上伸長。

（2）併：我字左上部之短撇與其上之橫併用。

（3）代：我字左下部「變易爲對稱形符」。

第五節：多種方式，綜合奏功

有些帖體字之所以形成，實際上是多種變異方式綜合運用的結果。所謂「多種變異方式」是說並非某一種特定的方式就可以形成該帖體；所謂「綜合運用」是說並非多種變異方式集於一字而已，而是大部分、甚或全部的變異方式彼此之間有其關連與影響，也就是說，此種方式之所以能用於該字是因爲彼種方式之使用，而彼種方式之所以能用於該字，則是由於此種方式之使用，如果一字之中用了兩種變異方式，則其方式之關係如上述；而若一字之中有三種，甚或多種變異方式，則其方式之間的關係更爲複雜。簡而言之，方式之間是連鎖反應，用此必也用彼，反之亦然。對於此種「多種方式，綜合奏功」現象，以下三字可作爲例證：

1. 稽→稽（圖 16）

說明：此帖體字所綜合使用的方式有以下四種：

（1）換：禾部本位於左旁，帖體字則位於上部之左旁，此爲「換」中之「左移至偏」。

（2）長：將「旨」字上部之下橫向左伸長。

長法之所以能使用，必基於以上兩法之先行使用。

（3）減：將「旨」字上部一豎一橫減去。

（4）代：右上之「尤」改易成「大」，屬「形近而代用」。

以上五種變異方式之綜合運用，使得「稽」字原爲左右結構，一變而爲上中下結構。

2. 氷→氷（圖 17）

說明：此帖體字所使用的方式有以下三種：

（1）減：左旁之一點一挑減去挑筆。

（2）包：再將左旁所剩之一點置入「水」字之內。

（3）換：水字左部因點之置入，故「上移至下」。

換法之使用是因包法之使用而不得不用。由於以上三種方式之縱合運用，使原爲左右結構之「冰」字，一變而爲整體結構。

3. 姦→姧（圖 18）

說明：此帖體字所使用的方式有以下三種：

（1）減：「姦」字原爲三個女字，今減去一個，剩兩個。

（2）換：上部之「女」字移至左上角，是爲「正易爲偏」。

（3）假：《說文》：「姦，厶也。從三女。」古顏切，十四部。又，「奸，犯淫也。從女、干聲。」古寒切，十四部。聲同見紐，韻同十四部，是爲「同音假借」。又，此亦可從「新」法來看，亦即是「易義近之義符之新造字」中的「形聲字」。若換法不先使用，則假法無從置其「干」字。

由於以上三種方式之綜合運用，使得原爲上下結構之「姦」字，一變而爲左右結構。

註釋：

1：見林尹編著、黃慶萱筆記《文字學概說》，臺北：正中，1989，臺初版，頁19。

第四章：帖體字之成因

楷書帖體字之所以產生，不單是常識所能理解的美感因素，或是筆誤，或是有意造作，或是避諱因素，或是武則天以其威權強力實施，揆其原因，厥有十端，茲分點說明下：

第一節：本質因素－－書法與文字之離合關係

「本質」(essence) 和「現象」(phenomenon) 是一對哲學範疇。本質是一事物最根本的特性和關係的總和，是事物自身組成要素之間相對穩定的內在聯係。現象是事物的外部聯係和表面特徵，是事物本質的外在表現。因此，本質是內在的、一般的、全面的、總和的；現象是外在、個別的、局部的、分別的。不同的現象可以有共同的本質，同一個本質可比表現千差萬別的種種現象。本質與現象又是互為裡表、相互依存。本質決定現象，是現象的依據；現象由本質產生，總是從不同的側面體現著事物的本質，它的存在與變化歸根結底是從屬於本質的。所以，任何現象都是本質的現象，任何本質都是事物的本質。(註 1) 所有的帖體字變異方式都是將正體字予以改造的方法，改造的方法不同，就賦予不同的變異名稱，種種的名稱不同，就表示有不同的變異現象，名稱只是現象歸納的結果，而種種的變異方式背後或是蘊涵其中的最根本的性質，就是書法與文字存在著既合又離的微妙關係，書法不等同於文字，文字亦不等同於書法，兩者有其密不可分的關係，然而兩者所追求的又不盡相同。這樣的本質決定了古人搦管揮運之時，可以不必要依照文字的正確形體書寫，也因而產生了所謂的「帖體字」。

書法之所以存在，並非依靠自力，因此它不是單純的自生自存的獨立系統，它得以存在與發展，實際上與文字有不可或分的關係；簡而言之，文字的存在決定了書法的存在，書法的存在是在依附文字的形體之下，才得以生存與發展。因此，兩者的關係爲文字爲書法存在的「必要條件」(necessary condition)。所謂「必要條件」是說：如果有Ｂ，必然會有Ａ；如果有Ａ，不一定會有Ｂ，則Ａ是Ｂ的必要條件。(註 2) 換句話說，如果沒有文字，就沒有書法；有了文字，才有書法；有了文字，不一定能確定書法的存在，有可能發生的情況是有另一種從文字生發出來的技藝、藝術、或是學問。《書法學》於此有言：

> 文字是載體，是物質承載媒介，書法是本體，是藝術目標明確的形式進程；書法本體的生存與發展是依賴於文字這個載體的生存與發展而得以實現的。……純粹尊重文字的意願，則書法無所存其身；(註 3)

所言頗中肯綮。雖然這種以常人所共知通用的群族語言（grouplanuage）能達到辨明書法與文字兩者關係之目的，但是，如果借用其他適用的學科術語，或許更能釐清兩者間的書法對於文字的既合又離的特殊關係。於此，李翠瑛利用記號學（semiology）的相關術語作成圖示來說解，頗能鞭辟入裡：(註 4)

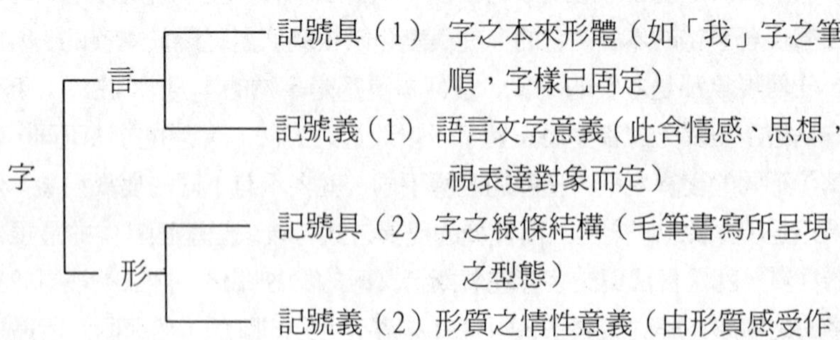

者之情性，與文字內容無關。）

從記號學而言，書法可以說是一種藝術的語言，而語言本身包含兩大類，一是記號具，一是記號義。記號具是指表達的外在形體，而記號義是指記號具所代表內在意涵。例如玫瑰花本身的形、色、香即是記號具，而其所象徵的愛意則是記號義。書法由於本身所具備的雙重性格，即是在實用的基礎上進一步講究藝術的意涵，因此，必須將兩者離析出來，並予以分別說明：書法的較低層次，即實用性層次，實與文字有同等作用，皆是紀錄語言的外在記號，則其觀照的角度爲「言」，文字形體本身爲記號具，文字之意義即是記號義。書法的較高層次，即藝術性層次，其所關注的焦點落於文字的形體本身，則其觀照的角度爲「形」，形體本身的線條、結構就是記號具；而從此線條、結構所蘊涵的書寫者的主體覺知則爲記號義。因此，書法實際上比文字多了一個高層次的表現，這種較高層次的表現比文字之能透露得主體的內在世界更能顯出其直接性與完整性。於此，將書法歸屬於藝術記號學的範疇，則對於書法從文字的實用功能進階到藝術表現，何秀煌有其一針見血的論斷：

> 藝術記號學……比文字的意義學，增多了另一次元的複雜性。（註5）

意謂書法也較諸文字多了一次元的複雜性。多出來的一次元，簡而言之，就是多了「表現性」，而其所共同的性質則是「敘述性」。書法是一種藝術的記號，何秀煌認爲書法與語言文字一樣，都具有「敘述性」，而書法則又多了「表現性」，它是書法形式的記號，蘊涵著更多的主體精神。（註 6）王大智則將書法分爲具體的內容意義（即文字意義），與抽象的形式意義，結合兩者，則書法的記號爲一種「混合關係」；此種混合關係，可如下圖所示：（註 7）

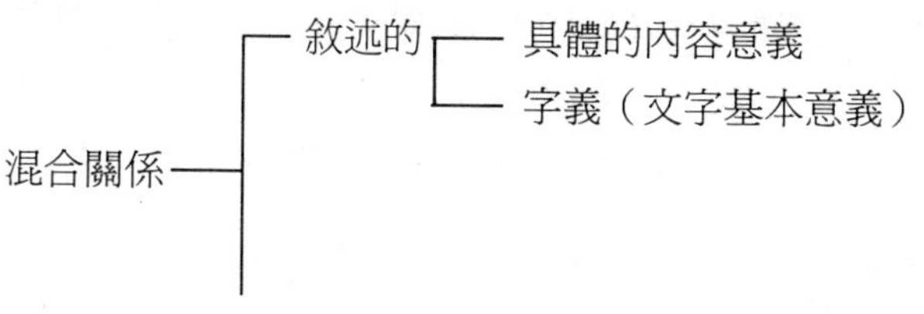

混合關係
- 敘述的
  - 具體的內容意義
  - 字義（文字基本意義）

— 抽象的 ┬ 抽象的形式意義
　　　　 └ 字型（神采、姿態、神情等）

王大智所言的「敘述的」等同於何秀煌所言的「敘述性」；而王氏所言的「抽象的」也正等同於何氏所言的「表現性」。

進一步說，則文字的外在形體是書法所賴以存在的唯一憑據；書法的外在形式即是文字形體，書法是在文字的形體上加以變化的特殊展現。如果沒有書法在文字形體上的特殊展現，那麼書法就沒有存在的必要，也沒有「書法」的名詞的出現，而且是以「專技語言」（te-chnical language）的面貌出現。所謂「專技語言」是說了特定目的而專意設計的語文表示（ linguisticexpression），這個特定目的是什麼？毫無疑問的，書法之特定目的在於求得藝術化的展現，其所寫出來的文字形體可供展覽、賞玩、珍藏，因此，進一步說，書法的本質即是「藝術」；而文字則有極大的不同，表面上，呈現於外在的形式即其筆畫所構築的具有形、音、義的形體，然而，常人信手寫出、亂筆草草的字跡，通常是不被展覽、賞玩、珍藏的，而只作爲傳達訊息的工具，或者說是某種意義的載體，因此，文字在功用上，正如林尹先生所說：

文字是表達情思、紀錄語言的圖形符號。（註 8）

可知文字以其可見的形體作爲溝通的工具，不作爲欣賞的對象。這種特性決定了文字的本質不是藝術，而是「實用」。

書法以藝術爲本質，其命名即透露出一些端倪：「書法」，顧名思義，即是「書寫文字的方法」，以字面意義來說，當然無可致疑；然而，更深一層來看，這也點出了一個命題，就是藝術以技術爲形式展現的操作基礎，藝術與技術的最大差別即在於藝術能賦予性情的展現、思想的表達、情感的投入與情緒的抒發（註 9）。簡而言之，文字是一種「溝通的工具」，而書法則是一種「抒情的藝術」（註 10），孫旗於此有言：

藝術以追求美為職志，中國字由「字」到「書法」，也表示從「實用」到「審美」的藝術。……在書寫上重視線條、結構、墨韻，……從橫直鉤點等筆畫的墨跡中，常感覺其「骨力」、「姿態」、「神韻」和「氣魄」。……字所以能引起移情作用，因為字和其他藝術一樣，可以表現作者的性格和臨池時的興趣，也可說是抒情的藝術。（註 11）

誠如孫氏在文中所暗寓的，書法所要重視的不是文字的溝通性格，而是回歸到形體本身，在形體本身的各方面，從可見的形式到可感的內容，都極爲講究；而文字所要求的只是在可資辨識的前題上將意義表達清楚即可，不必作進一步的講究。因此，文字在實用的本質上，要求的是正確；而書法在藝術的本質上，所講究的則是美感。對於此點，《書法學》中有所辨明：

寫字是一種知識性能力，把字寫的好看一些則是一種技藝的操作，牠需要嫻熟，但卻不需要藝術觀念的支撐，而書法絕對依賴於後者。寫字除了有便利、美觀、熟練、整齊的目標，更有可讀可識的實用目標，而書法的目的卻是倡起一種純粹的審美活動，是一種抽象形式的有序組合，是一種主體的抒情與表現，是一種隨機性極強同時又是程式限制極強的發揮。書法的確是在寫漢字，但書法的寫漢字卻是基於完全特殊的審美理由、並採用完全觀賞的立場來實現。（註 12）

此段辨明了文字的書寫是一種知識性能力，也是一種技術性操作，書法也具有此兩者，但並不以爲滿足，書法以此兩者爲基點，再作進一步的講究，講究藝術性與高技巧，講究主體內在的外化之質與量。南宋・趙構（宋高宗）對於當時書家匠氣過重，無藝術之意涵的現象，有所憾恨：

書學之弊，無如本朝，作字真記姓名耳。其點畫位置，殆無一毫名世。（《翰墨志》）

趙構的慨歎正顯示出一個事實：書法如果只是用於實用功能之事，或是程度的表現不足以躋登藝術之門，那麼書法將會淪落至與文字一樣，只具備實用的功能而已。

書法藉著表現工具——毛筆，在既有的媒材——文字形體之上，予以創造性的書寫，將自我的主體性覺知外化成可見的形式，這種形式一方面是書寫者主體精神的綜合呈現，也是一幅藝術作品的完成。這樣的表現力實際上超過文字甚多，在量的方面，也就是所傳達的訊息多寡，兩者因具有共同的形體，所以傳達的量等同；而在質的方面，欣賞者可藉由線條、結構與章法的綜合表現，直契書寫者的內在世界與書寫時的心境。尤其是隨手所寫的書信，觀其意態，若見其人，北宋・歐陽脩於此深有所感：

> 其事率皆弔哀候病，敘暌離、通訊問，施於家人朋友之間，不過數行而已。蓋其初非用意，而逸筆餘興，淋漓揮灑，或妍或醜，百態橫生，披卷發函，爛然在目，使人驟見驚絕；徐而視之，其意態愈無窮盡。故使後世得之，以為奇玩，而想見其人也。至於高文大冊，何嘗用此？（《六一題跋・第四卷》）

由於書法能將書寫者主體全般呈現，所以，其驚人的表現力，絕非一般的文字書寫所能企及，也愈益突顯書法對於文字的離異與其強烈的藝術本質；並且，這種藝術本質所外化的美的形式，能感動人心。書寫者的喜怒哀樂充溢於紙上，觀者藉由線條、結構與章法的欣賞，產生「移情作用」（empathy ），（註 13）從而進入書寫者的內在世界，從而契入書寫者的內心，因此，書法之所以作爲欣賞與鑑藏的對象，絕不是因爲文字內容的卓絕，或是文筆的出色，甚至是沒有錯字，一件內容平實的尺牘，往往會因爲意態的優美，筆法的純熟，而被欣賞與鑑藏。以下三例，故實雖異，而其寓意則同：

◎（陳遵）性善書，與人尺牘，主皆藏去以為榮。請求不敢逆，所到，衣冠懷之，唯恐在後。（《漢書・陳遵傳》）

◎（劉睦善書）當世以為楷則，及寢病，帝驛馬令作草書尺牘十首。（《後漢書・劉睦傳》）

◎君謨（北宋・蔡襄）真行草皆優入妙品，篤好博學，卓冠一時，少務剛勁，有氣勢，晚歸於淳淡婉美。《詩》云：「抑抑威儀，

維德之隅。」可以況其書矣。然頗自習重，不輕為書，與人尺牘，人皆藏以為寶。（清・朱長文《續書斷・上》）

尺牘即書信，本爲傳通訊息而作，其初衷並非有意要創造藝術品，而純粹只是爲了要遂行其實用目的而已。但是，陳遵、蔡襄與人尺牘，人卻爭相珍藏並引以爲榮，皇帝在劉睦病危之時，差人去請他「作草書尺牘數十首」，這些現象背後所蘊涵的意義，很明顯的，就是在實用目的達到之後，尺牘之上所剩下的也只是一些線條與結構，而正是由這些線條與結構所產生的美感，使得一件尺牘脫離了實用領域，而進入審美領域，因而尺牘不再是尺牘，而是一件可供欣賞與鑑藏的藝術品。當然，尺牘之所以能從尺牘搖身一變而爲藝術品，其關鍵則在於施之於尺牘之上的技巧的高超，技巧的高超使得一件單純的尺牘富含著藝術的基因因此，將尺牘置於審美情境中時，尺牘就成爲一件令人珍愛的藝術品；相反的，如果只是凡夫匠人所寫，當實用目的達到之後，除了某些特定的因素，一件尺牘有珍藏的必要嗎？當然是置之不顧矣。

書法以藝術爲本質，以表現美感爲依歸，所關注的焦點是自我的創作概念、審美理想或審美要求有沒有獲得充分、甚至完全的發揮與展現，因此對於既存的事實的複製往往不是其所熱切的工作，他所投入的是如何利用既有的材料進行處理，或加工、或調整、或代換、或……，非要達到能夠展現他心中所抱持的理念不可。無可置疑的，書法既然是一門藝術，自然也就不會在其所用的媒材上自我畫限，不敢逾越改變的鴻溝，換句話說，書法不會單純的以既有的文字形體爲表現的媒材而已，也不會以媒材的既存狀態的再次展現爲滿足，如果媒材本身在審美要求上存在著先天的缺陷，或是不能滿足書寫者的創作理念，那麼，書寫者爲了實現自我的審美理想，符合自我的審美要求，最可能進行的工作就是改造媒材本身。

從形式面來看，書法的藝術性表現是「積畫成字，聚字成篇」，（註14）以單字而言，最重要的兩大形式因素是筆畫與結構，對於文字形體的改造就是對於文字本身既有的結構的不滿足，在美感上的缺憾所導致的不滿足；因此，書法的表現既然是以藝術性為最根本的理念，不以文字的實用性為依歸，因此也就不細加考量實用性表現在形體上的正確性與一致性；正確性與一致性既然排除在外，則書法可以因應創作者個人的審美理想或審美要求，將文字形體作不正確的展現，而且，同樣的不正確，也可以有不同的不正確展現，前者是為了結構上的美感，後者是為了篇章上的變化。如此說來，帖體字的成因也可以是因為文字既有的形體不能符合書寫者的審美理想或審美要求，所進行的改造的成果。

不過，所謂將文字作「不正確」的展現，以因應美感需要，實際上也有其限度，不能毫無限制。書法以藝術為本質，在基本理論上，所強調的是形體的美感與內涵的高妙，所以，如果所寫的形體與文字形體有所差異，而仍能展現出線條與結構的美感，實際上仍能當為審美的對象；但是，在應用理論上，如果對於文字形體變異的程度過當，以致於與其他文字混同，也就是本書所謂的「錯字 」，則在實際欣賞之時，就會發生無法通讀的情況，甚至會誤解文中原意。這一種障礙是對於文字形體的變異的最高限度。本書之所謂「錯字」意指與他字混同之文字，不列為帖體字，以其已為他字，且有礙於欣賞時的通讀文句；《書法學》中有一段對於「錯別字」的批判，頗為中肯，如果其所謂的「錯別字」與本書所謂的「錯字」意義相同，則其意正符契以上所論：

> 從基礎理論如美學角度看，寫錯別字並不影響書法的美而祇影響書法中極次要的文字內容而已，因此牠構不成一個否定作品本身的理由——祇要作品形式完美，結構、線條、章法妥貼無誤，一切都應該無礙。但這個立場僅僅在基礎上有價值。而落實到具體的某一件作品「應用」之中，則錯別字的存在顯然會干擾綜合的欣賞（也與並不影響書法形式美的欣賞 ），因為我們在此中發現了文化的匱乏、作者的淺薄，也許還發現文句意義上的毛病。如果說書法美的具體把握是一個文化涵義、文化內容、視覺形式多方面綜合平衡的過程的話，那麼錯別字的出現至少是使之缺了一個支柱，牠必然會造成不平衡，從而破壞了這整個過程的完備性

了。（註 15）

所言甚爲完備詳謹，實可採信。

第二節：美感因素

就追求美感這一因素而言，可以就一件書法藝術作品的形式條件來分類，可依形成作品的基本組成分子，即單字來看，其次，可從整幅作品的章法來看。

壹：文字結構不易展現美感

書法是以文字爲媒材，在一定的技巧基礎之上，將之藝術化的學問與藝術。從這個命題出發，可以瞭解一個事實：如果沒有文字，也就沒有書法；並且，書法的形體是文字形體的藝術化的展現。所以，在基本上，書法的形體必須利用文字形體的架構予以妥善的安排；進一步地，可將文字的形構分子予以內部調整，或增或減，或併或換，或斷或連；再進一步，可代以其他部分形符，或假借部分形符，或借用其他書體；更進一步地，保持原字之義與音不變，將其形體予以完全改易，而其形構之組成能與原字之義相同或相通。以上對於原有的文字形體變異，其目的之一，或是動機之一，可以解釋成：爲符合書寫者的審美意識，或是滿足書寫者得美感需求，因此對於正體字的基本形構分子予以妥善的安排、調整或改易。

在古代書論中有關於產生帖體字之成因都解釋爲基於審美意識或美感需求，所言雖甚爲簡約，仍能透露出一些端倪：

◎**補**　謂不足也。（南朝梁・蕭繹）

◎疏當**補續**。（隋・釋智果＜心成頌＞）

◎太少則**增益**。（《書法三昧・二・布置》）

◎太疏者**補續**之。（《書法三昧・五・結構》）

◎**損**　謂有餘也。(南朝梁・蕭繹)

◎繁則**減除**。(隋・釋智果<心成頌>)

◎太繁則**減省**。(《書法三昧・二・布置》)

◎太繁者宜**減除**之。(《書法三昧・五・結構》)

◎**增減**　字有難結體者，或因筆畫少而增添，……。或因筆畫多而減省，……。但欲體勢茂美，不論古字當如何書也。(舊題唐・歐陽詢<三十六法>)

◎「**增減**」者，以筆之去就而成全體之美，然亦須擇古人成式用之。(清・戈守智《漢谿書法通解・結字卷第五》)

◎又曰：「**補**為不足，子知之乎？」曰：「嘗聞於長史，豈不謂結構點畫或有失趣者，則以別點畫旁救之謂乎？」長史曰：「然。」(舊題唐・顏真卿述張旭<筆法十二意>)

◎又曰：「**損**為有餘，子知之乎？」曰：「嘗蒙所授，豈不謂趣長補短，常使意氣有餘，畫若不足之謂乎？」長史曰：「 然。」(舊題唐・顏真卿述張旭<筆法十二意>)

◎**補空**……，欲其四滿方正也，……。(舊題唐・歐陽詢<三十六法>)

◎**借換**　……為其字難結體，故互換如此，亦借換也，……。(舊題唐・歐陽詢<三十六法>)

◎**映帶**　……。太繁者減除之，太疏者補續之，……。(元・陳繹曾《翰林要訣・第十・分布法》)

就增法而言，論其所以增者，則曰筆畫「不足 」、「太少」、「太疏」，或「結構點畫或有失趣者」，若提升一層來看，則是因爲「爲其字難結體」，這是從反面來看，從正面來看，則是提出其審美主張或美感需求：「欲其四滿方正也」，因而主張應當在原有的文字形體上有所「增益」、「補續」。

就減法而言，論其所以減者，則曰筆畫「多」、「繁」、「有餘」、「太繁」，此種情況所產生的結果是「難結體」，因此，爲了審美上的需要：

「使意氣有餘」、「成全體之美」、「但欲體勢茂美」，即主張在原有的文字形體上有所「減除」、「減省」。

綜合兩者來看，可以發現一個共同的現象，就是書寫者對於文字的既有形體，實際上有其在審美上的不滿之處，所謂「不足」、「有餘」，「多」、「繁」，都是認爲文字形體本身在藝術性表現時可能發生的缺陷之處，而「太疏」、「太少」、「太繁」諸語，著一「太」字，而不滿之情顯然可見。「太」者，過其適度之量之意也；從反面觀之，則文字形體若略有不當之處，尚可不必改造，然而，若不當之程度過量，以致書寫者無法以既有之技巧將之妥善安排，其最終之結果只好將文字形體予以改造。

對於文字形體的種種改造，有時是爲了書寫者或創作者的審美理想或審美要求，以滿足其個人的美感需要；書寫者的審美理想或審美要求又是什麼內容呢？古代書論已有著墨，所謂「欲其四滿方正也」、「使意氣有餘」、「成全體之美」、「但欲體勢茂美」，或從四方八邊的完整性去看，或從意氣之有餘與否去看，或從體勢之美醜去看，無論是形而下的講究，還是形而上的追求，一言以蔽之，曰：展現美感也。

◎從「欲其四滿方正也」一義來探究，其義是從形體的方整與否來看；「方整」與否一義訴諸於形體的講究，則是古代書論中所見的「四面」、「八邊」宜為完滿之論點。（註 16）

◎字之八面，唯尚真楷見之，大小各自有分。智永有八面，已少鍾法。（北宋・米芾《海岳名言》）

◎楷書宜八面具到。（清・周星蓮《臨池管見》）

◎分間布白，勿令偏側。……四面停勻，八邊具備，短長合度，粗細折中；心眼準程，疏密攲正。（唐・歐陽詢<八訣>）

◎當審字勢，四面停均，八邊具備，短長合度，粗細折中；心眼準程，疏密攲正。（唐・歐陽詢<傳授訣>）

◎虞世南能整齊不傾倒，歐陽詢四面停習，八方平正，此是二家書法妙處。（清・馮班《鈍吟書要》）

◎字有九宮，分行布白是也。……其要不外斗筍接縫，八面皆滿，字內無短缺處，字外無長出處，總歸平直中正，無他謬巧也。(清・周星蓮《臨池管見》)

◎**布方**　中展圓則疏者均方，中蹙圓則密者均方。點畫孤單者展一畫，……重並者蹙之一旁……。(元・陳繹曾《翰林要訣・第十・分布法》)

◎**八面**　俱滿者方可提飛。(元・陳繹曾《翰林要訣・第九・方法》)

楷書爲方塊字，對於形體上的要求自然是要求四面八邊皆能有筆畫存在，在視覺上也就覺得完滿無缺，這是古人對於字形以筆墨施之楮上之時所一再提出的重要主張。對於此點，論之最爲詳盡的，當屬清・戈守智於疏解＜三十六法＞中第八法「補空」時，對於「欲其四滿方正也」一句時的兩段論述。其第一段是以元・鮮于樞的故事作爲說證：

> 鮮于困學曰：余昔學書於錦溪老人張公，適有友人於余齋作「飛巘」二字，意欲鐫之峰石上，而猶嫌「飛」字下勢稍懈。適張公過余，甚嘉賞之。余指其失，公曰：「非也，特勢未完耳。」遂補一點，便覺全體振動。他日友人見之，曰：「此必張公另書也。」因言其故，共歎其神妙不測。

意謂於「飛」字下拉之豎畫，因覺於勢稍懈，遂增益一點，便覺靈動有神。這是將文字結構予以藝術化表現時，因視覺美感的需要，而覺得有必要在所伸長的筆畫一旁增益一點，因而產生帖體字。其次，戈氏則以己之所論，詳爲疏解：

> **補空**，補其空處，使與完處相稱也。故曰：「疏勢不補，惟密勢補之。」「疏勢不補」者，謂其勢本疏而不整，如「少」字之空右，「戈」字之空左，豈可以點撇補方耶？「密勢補之」者，如智永＜千文＞書「耻」字，以左畫補右，歐因之以書「聖」字。書「粦」字，伸左點補下，歐因之以書「舜」字。法帖中此類甚多，所以完其神理，而調勻其八邊也。又如「年」字謂之空一，謂二畫之下須空出一畫地位，而後置第三畫也。「至」字謂之豁二，

謂一畫之下須空出兩畫地位，而後置下二畫也。「烹」字謂之隔三，謂「了」字中勾須空三畫地位，而後置下四點也。右軍云：「實處就法，虛處藏神」，故又不得以勻排為補空。

戈氏所論，較<三十六法>本書更爲詳盡，且更進一步將補空的條件言明，以爲「疏勢不補，惟密勢補之」，並多方舉字以爲說證；而就其「惟密勢補之」之論點及其所舉例字來看，正說明了文字形體訴諸藝術化之表現時，文字形體本身在先天上的缺憾，著實不能因應美感上的需求，因而有所謂的「長」法、「穿」法出現，也因而產生了帖體字。清・周靖於所著《篆隸攷異・凡例》中對於帖體字的成因也認爲是基於美感之需求：

今文人學士，專騁筆姿，不求根據，至魯魚互譌，義理乖舛。（文淵閣《四庫全書》本）

對於此段，值得注意者有以下幾點：

一：所謂「魯魚互譌，義理乖舛」正是帖體字易造成的現象。

二：言帖體字之書寫者爲「文人學士」，是當時文化水準最高的人，不是鄙俚之輩。文人學士爲知識分子，書寫正體字爲輕鬆自然之事，不勞苦思，也不必翻查字典，但是他們並不以寫正體字爲滿足，反而以寫帖體字爲誇耀之能事

三：「專騁筆姿」的「專」字已透露出文人學士並非無心的筆誤，導致帖寫體字的出現，而是有意爲之。

四：所謂「專騁筆姿」更直接點明文人學士之所以要寫帖體字，是基於個人的審美需要。

這一段可以說是對以上所論的總結，其言「專騁筆姿」，古代碑帖之中當可找出爲數不少之例字。

貳：因應章法中之形式變化

古代書論對於一件書法作品在形式上的要求有三方面，一是用筆，

二是結體，三是章法；用筆之目的在於點畫，結體之目的在於造型，章法之目的在於布局。(註 17) 章法是由正文、款識、印記三要素所組成，(註 18) 三者之中，以正文爲主，款識爲次，印記爲輔。既以正文爲要，自不以單字爲考量之對象，而是以整幅作品作爲關注之焦點，小自字與字之間、行與行之間，大至以整幅作品爲單一的處理單位，都是以整幅作品的和諧性與有機性爲原則；雖然不以單字爲考量之對象，然而，一旦講求形式變化時，卻又必須落實於單字本身之上，不過，這不是講求單字的結構或筆畫問題，而是單字與單字之間的同異問題。此種同異的表現方式之一就是字體形構上的變異，也就是在正體字之外，還有帖體字的寫法。

一件書法作品中，若同一文字出現次數超過一次，通常的處理方法是變化字形，或在筆畫上變化，或在體勢上變化，也可在字體上變化，無論那一種變化，其目的都是要藉著相同文字的形式變化，來避免平板單調，滿足靈活與趣味的審美需求。在字體上的變化就決定了帖體字的出現，對於相同的文字，帖體字與正體字，或者與其他不同寫法的帖體字同時出現在一幅作品中，形式上的活潑與變化就要比毫無變化的情況要佔上一些美感上的優勢。清・劉熙載《藝概・書概》中即強調章法需要變化：

> 章法要變而貫。

這是一個原則性的提示，落實到書寫上，避免同字同形就是「變」的精神的外化。陳鏡泉於所著《中國書法基礎概論》中對於此點亦有所論述：

> 字與字、行與行之間，還須考慮到「揖讓避就」的問題。這個原則與結字中的「揖讓避就」是一致的。如上下、左右有相同得點畫或字，就應當盡量避免同形。(註 19)

「避免同形」的方法之一就是帖體字的書寫。古代碑帖中亦不乏此例，如北魏<司馬顯姿墓誌銘>「秋」字兩見，一作「秋 」，爲正體字，一作「秋」，爲帖體字；(圖 19)；又如唐・顏真卿<多寶塔碑>之「寶」字，或作正體字之「寶」，或作帖體字之「寶 」；(圖 20) 又如清・

錢南園楷書中堂，(圖 21)「矣」、「作」、「能」等字多見，「 矣」字皆作帖體字：「矣」、「矣」，「作 」字除正體字外，有作帖體字者：「作」，「能」字除正體字外，有作帖體字者：「能」，是有意於章法之變化矣。

第三節：時代因素

所謂「時代因素」，其意涵可從兩個層面來進行考量，一是整個環境的與時變動，二是書體演變的自身規律。

對於前者，清・周靖《篆隸考異・序》有言：

> 古今之制不同也。古人之所食者俎豆，而後世更之以梧杅；古人之所安者簟席，而後世更之以榻案；古人之所聽者箾管琴瑟，而後世更之以箏笛琵琶；古人之書，其器則簡策，其字則大小籀篆文，而後世更之以縑紙與夫隸分行草。風俗日流于簡易，而人心日趨于靡薄，此其不同之故所由來也。（文淵閣《四庫全書》本）

古有古之時，今有今之時，古今不同時，亦有不同之環境，環境與時變遷，人心亦隨之而變，是以同一概念，今古所思不同，訴諸於文字之形構部件即有所異，此六朝新字所以產生之因素之一也；加以物質條件隨時變遷，制度今古不同，為因應當時之環境，必有文字之創製以為其代表之符號，並以為溝通之用。清・范寅《越俗・論雅俗字》中即有此例：

> 嘉慶廿五年，民間忽患瘕痧症，為古方所無，時醫遂造「瘕痧」書，今皆同行；無怪字典之定自康熙時亦無「瘕痧」二字。雖甚愛雅憎俗，何能使世無此症，廢此字乎？

是言「瘕痧」二字為當時醫藥界所新造之字，之所以造此字，乃在於時有此症，而前無其字（或詞）以稱之，又實有所需，故時醫造之以為便利。從心理機制來說，也就是從「瘕痧」一詞與心理的關係來看，語言不是現成的，對世界的認知也不是固定的，透過我們建造、創新的語言，我們才能使本來那些模糊、不定、流動的知覺和黯淡的感覺變得比較清楚、確定、明朗，並揭露（disclose）我們生活的世界。（註 20）因此，對於新的事物，都會有認識、瞭解，並予以掌握的心理態勢，而其初步就是要知道新事物的名稱，這是「求名若渴」的需求，如果沒有名稱就會產生一種「定名」的渴望。這是人類普遍的心理，換句話說，也可在兒同的心理發展中找到相同的現象，於此，卡西勒（Ernst Cassirer）有著深刻的論證：

在某一時期總會出現在每一正常兒童身上，並且被所有的兒童心理學家所描述的那種「對名稱的渴求」（hunger fornames）則恰恰證明了相反的情形。它提醒我們，我們在這裏正面臨著一個完全不同的問題。靠著學會給事物命名，兒童並不只是在他原先的關於現成經驗對象知識中加上一張人為記號的目錄表，而毋寧是學會了構成那些對象的概念，學會了與客觀世界打交道。從此以後，這個兒童就站在更堅實的地基上了。他那含混模糊、波動不定的知覺以及朦朧的情緒，都開始採取了一種新的姿態。可以說，這些知覺和情緒圍繞著作為思想的一個固定中心和焦點的名稱而具體化了。……一個兒童有意識地使用最初一些名稱，可以比之以盲人藉以探路的拐杖。而語言作為一個整體，則成為走向一個新世界的通道。（註 21）

因此，「瘢痧」一詞之所以產生，也就是創造新字，是因爲事實的發生有其時間性或時代性，從而引起人們對於名稱的需求，這可以說是時代對於人們定名的呼喚。

再就後者而言，從附圖中可以發現一個事實，就是在南北朝時期，帖體字的數量最多，同一文字，不同變異方式的帖體字也最多。這種現象的成因以書體演變的自身規律性最爲主要，也就是說從隸書發展到楷書定體，有一段長時期的遞變階段，並非一蹴即成，南北朝時期正位於此階段之關鍵地位。

南北朝是中國書法史上楷書體形成、行草體盛行、篆隸體式微的時期。（註 22）單就楷書而言，就其來源而論：楷書是直承漢隸，逐漸演變而來，同時旁取草書，相互攙合而成；（註 23）就其發展大勢而論，楷書起於漢末、興於魏晉、形成於南北朝、完善於隋唐；（註 24）就其形成過程而論，魏晉時期是法度渾沌，逐步摸索的景況，而隋唐時期則已是法度完備、點畫精審，結構有則。居於其中的南北朝，尤其以楷書爲主的北朝，正是演變的關鍵時期。誠如下坡、令禽在＜魏晉南北朝書法分期＞一文中所言：

> 這個（案：指魏晉南北朝）時期，作為文字的意義，書法完成了隸向楷轉化的關鍵一環。（註 25）

又云：

> 書法作為一門當時很受重視的藝術，在變革的潮流中，自然也不能例外。它變革的中心內容是隸向真書的轉變。（註 26）

因此，將南北朝與其前後的承啓關係相合來看，楷書自無法度至有法度，自渾沌朦朧至完備精當，其間的形成過程大致可分爲以下幾個階段：（註 27）

一：胚胎期——時間是魏晉，特色是以隸爲主、隸楷參半。碑刻如＜徐夫人管洛墓碑＞、＜樂生墓誌銘＞、＜鄭舒妻劉氏墓誌銘＞等。

二：醞釀期——時間是晉棄守中原(317 A.D.)至北魏孝文帝遷洛漢化止（494 A.D.），特色是以楷爲主、隸意猶存。碑刻如＜中岳嵩高靈廟碑＞、＜暉福寺碑＞、＜申洪之墓誌銘＞等。

三：確立期——時間是北魏孝文帝遷洛漢化起(494 A.D.)至北齊之立止（550 A.D.），特色是楷形已定、隸意已漓。碑刻如＜張猛龍碑＞、＜高貞碑＞、＜司馬顯姿墓誌銘＞、＜張玄墓誌銘＞、龍門二十品等。

四：轉化期——時間自北齊之立起(550A.D.)至隋滅北周止（581A.D.），特色是北地漸染南風、書風漸匯爲一。碑刻如＜趙郡王修寺頌＞，＜比丘僧邑義造像記＞。

五：完備期——時間爲隋唐，特色是南北書風融合、法度已臻完善。碑帖如隋・＜董美人墓誌銘＞、＜蘇孝慈墓誌銘＞、唐・歐陽詢＜溫彥博碑＞、褚遂良＜雁塔聖教序＞等。

南北朝居於其中的醞釀、確立和轉化三期，正是楷書從隸書轉變成形的關鍵時期，因爲法度未備，所以形態豐富、風格多樣，其中又以魏碑爲最，故清・康有爲於《廣藝舟雙楫・卷三・備魏第十》中言：

北碑莫盛於魏，莫備於魏。

又於同書卷二‧＜體變第四＞中言：

北碑當魏世，隸楷錯變，無體不有……當漢末至此百年，今古相際，文質斑斕，當為今隸之極盛矣。

馬宗霍於《書林藻鑑》中亦言：

北朝之書，魏最為盛，享國既永，藝業日臻，重以孝文好文，潤色金石，故其時隸楷錯變，無體不備。(註 28)

侯鏡昶於＜北朝真書流派評述＞一文中也同此說：

北朝書法藝術的主要成就亦表現在拓跋宏(改姓為元宏)遷洛以後百餘年中……碑志眾多，書風各異。(註 29)

所謂「無體不有」、「無體不備」、「書風各異」即是孫堅奮所說北魏書法四大特點(註 30)之一的「形式姿態多」，並且是最爲突出，最爲明顯的特點。就其結構而言，李郁周先生有所論述：

在中國書法史上，南北朝的書法藝術有其不可忽視的地位，這是漢代隸書解體向唐代楷書形成的過渡時期的書法，隸書的波磔逐漸消褪，書體從謹嚴的隸書中解放出來，舊有的秩序與法度已不適用，而新的制度尚未建立，字的間架結構總難以安置妥當，於是形成稚拙不穩的現象；因而使書體具有各種新的組合的可能性，充滿了無限的生機。因此，南北朝的書法具有樂觀的、活潑的、樸實的、進取的精神等等特性。(註 31)

所謂「新的制度尚未建立」、「充滿了無限的生機」以及「樂觀的、活潑的、樸實的、進取的精神」這些特質正是帖體字的成因所在。

第四節：地理因素

唐蘭於所著《中國文字學》中論及「文字的變革」，嘗引用南宋・范成大《桂海虞衡志》中有關僻遠之地之用字：

> 邊遠俗陋，牒訴券約，專用土俗書，桂林諸邑皆然。今姑記臨桂數字，雖甚鄙野，而偏旁亦有依附。⿱不長（音矮），不長也。⿵門坐（音穩），坐於門中穩也。𡘫（亦音穩），大坐，亦穩也。仦（音弱），小兒也。奀（音動），人瘦弱也。⿱不生（音終），人亡絕也。⿱不行（音臘），不能舉足也。𡚦（音大），女大及姊也。⿸厂山（音勘），山石之巖窟也。閂（音欀），門橫關也。他不能悉記，余閱訟牒二年習見之。（註 32）

范成大所錄諸字絕大部分是北朝所造，並非南宋時邊遠之地所造之俗字，此已於本書第二章第三節有關帖體字變異方式之「新」法中有所論述；而范氏爲南宋時人，可見北朝所造諸字，雖經數百年，亦未被知識分子所重視，且已不行用於文章之中，只行於民間及僻遠之地矣。又，《廣東通志・卷九十二・輿地略》中嘗引用《郝志》言及粵地通行之俗字：

> 如俗字穩坐之為𡘫（音穩），人物之短者為⿱不高（音矮），人物之瘦者為奀（音芒），山之巖洞為⿸厂山（音勘），水之磯砅（音聘），蓄水之地為氹（圖錦切），通水之道為圳（屯去聲），水之曲折為⿺乙田（音瀼），路之險隘為卡（音汉），隱身忽出為閄（音閃），截木作墊曰不（敦上聲），門上橫木曰閂（音拴），物之脫者曰甩（倫粒切），此粵字之隨俗撰出者也。（註 33）

此文所錄諸字大部分也是北朝所造，至於其他俗字是否也是北朝所造，殊難確指，有可能是後來各朝相繼所造，也有可能真爲粵地所造之方俗用字。揚雄《方言》集錄古籍所見與當時各地之同義異形之字詞，其所以有同義異形之字詞，原因在於文字之初造，音必先乎形，既有其音，復尋其形，而人心相異，故後造之文字未必與先造之文字同形，此地所造文字亦未必與彼處之文字同形，邊遠僻陋之地之文字或即有此種文字。

第五節：心理因素

帖體字因心理因素而產生者，未見古人對此有相關的自白，因此，只能就理論推之；而理論的推究並不意味著事實的因素並非如此，而是古人有可能因某種心理因素而寫帖體字，並且，今人之所以寫帖體字也有可能在某種程度上是爲了心理上的某種因素所致。推究書寫帖體字的心理因素，大抵可分爲「展露才學」與「匠心獨運」兩類，以下即分述之。

壹：展露才學

或有書寫者之所以寫帖體字，不是純粹爲了自己而寫，而是爲了露才揚己，以搏得他人之驚歎。書法本身即是一門技巧性極高的藝術，藝術本身即是在技巧基礎之上再加以「人」的意味與學問；由其是書法具有極爲強烈的時間性格，一筆揮過，不得重改，而就在一筆之間，除了要顧及線條的形態與力度之外，還要考量此筆與上下筆畫之間的有機配合，這又是結構上的問題，更進一步，又有章法的配合問題，種種問題形諸一筆，一筆所成，關乎種種，書法本身即具有高技巧的性格；書法的高技巧性決定了學書者眾、成家者寡的現象，若是在常人皆識得的文字上稍加變化，將結構或筆畫略加更改，只要饒有其理，或是有古爲式，所變異之字形有理有據，觀者識之，在通讀之時，不免發生辨識上之問題，及其知之，豁然無礙，則往往會讚歎書寫者對於碑帖見多識廣、才學過人，或是機智靈敏、知所變通，而書寫者書寫帖體字的目的也就就達到了。

書寫帖體字除了其他不可避免的因素之外，如美感因素、行業因素、政治因素、避諱因素、地理因素，書寫帖體字事實上並非極其重要，也並非非寫不可，可有可無，何以言之？一位書家不必仰藉帖體字在字形上比正體字的優異性才能提筆揮運，字形或缺乏主筆、或筆畫繁瑣、或寒孤單薄，種種文字形體上的問題，在書家揮灑之時應該有能力化平凡爲美麗；字之神奇，存乎一心，操之在筆，又何必先仗字形之優勢而後下筆。在文學史上，漢賦全盛時期（西漢武、宣、元、成），長賦大興，爲表現辭章與學問，冷僻少用的古文或是奇字便紛紛出籠，劉大杰於此有言：

> 為了要用那些奇文怪字，不得不通小學。所以當代有名的賦家，都是有名的小學家。司馬相如的＜凡將篇＞，揚雄的《方言》與＜訓纂篇＞，班固的＜續訓纂＞，都是當代有名的字學書。這樣一來，作賦固不容易，讀賦也就很難。所以曹植說：「揚馬之作，趣旨幽深。讀者非師傅不能析其詞，非博學不能綜其理；匪唯才懸，抑亦字隱。」這是很真實的。（註 34）

賦文冷僻少見，因而艱澀難懂，所以觀者必須是「師傅」、是「博學者」，才能辨識通讀、析詞綜理；這樣的文字使用情況可以類比到書法帖體字的書寫上，其原因就在書寫者雖有過人之才學，卻又喜作冷僻難識的帖體字，雖心中稱快，卻又造成了觀賞者通讀時的不便。

貳：匠心獨運

書寫者搦管弄翰之際，突發奇想，改變字形，或增或減，或借或換；更有甚者，自造新字，使人不辨原爲何字，此種帖體字不同於相同文字的一般帖體字，在某些筆畫、形符、甚或全字都有所不同，不同的程度令人足以再三觀覽，或是究求所以；此種帖體字或有所憑依，或無所憑依，或興來所造，或撚鬚長思，凡此，皆與習見之帖體字有所不同，故爲「匠心獨運」之帖體字。對於匠心獨運的帖體字，以下數字可作爲說明：

表 6

圖號	正體字	帖體字	圖號	正體字	帖體字
22	龍	[illegible]	23	坐	[illegible]
24	嚴	[illegible]	25	參 ☆	[illegible]

1.龍

說明：《說文》認爲「龍」字之本義及形構爲：「龍，鱗蟲之長，能幽能明，能細能巨，能短能長，春分而登天，秋分而潛淵。從肉，肉飛之形，童省聲。」帖體字之形構當據《說文》而變正體字之字形，何以言之？一：「童省聲」，則不省之，以「童」字全字出之；二：減去「龍」字右部不成文之象龍之形符，而代之以「童」字中豎向右曲長而鉤起之筆畫，即以浮鵝鉤（豎彎鉤）代之，並減去「童」字下二短橫，以其有礙龍身龍尾之伸長也。則帖體字以「童」字出之，形之所出，有《說文》爲據；並且，改「童」字中豎爲浮鵝鉤，於形有如龍身及龍尾擺曳之態，正可代替所減省之「龍」字右部似龍身龍尾之形符。此帖體字雖與原字相去甚遠，極盡變化之能事，然又變異有據，更饒趣味，前所未見，後亦無聞，當爲書寫者一時興起之匠心獨運者也。

2.坐、嚴

說明：就「坐」字而言，上部爲雙人，隸書有改爲同作雙口或雙厶者，隸書、楷書皆爲左右相同的形符，而書寫者卻改易爲左右相異之形符，且於形相遠；再就「嚴」字而言，上部爲雙口，隸書有改爲同作雙厶者，而無論雙厶或雙口，常於兩者之間加一短豎，此爲其常，而書寫者卻改易爲左右不同，且形態大異的形符。坐、嚴兩字的帖體字，很湊巧的，上部同爲左口右人；是否唐・柳公權（「嚴」字帖體字）模仿隋＜元公墓誌銘＞，實難確定，而＜元公墓誌銘＞於清・嘉慶二十年出土，（註35）恐柳氏當無見過該碑；然而，就形論形，亦有頗可堪玩味之處。「口」形四方封閉，「人」則向外開張，封閉與開張不相調和，而相對比，這種不與其他帖體字同爲左右同形，而爲左右對比之現象，以下兩點值得注意：

（1）就產生的心理因素而言，池振周認爲：「對照又稱爲對比。……調和是相引的，對照是相拒的。根據美學的道理講，把兩種絕不相同的式物並列在一起，乃因人性之所以喜歡對照的刺激，以引起內心的興奮。」（註 36）形態的對比之所以會產生刺激，則是由於對比會「產生較強烈、活動的感覺」。（註 37）因此，可以利用形態對比來表現內心某種強烈的情感或欲望，以求得抒發與昇華。

（2）在心理因素上，尙有另一層面的考量：原有的正體字與其他的帖體字上部左右形態相同，因此在形態上都保持著「對稱」形式所帶來的沈著而鎭定、和平而安穩的感覺；（註 38）而此處之帖體字卻是極爲強烈的對比形態，與原有的情形相較，即呈現出強烈的反差，不失爲吸引目光的方法。或許與傳統上積習已久的寫法不同、甚或相反的形態表現，在合乎學理的前題下，也是一種突破與創新。

（3）在心理因素上，更有第三種考量：在表現趣味上，左邊的「 口 」形與右邊的「人」形活像人的兩眼一開一閉的俏皮模樣，頗爲有趣，亦足以令人莞薾一笑。

3.参

說明：此帖體字上部之從「厶」從「口」，與正體字與其它帖體字的「反復」形式寫法相反，情況一如上述之「坐」字與「嚴」字，對於此種現象之理解與詮釋，大抵同於上述。

若欲在既有的字形上，嘗試改變，以求與眾不同，獨樹一幟，則對於文字或書體演進過程得了解有助於了解改變既有形態的可能空間，不致於胡作非爲，難爲他人接受或無法辨識；而此可能空間也是在既有形態上的合理變化，並非空穴來風，說變就變。求新求變，不落俗套，不襲陳式，是藝術創作者的共同心態，而藝術生生不息的機制也在於合情合利理的求新求變上不斷的向前邁進，並且隨著時間的推移，不斷地衍生出新的藝術生命與藝術形態。這種求新求變的創造本質並非是個人主觀意念的隨意運作，而應該是有憑有據地在既有的傳統基礎上，所醞釀出來的新的藝術生命、藝術形態與藝術風格。無所憑依的個人創作，雖然可以說是突破傳統，終究難爲大眾所接受；從傳統中陶養而出，有深厚的學理基礎作爲依據的形態變化，不僅象徵著個人獨創能力的外在展現，也顯示出藝術生命的延續不絕，這種變化才容易爲人所認同而予以接受。

若是一位舉足輕重的知名書法家自創新字，前無所見，無論有無依據，即有可能發生的情況是，他所創造的新字可能成爲眾所矚目的焦點，並成爲他人學習的對象。這種學習的對象容易成爲追隨者或學習者在面臨該字時，以新字出之，因而成爲改造本字的典範（paradigms）。（註39）典範是指一門學科在常態情形下所共同遵守的楷模（examples or shared examples ），（註40）因此也就成爲學習的依據或範例，新創字之所以能綿延不絕，或是有一部份原因是機於對權威的崇拜心理，當然，在此種情況，學習因素也極有可能攙合於其中。對於典範理論有一點值得注意，孔恩（Thomas S.Kuhn ）於其所著《科學革命的結構》（"The Structure of Scientific Revolutions"）中說：

> 的確，有一個典範存在，並不意味著就會有一套規則存在。（註41）

的確，對於匠心獨運的帖體字，可以知，亦可以不知，可以學，亦可以不學，可以從，亦可以不從，改易其字或自創新字，亦無不可，而其前提則是有學理上的憑依。以此來看，匠心獨運可以說是帖體字形成因素中最爲活潑跳盪的基因，雖然在基本理論上最好是有些原則來規範。

第六節：避諱因素

古時，凡文字上不得直書當代君主或所尊之名，必須用其他方法以避之，是之謂「避諱」。避諱爲中國特有之風俗，其俗起於周、成於秦、盛於唐宋，垂二千年之久。其流弊足以淆亂文書，然善加利用，亦可以解古文書之疑滯、證古文書是非、辨古文書之真僞及時代。（註 42）避諱所用之方法，據陳新會《史諱舉例》所言，有「改字」、「空字」、「缺筆」、「改音」四種，（註 43）其中可列帖體字之成因者，僅有「缺筆」一項。

避諱缺筆，其於正體字之變異方式等同於本書之所謂「減」法。避諱缺筆之例始於有唐；唐以前之刻石，字多帖體，難以確指何者真爲避諱。且北齊・顏之推《顏氏家訓・風操篇》言當時避諱之俗甚詳，亦祇云「凡避諱者皆須得其同訓以代換之」，可見當時尚無缺筆之例。避諱缺筆當起於唐高宗之世，《冊府元龜・帝王部・名諱門》載唐高宗顯慶五年正月詔曰：「孔宣設教，正名爲首，戴聖貽範，嫌名不諱。比見鈔寫古典，至於朕名，或缺其點畫，或隨便改換，恐六籍雅言，會意多爽；九流通義，指事全違，誠非立書之本意。自今以後，繕寫舊典文字，並宜使成，不須隨義改易。」意謂唐高宗時顯慶（a.d.656～661）年間或更前已有缺筆之例，李郁周先生嘗於＜倪寬贊題跋、避諱與書體之研究＞一文，從唐太宗、高宗時期的名碑中，尋查出在高宗第一個年號：永徽（a.d.650～655）年間即有缺筆之例，（註 44）可證缺筆之例始於唐高宗永徽年間。

有唐之時，對於避諱缺筆之實，陳新會於《史諱舉要》一書中有所述及：

> 唐制，不諱嫌名，二名不偏諱。故唐時避諱之法令本寬，而避諱之風尚則甚盛。武德九年（筆者案：唐高祖李淵年號 a.d.626），

> 有「世及民兩字不連續者，並不須避」之令。顯慶五年，有「嫌名不諱，今後繕寫舊典文字，並宜使成，不須隨義改易」之詔。然唐人注史記、兩漢書、文選，撰晉、梁、陳、北齊、周、隋、南、北八史，於唐廟諱，多所改易，古籍遂至混淆。其中一部分士夫，則雅不以廣避為然。……今唐人撰注諸史中之所以廣避者，習尚使然；實未遵貞觀、顯慶時詔令。……可見法令為一事，習尚又為一事也。唐時避諱有可特紀者，為缺筆之例，自唐時始。……故開成石經，缺筆多而改字少，經典元本，賴是保存焉。（註 45）

唐碑之中，缺筆之例多有所見，如＜于志寧碑＞，（唐高宗乾封元年 a.d.666 ）「世武」之「世」字作「卅」；又如唐・褚遂良＜雁塔聖教序＞（唐高宗永徽四年，a.d.653 ）中之「治」字皆減省右下短橫，以避高宗（李治）之諱。（附圖 26）

然而，有一減筆現象，多有學者以爲因爲避諱而缺筆者，筆者詳考，恐不以爲然。高宗之時，碑中「世」字有減中部短橫爲「世」者，學者或以爲係避高宗名諱所致，（註 46）然一究其實，當非如此，何以言之，其因大抵有以下三端：

一：唐制，「不諱嫌名，二名不偏諱」，既不偏諱，則「世」字不缺短橫，當屬必然；（註 47）則其缺短橫者，（圖 27）亦不必以爲是因避諱之故。並且，同碑之中，同字可缺筆以避諱者，有缺筆者，卻亦有不缺筆者，於理不合。

二：＜雁塔聖教序＞中亦有不缺短橫者，（圖 28）該碑藝術成就甚高，末亦署名「褚遂良書」，其爲褚氏於永徽年間所書，歷來無所致疑者；若以爲「世」字當諱而未諱，則豈不否認該碑並非褚氏所書，而此種推論與實不符。

三：此種現象，不唯唐時如此，早於漢時之隸書即作此形，究其原因，蓋隸書爲橫向取勢，所謂「如龜如鱉」是也；爲求橫向開展，上下筆畫之間距自然縮短，且爲美感之故，橫畫過多，或居中橫梗，有礙於結構者，則減省某一短橫以爲變通。及至北魏，北人質樸，多仍漢時舊習，故魏碑之中，「世」字中橫減省之現象，一如漢時，且重出複見，披覽即是。及至北齊、北周、隋、唐之時，情形依然如此，漢朝之後，此種現象可解釋爲美感因素，也可以解釋爲傳統因素，係代代相傳，沿襲未改者也。更且，凡字中含有「世」字者，自漢朝至隋唐，意即自隸書至楷書，其「世」字亦多減省中橫。

因此，「世」字中橫減省者，應解釋爲美感因素，或傳統因素，解釋爲避諱因素，於史於理，實不可通。

第七節：傳統因素

誠如上節（第六節）文中對於「世」字減省中部短橫的現象來看，其背後所蘊涵的意涵，或是導致此種現象的原因，除了美感因素之外，更不可忽略一個因習用已久、未加察覺的「傳統」因素。

從「世」字之例來省思，當初漢碑（隸書）將其中部之短橫減省實際上以美感因素來詮釋較合乎情理；而此種寫法，而且是與正體字不同的寫法，及至北魏，因孝文帝好尚中原文化，文化與政治制度都依仿華夏，甚至比南朝更爲謹守舊儀；加以北人質樸，重承襲而輕突破，因此，表現在文字的使用上，就形構而言，便沿襲漢以來之舊規而少有變異。而此種寫法也就蔚爲一股洪流，浩浩湯湯，由漢流至北魏，又流至北齊、北周，再流入隋、唐，雅俗共知，眾所通用，碑帖屢見。這種寫法的存在並不表示書寫者一定知道從何而來、爲何如此，而且，書寫者也沒有絕對的必要知道這種現象的背後有什麼因素在推動著；眾人就是依著既定的成規，或是約定俗成的現有寫法，學習著、書寫著、表現著，不必思考太多；只要時人能夠辨識無礙，也能夠接受，又能在正體字上有一點變化，小有趣味；於是，在有意無意之間，接受了相沿已久的寫法，自己也將之承繼而延續下去。「相沿已久」的意涵實際上就決定了「傳統」（tradition）的建立。所謂「傳統」，傅鏗解釋說：

> 傳統一詞的拉丁文為 traditum，意即從過去延傳到現在的事物，這也是英語中 tradition 一詞最基本的涵義。（註 48）

當代美國社會學家希爾斯（Edward Shils，1911--）也說：

> （傳統）就其最明顯、最基本的意義來看，它的涵義僅只是世代相傳的東西（traditum），即任何從過去延傳至今或相傳至今的東西。」（註 49）

某種寫法似乎有既定的成規的性質，大家會極其自然地使用著；而這種

「相沿已久」的現象少有人會主動去察知，也就有可能會一直相沿下去。學習或效法某種相沿已久的寫法，並進而成爲一種書寫習慣，事實上也就是把傳統所自然而然加諸在自身上的寫法視之爲有效的行爲模式和思想傾向；也就是不自覺的將自身置於「實質性傳統」(substant-ivetradition）之下。所謂「實質性傳統」，傅鏗解釋說：

所謂實質性傳統也即崇尚過去的成就和智慧、崇尚孕含傳統的制度，并把從過去繼承下來的行模式視為有效指南的思想傾向。(註 50)

因此，對於既定的寫法就會安之若素，認爲自然如此，不必去理會何以如此。希爾斯（ Edward Shils 1911- ）於此有所論述：

人們已經附著于既定事物，既定事物對他們來說成了行事的「自然方式」。一旦一種範型被當作「自然的」而接受，「自然的」幾乎就相當于規範的和強制性的。(註 51)

於是，傳統表現在個人身上就成爲一種習慣，他不必只用一種特定的寫法，但是，當他想要變化時，便會自然而然地使用既有的變化方式。

不只是單單上述的「世」字如此而已，從本書第二章「帖體字的變異方式」所見的例字中，可以清楚的發現一個事實，就是「借隸書」一項特別多，其總數直與其他變異方式之總和不相上下。這種現象更明白地顯示從隸書所建立起來的傳統已然成爲一股洪流，奔騰至每個朝代，浸潤到每一個臨池握管的人，卻又是幽幽緩緩地在心中沉潛下來，自然而然的成爲一種習慣。

第八節：政治因素

因「政治因素」而進行文字改易或創製者，其類有三：

一：一統文字、用為楷式者；

二：改易有理、行於後世者；

三：改易無理、人亡字息者。

首先看「一統文字、用為楷式者」：早於楷書之前，即有以政治力量一統文字，包括創製文字及「書同文字」，使時人有所遵循，引以為法則，並通行於後世，流傳不絕者。肇其始者，為秦始皇對六國文字的紊亂現象所採取的「書同文」政策，（註 52）其後為西漢孝平帝時徵爰禮說文字於未央庭中，（註 53）及新莽時期之改定古文，行以六書；（註 54）及至北魏，去漢未遠字形多承，有失楷真，遞相染尚，帖體流通，於是北魏太武帝曾於始光二年（a.d.424）「初造千餘字」，並下詔云：

> 在昔帝軒，創制造物，乃命倉頡，因鳥獸之跡以立文字，自茲以降，隨時改作，故篆隸楷草，並行於世。然經歷久遠，傳習多失其真，故令文體錯誤，會義不愜，非所以示軌則於來世也。孔子曰：「名不正則事不成」，此之謂也。今制定文字，世所用者，頒下遠近，永為楷式。（註 55）

此太武帝所頒定之文字，其詳細內容何，今不可知，然有兩點值得注意：其一，所頒定之文字並未達到傳通世用之目的，北魏實為帖體字最為盛行之時期，觀北魏宣武帝延昌三年（a.d.515 ）江式＜論書表＞中所說的「世易風移，文字改變，篆形錯謬，隸體失真，俗學鄙習復加虛巧，誤辯之士，又以意說，炫惑於時，難以釐改。」即可知當時字形的混亂無定。

次看「改易有理、行於後世者」：此類是以政治上的威權強迫世人改易原用之文字，以自創之新字行世者，其始為秦始皇之改「罪」字，繼之有漢文帝之改「對」字，（註 56）宋・張世南氏《游宧記聞・卷九》云：

> 漢以火德王，都於洛陽，惡水能滅火，遂改「洛」為「雒」。故今惟經書作「洛」，而傳記皆作「雒」矣。秦始皇嫌「辠」字似「皇」，改為「罪」，自出己意，謂非之多則有辠也。今經書皆以「罪」易「辠」，獨《禮記》、《爾雅》猶有可考。

此類之字合於六書之理，形構不妄，故能行於後代而不見廢。

再看「改易無理、人亡字息者 」：此類爲時君世主所憑意私造者，若吳主孫休、唐武后之創字，雖有其理，然不容於世人，書寫亦頗爲不便，故僅行於一時，人亡而字息。《琅邪代醉篇・卷十二》「創字」云：

> 吳主孫休創八字名其子：[illegible]（灣）、[illegible]（迄）、[illegible]（觥）、[illegible]（何音礦、王音賢）、[illegible]（莽）、[illegible]（亩）、[illegible]（褒）、[illegible]（擁）；武后命宗秦客改十二字行之制，以曌為名，取日月當空之義；南漢・劉巖亦制龑字（儼）為名，取飛龍在天之義，其妄如此。（註 57）

可見歷代君王不乏逞臆以妄造文字者，其中最爲著名、規模最大，當屬武后。據董作賓及王恒餘合撰之「唐武后改字考」一文所考（註 58），武后所頒新字，可分三類：

一、爲政治作用而改者：

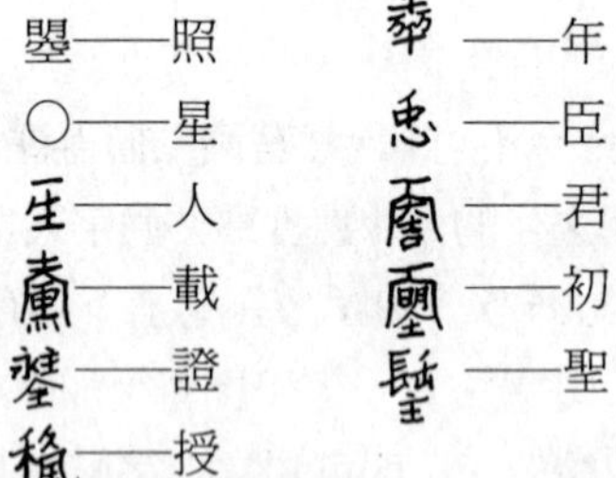

二、據神話傳說而改：

𠥱——月

(卍)——月

三、武后借用：（武后之前已見玉篇）

𠀑——天　　埊——地

𠙺——正　　圀——國

第一類據董王二氏言，乃確出武后新造者，此類與本書之所謂「新」字大抵相當，唯本義已轉移爲政治色彩。董王二氏文中亦將第一類解釋如下：

1. 曌——從明從空，意取光明照耀空間。

2. 〇——象星之形。

3. 𤯔——從一生會意，蓋寓一生爲人之意。

4. 𡕀——未明。

5. [illegible]——從永從主從全，寓主可以永久安全，取吉祥之意也。

6. 𥠢——未明。

7. 𠡦——從千千万万，意爲大周長久不墜，得享千千萬萬年。

8. 𢘑——從一忠，意在使臣下對武后忠心如一。

9. 𠺞——從天大吉，意指其爲君，乃天賜大吉，及天下大吉兩義。

10. [illegible]——從天從明從人從土，暗示天明人土，即天下光明，照耀人間土地，意指其享有之天下，皆光明燦爛也。

11. 𨲢——從镸（長）從𠙺（正）從主，寓其爲正統女王，得以長久之意。

又，蘇尙耀於<武則天造字>一文中對於武后所造之字也有深入的研究，然有部分與董王二氏所言稍有出入，以其饒有理致，亦可將兩者出入之處列出，以作爲參較之用。（註 59）

一：蘇氏得字十九，董王二氏得字十六，其三字爲：

1. 𠥱——生（此字之新造字董王二氏列爲月字）

2. 𡆠——日

3. 𡕀——戴

二：董王二氏所得十六字之字形與蘇氏所錄有差異者：（前爲董王二氏所錄，後爲蘇氏所錄）

1.君：——（蘇氏所錄之新造字爲周朝之天子意，天子位於周朝之上，俯瞰群黎，屬會意字，以位見意。從形構以觀義而言，董王二氏之「從天大吉」以會君字之意，實不及蘇氏所錄之顯豁。）

2.載：——（此字之新造字董王二氏似與「載」字之新造字拼合；又，此新造字董王二氏解釋時直言「未明」，然蘇氏所錄，則明顯爲一夫位於車上，從夫車會意，屬於以位見意。此新造字較董王二氏所錄有理可說，當從蘇氏所錄。）

3.初：——（從天明土會初字之意，與董王二氏之說無大差別。）

4.證：——（從永主久王會證字之意。永主與久王連言對舉，取帝祚長久綿延之意，於意較董王二氏所言之「從永從主從全」爲長。）

5.授：——

6.月：——（月爲圓形，若框括爲匚形，於理實有不合，蘇氏所錄從出字位於圓形框括中會意，於義較長。）

7.天：——（董王二氏所錄之字形源出古文，蘇氏所錄難以其形觀得其義。）

本書附圖 29、30 中有雙鉤廓塡之唐武后萬歲通天年間，王羲之之後王方慶所進之「寶章集」，其後有王方慶之署款，內有多字正是武后所造之新字，其中「天」（）字與董王二氏所錄相同，「日」（）字與蘇氏所錄相同，「月」（）字與董王二氏及蘇氏所錄皆有差異，其圓形框括內似爲「永」字草書而稍變，則「月」字會永遠月圓之意，亦可通。

武后改字，多憑己意，以政治內容爲字義，雖以六書之會意造字，與六朝所造新字所用方法相同，於理亦有可說之處；然而，文字之所以傳通不絕，卻有待「約定俗成」。故武后所造之新字，雖騰用一時，終如曇花一現，不見用於後世矣。

第九節：行業因素

清・范寅《越俗・論雅俗字》云：

> 嘉慶廿五年，民間忽患瘕痧症，為古方所無，時醫遂造「瘕痧」書，今皆同行；無怪字典之定自康熙時亦無「瘕痧」二字。雖甚愛雅憎俗，何能使世無此症，廢此字乎？

是言「瘕痧」二字爲當時醫藥界所新造之字。譚旦冏於所著《中國民間工藝圖說》亦載錄其他行業所造之新字，如：

1.肆、「抽小口與寡刂大口」云：

> 抽小眼抽至二三十丈或四五十丈不等，總須將水找好，木竹地位找好，轉過來再用蒲扇銼來寡刂大口……寡刂大口每日進行當中，還須用罩筒去罩一二次，以防所寡刂大口，有彎曲之虞。（註 60）

此「寡刂」字不見於《康熙字典》，就其上下文觀之，當與「剮」字無異。「剮」字爲古瓦切，寡亦古瓦切，同音，故爲帖體字變異方式中「假」法之「同音假借」。

2.貳、「設置」云：

> 漏鑽為承接漏水的瓦鑽，高三十一公分，除底外，內外均有釉，每個容量為漏水十公斤左右……漏鑽因體積小而厚，且有釉保護，雖無漏缽上的箍，也不容易損壞，每年平均約損失二十分之一。

此「鑽」字亦不見於《康熙字典》，就其上下文觀之，當與「罐」字無異。「罐」字爲工奐切，古音在段氏十四部，貫爲古玩切，同爲十四部，故爲「假」法之「同音假借」。

《廣韻・去聲・未韻》亦載錄宗教之特殊用字：

氣（氣息也。去既切）　　炁（同上。出道書）

「炁」字同於「氣」字，音義相同而形不同，爲道教專用之字，亦屬於行業用字。

第十節：書寫因素

所謂「書寫因素」是指書寫者本身書寫之時所導致的字形變異。關於書寫因素，有兩點必須說明：

一：帖體字中有那些確因書寫因素所致，無法指出。

二：如真有書寫因素所致的帖體字，因古籍所論並未言明（或為筆者寡見之故），無可徵證。

因此，本書之所謂書寫因素所導致的「書寫因素」，在理論上有其成立之可能；但是，實際上俯見即是的帖體字，卻無從引出古人的自白，以為說證。因此，實際上是否真有書寫因素所導致之帖體字，只能以理推究，從旁類比。

首先，可以推論書寫者因識字有限、文化水準較低，然因某種因素，得書寫文句，而刻者就形而鐫，書寫者所寫的與正體字相異的字形也就傳諸不絕了。就碑刻而言，造像記比較有可能出現這種情況。造像記係於石窟中的天然岩壁，鑿石為龕，伴著龕內佛像的雕刻，將發願造像的內容刻題其下，因發願者的身分有貴賤貧富之別，相對的，造像的地點、石材也有好壞之別，所請的書寫者也有優劣之分，所請的刻工也有高下之分，書風也有雅俗之分；其中因書寫者的優劣有可能導致的帖體字的產生。

其次，可以從東漢・鄭玄的一段話來推究：

> 其始書之也，倉卒無其字，或以音類比方假借為之，趣於近而已。（唐・陸德明《經典釋文・序》）

這段話在文字學中常被用來詮解「本有其字」的假借的產生原因，不過，這段引文對於帖體字的成因也有所助益。一方面，這種因倉卒之間，一時忘記而借用音同或音近的文字來代替原有的字，屬於文字學上的「假借」；而也可以將之應用在本書帖體字之變異方式之一的「假」法上，意謂字形中的聲符忘記如何書寫，遂以其他音同或音近的聲符代替。另一方面，也可以將其倉卒之間、一時忘記之因，應用於帖體字的成因上，意謂書寫之時，忘記文字的正確寫法，無論是有意或是無意，遂在原有的字形上有所改造，或增或減，或長或短，或斷或連，或併或代，或新或假……，皆有可能發生。這種情形就是口語上常說的「筆誤」。

又，在敦煌寫卷中，有些情況也是因爲書寫因素所造成的帖體字，如層級較低的僧侶所聽講的寫稿，常出現與正體字有所差異；又如明朝有「邸報」，相當於官方的報紙，爲求迅速傳通，其中有些簡寫（屬「減」法）的帖體字。

註釋：

1：有關「本質」與「現象」的詳細論述可參《中國大百科全書·哲學·Ⅰ》，北京·中國大百科全書，1987，初版，頁35、36、343。

2：見何秀煌《記號學導論》，臺北：水牛，1987.02　，初版，頁 147。

3：見陳振濂主編《書法學》(上)，1992.08，初版，頁121。

4：見李翠瑛＜孫過庭《書譜》中書論藝術精神探析＞，臺灣師範大學國文研究所碩士論文，1984.05，頁133。

5：見何秀煌＜藝術要怎麼評論——論藝術記號學的開發＞，在《當代》，32期(1988.12)，頁77。

6：同註 4文，頁76。

7：見王大智＜從符號到藝術——關於中國書法形式的一些觀察＞，在《故宮文物月刊》，4 卷10期(總46卷)

8：見林尹編著、黃慶萱筆記《文字學概說》，臺北：正中，1989，臺初版，頁19。又說：因為文字是表達情思的，所以必須有義可說；因為文字是紀錄語言的，所以必須有「音」可讀；因為文字是圖形符號，所以必須有「形」可寫。三者缺一，都不成文字。所以「義」、「音」、「形」是構成文字的三個要素。

9：有關書法的情性理論，可參註 2 文，第四章「以『情性』為中心之書法表現理論」，頁 101～140。又，有關藝術與技術兩者之間的差別，大抵如本書所言，在一般的藝術概論或美學概論的專著中，多有所提及，此不贅舉。

10：見孫旗《藝術概論》，臺北：黎明，1987，初版，頁63。

11：同註9。

12：同註2書，頁32、33。

13：所謂「移情作用」朱光潛解釋說「在凝神觀照時，我們心中除開所觀照的對象，別無所有，於是在不知不覺之中，由物我兩忘進到物我同一的境界。」見《文藝心理學》，臺北：開明，1969，重一版，頁34。

14：此語出於清·包世臣《藝舟雙楫·述書中》，類似的說法，如《藝舟雙楫·述書下》:「聚字成篇，積畫成字。」《藝舟雙楫·與吳熙載書》:「夫字始於畫，畫必咬起止，合眾畫以成字，合眾字以成篇。」究其源，當出於唐・孫過庭《書譜》:「一筆成一字之規，一字乃通篇之準。」一句，其筆→字→篇的層級對於書法作品的形式構成所論甚爲簡賅。

15：同註 2 書，頁 170。

16：有關四面八方的說法，古代書論中屢屢可見，如「凡四方八面，點畫皆拱中心。」(《書法三昧・二・布置》)「有此主筆，四面呼吸相通。」(清・朱和羹《臨池心解》)「約方圓於規矩，定平直於準繩，欲使四面八方俱拱中心，勾撇點畫皆歸間架。」(明・李淳＜大字結構八十四法＞)「書法勁易而圓難。夫圓者，勢之圓，非磨棱倒角之謂，乃八面拱心，即九宮法也。」(清・朱履貞《書學捷要》)「書有岨挫之法，……施於字書之間，則風格峻整，加以八面拱心，功夫到處，始稱遒媚。」(清・朱履貞《書學捷要》)「喜李北海書，始能轉折圓美，八面皆圓。」(清・錢泳《書學》)

17：見沈鴻根《書法章法》，北京：清華大學，1988，初版，頁 11。

18：參註 17 書，頁 20。

19：見陳鏡泉《中國書法基礎概論》，四川：四川教育，1988，初版，287、288。

20：見杭之（陳忠信）撰＜臺灣的「韋伯熱」有什麼積極效果？＞中國時報副刊，1985.11.20。

21：見【德】卡西爾（Ernst Cassirer）著《人論》("An Es--say on Man")結構群審譯　臺北：結構群 1989，初版，頁 206、207。

22：內容部分見李郁周《南北朝書體及以碑帖畫分書體說之研究》，臺北：東吳大學，1982，初版，頁 3；原因部份可參下坡、令龕撰＜魏晉南北朝書法分期＞，收錄於《北朝摩崖刻經研究》山東：齊魯，1991，初版，頁 12。

23：詳參王壯爲撰＜楷真書與鐘繇＞，在《中央月刊》第六卷第二期，頁 179。

24：參孫堅奮撰＜試論北魏書法的歷史地位兼談鄭道昭書法藝術＞，收錄於《雲峰刻石研究》，山東：齊魯，1992，初版，頁 65。

25：同註 22 文，頁 120。

26：同註 22 文，頁 121。

27：分類問題可參日本學者神田喜一郎的相關論述，見于還素譯《書道全集 6・

南北朝 II》，台北：大陸，1976，初版，頁 4。

28：見馬宗霍輯《書林藻鑑》，臺北：台灣商務，1982，二版，頁 74。

29：見侯鏡昶著《書學論集》，臺北：華正，1985，初版，頁 50、51。

30：孫堅奮言北魏書法四大特點是：（一）形式姿態多、（二）富于創造精神、（三）發展變化快、（四）寓多元於統一。見註 24 文，頁 68～72。

31：同註 27 書，頁 264。

32：見唐蘭《中國文字學》，臺北：臺灣開明，1988，臺七版，頁 184。

33：轉引自曾榮汾《字樣學研究》，臺北：臺灣學生，1988，初版，頁 134。

34：見劉大杰《中國文學發展史》，臺北：華正，1986，初版，頁 145。

35：見王壯弘、馬成名編纂《六朝墓誌檢要》，上海：上海書畫，1985，初版，頁 277。

36：見池振周著《藝術概論》，臺北：文史哲，1979，初版，頁 50。

37：見李薦宏、賴一輝編著《造形學原理》，臺北：大聖，1981，再版，頁 126。

38：同註 63 書，頁 47。

39：孔恩（T.Kuhn）於其所著《科學革命的結構》("The Structure of Scientific Revolutions"）中對於典範（paradigms）一詞的定義爲：「我所謂的典範指的是公認的科學成就，在某一段期間內，它們對於科學家社群而言，是研究工作所要解決的問題與解答的範例。」（臺北：遠流 1991，增訂新版，頁 38）在本書中所用爲其引伸義，即泛指範例之意。

40：余英時據孔恩的說法，指出「典範」一詞有廣狹二義，廣義的典範是指一門科學研究中的全套信仰、價值和技術，因此又可以稱爲「 學科型範」（disciplinary martrix）；狹義的典範則指一門學科在常態情形下所共同遵守的楷模（examples or shared examples ）。狹義的定義包括在廣義的定義中，且爲其核心思想，故一般所謂的「典範」多指後者而言。見余英時撰<近代的紅學發展與革命>，收於余氏所著《歷史與思想》，臺北：聯經，1976，初版，頁 383、384。

41：同註 39 書，頁 92。

42：見陳新會《史諱舉例・前言》，臺北：文史哲，1974，初版，頁 1。

43：同註 42 書，頁 1～8。

44：見李郁周<倪寬贊題跋、避諱與書體之研究>，在《書家書跡論文集》，臺北：蕙風堂，1991，初版，頁 135、136。

45：同註 42 書，頁 145、146。

46：如陳新會《史諱舉例》以爲儀鳳二年（唐高宗年號，a.d.677）之<李勣碑>，其中「王世充」之「世」字「特缺中一筆，未去世字」，是因避諱而缺筆。（同註 42 書，頁 6。）又如李郁周先生亦以爲褚遂良在高宗時期所寫的諸碑，如<房玄齡碑>、<雁塔聖教序>，其中凡遇有「世」字者，皆缺短橫以示避諱之意。又，李氏言「體拔浮華之世」之「世」字有缺筆，然據日本、東京國立博物館所藏之宋拓本，其「世」字並無缺筆。（同 44 文，頁 135、136。）

47：初唐諸名碑，如虞世南<孔子廟堂碑>（唐高祖武德九年）、<昭仁寺碑>（唐太宗貞觀四年）、歐陽詢<皇甫誕碑>（貞觀年間）、<化度寺碑>（貞觀五年）、<溫彥博碑>（貞觀十一年）、<裴鏡民碑>（貞觀十一年）、顏師古<等慈寺碑>（貞觀年間）、褚遂良<伊闕佛龕碑>（貞觀十五年）、<孟法師碑>（貞觀十六年），其中凡遇「世」、「民」、「治」之字，皆「不諱嫌名，二名不偏諱」。

48：見傅鏗撰<傳統、克里斯瑪和理性化>，在《論傳統》（tradition），【美】E・希爾斯（Edward Shils）著，傳鏗、呂樂譯，1991，初版，頁 2。

49：同註 48 書，頁 15。

50：同註 48 文，頁 3。

51：同註 48 書，頁 267。

52：《說文・敘》：「其後諸侯力政，不統於王，惡禮樂之害己，而皆去其典籍，分爲七國，田疇異畝、車涂異軌、律令異法、衣冠異制、言語異聲、文字異形，秦始皇帝初兼天下，丞相李　斯乃奏同之，罷其不與秦文合者。斯作<倉頡篇>、中車府令趙高作<爰歷篇>、太史令胡毋敬作<博學篇>，皆取史籀大篆，或頗省改，所謂『小篆』者也。」

53：《說文・敘》：「孝平皇帝時，徵禮等百餘人，令說文字未央庭中，黃門侍郎楊雄采以作＜訓纂篇＞，凡＜倉頡＞以下十四篇，凡五千三百四十字，群書所載，略存之矣。」

54：《說文・敘》：「及亡新居攝，使大司空甄豐等校文書之部，自以為應制作，頗改定古文，時有六書，一曰古文，孔子壁中書也；二曰奇字，即古文而異者也；三曰篆書，即小篆，秦始皇帝使下杜人程邈所作也；四曰左書，即秦隸書；五曰繆篆，所以摹印也；六曰鳥蟲書，所以書旛信也。」

55：見《魏書・世祖紀》。

56：《說文》：「對，譍無方也。……對，對或從士。漢文帝以為責對而面言，多非誠對，故去其口，以從士也。」

57：轉引自曾榮汾《字樣學研究》，臺北：臺灣學生，1988，初版，頁 130。

58：見《史語所集刊》第三十四本，臺北：中央研究院，頁 447～476

59：蘇氏所述之詳細內容其見所撰＜武則天造字＞，收錄於《中國文字學叢談》，臺北：文史哲，1976，初版，頁 207～210。

60：轉引自註 57 書，頁 136。

第五章：結論
——帖體字學研究之價值

本書對於帖體字學之研究，具有以下四方面的價值：

一：爲對於古代書論之考察與檢討；

二：爲對楷書帖體字之整理與探究；

三：爲對於書法藝術之助益與啓導；

四：爲對於古籍文字的審辨與斠正。

茲分節敘述如下：

第一節：對於古代書論之考察與檢討

中國在思維方面有一定的穩定性，於是便成爲一種習慣的思維結構模式，從而形成「思維定勢」，或是稱爲「思維慣性」；（註 1）這種「思維定勢」、「思維慣性」的內容又是什麼呢？蒙培元認爲有一個最基本的特徵，就是「經驗綜合型的主體意向性思維」，（註 2）以此爲核心，可以釐析出一些個別的思維定勢，如整體思維、直覺思維、類比思維、意象思維。其中對於學術上最爲基本，也極爲重要的關鍵字詞的分析，影響最大的就是「整體思維」。西洋人在思維上極爲重視邏輯的嚴謹與細密，因此，形諸於字詞的使用上，也就格外的注重定義的確切與內容的符合，而在論述上也較為注重邏輯的推演，這是重視「分析思維」的結果；中國的思維偏向則有所不同，分析方法不甚發達，整體思維卻充斥於傳統的文學、史學與哲學的著作中，因此，字詞的使用經常沒有明確的定義，只有概念存在，而概念雖有，卻往往並非單一，而是若干，這在關鍵字詞的梳理上便產生極大的困擾，甚至有時有「歧義」的現象發生，學術上的爭論於是乎在！而在論述的進程中，經常是有述而無論，或是有論，卻又過於獨斷，缺乏一定的邏輯性。這兩種現象經常相伴而生，張岱年即合稱為「模糊思維」，（註 3）顧名思義，文詞本身即具有模糊性，觀者在心中也產生了模糊的印象，似知一二，卻又缺乏明確的概念。

古代書法理論也體現出「模糊思維」的思維偏向，對於楷書帖體字之相關論述也不例外，因此，對於帖體字之變異方式，首先就必須確定在古代書論中有那些已經提及者，由此便產生一連串的相關問題：一是「定義不清」，二是「名實不符」，三是「因果不分 」，四是「源出不言」。在以語言學為理據的考察與檢討過後，對於古代書論中有關楷書帖體字的論述就有較為清楚的定義，並且使其名稱與內容能相互符合，邏輯性也從而建立起來。至於「涵蓋不全」一項是在全部的變異方式都建立後，對於古代書論中所言及的名稱數量所進行的省思。前四者在第二章第二節「對於古代書論的重建」中分別呈現其梳理過後的成果，並以碑帖所見之例字以證其說；末者在第三節「對於古代書論的補充」中印證其說，也以眾多的例字作為證明。

第二節：對楷書帖體字之整理與探究

楷書正體字的存在是一種現象，但是，它一字一形，有其唯一性與確定性，其分類的準據可以是六書，可以是內在的結構關係，可以是部首，可以是聲紐、韻部，也可以是事物理……，種種的分類方式都可以因應實際需要或作者理念。楷書帖體字的存在也是一種現象，就某一正體字而言，它往往不是唯一，也不確定，因爲它爲數眾多，而且可以隨著書寫者的一時興起或是審美需要而有所新造，因此其分類也必須因應其本身之特殊性。曾榮汾於所著《字樣學研究》一書中亦曾言及對於字樣分類之多種方法，亦可將之應用於帖體字之分類方式上：

一：「字表編輯法」，係將所有帖體字以表格平行列示；

二：「字典編輯法」，係將帖體字依附於正體字下；

三：「字組編輯法」，係以正體字爲首，下繫該字之帖體字；

四：「字例編輯法」，係以帖體字中之共同字形爲首，下附「凡從某 1 之字，多作某 2 之形」之例句；

五：「筆順編輯法」，係以逐筆列示正體字與帖體字之筆順差異之方法。

本書之所以以「變異方式」爲分類準據，其因有七：

一：顧及帖體字乃是在正體字之字形上變異之結果，因此，必須從兩者之差異面進行探究。

二：古代書論即是從變異方式建立名稱並進行論述。

三：變異方式有助於歸納並解釋碑帖中未見之帖體字。

四：變異方式有助於創造帖體字，並指引創造之可行方式。

五：變異方式中必然有諸多字例或形例以爲證明，此字例或形例即與曾氏所言之「字例編輯法」精神相同。

六：變異方式定有名稱，可以簡馭繁，即使蒐羅未盡，亦不致於有所影響。

七：變異方式是現象歸納的結果，有助於提昇爲學理之研究。

基於以上七點，本書從古代碑帖中蒐尋帖體字，並在分析與歸納的方法運用下，將帖體字與正體字之間的差異歸納爲十六種方式，先以平行並列之形式一一列出，再就方式之間的關連性進行論述，復就其成因，或爲實際之成因，或爲理論之成因，都一一予以探討；這三方面的成果即是本書第二章所論述者。

第三節：對於書法藝術的助益與啟導

書法藝術的外在表現以文字的形體爲媒材，因此，書法的依附性格規定了本身的形式。這種規定不是絕對而且不變的，通常可見的現象是相對的且是變動不拘的，不過，在根本性格上依然是以漢字字形爲媒材；如果捨棄了漢字字形從事書法藝術，那就動搖了書法藝術存在的根本，則此種名爲「書法藝術」的就不是真正的「書法藝術」，或者說其它文字系統也發展出一種書寫藝術，也名爲「書法藝術」。

以漢字爲媒材的書法藝術在單字的發揮空間上，受限於文字既定的字形，因此，結構上的變化也就極其有限；然而，文字以實用爲目的，講究的是正確性，書法本身是藝術，以美感的展現爲目的，因此，它不以既定的結構爲滿足，爲符合書寫者的審美理想，有必要對既有的字形進行改造。改造的對象可以是形符、義符，也可以是聲符，可以是筆畫、部分結構，甚至是偏旁，只要它仍然以漢字爲媒材，在理論上是可以容許書寫者的改造的。而其施用之處，一是單字，二是章法，單字講求的是個別的結構美感，章法講求的是整幅作品的變化。

在古代碑帖中，帖體字層出不窮，觸目即是，有一些確是形出有源，也有一些則是書寫者的巧思所致。因此，在對正體字進行改造的程度與可能空間，應該是有三方面的考量：

一：形出有據－－古文、小篆、隸書、行書、草書五者，尤其是隸書，是否有可以借用者。

二：依古爲式－－古人已寫出之帖體字，多有其理，頗可參用；

三：自出巧思－－若其他書體難以借用，或其他帖體字不合己意，書寫者可以依照自我的審美理想自創帖體字。

然而，古代書論中對於前兩者多有所主張，並一再告誡後者之不可妄用，只有少數對於後者有所支持。清・馮武編著《書法正傳》時將《書法三昧・八・名人字體》盡皆刪去，並曰：

此段舊有五百餘字，集漢魏以來諸帖中之破體者，以其傳寫失真已久，又不注其所出，恐誤後學，故不錄。大率破體悉從篆隸而出，學者須自詳考其法，果合於篆隸者取之，出乎俗筆者去之，豈可不知辨哉！

其自相矛盾之處在於主張破體字可借篆隸而書，且既知碑體中之破體從篆隸而來，卻又刪去，以爲「恐誤後學」；其保守拘執之心態，也正是講求帖體字須「形出有據」或「依古爲式」的原因所在，主張此種理論之書論多矣，如下所列：

◎**映帶**　……太繁者減除之，太疏者補續之，必古人有樣，乃可用耳。（元・陳繹增《翰林要訣・第十・分布法》）

◎**爨薑**　繁雜者，必求古人佳樣用之，古無則不可擅寫。（《書法三昧・五・結構》）

◎**幸**　太疏者補續之，仍必有古人佳樣乃可寫。（《書法三昧・五・結構》）

◎吳寬曰：……凡作一字，有正，有通，有俗，俗者以己意為更變，不本古法也。作字必從正體，借換之法，不得已而用之也。姚元標工於楷隸，留心小學，後生師之者眾。……蓋真書當以篆隸為本，顏魯公援篆入楷，深得古意，……虞集曰：「趙吳興書名天下，以其深究六書也。」今學者不得已而用借換之法，必考法帖所有之字尤合於篆隸者從之。（清・戈守智疏解＜三十六法＞中「借換」法之語）

◎**換**者，互換其大體，尤必證之篆隸，方有來歷。增減者，以筆之去就而成全體之美，然亦須擇古人成式用之，其合於篆隸者，尤為盡善盡美也。（清・戈守智疏解＜三十六法＞中「增減」法之語）

主張「自出巧思」之書論實不多見，如：

◎**借換**　字有難結體者，或因筆畫少而增添，……或因筆畫多而減

省，……但欲體勢茂美，不論古字當如何書也。（舊題唐・歐陽詢＜三十六法＞）

◎「**權**」者，如「鬚」字無「镸」點，「譬」字無「口」之類是也。(《書法三昧・四・為學綱目》)

◎為書之妙，不必憑文按本，妙在應變無窮。(《書法正傳・翰林粹言》)

◎偶寫一字不成，須於眾碑中求之，若無，即出意自造，不可輕易率然而作。(《書法正傳・翰林粹言》)

有趣的是，《書法三昧》所言與前述互有出入，一言「必求古人佳樣用之，古無則不可擅寫」，一言「權」變之例，似言不必求諸古人，本《易》之「窮則變，變則通」之權變之理，斟酌損益，商権輕重，自出巧思，寫帖體字亦無不可；而此「權」字也正是帖體字對於正體字變異的哲理所在。

書法既以藝術爲本位，自當以美感之有無或多少爲關注的焦點，不宜以文字學之學理，或必須形出有源才能下筆，若必以古人有成式者方可用之，則隸書中亦有前無所承，而爲書寫者自創者，古人之帖體字亦多有形出無據，自出巧思或匠心獨運者，豈能以其居前爲古，即崇之不違，用之爲據。王羲之＜蘭亭敘＞云：「後之視今，亦猶今之視昔。」古今是隨著時間推移的相對概念，古人所創，雖前無所承，流傳於後，僅能供爲今人參稽之用，不是引以爲法式者，若真以爲法式，則已然蘊涵古人自創者全是，而今人自創者全非之心態，而此種心態然乎？此種主張然乎？並且，若古人所書可爲今人法式，何以今人所書不能成爲後人法式？若古人所書才稱爲傳統，則古人之時，傳統又在何處？豈不推溯至洪荒時期，文字初造之時，才能稱爲傳統；是以今人所書當亦可流傳後世，引以爲傳統。

楷書帖體字之變異方式，其所以產生乃是從古人所書的大量書跡分析與歸納出來的一些對於正體字的變異方式，這些變異方式的產生，就書法藝術來說，它可以作爲今人改造正體字的參考，以符合其自我的審美理想；而方式之下所附的形例，亦可觀知古人已建立之成式有那些，從而推究何以古人有此種帖體字，並從而瞭解還有多少可能的發展空間。這對於書法藝術來說，不但有直接的助益，還透露出今人在古人既有的基礎上還有多少變異的可能空間。

第四節：對於古籍文字的審辨與斠正

帖體字所研究的對象是與正體字相異的字形，就字形的應用而言，因帖體字容易使人誤認爲他字，或原爲某字而後人誤以爲該帖體字爲某一正體字，所以這方面屬於斠讎學的範疇。

古籍多矣，而單一之古籍又常有版本之問題；版本所以互有差異，帖體字之充斥，致使文字誤認，魯魚亥豕，茫然困惑，學術迷氳隨之而起，爭論亦因之而生，是以斠讎之學因應而有。王叔岷於所著《斠讎學》第七章「形誤通例」中即列有「俗書形近誤」等例，並舉《韓非子・外儲說・左上篇》：「妻子因毀新，令如故袴」爲證。清・王先慎集解本無「子」字，並云：「《北堂書鈔》（一二八）引無，今據刪。《御覽》（六九五）引作『妻因鑿新袴爲孔』。」王氏案云：

> 影宋本《御覽》作「妻因鑿新袴為孔效之」，今本毀字，即鑿之誤。鑿，俗書作鑿，因誤為毀。《顏氏家訓・書證篇》所謂「鑿頭生毀」是也。《淮南子・說林篇》：「毀瀆而止水」，《意林》引毀作鑿，毀亦鑿之誤，與此同例。

「鑿」字上部作「毀」，以兩者形近之故，當屬本書變異方式中「代」法中之「形近而代用」一類。王氏又引《淮南子・原道篇》：「懷囊天地，爲道關門」，高誘注：「門，道之門。」爲證，劉文典集解云：

> 《御覽》五十八引「關」作「開」。又引注作「開道之門」。

王氏案云：

> 「關門」，複語，關亦門也。《御覽》引「關」作「開」，「開」即「關」之誤。引注「門」作「開」，又因引正文「關」作「開」而誤也。關，俗書作関。閞，俗書作開，兩形相近，故致誤耳。＜氾論篇＞高注：「為機關發之」。劉文典云：「《御覽》二百七十一引『機關』作『機開』。」「開」亦「關」之誤，與此同例。

清・羅振玉《碑別字・序》亦云：

然經典數經傳寫，別構之字多有因仍未改者，特先儒別字後人弗識，而鄙陋之士又曲造音訓，不知妄作，小學之不講，無怪經注之多支離也。故治經貴熟六書，尤貴審辨別字，玉嘗以編中所載諸子校字正古籍，多有捷悟。

並舉三例以爲說證，其一爲「壯」之與「牡」：

《說文解字》：「牙，畒齒也。」段玉裁改作「壯齒」，注：「『壯』，各本作『牡』，惟石刻《九經字樣》不誤。」玉案：古人書「爿」多作「牛」，如「將」字作「⿰牜寽」之類，六朝石刻多有之。隋<張貴男墓誌銘>、唐虞書<夫子廟堂碑>，「壯」字皆作「牡」，許書原作「壯齒」，段說甚韙。然為「壯」之別字，非字也。

其二爲「逢」之與「逄」：

逄，《廣韻》姓也，《後漢書・劉玄傳》：「郡人逄安。」注：「逄字从夅。」《字鑑》：「逄，皮江切，姓也，从辵、从夅，與逢遇字不同，孟子逄蒙學射於羿當从此。」玉案：《說文》無逄，僅有逢迎之逢，漢碑如<逢盛碑>陰有「逢信」，孔宙碑陰有「逢祈」，<景君碑>陰有「逢訴」，字皆不與《後漢書》注及《字鑑》說歧，曩恆惑之。嗣讀《匡謬正俗》云：「逢姓者，蓋出於逢蒙之後，讀當如其本字，並無別音者。今之為此姓者，自稱乃與龐音同。」又《干祿字書》云：「逄逢，上俗下正，諸同聲者準此。惟降字。」於是始悟人姓之逄古與逢迎無別，亦無龐音，後儒別構其畫又別構其讀，其實謬耳。今證之此書，益信。

其三爲「嗄」之與「嚘」：

《老子》：「終日號而嗌不嗄」，《說文》無「嗄」，《釋文》：「嗄，一邁反，氣逆也。又于介反。」又云：「當作噫。」傅奕校定《老子》古本作「⿰憂欠」，注：「于油切，氣逆也。」《說文》又無「⿰憂欠」字，惟《玉篇》「嚘」注：「于求切，《老子》曰：終日號而不嚘。嚘，氣逆也。」乃知「嗄」為「嚘」之別字，古人寫从憂字多省作夏，漢<李翊碑>及<周公禮壁記>、<樊敏碑>書「擾」字皆作「⿰扌夏」可證。又《莊子》釋文：「嗄，一作嚘。」尤可見《老子》之「嗄」字本作「嚘」。《莊子》乃陸氏原文，《老子》釋文云：「一邁反」者，乃宋重修時，寡學者所妄增也。

曾榮汾曾於<干祿字書研究>一文中舉《干祿字書》「揷插，上通下正」證明《漢書・楚元王傳》「根臿地中」官本及宋祁、王先謙、張照、胡三省皆以爲「垂」作「臿」爲非；復舉「⿱殸禾穀，上俗下正」以證大徐《說文》「螻」字下「螜天螻」之「螜」當從《夏小正》、《爾雅》作「螢」較妥。（註 4）由上述諸例可知帖體字之研究有助於古籍文字之通讀。明・焦竑《俗書刊誤・自序》云：

此編（筆者案・指《俗書刊誤》）所載，其略也。學者能觸類以求之，通經學古，此亦其津筏也。

對於古籍文字之審辨與斠正其最終目的則在於焦竑所說的「通經學古」，則帖體字之研究厥功至矣。

註釋：

1：見蒙培元撰<中國傳統思維方式的基本特徵>收錄於《中國思維偏向》，張岱年、成中英主編，北京：中國社會科學，1991，初版，頁18。

2：同註1文，頁19。

3：見張岱年撰<中國傳統哲學思維方式概說>，同註 1書，頁13、14。

4：見曾榮汾<干祿字書研究>，中國文化大學中國文學研究所博士論文，1982，頁62、63。

參考書目

一、古籍

（一）書法理論及小學類

1、《隸辨》

清・顧藹吉編撰。臺北：世界。1977。四版。

2、《別雅》

清・吳玉搢著。臺北：臺灣商務。1973。初版。

3、《宣和書譜》

上海書畫。1984。初版。

4、《書法正傳》

清・馮武編著。臺北：華正。1988。初版。

5、《篆隸考異》

清・周靖著。（四庫全書文淵閣本）

6、《俗書刊誤》

明・焦竑著。（四庫全書文淵閣本）

7、《明人書學論著》

臺北：世界。1984。四版。

8、《清人書學論著》

臺北：世界。1984。五版。

9、《藝舟雙楫疏證》

清・包世臣著。臺北：華正。1985。初版。

10、《宋元人書學論著》

臺北：世界。1992。四版。

11、《廣藝舟雙楫疏證》

清・康有爲著。臺北：華正。1988。初版。

12、《石經文字通正書》（清嘉慶丁巳歲六月文章大吉樓本）

清・錢坫著。臺北：中國。影印本。

13、《歷代書法論文選》（上、下）
臺北：華正。1988。初版。
14、《漢谿書法通解校證》
清・戈守智編著。沈培方校證。臺北：木鐸。1987。初版。
15、《唐人書學論著、宣和書譜》
臺北：世界。1988。六版。
16、《金石文字辨異、增補碑別字 附拾遺》
清・羅振玉、邢澍編著。臺北：古亭。1970。初版。
17、《爾雅、廣雅、方言、釋名 清疏四種合刊》
清・郝懿行、王念孫、錢繹、王先謙疏。上海古籍。1989。初版。

（二）一般古籍

1、《老子》
魏・王弼注。臺北：學海。1984。初版。
2、《莊子集解》
清・王先謙集解。臺北：華正。1985。初版。
3、《楚辭補注》
洪興祖補注。臺北：漢京。1983。初版。
4、《十三經注疏》
臺北：藍燈
5、《增補荀子集解》
清・王先慎集解。臺北：藝文。1983。三版。
6、《史記會注考證》
西漢・司馬遷著。【日】瀧川龜太郎考證。臺北：洪氏。1983。二版。

二、現代書法專著

1、《書》

寇丹著。湖南教育。1989。初版。

2、《書法學》(上、下)

陳振濂主編。江蘇教育。1993。初版。

3、《書法論》

齊沖天著。北京大學。1990。初版。

4、《書學通論》

曹緯初著。臺北：正中。1989。臺初版。

5、《書法概論》

啓功主編。北京師範大學。1986。初版。

6、《書法指南》

俞劍華著。天津市古籍。1990。再版。

7、《書法教程》

韓夫、戈弋主編。北京：書目文獻。1989。初版。

8、《書法章法》

沈鴻根著。北京：清華大學。1988 初版。

9、《書法新義》

趙英山著。臺北：臺灣商務。1988。再版。

10、《書法研究》

王壯爲著。臺北：臺灣商務。1982。七版。

11、《書法百問》(在《書法教學三種》)

鄧散木著。臺北：木鐸。1983。再版。

12、《書法十講》(在《書法教學三種》)

白蕉著。臺北：木鐸。1983。再版。

13、《大學書法》

祝敏申主編。上海：復旦大學。1990。初版。

14、《科學書法》

陳公哲著。臺北：湘江。1984。初版。

15、《書法研究》

陳白秋著。臺北：天山。1983。三版。

16、《書法藝術》

王冬齡著。浙江美術學院。1992。再版。

17、《楷書探研》

童嬰著。山東美術。1990。初版。

18、《論書絕句》

啓功著。北京：三聯。1990。初版。

19、《學書論札》

袁維春著。北京：宇航。1987。初版。

20、《書法學綜論》

陳振濂著。浙江美術學院。1992。初版。

21、《書法十四講》

解德厚編著。雲南教育。1989。初版。

22、《書法美學談》

金學智著。臺北：華正。1989。初版。

23、《書法美探奥》

周俊杰著。北京：人民美術。1990。初版。

24、《書法創作論》

朱以徹著。福建人民。1993。初版。

25、《寫字速成法》（在《書法教學三種》）

許晚成著。臺北：木鐸。1983。再版。

26、《字學與書法》

韓非木、高雲塍著。上海：中華。1947。初版。

27、《中國書法美學》

陳廷祐著。北京：中國和平。1989。初版。

28、《書法美學引論》

葉秀山著。北京：寶文堂。1987。初版。

29、《雲峰刻石研究》

山東：齊魯。1992。初版。

30、《歷代書法技藝》

劉景隆編著。北京：農村讀物。1993。初版。

31、《中國書法導論》

劉樹勇、王強著。北京：社會科學文獻。1992。初版。

32、《六朝墓誌檢要》

王壯弘、馬成名編纂。上海書畫。1985。初版。

33、《書法格言疏證》

祝嘉著。臺灣：木鐸。1987。再版。

34、《中國書法藝術》

趙明著。臺北：新文豐。1979。修訂版。

35、《書法教學三種》

臺北：木鐸。1983。再版。

36、《中國書法簡論》

潘伯鷹著。臺北：華正。1989。初版。

37、《書法空間之研究》

蔡長盛著。臺北：蕙風堂。1990。初版。

38、《書家書跡論文集》

李郁周著。臺北：蕙風堂。1991。初版。

39、《中國書法理論史》

王鎮遠著。黃山書社。1990。初版。

40、《中國文字與書法》

陳彬龢著。臺北：華正。1987。初版。

41、《書道技巧 1・2・3》

杜忠誥著。臺北：雄獅。1993。四版。

42、《書法——心靈的藝術》

張以國著。北京大學。1991。初版。

43、《中國書法基礎概論》

陳鏡泉著。四川：四川教育。1988。初版。

44、《北朝摩崖刻經研究》

山東：齊魯。1991。初版。

45、《書法的形態與闡釋》

邱振中著。重慶。1993。初版。

46、《中國書學技法評註》

劉小晴編著。上海書畫。1991。初版。

47、《書法及其教學之研究》

蔡崇名著。臺北：華正。1986。修訂二版。

48、《書法藝術的創作與欣賞》

劉小晴著。上海人民。1991。初版。

49、《中國書法國際學術研討會》

臺北：行政院文化建設委員會。1987。初版。

50、《書道全集・第六卷・南北朝Ⅱ》

于還素譯。臺北：大陸。1989。再版。

51、《南北朝書體及以碑帖畫分書體說之研究》

李郁周著。臺北：東吳大學。1982。初版。

三、美學

1、《美學》

【德】黑格爾（Hegel）著。朱孟實譯。臺北：里仁。1981。初版。

2、《美學》

田曼詩著。臺北：三民。1990。四版。

3、《談美》

朱光潛著。臺北：漢京文化。1987。初版。

4、《對稱》

【美】赫爾曼・外爾（Hermann Weyl）著。曹亮吉譯述。臺北：正中。1988。臺初版。

5、《美學概論》

王朝聞著。臺北：谷風。1989。臺一版。

6、《美學原理》

楊辛、甘霖著。北京大學。1992。初版。

7、《藝術概論》

池振周著。臺北：文史哲。1979。初版。

8、《藝術概論》

孫旗著。臺北：黎明。1987。初版。

9、《藝術概論》

虞君質著。臺北：大中國。1986。再版。

10、《美的分析》

【英】Willian Hogarth 著。楊成寅譯。臺北：丹青。1986。臺一版。

11、《新藝術論》

蔡儀著。上海書店。1992。初版。

12、《新藝術論》

朱孟實著。臺北：蒲公英。1986。初版。

13、《美學新探》

丁履譔著。臺北：成文。1980。初版。

14、《造形原理》

呂清夫著。臺北：雄獅。1991。八版。

15、《造形原理》

李薦宏、賴一輝編著。臺北：國立編譯館。1981。再版

16、《視覺原理》

【美】卡洛琳・M・布魯墨著、張功鈐譯。北京大學。1987。初

版。

17、《視覺經驗》

【美】Bates Lowry 著、杜若洲譯。臺北：雄獅。1990。八版。

18、《美的範疇論》

姚一葦著。臺北：臺灣開明。1989。四版。

19、《藝術的奧祕》

姚一葦著。臺北：臺灣開明。1988。十一版。

20、《美學與語言》

趙天儀著。臺北：三民。1986。四版。

21、《文藝心理學》

朱光潛著。臺北：開明。1967。重一版。

22、《美術形態學》

王林著。重慶大學。1991。初版。

23、《文學與美學》

臺北：文史哲。1990。初版。

24、《美學基本原理》

劉叔成等著。上海人民。1987。再版。

25、《藝術美學探索》

孫旗著。臺北：結構群。1992。初版。

26、《美學範疇概論》

楊成寅主編。浙江美術學院。1991。初版。

27、《西方美學導論》

劉昌元著。臺北：聯經。1991。初版。

28、《現代美學及其他》

趙天儀著。臺北：東大。1990。初版。

29、《文學與藝術心理學》

趙雅博著。臺北：正統文化。1981。再版。

30、《藝術與視覺心理學》

【美】Rudolf Arnheim著、李長俊譯。臺北：雄獅。1985。再版。

四、小學

1、《字辨》

顧雄藻編。臺北：臺灣商務。1978。臺二版。

2、《金文編》

容庚編著。北京：中華。1985。初版。

3、《辨字探源》

方遠堯著。臺北：黎明。1973。初版。

4、《同源字典》

王力著。北京：商務。1991。初版。

5、《中國文字學》

唐蘭著。臺北：臺灣開明。1988。臺七版。

6、《中國文字學》

孫海波著。臺北：學海。1979。初版。

7、《中國文字學》

潘重規著。臺北：東大。1977。初版。

8、《漢語文字學》

許長安著。福建：廈門大學。1993。初版。

9、《文字學概說》

林尹編著。臺北：正中。1989。臺初版。

10、《文字學初步》

戴增元著。臺北。臺灣中華。1987。臺五版。

11、《文字學發凡》

馬宗霍著。臺北：鼎文。1972。初版。

12、《漢字學通論》

黃建中著。武昌：華中師範大學。1990。初版。

13、《文字學概要》

裘錫圭著。北京：商務。1990。初版。
14、《實用文字學》（上、下）
吳契寧著。臺北：臺灣商務。1980。臺三版。
15、《字樣學研究》
曾榮汾著。臺北：臺灣學生。1988。初版。
16、《訓詁學大綱》
胡楚生著。臺北：華正。1989。二版。
17、《訓詁學概要》
林尹編著。臺北：正中。1989。初版。
18、《訓詁學初稿》
周大璞主編。武昌：武漢大學。1993。初版。
19、《高明小學論叢》
高明著。臺北：黎明。1988。四版。
20、《古今正俗字詁》
鄭詩輯。臺北：藝文。1971。初版。
21、《中國文字學叢談》
蘇尚耀著。臺北：文史哲。1976。初版。
22、《宋元以來俗字譜》
劉復、李家瑞編。臺北：文海。1978。初版。
23、《中國文字構造論》
戴君仁著。臺北：世界。1979。臺再版。
24、《書家書跡論文集》
李郁周著。臺北：蕙風堂。1991。初版。
25、《文字聲韻訓詁筆記》
黃季剛口述、黃焯筆記編輯。臺北：木鐸。1983。初版。
26、《說文解字詁林正補合編》
臺北：鼎文。1983。初版。
27、《中國文字源流與歧字辨異》

羅筐編著。臺北：千寶。1982。初版。

28、《章太炎先生學術論著手跡選》

章太炎著、章孝馳選。北京師範大學。1986。初版。

29、《中國文字學概要、文字形義學》

楊樹達著。上海古籍。1988。初版。

五、符號學

1、《語言學概論》

謝國平著。臺北：三民。1992。六版。

2、《語言學概論》

邢公畹主編。北京：語文。1992。初版。

3、《語言學概論》

孫維張、劉富華著。吉林大學。1991。初版。

4、《記號學導論》

何秀煌著。臺北：水牛。1987。初版。

5、《漢語語義學》

賈彥德著。北京大學。1992。初版。

6、《漢語詞義學》

蘇新春著。廣東教育。1992。初版。

7、《語意學概要》

徐道鄰著。香港：友聯。1980。三版。

六、其他

1、《人論》("An Essay on Man")

【德】卡西爾（Ernst Cassirer）著、結構群審譯。臺北：結構群。1989。初版。

2、《論傳統》

【美】E·希爾斯（Edward Shils）著、傅鏗、呂樂譯。上海人民。1991。初版。

3、《史諱舉例》

陳新會著。臺北：文史哲。1974。初版。

4、《歷史與思想》

余英時著。臺北：聯經。1976。初版。

5、《中國字典史略》

劉葉秋著。臺北：漢京。1984。初版。

6、《中國思維偏向》

張岱年、成中英等著。北京：中國社科院。1991。初版。

7、《中國文學發展史》

劉大杰著。臺北：華正。1986。初版。

8、《科學革命的結構》("The Structure of Scientific Revolutions")

【美】孔恩(Thomas Kuhn)著、王道還等譯。臺北：遠流。1991。增訂新版。

七、論文

(一) 期刊論文

1、<蔡邕九勢>

謝禮興撰。在《書譜》總第 41 期。

2、<俗字探源>

謝雲飛撰。在《文海》第 4 期。

3、<字的結構>

鄧秀蓮撰。在《暢流》第 58 卷 1 期。

4、<論古今字>

楊潤陸撰。在《訓詁研究》第 1 輯。

5、<《書概》淺探>

俞建華撰。在《書法研究》總第 31 輯。

6、<論字的結構>

祝嘉撰。在《書譜》總第 11、12 期。
7、＜楷書的結構美＞
曹愉生撰。在《漢學論文集》第 2 集。
8、＜楷書結構形式＞
谷有荃撰。在《書譜》總第 83 期。
9、＜楷書結構原則＞
谷有荃撰。在《書譜》總第 84 期。
10、＜漫談書法欣賞＞
許寶馴撰。在《書譜》總第 36 期。
11、＜敦煌俗字譜序＞
潘重規撰。在《華學月刊》第 95 期。
12、＜楷真書與鐘繇＞
王壯為撰。在《中央月刊》第 6 卷、第二期。
13、＜線條構築的形式＞
陳振濂撰。在《中國書法》1986 年第 4 期。
14、＜古傳俗別字試釋＞
杜學知撰。在《大陸雜誌》第 48 期第 1 期。
15、＜中國俗文字演變考＞
李維棻撰。在《淡江學報》第 4 期。
16、＜國字基本結構索引＞
龔湘萍撰。在《中國語文》34 卷 1 期。
17、＜論意符字與音符字＞
李維棻撰。在輔仁大學《人文學報》第 3 期。
18、＜中國文字之特質及其發展＞
勞榦撰。在《東方雜誌》復刊第 6 卷第 10 期。
19、＜漢文字結構法則及演變通例導論＞
江學謙撰。在《東海學報》13 期。
20、＜中國文字的基本結構及其標準形體＞

趙友培撰。在《國科會報告》1959 年。
21、<文學研究的理論基礎——試論知與言>
高友工撰。在《中外文學》 7 卷 7 期。
22、<藝術要怎麼評論——論藝術記號學的開發>
何秀煌撰。在《當代》32 期。
23、<從符號到藝術——關於中國書法形式的一些觀察>
王大智撰。在《故宮文物月刊》4 卷 10 期。

(二) 學位論文

1、<唐代楷書的研究>
李福臻撰。文化大學藝術研究所碩士論文。1969。
2、<龍龕手鑑研究>
陳飛龍撰。政治大學中文研究所博士論文。1974。
3、<增訂碑別字中俗字之研究>
凌亦文撰。輔仁大學中文研究所碩士論文。1979。
4、<干祿字書研究>
曾榮汾撰。文化大學中文研究所博士論文。1982。
5、<中國書法論研究>
陳欽忠撰。文化大學中文研究所碩士論文。1983。
6、<楷書研究>
任弘撰。臺灣師大歷史研究所碩士論文。1985。
7、<龍龕手鑑文字研究>
路復興撰。文化大學中文研究所碩士論文。1986。
8、<睡虎地秦簡文字研究>
洪燕梅撰。政治大學中文研究所碩士論文。1993。
9、<張懷瓘書論思想探微>
朱書萱撰。臺灣師大國文研究所碩士論文。1993。
10、<孫過庭《書譜》中書論藝術精神探析>

李翠瑛撰。臺灣師大國文研究所碩士論文。1994。

（三）報紙論文

1、＜臺灣的「韋伯熱」有什麼積極效果？＞
陳忠信撰。在中國時報副刊。1985.11.20。

八、碑帖

1、《中國法書選》
東京：二玄社。

2、《墓誌書法精選》
北京：榮寶齋。1990。初版。

3、《造像書法選編》
北京：榮寶齋。

4、《會稽王氏書翰集》
臺北：學海。1976。初版。

九、工具書

1、《康熙字典》
北京：中華。1992。初版。

2、《金石大字典》
清・張謇等編。臺北：藝林。

3、《唐宋俗字譜》
日・太田辰夫編著。東京：汲古書院。1982。初版。

4、《敦煌俗字譜》
潘重規主編。臺北：石門。1979。初版。

5、《異體國字字表》
臺北：教育部。1984。初版。

6、《敦煌俗字索引》

金榮華主編。臺北：石門。1980。初版。

7、《漢簡文字類編》

王夢鷗編撰。臺北：藝文。1974。初版。

8、《歷代書法字源》

臺北：藍燈。

9、《中國楷書大字典》

臺北：藍燈。1987。初版。

10、《中國隸書大字典》

范韌庵等編著。上海書畫。1993。初版。

11、《中國行書大字典》

范韌庵、李志賢編著。上海書畫。1990。初版。

12、《中國書法大辭典》(上、下)

梁披雲主編。香港：書譜。1984。初版。

13、《中國大百科全書・哲學》(Ⅰ、Ⅱ)

北京：中國大百科全書。1987。初版。

14、《中國大百科全書・語言、文字》

北京：中國大百科全書。1992。初版。

附圖

第二節：對古代書論的重建——在書論中已有名稱者

壹：增

一：增益筆畫

（一）增點

圖AAA~001

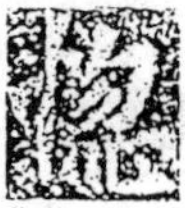

北魏 太妃侯造像記

圖AAA~002

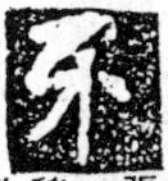

北魏 張玄墓誌銘

圖AAA~003

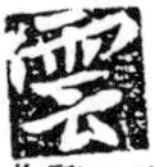

北魏 唐耀墓誌銘

圖AAA~004

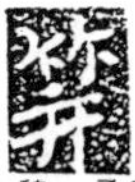

北魏 孟敬訓墓誌銘

圖AAA~005

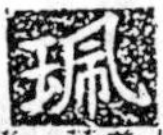

隋 董美人墓誌銘

圖AAA~006

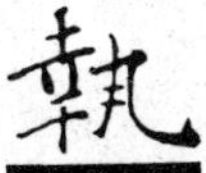

唐 褚遂良 大字陰符經

圖AAA~007

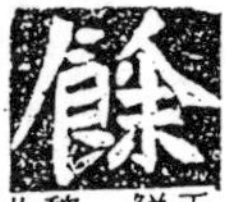

北魏 鮮于仲兒墓誌銘

圖AAA~008

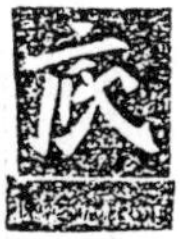

圖AAA~009

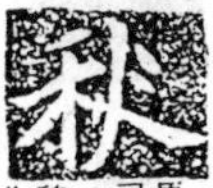

北魏 司馬顯姿墓誌銘

圖AAA~010

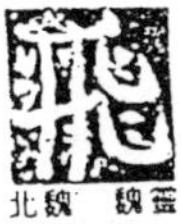

北魏 魏靈藏造像記

圖AAA~011

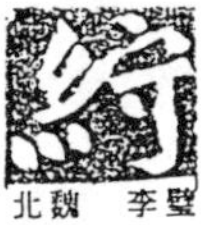

北魏 李璧墓誌銘

圖AAA~012

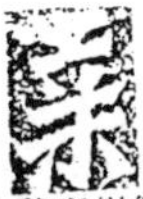

北魏高樹解伯都造像記

圖AAA~013

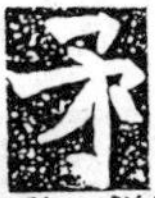

北魏 鮮于仲兒墓誌銘

圖AAA~014

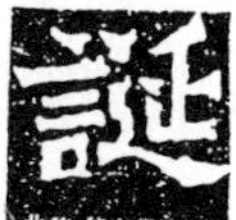

北魏 魏靈藏造像記

圖AAA~015

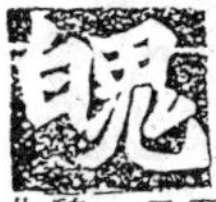

北魏 元顯儁墓誌銘

北魏 元顯儁墓誌銘

圖AAA~016

北魏 元騰墓誌銘

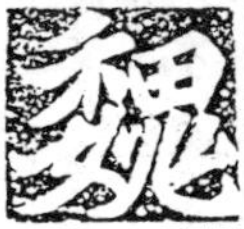

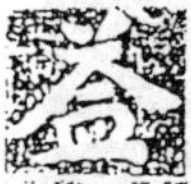

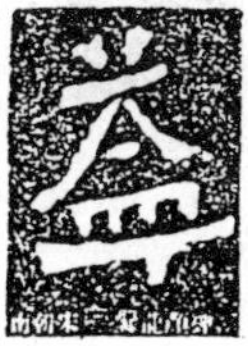

圖AAA~017

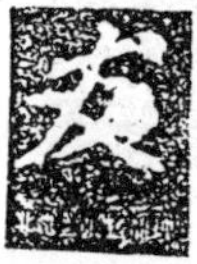

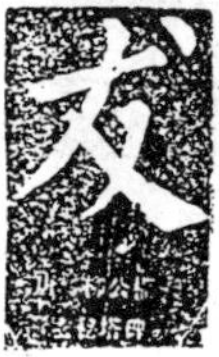

圖AAA~025

南朝宋 爨龍顏碑

晉 [illegible] 南唐四百九十六字

唐 魏栖梧 善才寺碑

元 趙孟頫 六體千字文

元 趙孟頫 六體千字文

[illegible]

圖AAA~024

北魏 牛橛造像記

北魏 慈香慧政造像記

北魏 李超墓誌

北魏 李璧碑

[illegible]

圖AAA~023

晉 爨寶子碑

北魏 鄭道昭 鄭文公下碑

北魏 劉賢墓誌

圖AAA~022

北魏 李超墓誌

隋 智永 真草千字文

圖AAA~020

晉 [illegible] 南唐四百九十六字

元 [illegible] 正六千字文

圖AAA~018

北魏 李璧碑

北魏 張黑女墓誌

圖AAA~021

北魏 孫秋生造像記

北魏 惠感造像記

圖AAA~019

北魏 司馬顯姿墓誌銘

北魏 司馬顯姿墓誌銘

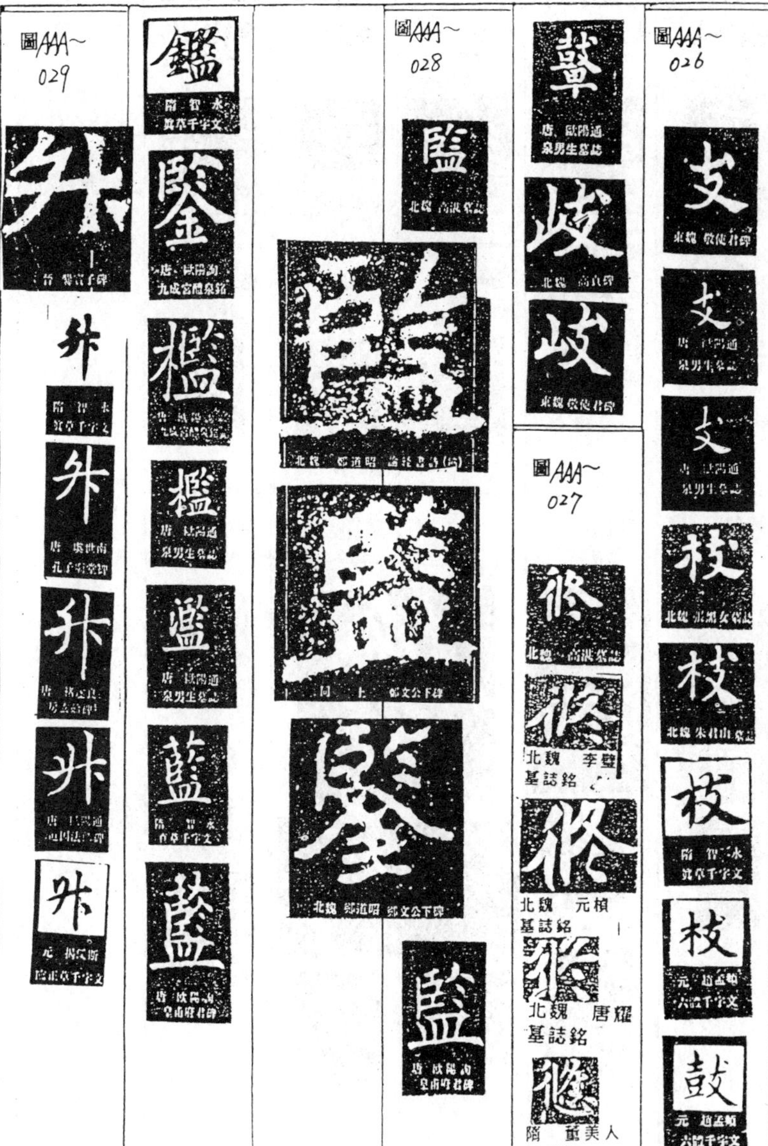

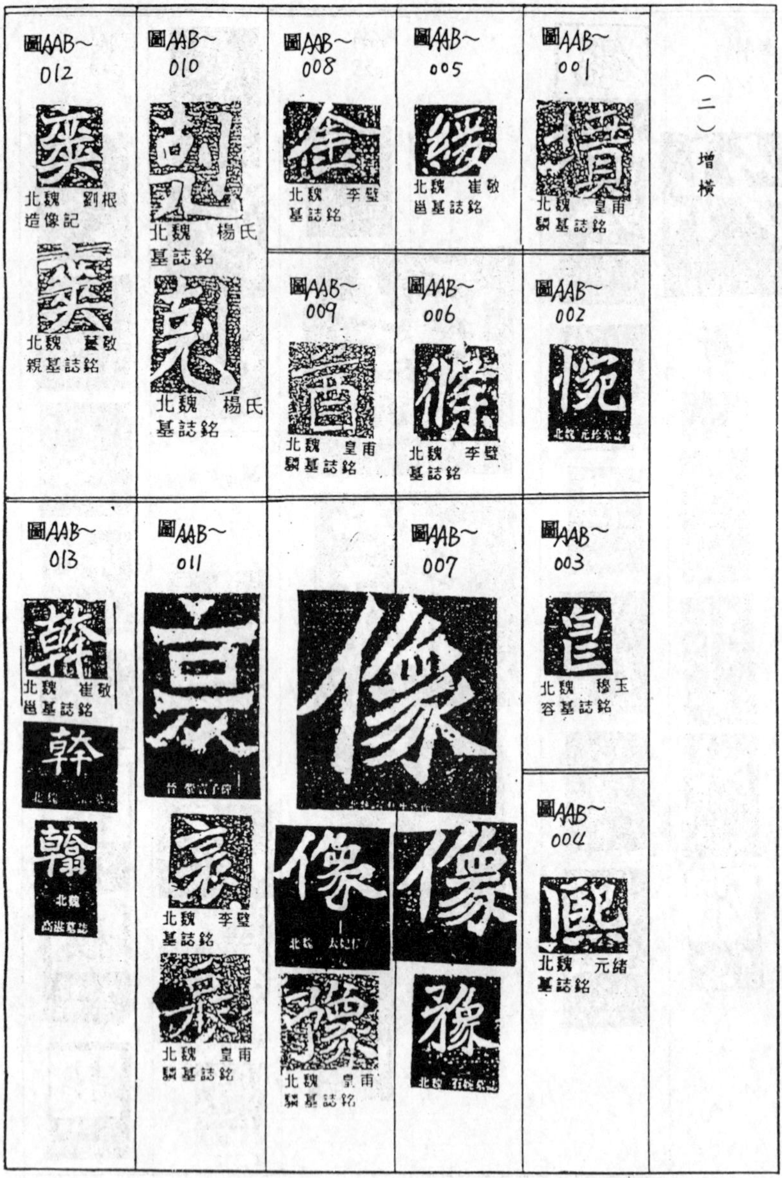

（二）增橫

圖AAB～001
北魏 皇甫驎墓誌銘

圖AAB～002

圖AAB～003
北魏 穆玉容墓誌銘

圖AAB～004
北魏 元緒墓誌銘

圖AAB～005
北魏 崔敬邕墓誌銘

圖AAB～006
北魏 李璧墓誌銘

圖AAB～007

北魏 皇甫驎墓誌銘

圖AAB～008
北魏 李璧墓誌銘

圖AAB～009
北魏 皇甫驎墓誌銘

圖AAB～010
北魏 楊氏墓誌銘

北魏 楊氏墓誌銘

圖AAB～011

北魏 李璧墓誌銘

北魏 皇甫驎墓誌銘

圖AAB～012
北魏 劉根造像記

北魏 崔敬親墓誌銘

圖AAB～013
北魏 崔敬邕墓誌銘

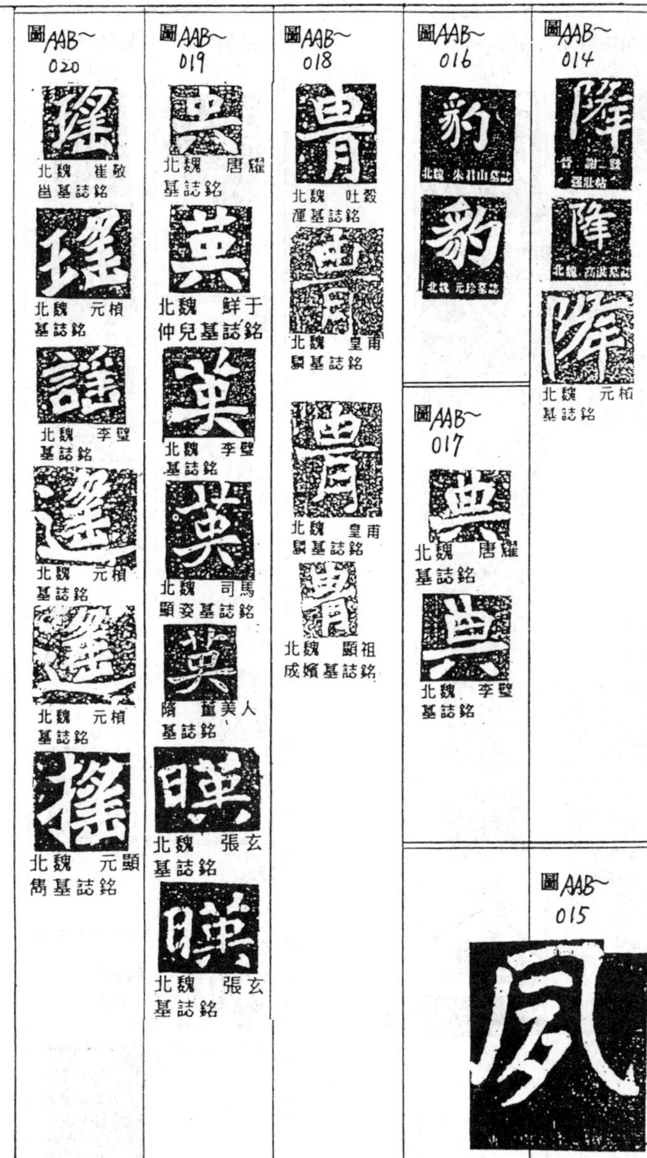

圖AAB~014
北魏 元楨墓誌銘
圖AAB~015
圖AAB~016
北魏 朱君山墓誌
北魏 元珍墓誌
圖AAB~017
北魏 唐耀墓誌銘
北魏 李璧墓誌銘
圖AAB~018
北魏 吐穀渾墓誌銘
北魏 皇甫驎墓誌銘
北魏 皇甫驎墓誌銘
北魏 顯祖成嬪墓誌銘
圖AAB~019
北魏 唐耀墓誌銘
北魏 鮮于仲兒墓誌銘
北魏 李璧墓誌銘
北魏 司馬顯姿墓誌銘
隋 董美人墓誌銘
北魏 張玄墓誌銘
北魏 張玄墓誌銘
圖AAB~020
北魏 崔敬邕墓誌銘
北魏 元楨墓誌銘
北魏 李璧墓誌銘
北魏 元楨墓誌銘
北魏 元楨墓誌銘
北魏 元顯儁墓誌銘

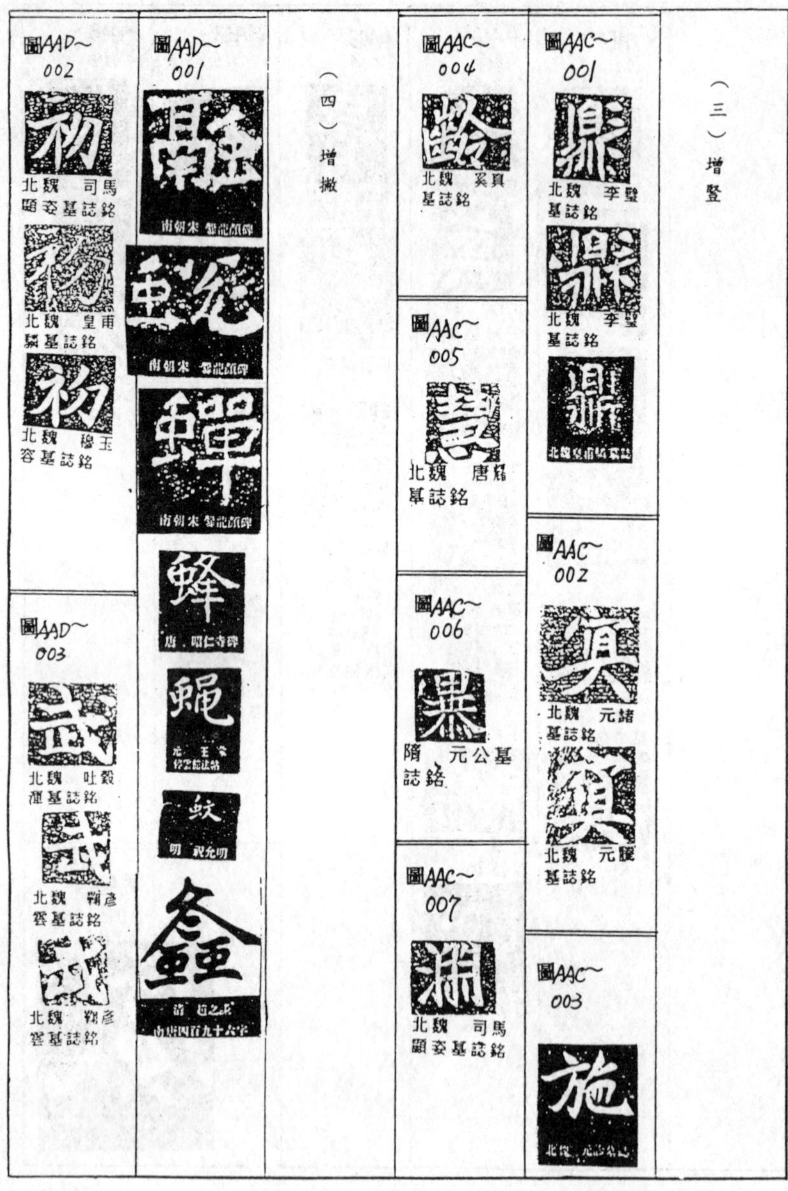
（三）增豎
圖AAC~001
北魏 李璧墓誌銘
北魏 李璧墓誌銘
圖AAC~002
北魏 元緒墓誌銘
北魏 元暉墓誌銘
圖AAC~003
圖AAC~004
北魏 奚真墓誌銘
圖AAC~005
北魏 唐耀墓誌銘
圖AAC~006
隋 元公墓誌銘
圖AAC~007
北魏 司馬顯姿墓誌銘
（四）增撇
圖AAD~001
南朝宋 爨龍顏碑
南朝宋 爨龍顏碑
南朝宋 爨龍顏碑
唐 昭仁寺碑
圖AAD~002
北魏 司馬顯姿墓誌銘
北魏 皇甫驎墓誌銘
北魏 穆玉容墓誌銘
圖AAD~003
北魏 吐谷渾墓誌銘
北魏 鞠彥雲墓誌銘
北魏 鞠彥雲墓誌銘

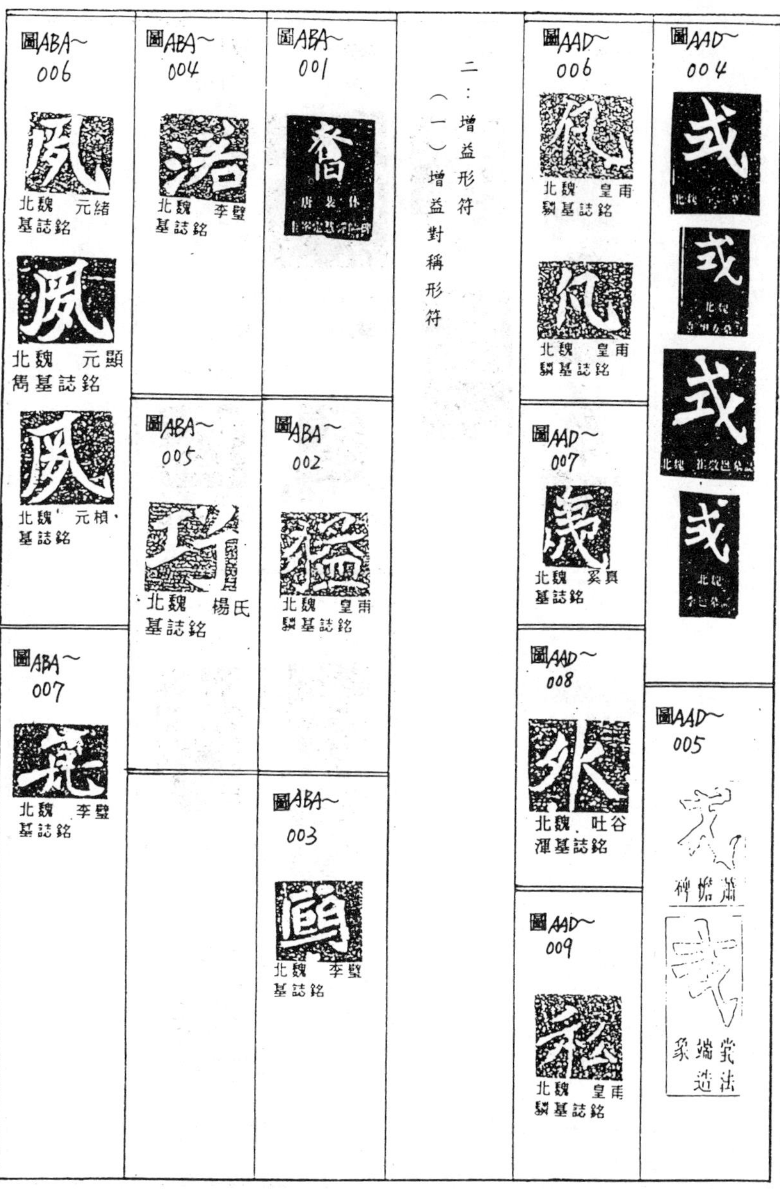

圖AAD~004
圖AAD~005
圖AAD~006
北魏 皇甫驎墓誌銘
北魏 皇甫驎墓誌銘
圖AAD~007
北魏 奚真墓誌銘
圖AAD~008
北魏 吐谷渾墓誌銘
圖AAD~009
北魏 皇甫驎墓誌銘
二：增益形符
（一）增益對稱形符
圖ABA~001
唐 裴休
圖ABA~002
北魏 皇甫驎墓誌銘
圖ABA~003
北魏 李璧墓誌銘
圖ABA~004
北魏 李璧墓誌銘
圖ABA~005
北魏 楊氏墓誌銘
圖ABA~006
北魏 元緒墓誌銘
北魏 元顯儁墓誌銘
北魏 元楨墓誌銘
圖ABA~007
北魏 李璧墓誌銘

（二）增益不對稱形符

圖AAF～001	圖AAF～005	圖AAF～008	圖AAF～009
北魏 穆玉容墓誌銘	北魏 嵩高靈廟碑	北魏 孫秋生造像記	帖 庚 王
圖AAF～002	圖AAF～006	北魏 解伯都等三十二人造像記	
北魏 司馬顯姿墓誌銘	隋 元公墓誌銘		
圖AAF～003	圖AAF～007		
唐 歐陽通 道因法師碑	北魏 皇甫驎墓誌銘		
圖AAF～004	北魏 [illegible]誌銘		
北魏 李安勝造像記			

（一）所增形符與原字義可通者

圖ABA~001

北魏 李璧墓誌銘

北魏 元顯儁墓誌銘

北魏 皇甫驎墓誌銘

北魏 馮氏墓誌銘

圖ABA~002

北魏 魏靈藏造像記

北魏 孟廣達 孫秋生等二百人造像記

北魏 高湛墓誌

北魏 高湛墓誌

圖ABA~003

唐 虞世南孔子廟堂碑

圖ABA~004

北魏 [illegible]造像記

圖ABA~005

北魏 吐谷渾墓誌銘

圖ABA~006

北魏 李璧墓誌銘

圖ABA~007

隋 董美人墓誌銘

圖ABA~008

北魏 張玄墓誌銘

（二）所增形符與原字義不可通者

圖ABB~001

北魏 鮮于仲兒墓誌銘

貳：減

一：增省筆畫

（一）所減筆畫種類相同

1：減點

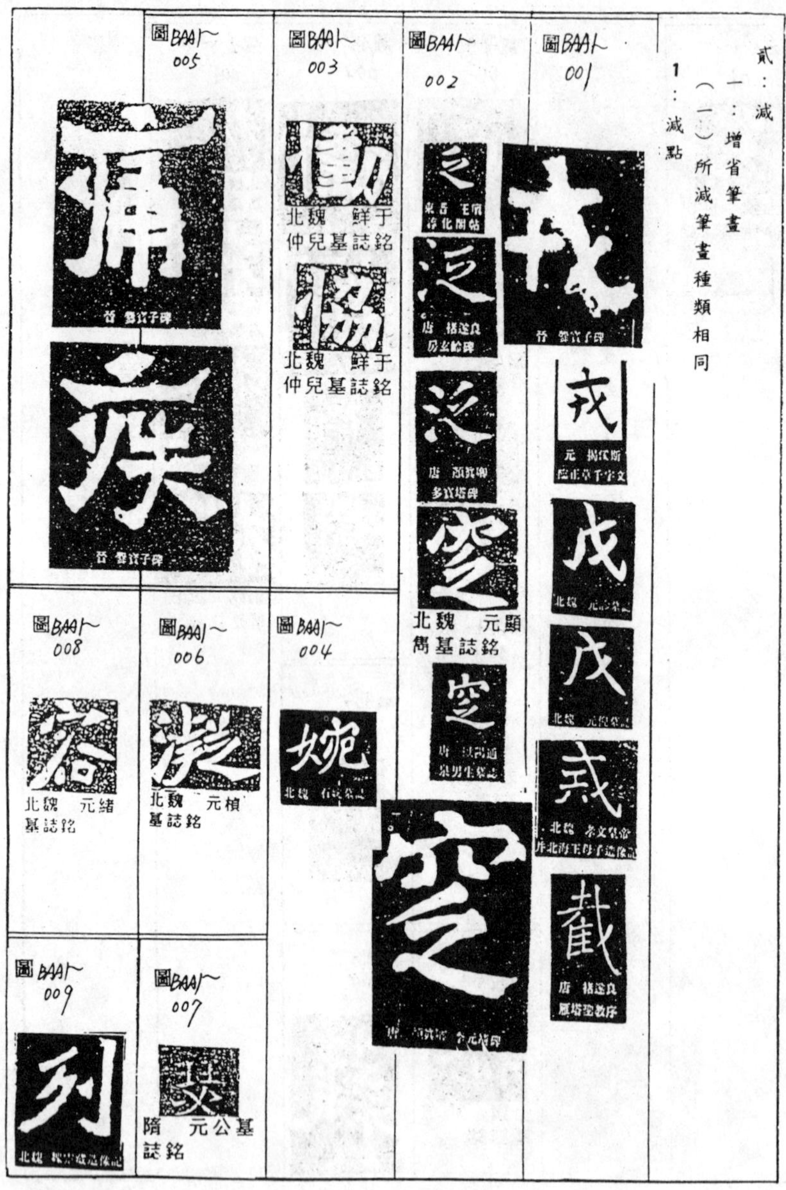

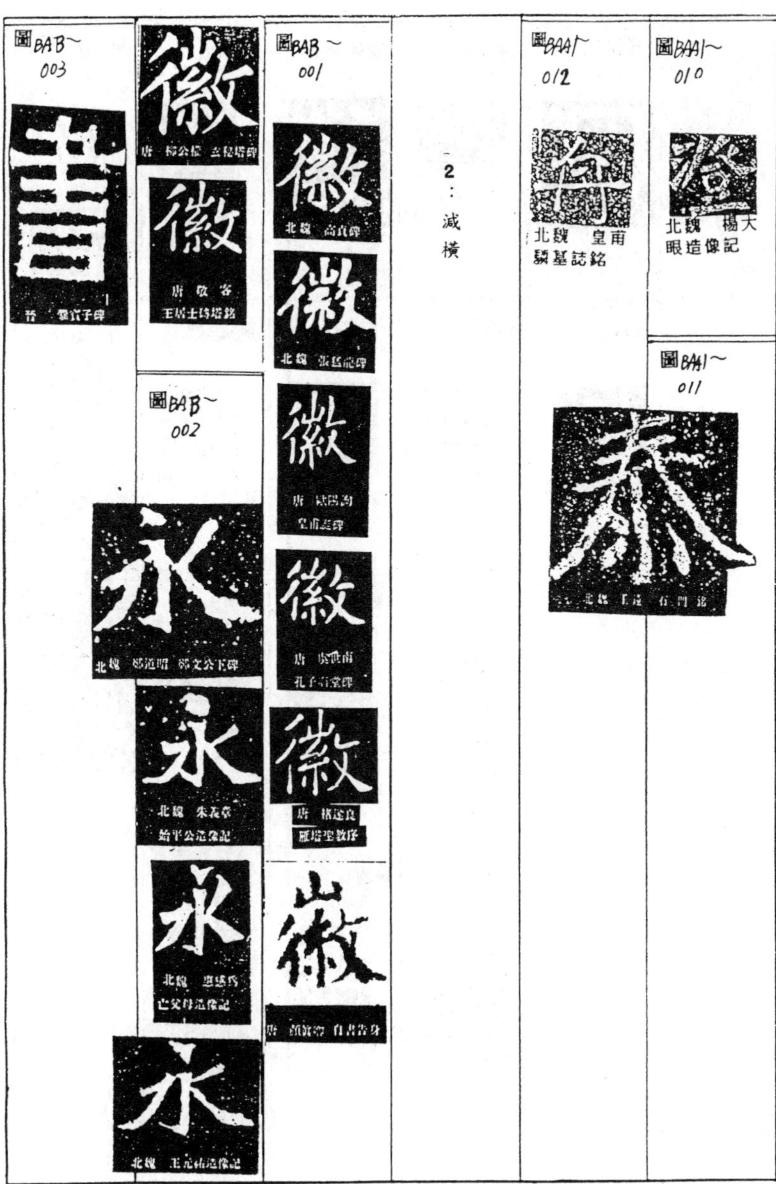
圖BAB～003
晉 爨寶子碑
圖BAB～002
唐 柳公權 玄秘塔碑
唐 敬客 王居士磚塔銘
北魏 鄭道昭 鄭文公下碑
北魏 朱義章 始平公造像記
北魏 惠感爲 亡父母造像記
北魏 王元祐造像記
圖BAB～001
北魏 高貞碑
北魏 張猛龍碑
唐 歐陽詢 皇甫誕碑
唐 虞世南 孔子廟堂碑
唐 褚遂良 雁塔聖教序
唐 顏眞卿 自書告身
2：減橫
圖BAA1～012
北魏 皇甫驎墓誌銘
圖BAA1～010
北魏 楊大眼造像記
圖BAA1～011
北魏 王遠 石門銘

3：減豎	圖BAB～017	圖BAB～013 北魏　李璧墓誌銘	圖BAB～009 北魏　張玄墓誌銘	圖BAB～005 北魏　唐耀墓誌銘	圖BAB～004 北魏　奚智墓誌銘 北魏　皇甫驎墓誌銘 北魏　孟敬訓墓誌銘
	圖BAB～018	圖BAB～014 北魏　奚真墓誌銘	圖BAB～010 北魏　司馬顯姿墓誌銘	圖BAB～006 北魏　唐耀墓誌銘	
		圖BAB～015 北魏　奚真墓誌銘	圖BAB～011 北魏　元楨墓誌銘	圖BAB～007 北魏　元睷墓誌銘	
		圖BAB～016 北魏　楊氏墓誌銘	圖BAB～012 北魏　蓋敬親墓誌銘	圖BAB～008 北魏　蓋敬親墓誌銘	

圖BAD～001

北魏 孫秋生等造像記

圖BAD～002

北魏 元定墓誌銘

圖BAD～003

北魏 李璧墓誌銘

圖BAD～004

隋 蘇孝慈墓誌銘

4：減撇

圖BAC～007

北魏 唐耀墓誌銘

圖BAC～003

北魏 司馬昞墓誌銘

圖BAC～004

北魏 吐穀渾墓誌銘

圖BAC～005

北魏 賀蘭汗造像記

圖BAC～006

北魏 元緒墓誌銘

北魏 鄭道昭 論經書詩（縮）

圖BAC～002

唐 歐陽詢 皇甫誕碑

唐 歐陽通 道因法師碑

圖BAC～001

唐 歐陽詢 九成宮醴泉銘

唐 歐陽通 泉男生墓誌

北魏 高貞碑

北魏 鞠彥雲墓誌銘

（五）減省對稱筆畫

圖BAD～005
北魏 石婉墓誌

圖BAD～006
北魏 崔敬邕墓誌銘

圖BAD～007
東魏 敬使君碑

圖BAD～008
北魏 吐谷渾墓誌銘
北魏 吐谷渾墓誌銘

圖BBE～001
北魏 元定墓誌銘

圖BBE～002
晉 爨寶子碑

圖BBE～003
北魏 唐耀墓誌銘

圖BBE～004
南朝宋 爨龍顏碑

圖BBE～005
北魏 奚智墓誌銘

圖BBE～006
北魏 皇甫驎墓誌銘

圖BBE～007
隋 董美人墓誌銘

圖BBE～008
北魏 元定墓誌銘

圖BBE～009
東晉 爨寶子碑

圖BBE～010
北魏 奚真墓誌銘

圖BBE～011
隋 元公墓誌銘

圖BBE～012
北魏 張猛龍碑

圖BBE～013
北魏 鄭道昭 鄭文公碑
北魏 姚伯多造像記

（六）減省不對稱筆畫

圖BAF～001
北魏 吐谷渾墓誌銘

圖BAF～002
北魏 吐谷渾墓誌銘

圖BAF～003
北魏 藍敬親墓誌銘

圖BAF～004
北魏 唐耀墓誌銘

圖BAF～005
北魏 元楨墓誌銘

圖BAF～006
隋 姬氏墓誌銘

圖BAF～007
北魏 唐耀墓誌銘

圖BAF～008
北魏 李超墓誌

圖BAF～009
北魏 元緒墓誌銘

圖BAF～010
唐 虞世南 孔子廟堂碑
唐 褚遂良 倪寬贊

圖BAF～011
北魏 吐谷渾墓誌銘

圖BAF～012
北魏 李璧墓誌銘

圖BAF～013
北魏 劉根造像記

圖BAF～014
北魏 元楨墓誌銘

圖BAF～015
唐 虞世南 孔子廟堂碑

圖BAF～016
北魏 崔敬邕墓誌銘

圖BAF～017
北魏 張猛龍碑

圖BAF～018
北魏 皇甫驎墓誌銘

二：減省形符

圖BB～001

東晉 王洽 快雪堂帖

北魏 鄭道昭 鄭文公下碑

北魏 李超墓誌

北魏 [illegible]墓誌

北魏 張黑女墓誌

隋 智永 真草千字文

唐 歐陽詢 皇甫誕碑

唐 敬客 王居士磚塔銘

叁：借

一：借古文

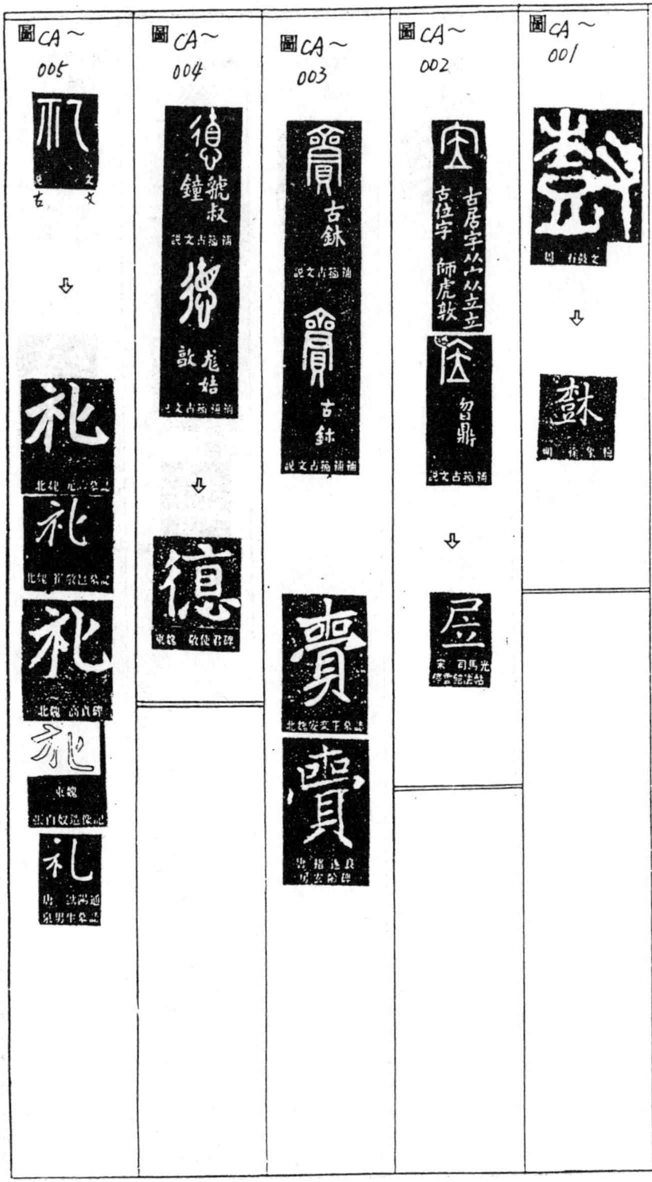

圖CA～001

周 石鼓文

圖CA～002

古居字从山从立

古位字 師虎敦

智鼎

說文古籀補

宋 司馬光

圖CA～003

古鉢

說文古籀補

古鉢

說文古籀補

圖CA～004

虢叔鐘

說文古籀補

說文古籀補

圖CA～005

說文古文

		圖CA～009	圖CA～008	圖CA～007	圖CA～006
		北魏 孟敬訓墓誌銘	說文 古文	說文 古文 ⇩ 隋 姬氏墓誌銘 隋 姬氏墓誌銘	說文 籀文 ⇩ 東晉 王獻之 洛神十三行

二：借小篆

（一）借《說文》正篆者

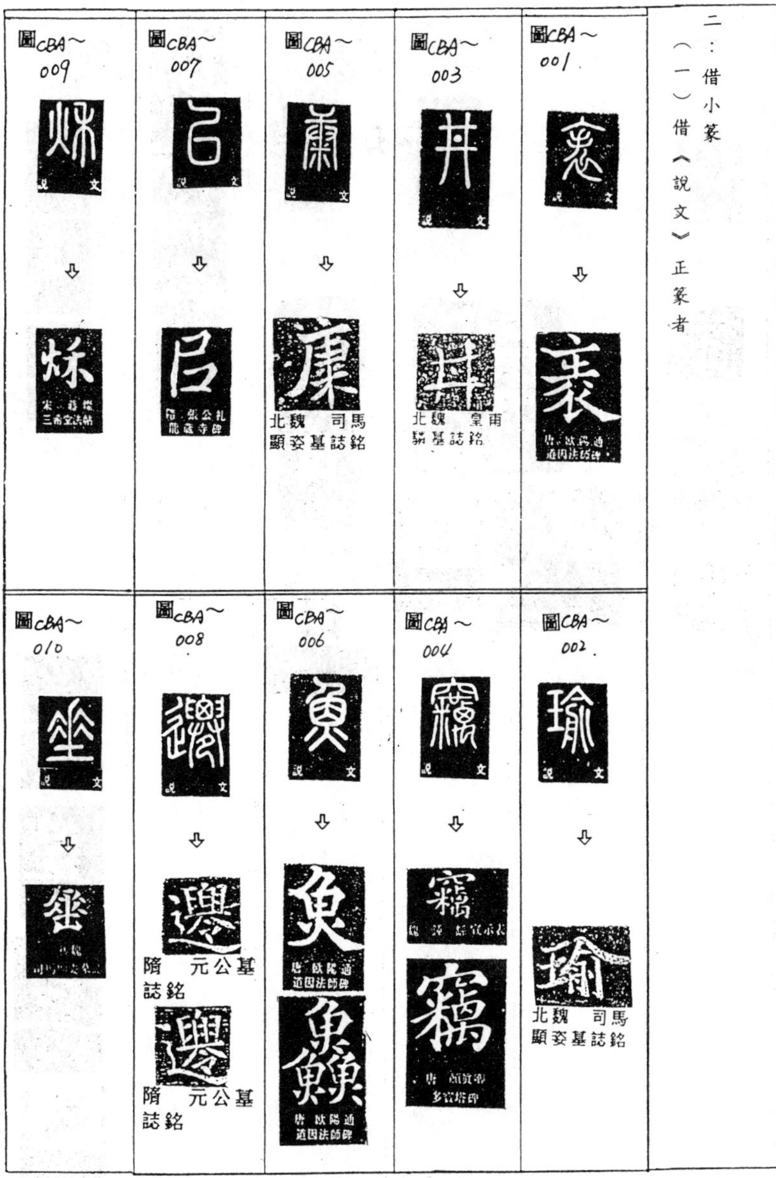

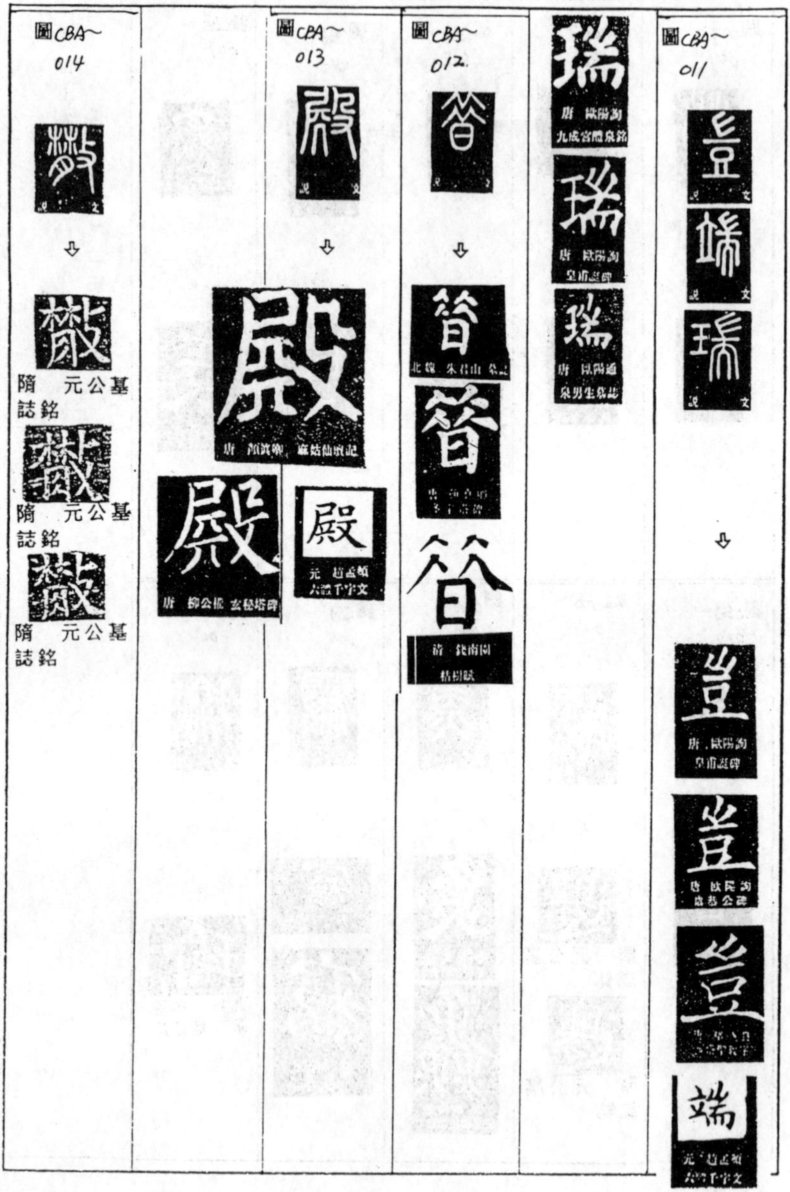

圖CBA~011

說文

說文

說文

唐 歐陽詢 皇甫誕碑

唐 歐陽詢 虞恭公碑

[illegible]

元 趙孟頫 六體千字文

唐 歐陽詢 九成宮醴泉銘

唐 歐陽詢 皇甫誕碑

唐 歐陽通 泉男生墓誌

圖CBA~012

說文

北魏 朱君山墓誌

[illegible]

清 錢南園 梧桐賦

圖CBA~013

說文

唐 顏真卿 麻姑仙壇記

唐 柳公權 玄秘塔碑

元 趙孟頫 六體千字文

圖CBA~014

說文

隋 元公墓誌銘

隋 元公墓誌銘

隋 元公墓誌銘

圖CBA~015.

說文

唐 歐陽詢 皇甫府君碑

唐 褚遂良 雁塔聖教序

圖CBA~016

說文

東晉 王羲之 樂毅論

唐 昭仁寺碑

圖CBA~017

說文

唐 顏眞卿 顏氏家廟碑

唐 顏眞卿 李元靖碑

晉 索靖 出師頌

唐 顏眞卿 李元靖碑

圖CBA~018

說文

北魏 中岳嵩廟碑

東魏 敬使君碑

唐 虞世南 孔子廟堂碑

圖CBA~019

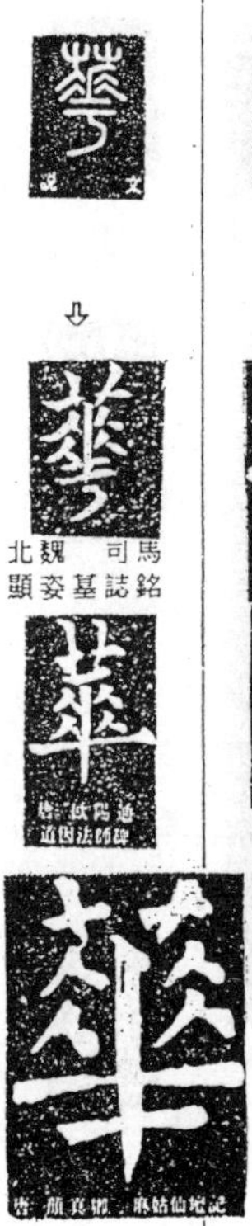

說文

北魏 司馬顯姿墓誌銘

唐 歐陽通 道因法師碑

唐 顏眞卿 麻姑仙壇記

圖CBA～027
說文
唐 顏真卿 東方朔畫像贊
圖CBA～024
說文
唐 顏真卿 李元靖碑
圖CBA～022
說文
宋 蘇軾 赤壁賦
元 趙孟頫 三希堂法帖
圖CBA～020
說文
唐 虞世南 孔子廟堂碑
圖CBA～029
說文
北魏 司馬顯姿墓誌銘
圖CBA～028
說文
唐 昭仁寺碑
圖CBA～026
說文
北魏 司馬顯姿墓誌
圖CBA～025
說文
北魏 高貞碑
圖CBA～023
說文
邳州塔銘
圖CBA～021
說文
唐 顏真卿 麻姑仙壇記

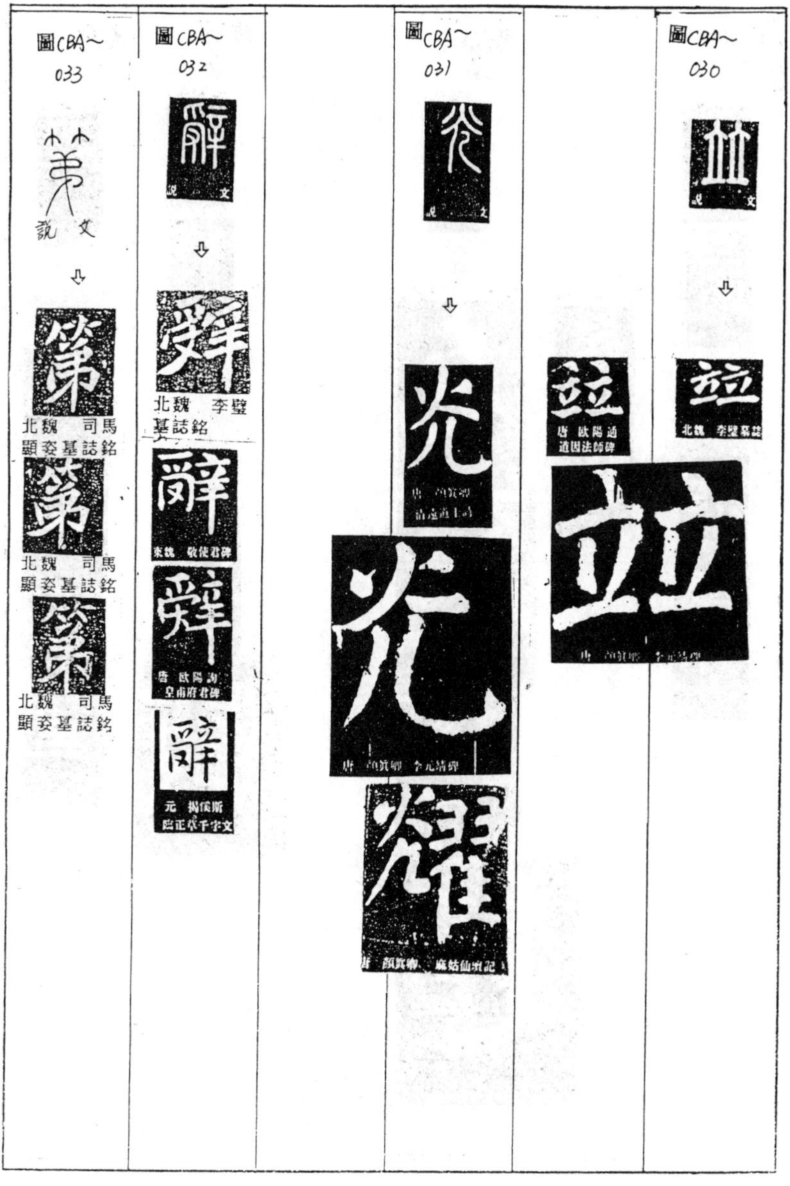

圖CBA~030

說文

北魏 李璧墓誌

唐 歐陽通 道因法師碑

唐 顏真卿 李元靖碑

圖CBA~031

說文

唐 顏真卿 清遠道士詩

唐 顏真卿 李元靖碑

唐 顏真卿 麻姑仙壇記

圖CBA~032

說文

北魏 李璧墓誌銘

東魏 敬使君碑

唐 歐陽詢 皇甫府君碑

元 揭傒斯 臨正草千字文

圖CBA~033

說文

北魏 司馬顯姿墓誌銘

北魏 司馬顯姿墓誌銘

北魏 司馬顯姿墓誌銘

圖CBA~037
說文
說文
唐 褚遂良 孟法師碑
唐 褚遂良 孟法師碑
唐 虞世南 孔子廟堂碑
元 揭傒斯 臨正草千字文
圖CBA~036
說文
唐 柳公權 神策軍碑
唐 顏真卿 麻姑仙壇記
唐 柳公權 玄秘塔碑
唐 顏真卿 李元靖碑
圖CBA~035
說文
說文
唐 歐陽通 道因法師碑
唐 顏真卿 麻姑仙壇記
圖CBA~034
說文
唐 歐陽詢 九成宮醴泉銘
唐 歐陽詢 皇甫誕碑

圖CBA~038

說文

隸書

北魏 孫秋生造像記

唐 褚遂良 伊闕佛龕碑

唐 歐陽詢 皇甫府君碑

圖CBA~039

說文

唐 顏真卿 顏氏家廟碑

唐 顏真卿 麻姑仙壇記

圖CBA~040

說文

北魏 朱君山墓誌

唐 顏真卿 竹山堂聯句

圖CBA~041

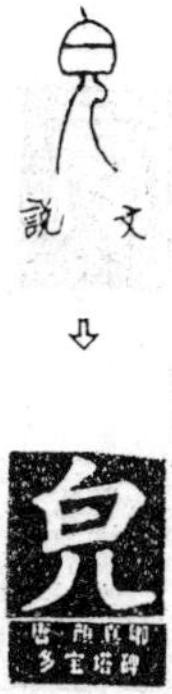

說文

唐 顏真卿 多宝塔碑

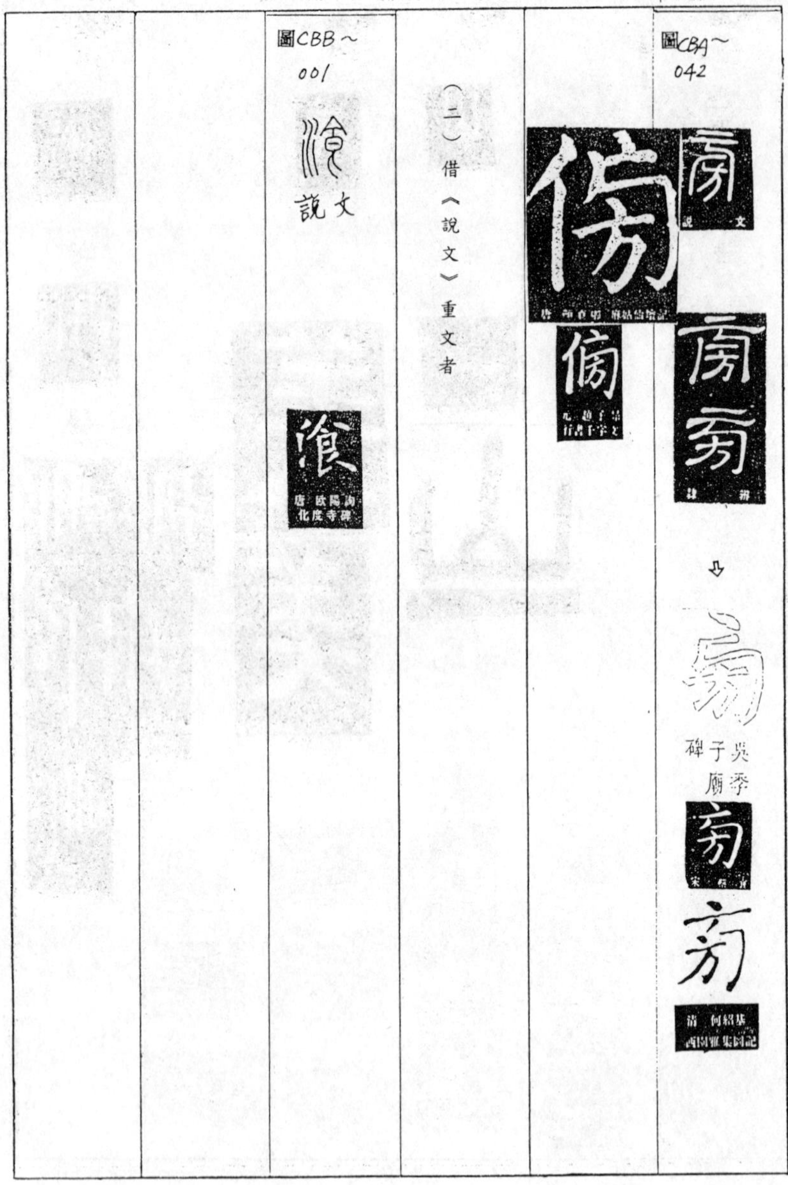
圖CBB～001
說文
唐 歐陽詢 化度寺碑
（二）借《說文》重文者
圖CBA～042
說文
唐 顏真卿 麻姑仙壇記
元 趙子昂 行書千字文
隸辨
吳季子廟碑
宋 蔡襄
清 何紹基 西園雅集圖記

三：借隸書

（一）增

1：增益筆畫

（1）增點

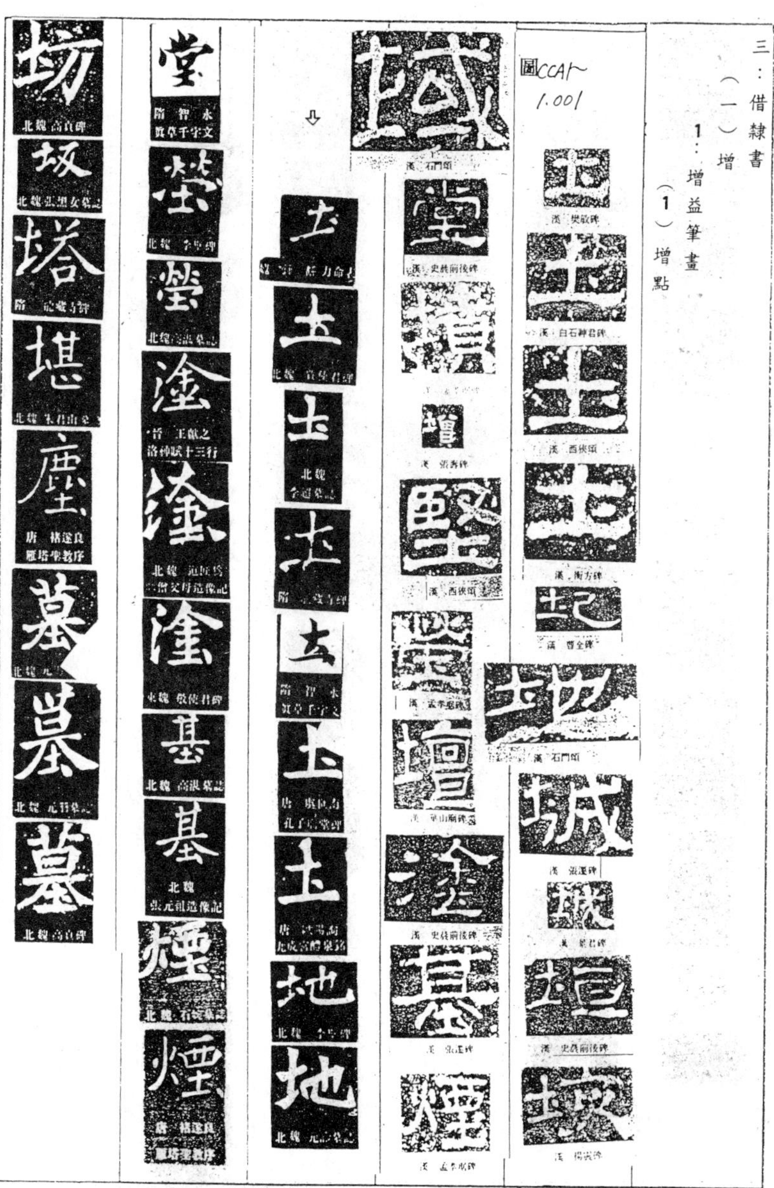

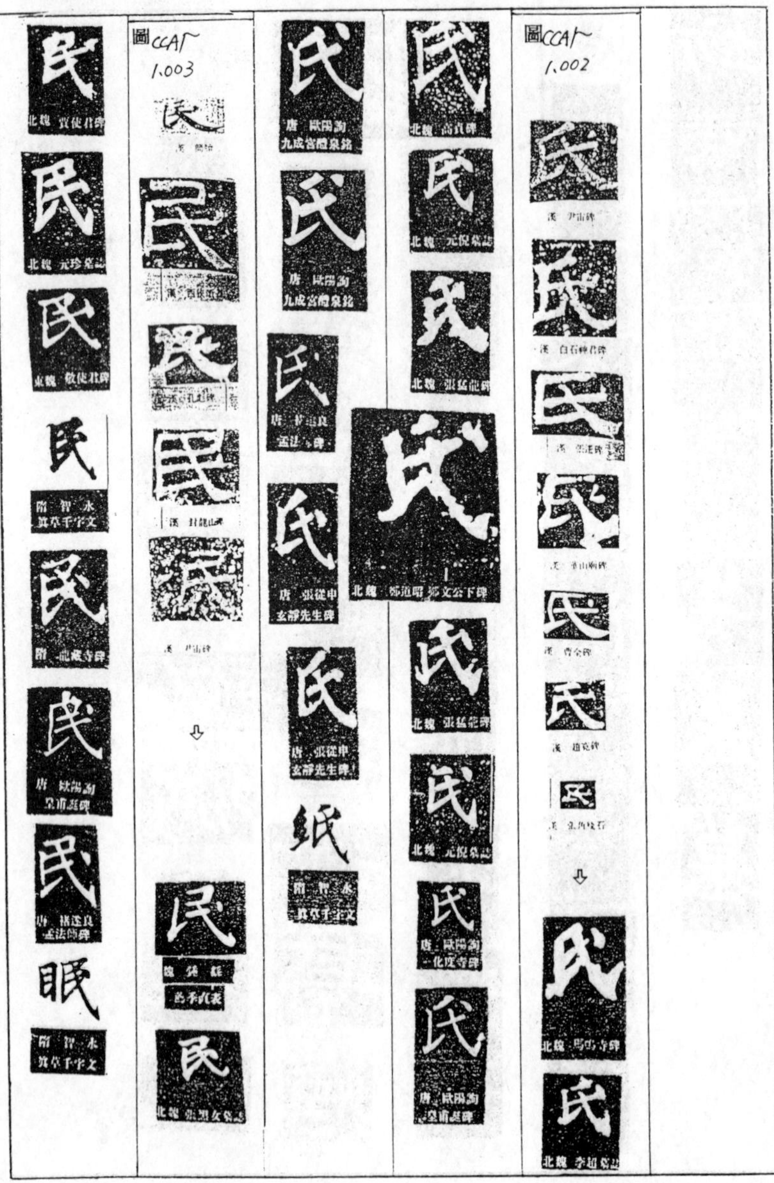

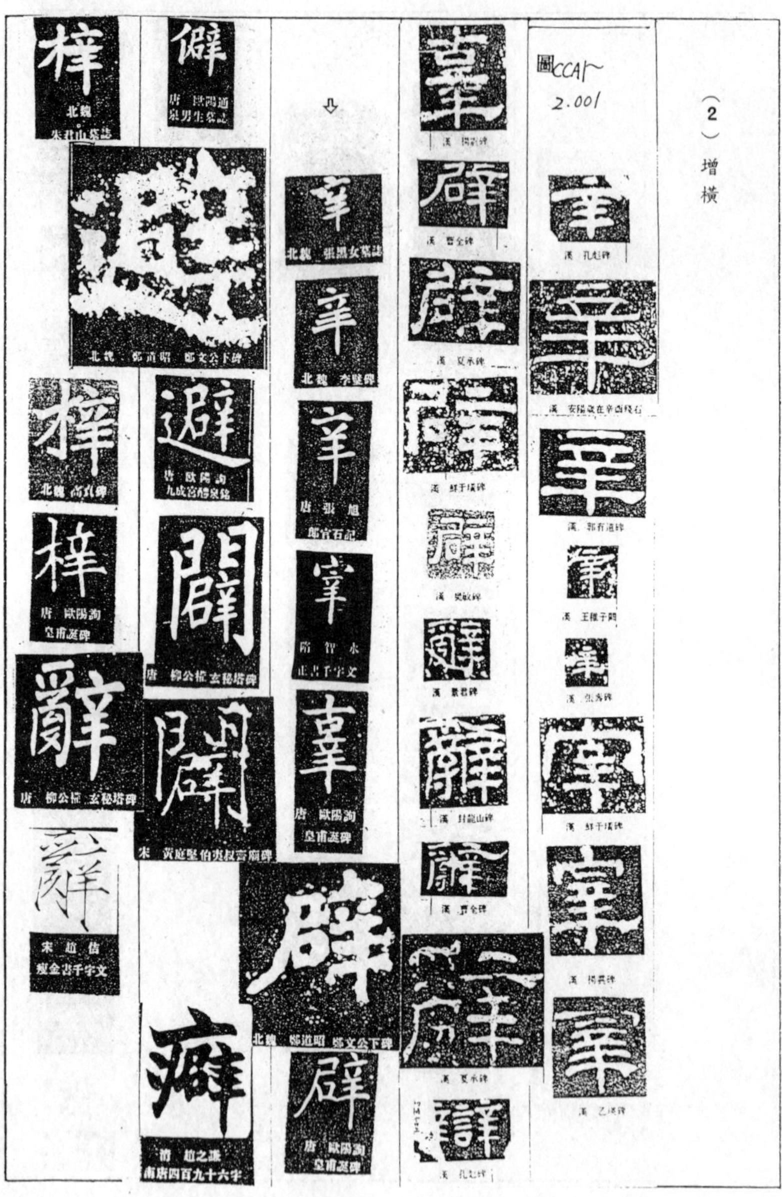

北魏 朱君山墓誌
唐 歐陽通 泉男生墓誌
北魏 鄭道昭 鄭文公下碑
北魏 高貞碑
唐 歐陽詢 九成宮醴泉銘
唐 歐陽詢 皇甫誕碑
唐 柳公權 玄秘塔碑
唐 柳公權 玄秘塔碑
宋 黃庭堅 伯夷叔齊廟碑
宋 趙佶 瘦金書千字文
清 趙之謙 南唐四百九十六字
北魏 張黑女墓誌
北魏 李璧碑
唐 張旭 郎官石記
隋 智永 正書千字文
唐 歐陽詢 皇甫誕碑
北魏 鄭道昭 鄭文公下碑
唐 歐陽詢 皇甫誕碑
漢 曹全碑
漢 夏承碑
漢 鮮于璜碑
漢 樊敏碑
漢 景君碑
漢 封龍山碑
漢 曹全碑
漢 夏承碑
漢 孔彪碑
(2) 增橫
漢 孔彪碑
漢 郭有道碑
漢 王稚子闕
漢 鮮于璜碑
漢 楊震碑
漢 乙瑛碑

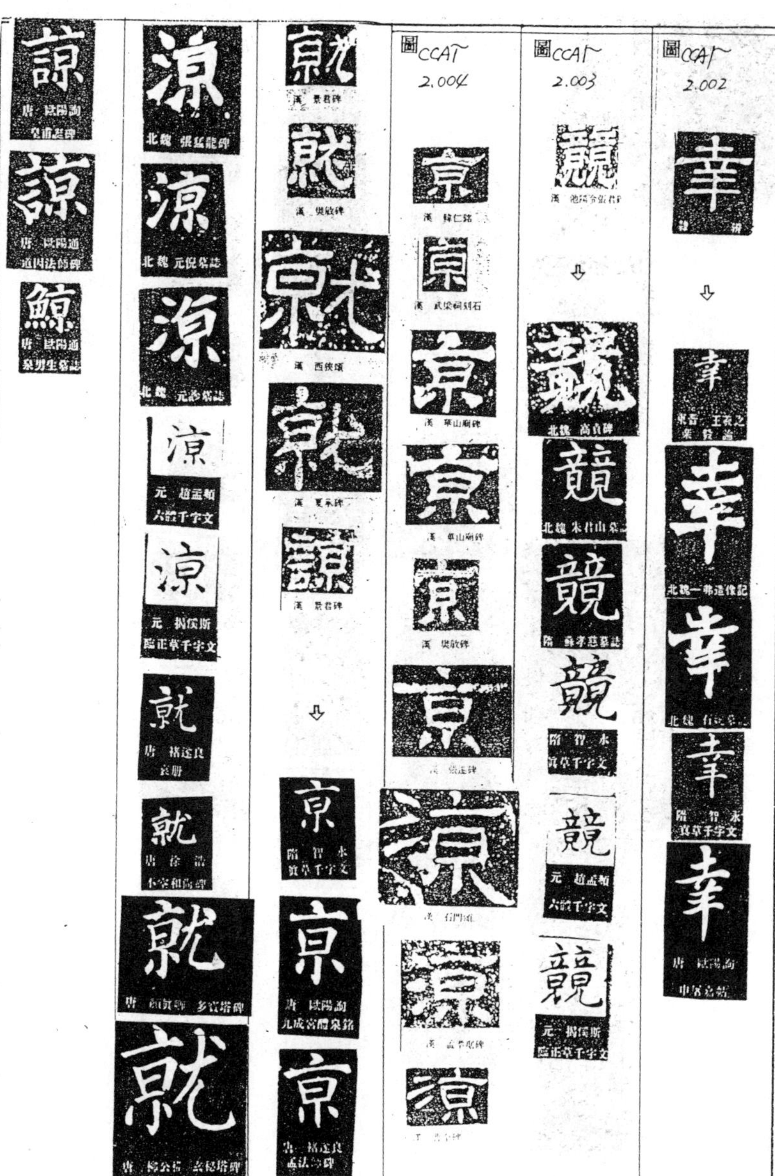

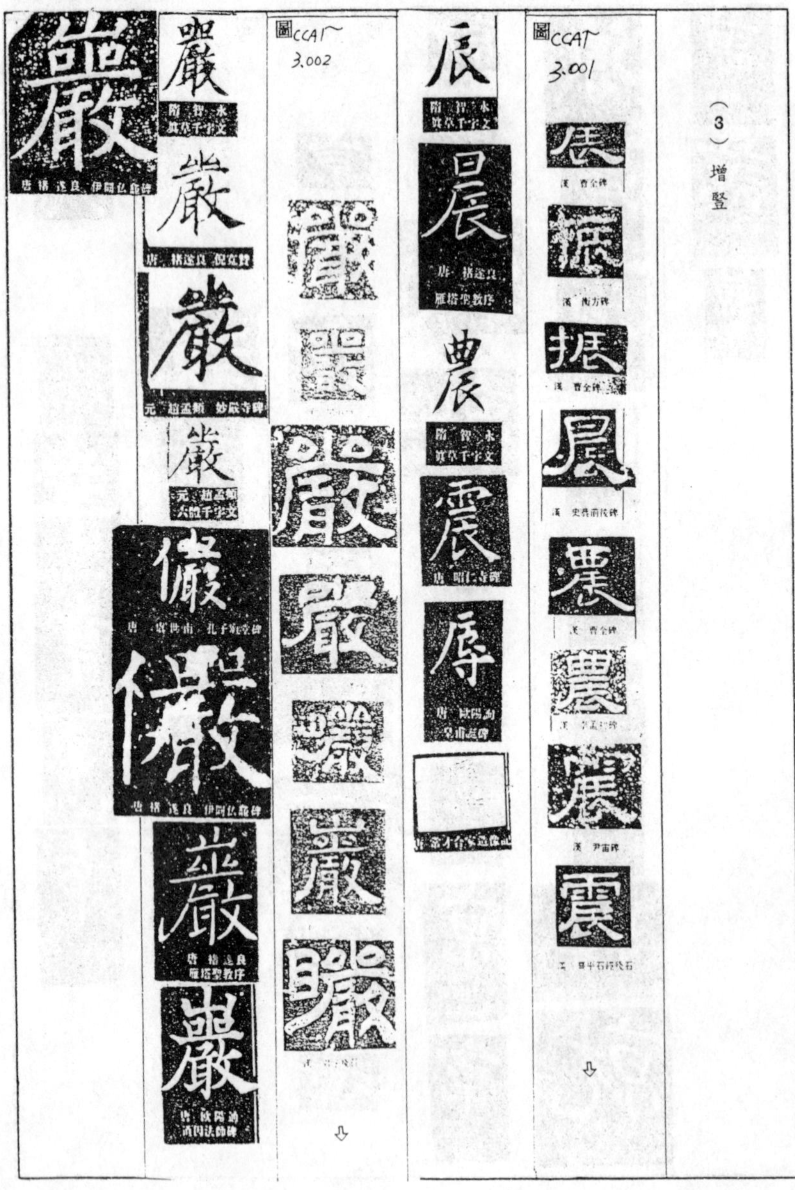

2：增益形符 （1）所增形符與原字義可通者		圖CCA1~3.002 漢 萊子侯刻石 漢 五鳳刻石 ⇩ 北魏 蕭顯慶 孫秋生等二百人造像記 元 趙孟頫 六體千字文 元 揭傒斯 臨正草千字文	圖CCA1~3.001 漢 西狹頌 漢 [illegible] 漢 封龍山碑 漢 尹宙碑 漢 魯峻碑 漢 孔彪碑 ⇩ 北魏 朱君山墓誌	（5）增益對稱筆畫	圖CCA1~4.004 漢 [illegible] ⇩ 北魏 李璧碑 圖CCA1~4.005 [illegible] ⇩ 北魏 [illegible]

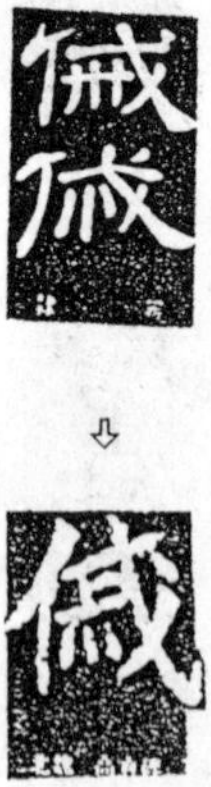

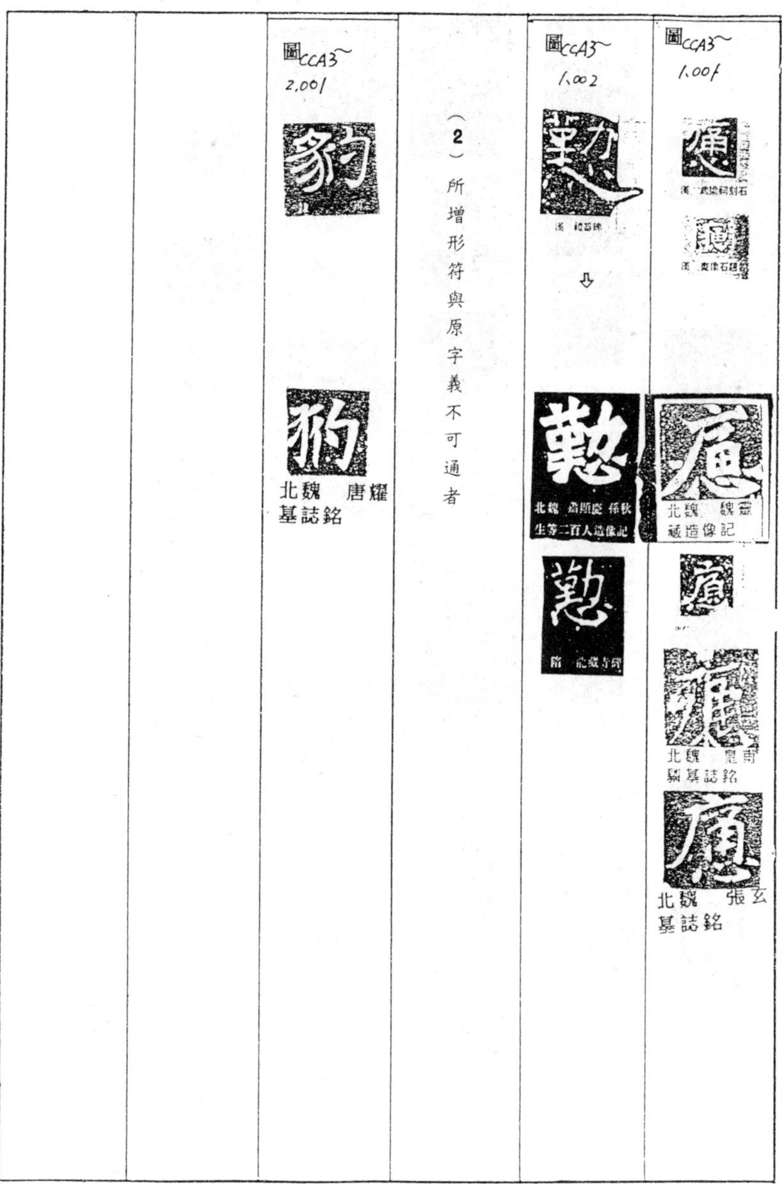
圖CCA3~2,001
北魏 唐耀墓誌銘
(2)所增形符與原字義不可通者
圖CCA3~1,002
北魏 齊題慶 係秋生等二百人造像記
圖CCA3~1,001
北魏 魏靈藏造像記
北魏 張玄墓誌銘

二：減

1：減省筆畫

（1）減點

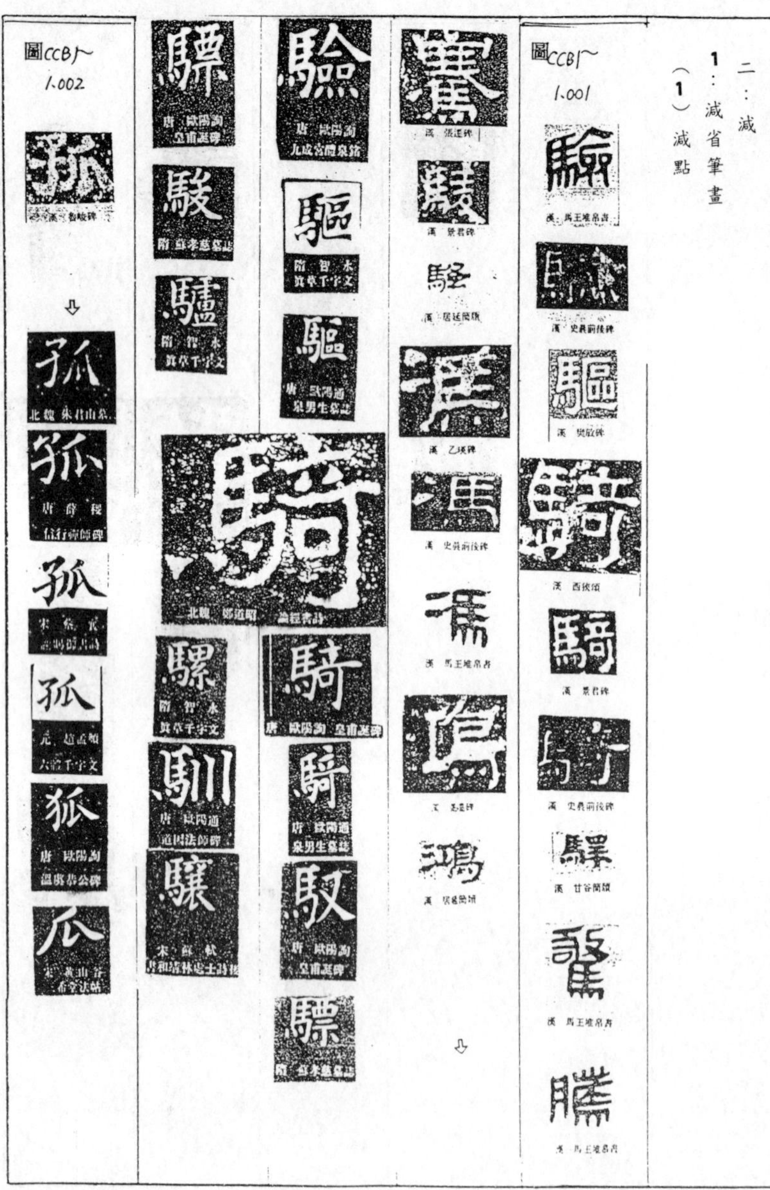

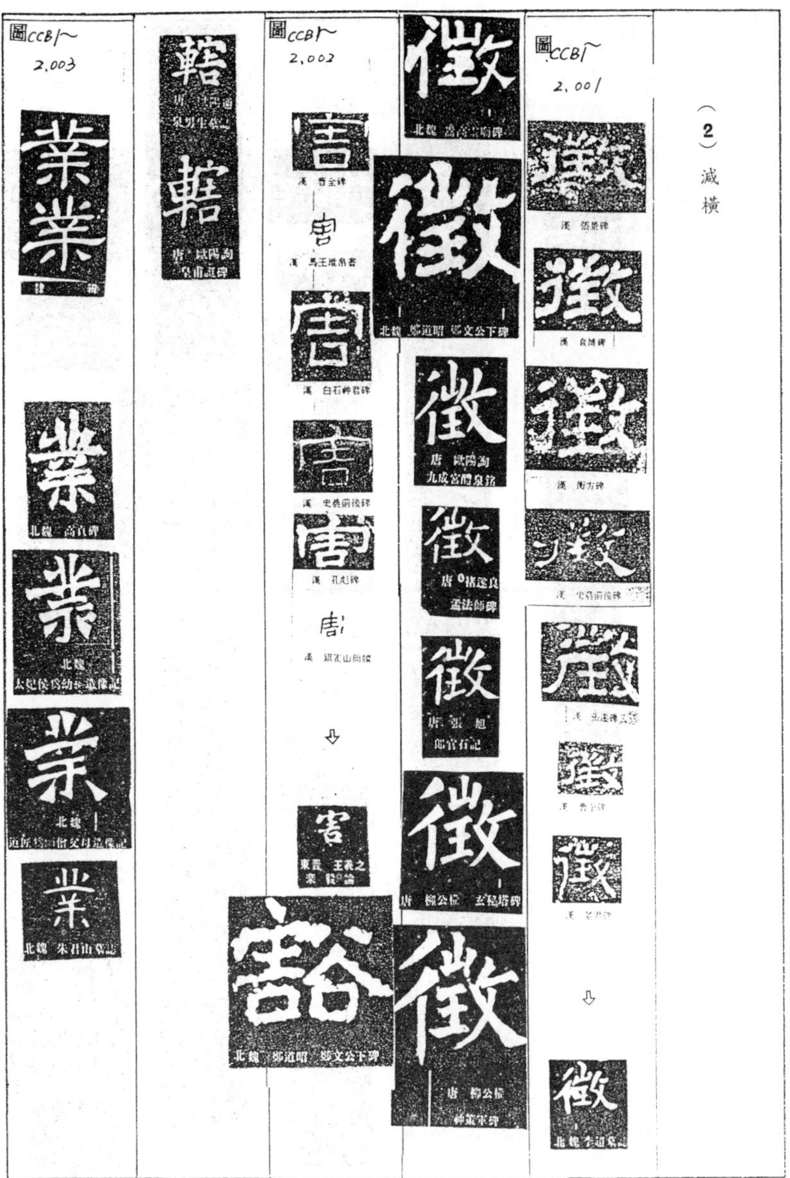

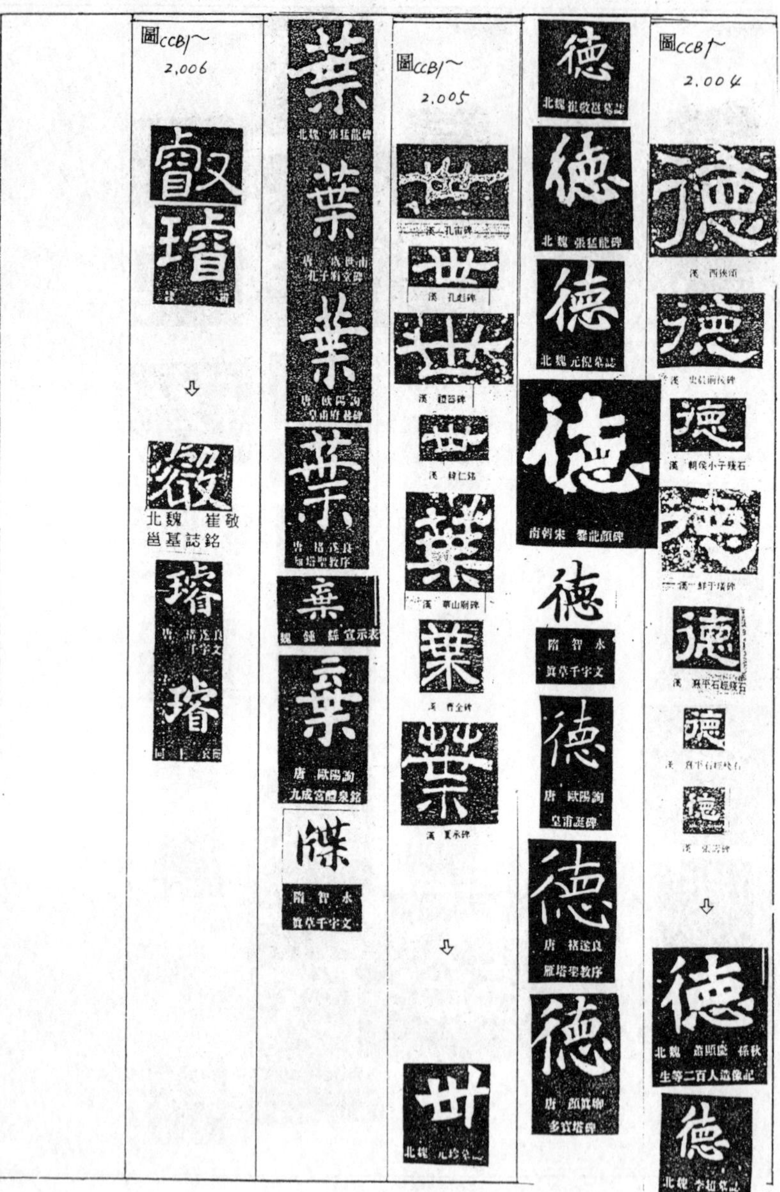

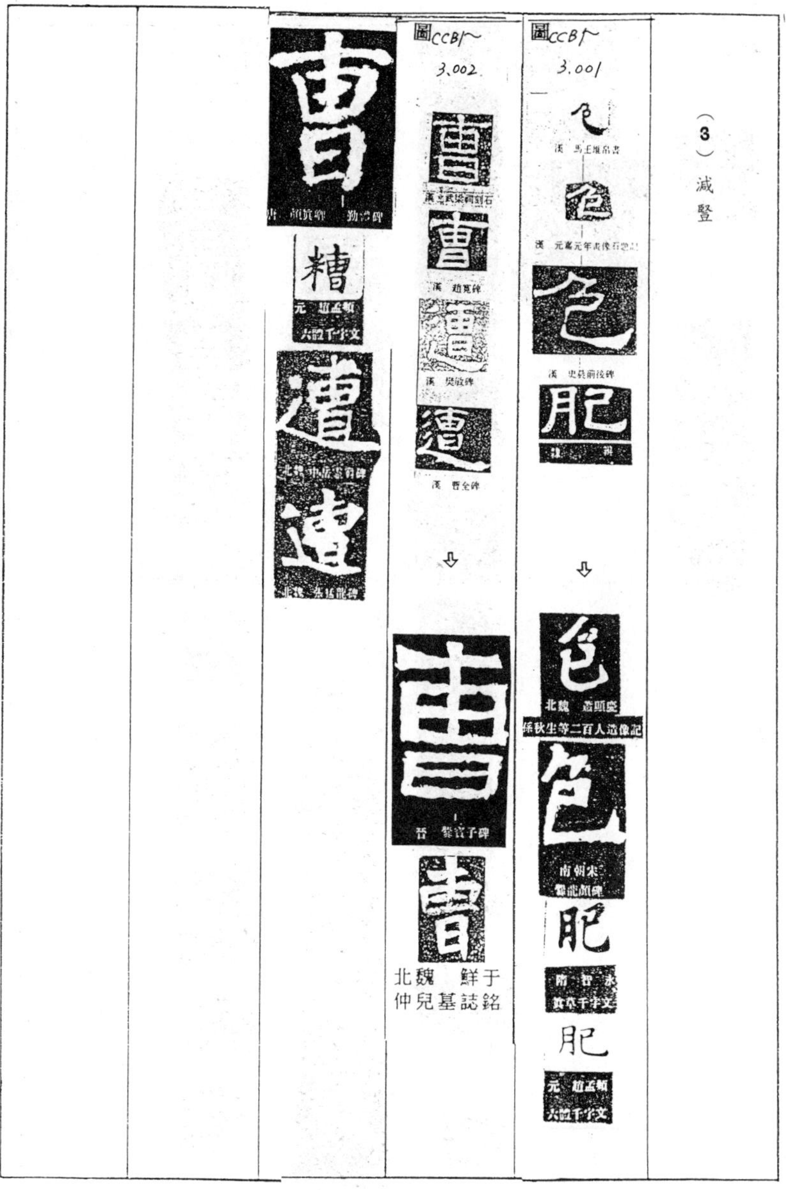
圖CCB1~ 3.002
圖CCB1~ 3.001
(3) 減豎
北魏 鮮于仲兒墓誌銘

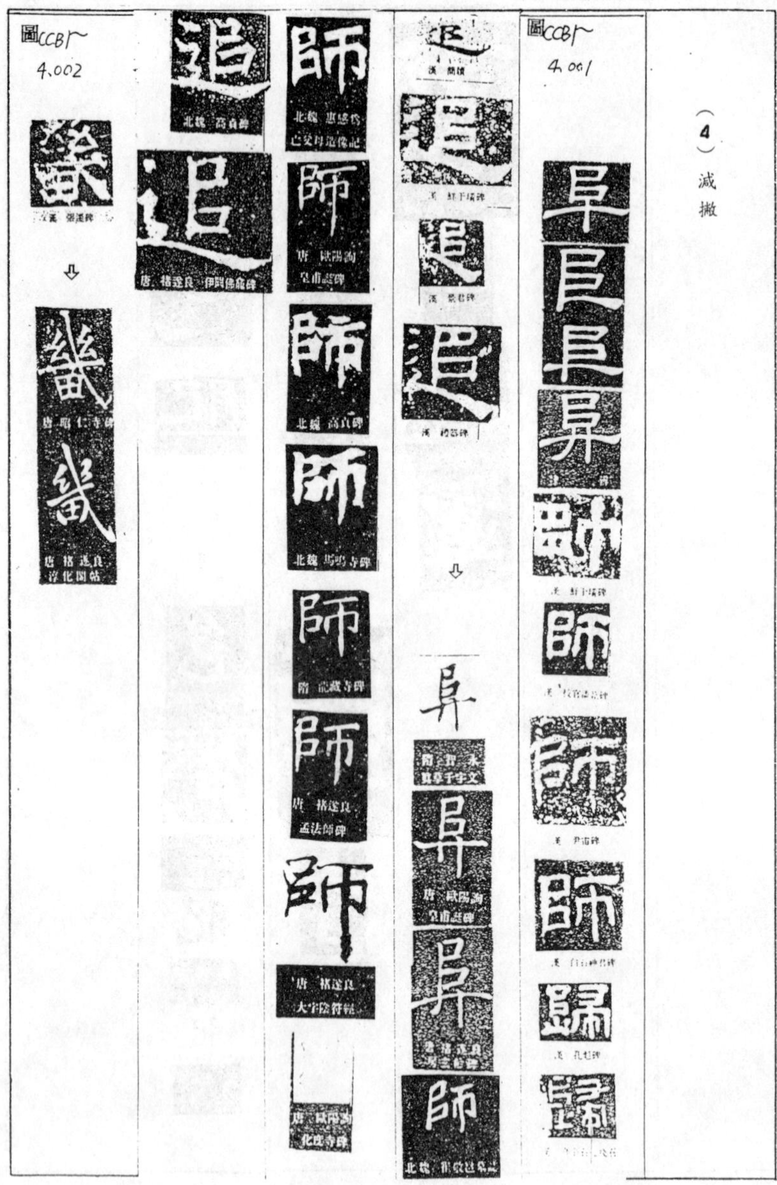

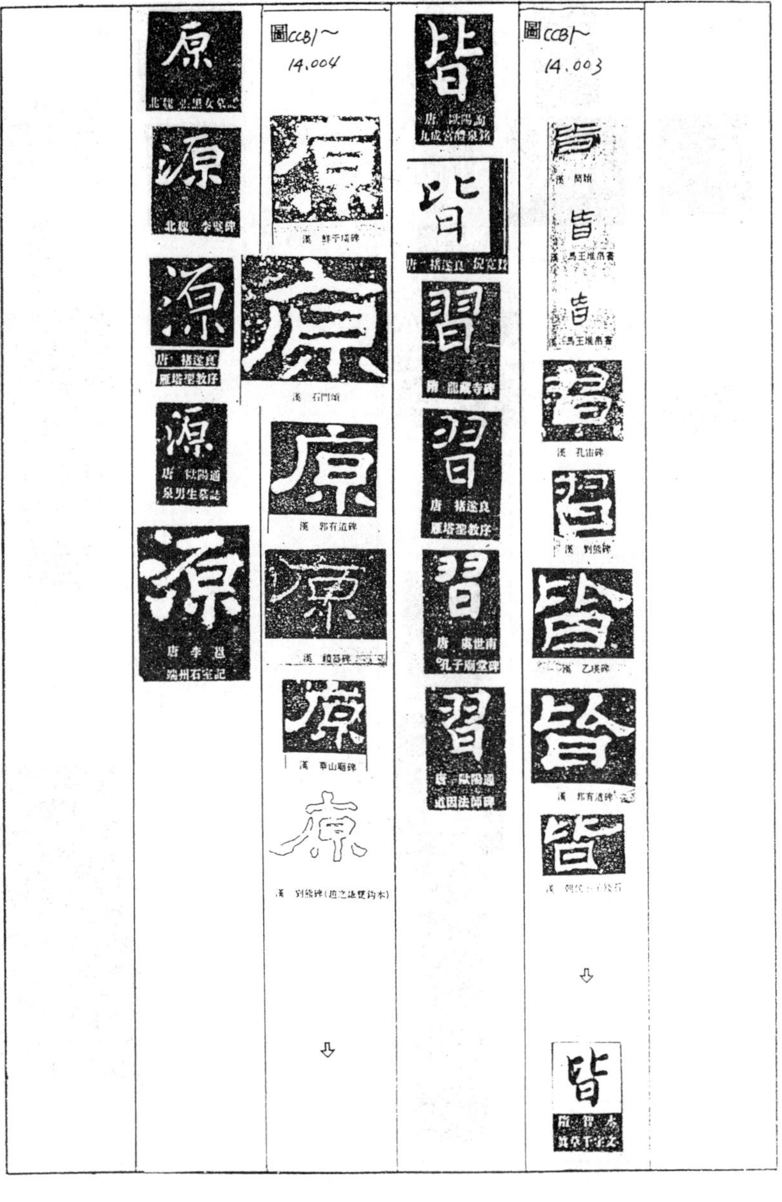

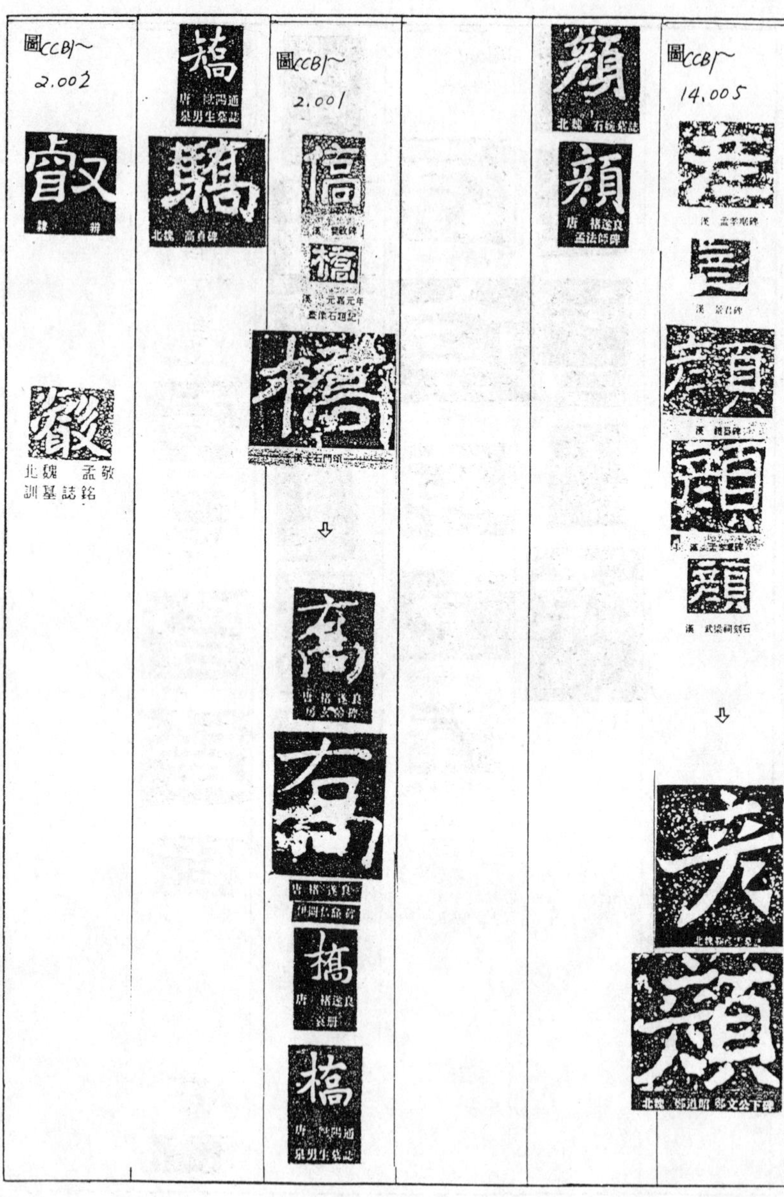

圖CCB1~2.002
隸辨
北魏 孟敬訓墓誌銘
唐 歐陽通 泉男生墓誌
北魏 高貞碑
圖CCB1~2.001
漢 元嘉元年 畫像石題記
漢 石門頌
唐 褚遂良 房玄齡碑
唐 褚遂良 伊闕佛龕碑
唐 褚遂良 哀冊
唐 歐陽通 泉男生墓誌
北魏 石婉墓誌
唐 褚遂良 孟法師碑
圖CCB1~14.005
漢 孟孝琚碑
漢 景君碑
漢 武梁祠刻石
北魏 鄭道昭 鄭文公下碑

		北魏 惠感造像記 北魏 顯祖成嬪墓誌銘 北魏 顯祖成嬪墓誌銘 北魏 劉根造像記 北魏 劉根造像記 北魏 劉根造像記	圖CCB1~1.002 隸 辨 ⇩ 晉 爨寶子碑 北魏 孫秋生造像記 北魏 邑頭虔孫秋生等二百人造像記 北魏 吐谷渾墓誌銘	圖CCB1~1.001 漢 景君碑 北魏 高洪墓誌	（5）減省重複形符

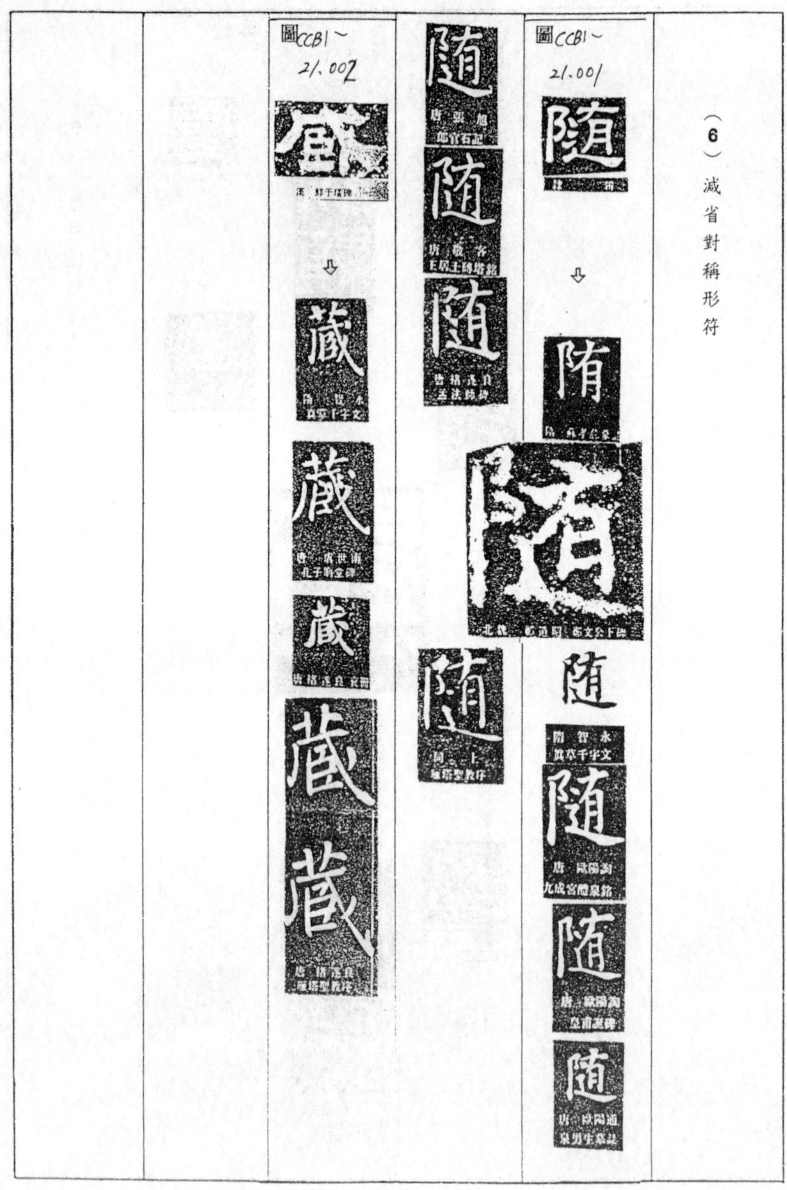

（6）減省對稱形符

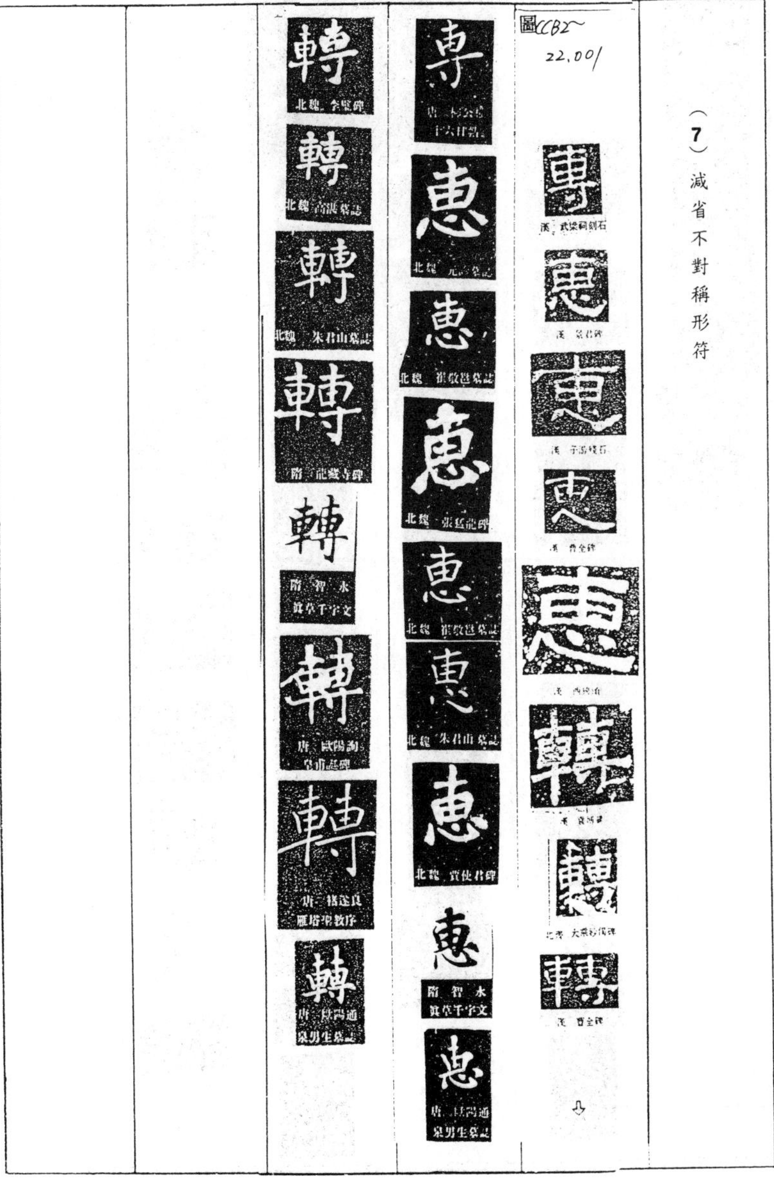
(7) 減省不對稱形符
北魏 高湛墓誌
北魏 朱君山墓誌
隋 智永 真草千字文
唐 歐陽詢 皇甫誕碑
唐 褚遂良 雁塔聖教序
北魏 崔敬邕墓誌
北魏 張猛龍碑
北魏 賈使君碑
漢 武梁祠刻石

（三）借

1：借小篆

圖CCC~003

漢 曹全碑

漢 孟孝琚碑

漢 韓仁銘

北魏 一弗造像記

北魏 張玄墓誌

北魏 鄭道昭 鄭文公下碑

（四）換

1：移換位置

（1）上下易為左右

圖CCD1-001

漢 楊震碑

⇩

北魏 楊大眼為孝文皇帝造像記

北魏 李璧碑

北魏 解伯達造像記

北魏 魏靈藏造像記

北魏 元詳造像記

北魏 蕭顯慶 孫秋生等二百人造像記

唐 歐陽詢 皇甫誕碑

唐 歐陽詢 九成宮醴泉銘

唐 虞世南 孔子廟堂碑

唐 歐陽通 泉男生墓誌

唐 柳公權 神策軍碑

唐 裴休 圭峯定慧禪師碑

宋 趙佶 瘦金書千字文

圖CCD1-002

漢 石門頌

⇩

北魏 張猛龍碑

（2）左右易為上下

圖CCD2-001

漢 西狹頌

漢 曹全碑

漢 孔宙碑

⇩

唐 褚遂良 孟法師碑

唐 歐陽詢 皇甫府君碑

（3）左右互易	圖CCD5~001	圖CCD3~002	（4）正易為偏	圖CCD4~001	（5）偏易為正
	漢 婁壽碑	隸辨		漢 孔彪碑	
	⇩	⇩		⇩	
	隋 智永 真草千字文	北魏 崔敬邕墓誌		北魏 魏靈藏造像記	
	唐 褚遂良 房玄齡碑				
		圖CCD3~003		圖CCD4~002	
		隸辨		隸辨	
		⇩		⇩	
		隋 蘇孝慈墓誌銘		東魏 敬使君碑	

圖CCD5 001	(6) 偏移至左	圖CCP6 001	(7) 下移至上	圖CCP7 001
隸辨		隸辨		隸辨
⇩		⇩		⇩
北魏 元珍墓誌		北魏 孫秋生造像記		北魏 高貞碑
北魏 皇甫驎墓誌銘		北魏 張猛龍碑		南朝宋 爨龍顏碑
北魏 皇甫驎墓誌銘		南朝宋 爨龍顏碑		
北魏 奚真墓誌銘				
北魏 元顯儁墓誌銘				

（五）長

1：使筆畫間之關係產生變異者

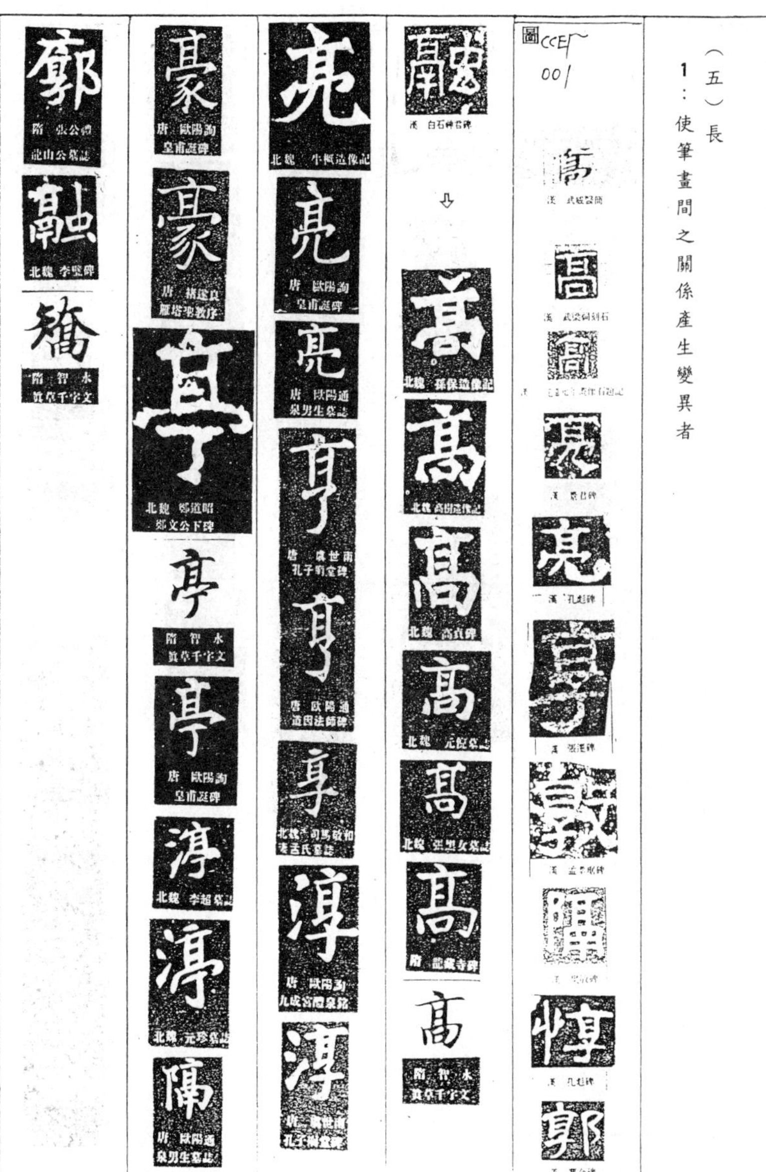

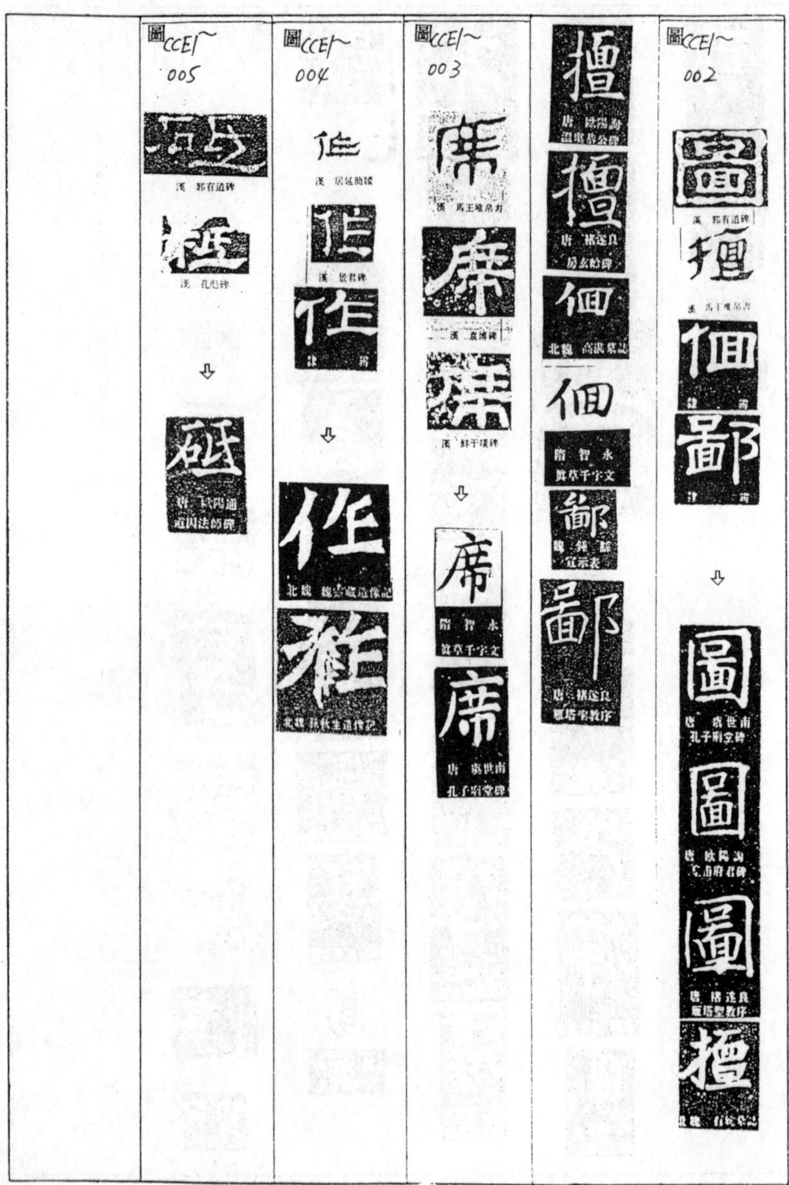

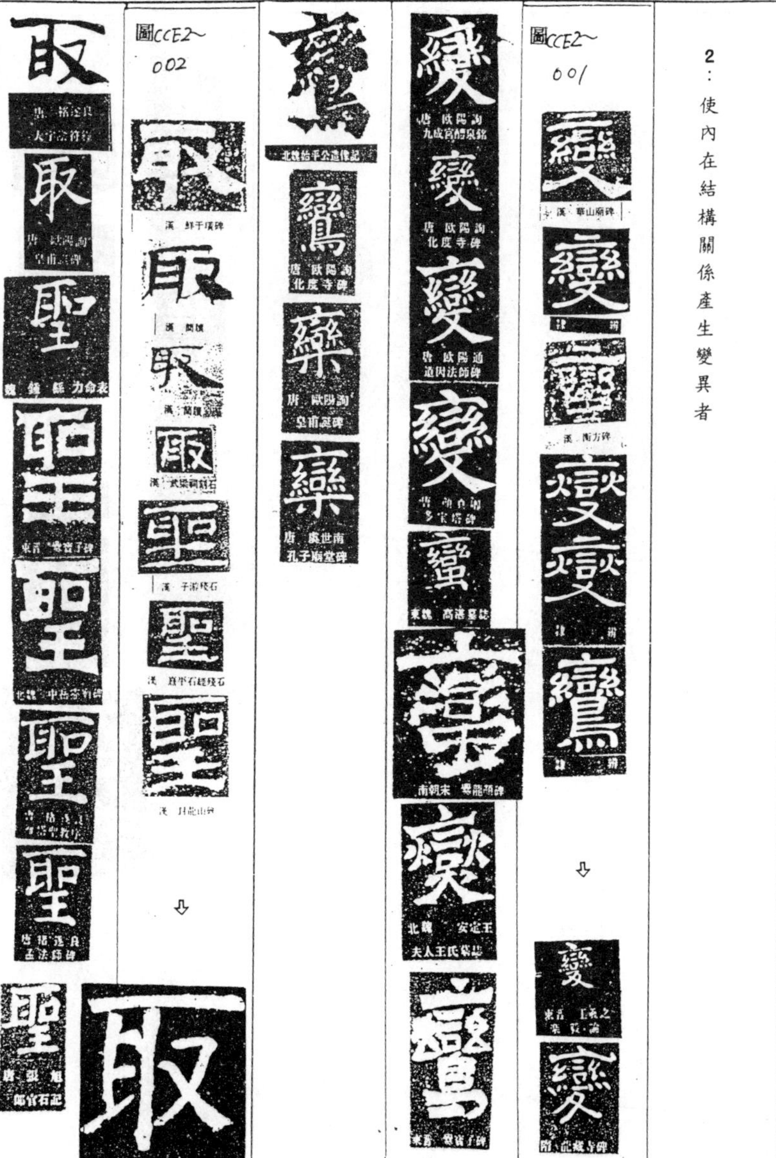

2：使內在結構關係產生變異者

				圖CCE2~004 隸辨 唐 褚遂良 千字文	圖CCE2~003 漢 禮器碑 漢 孔彪碑 唐 褚遂良 倪寬贊 唐 歐陽通 道因法師碑 金 王庭筠 重修蜀先主廟碑

（六）短

1：使筆畫間之關係產生變異者

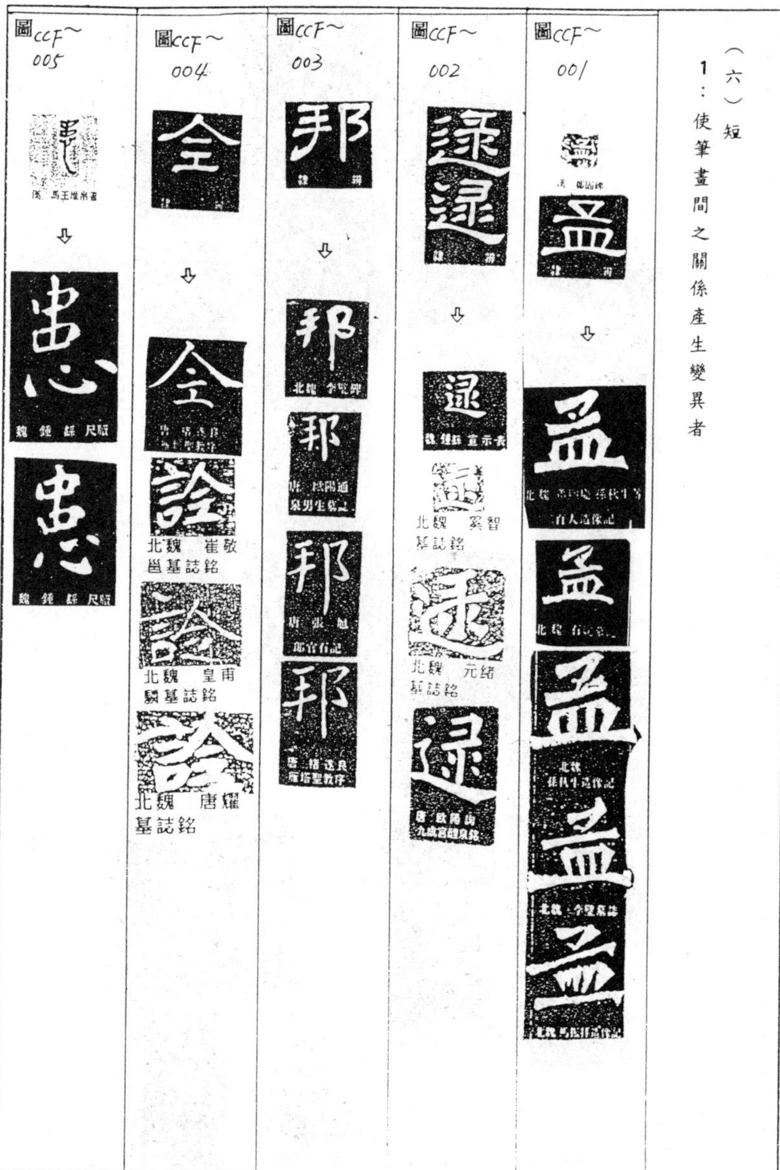

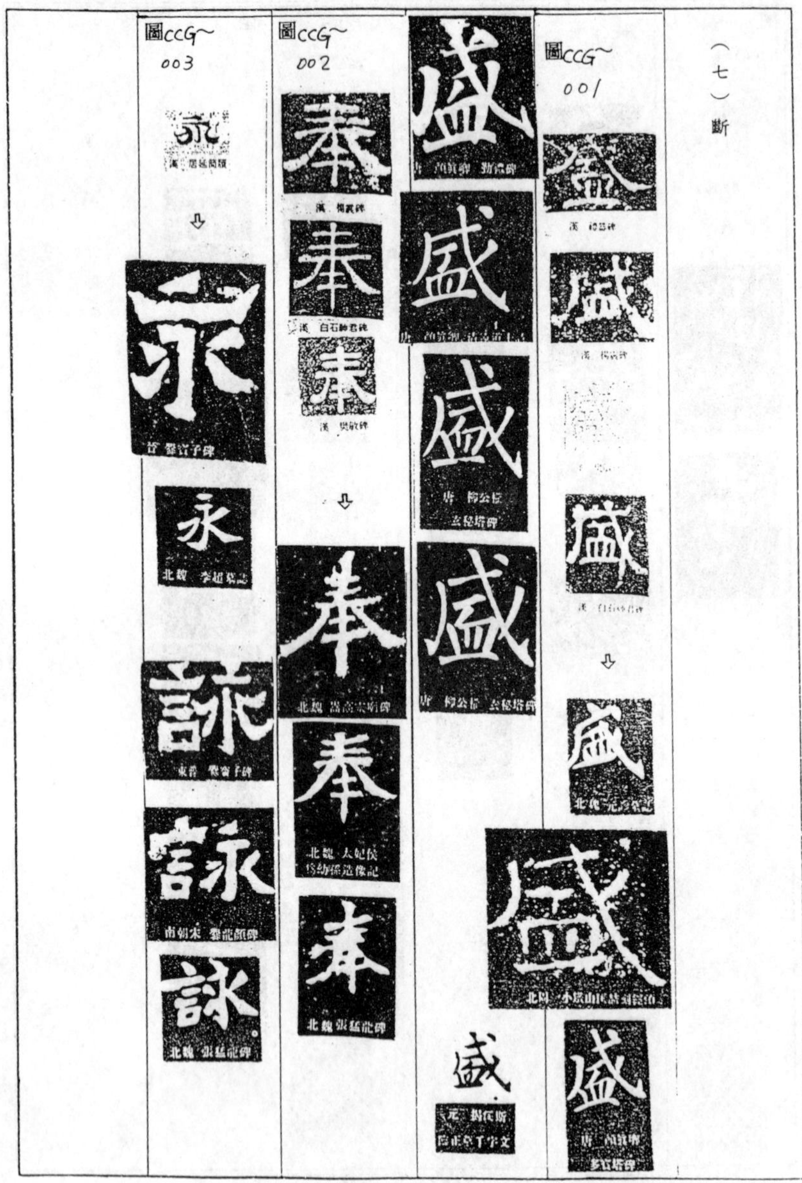

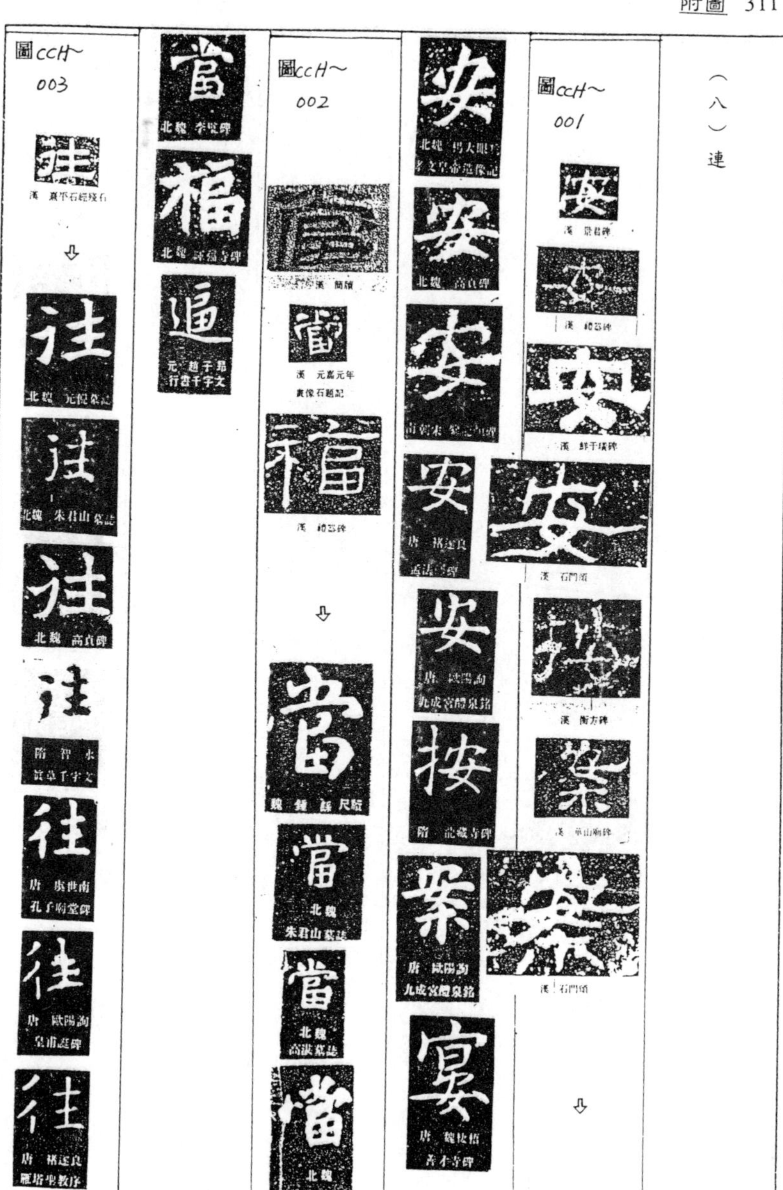
圖CCH~003
漢 熹平石經殘石
北魏 元倪墓誌
北魏 朱君山墓誌
北魏 高貞碑
隋 智永 真草千字文
唐 虞世南 孔子廟堂碑
唐 歐陽詢 皇甫誕碑
唐 褚遂良 雁塔聖教序
北魏 李璧碑
北魏 暉福寺碑
元 趙孟頫 行書千字文
圖CCH~002
漢 開母闕
漢 元嘉元年 畫像石題記
漢 禮器碑
魏 鍾繇 尺牘
北魏 朱君山墓誌
北魏 高湛墓誌
北魏 張猛龍碑
北魏 孝文皇帝造像記
北魏 高貞碑
唐 褚遂良
唐 歐陽詢 九成宮醴泉銘
隋 龍藏寺碑
唐 歐陽詢 九成宮醴泉銘
唐 魏棲梧 善才寺碑
圖CCH~001
漢 景君碑
漢 禮器碑
漢 鮮于璜碑
漢 石門頌
漢 衡方碑
漢 華山廟碑
漢 石門頌
（八）連

圖CCH~004

漢 武梁祠刻石

漢 張遷碑

⇩

唐 褚遂良 雁塔聖教序

唐 褚遂良 雁塔聖教序

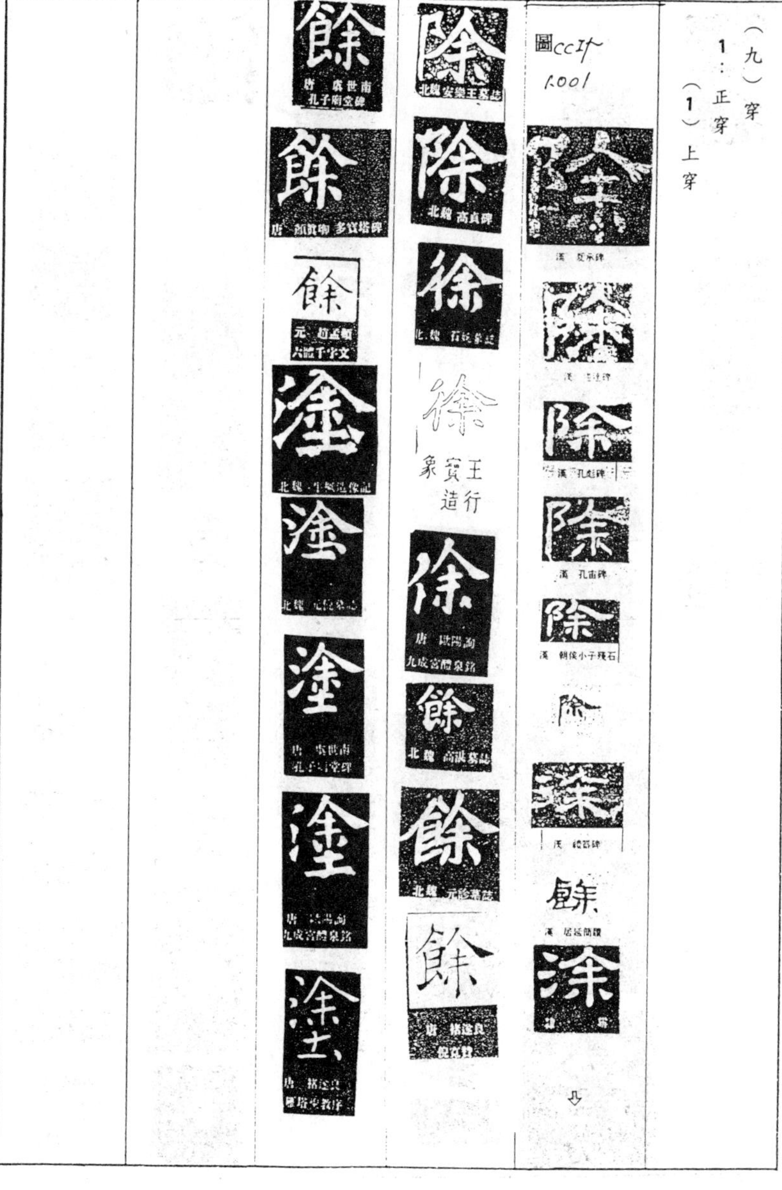
（九）穿
1：正穿
（1）上穿
唐 虞世南 孔子廟堂碑
唐 顏真卿 多寶塔碑
元 趙孟頫 六體千字文
唐 歐陽詢 九成宮醴泉銘
唐 褚遂良 雁塔聖教序
北魏 高貞碑
北魏 高湛墓誌
王行 賓造象
漢 孔宙碑
漢 朝侯小子殘石
漢 居延簡牘

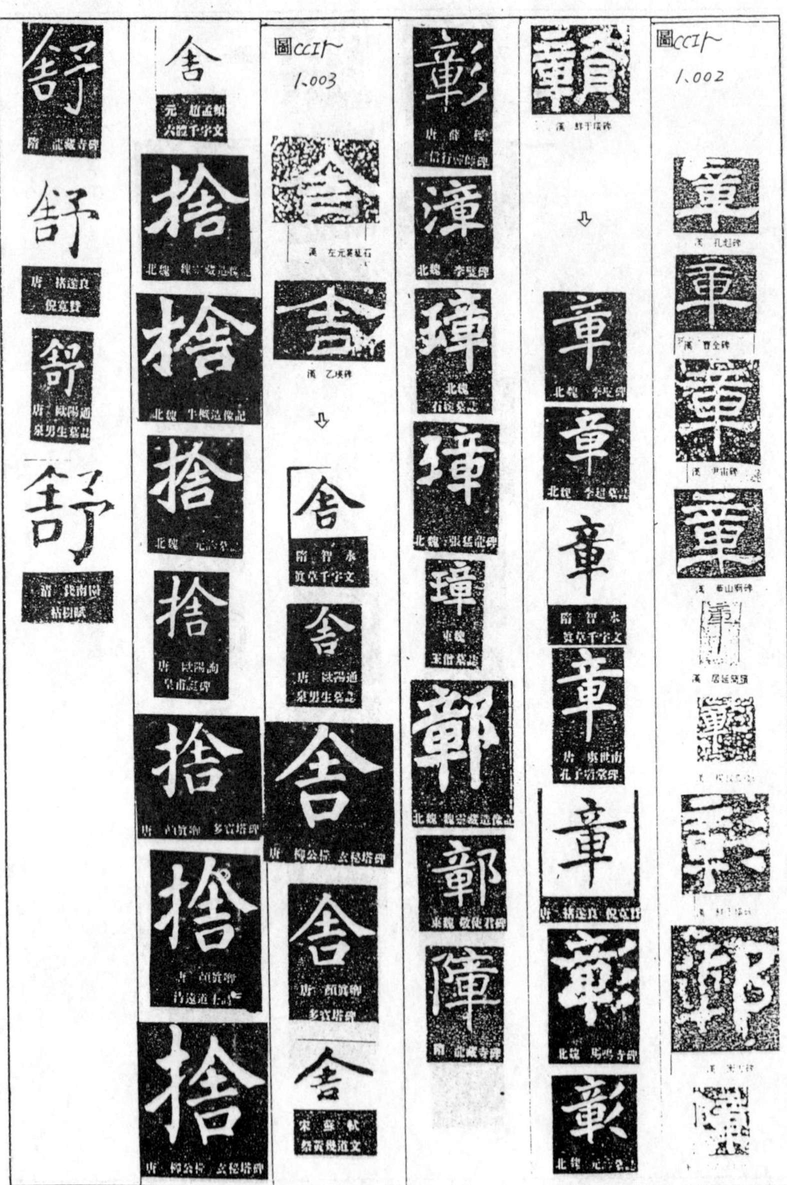

圖CCI～ 1.003
圖CCI～ 1.002

圖CCI卜 1.004

漢 池陽令張君殘碑

漢 開通褒斜道刻石

漢 曹全碑

⇩

北魏 楊大眼爲孝文皇帝造像記

北魏 元倪墓誌

北魏 元診墓誌

隋 龍藏寺碑

唐 張旭 郎官石記

圖CCI卜 1.005

⇩

北魏 安樂王墓誌

圖CCI卜 1.006

漢 元嘉元年畫像石題記

⇩

元 趙孟頫 六體千字文

唐 虞世南 孔子廟堂碑

唐 歐陽詢 九成宮醴泉銘

圖CCI卜 1.007

漢 魯峻碑

漢 樊敏碑

漢 乙瑛碑

漢 鮮于璜碑

漢 武梁祠刻石

漢 張遷碑

漢 曹全碑

⇩

魏 鍾繇 賀捷表

（2）下穿

圖CCI卜 2.001

⇩

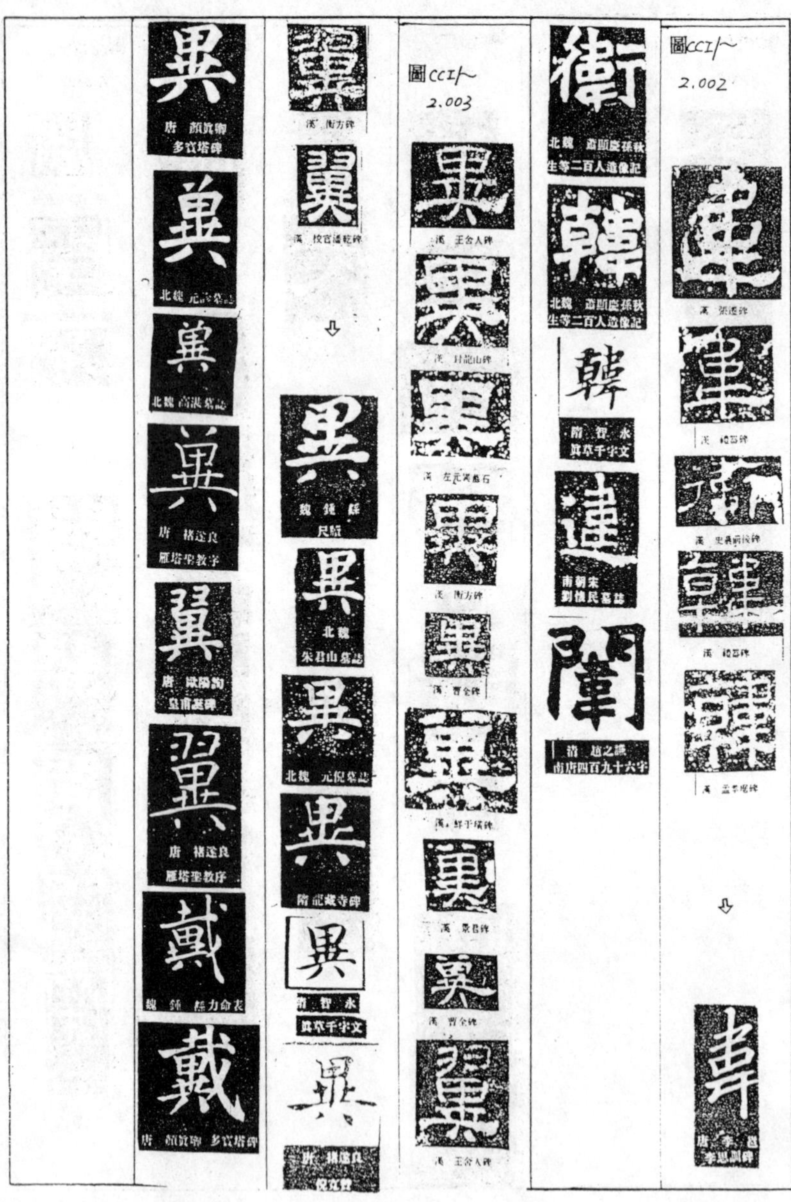

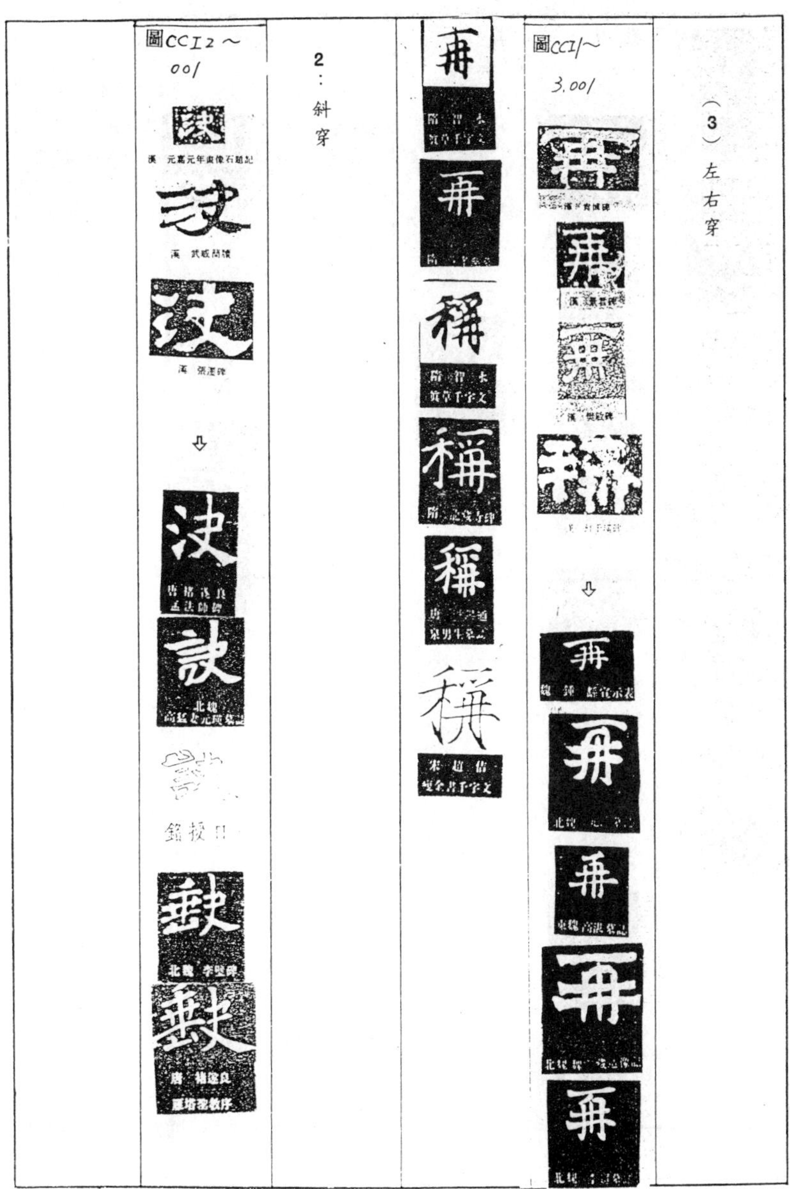
圖CCI2～001
漢 元嘉元年畫像石題記
漢 武威簡牘
漢 張遷碑
唐 褚遂良 孟法師碑
北魏 高猛妻元瑛墓誌
北魏 李璧碑
唐 褚遂良 雁塔聖教序
2：斜穿
隋 智永 真草千字文
隋 智永 真草千字文
宋 趙佶 瘦金書千字文
圖CCI1～3.001
（3）左右穿
漢 樊敏碑
魏 鍾繇 宣示表
東魏 高湛墓誌

（十）併

1：單一筆畫相併

（1）併點

圖CCJ1-1.001

漢 袁博碑

↓

隋 智永 正書千字文

唐 褚遂良 雁塔聖教序

（2）併橫

圖CCJ1-2.001

漢 簡牘

↓

北魏 高貞碑

圖CCJ1-2.002

漢 袁博碑

漢 曹全碑

漢 華山廟碑

漢 曹全碑

漢 史晨前後碑

漢 孔彪碑

↓

北魏 李超墓誌

隋 智永 正書千字文

唐 褚遂良 雁塔聖教序

唐 虞世南 孔子廟堂碑

唐 褚遂良 孟法師碑

唐 顏真卿 多寶塔碑

唐 褚遂良 孟法師碑

唐 顏真卿 多寶塔碑

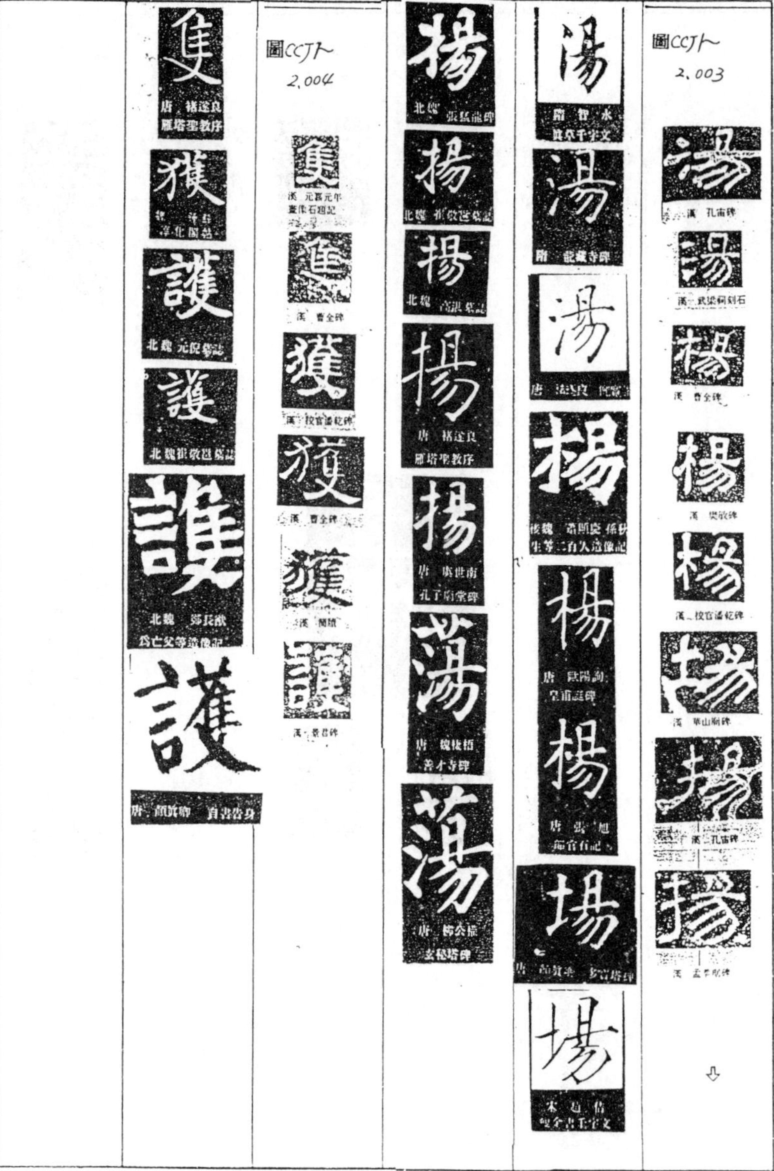

		元 揭傒斯 臨正草千字文	圖CCJ1～ 3.001 ⇩ 唐 顏眞卿 元結碑 唐 歐陽通 泉男生墓誌	（3）併豎	圖CCJ1～ 2.005 隸 辨 ⇩ 隋 智 永 眞草千字文 唐 歐陽通 道因法師碑 元 趙孟頫 六體千字文

2：若干筆畫相併

(1) 相同種類筆畫相併

唐 歐陽詢 九成宮醴泉銘

唐 顏眞卿 多寶塔碑

唐 柳公權 玄秘塔碑

宋 趙佶 瘦金書千字文

圖CC71~ 4.002

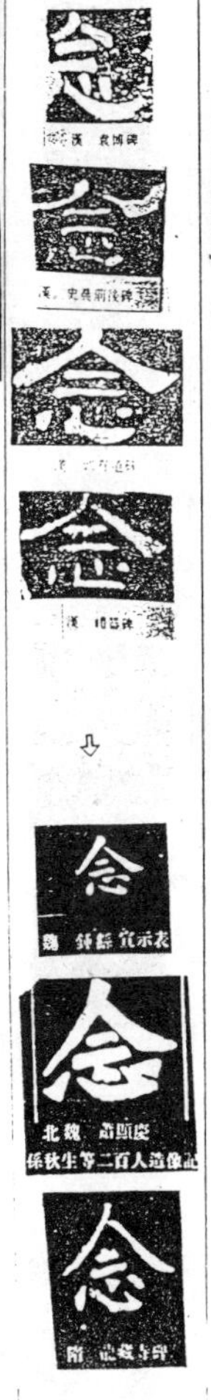

漢 袁博碑

漢 史晨前後碑

漢 [illegible]

漢 [illegible]

⇩

魏 鍾繇 宣示表

北魏 蕭顯慶 孫秋生等二百人造像記

隋 龍藏寺碑

隋 智永 眞草千字文

唐 歐陽通 泉男生墓誌

北魏 解伯達造像記

北魏 張黑女墓誌

隋 智永 眞草千字文

唐 歐陽詢 九成宮醴泉銘

圖CC74~ 4.001

漢 尹宙碑

漢 孟孝琚碑

漢 曹全碑

漢 武梁祠刻石

⇩

隋 智永 眞草千字文

唐 歐陽詢 皇甫誕碑

唐 歐陽詢 九成宮醴泉銘

(4) 不同種類筆畫相併

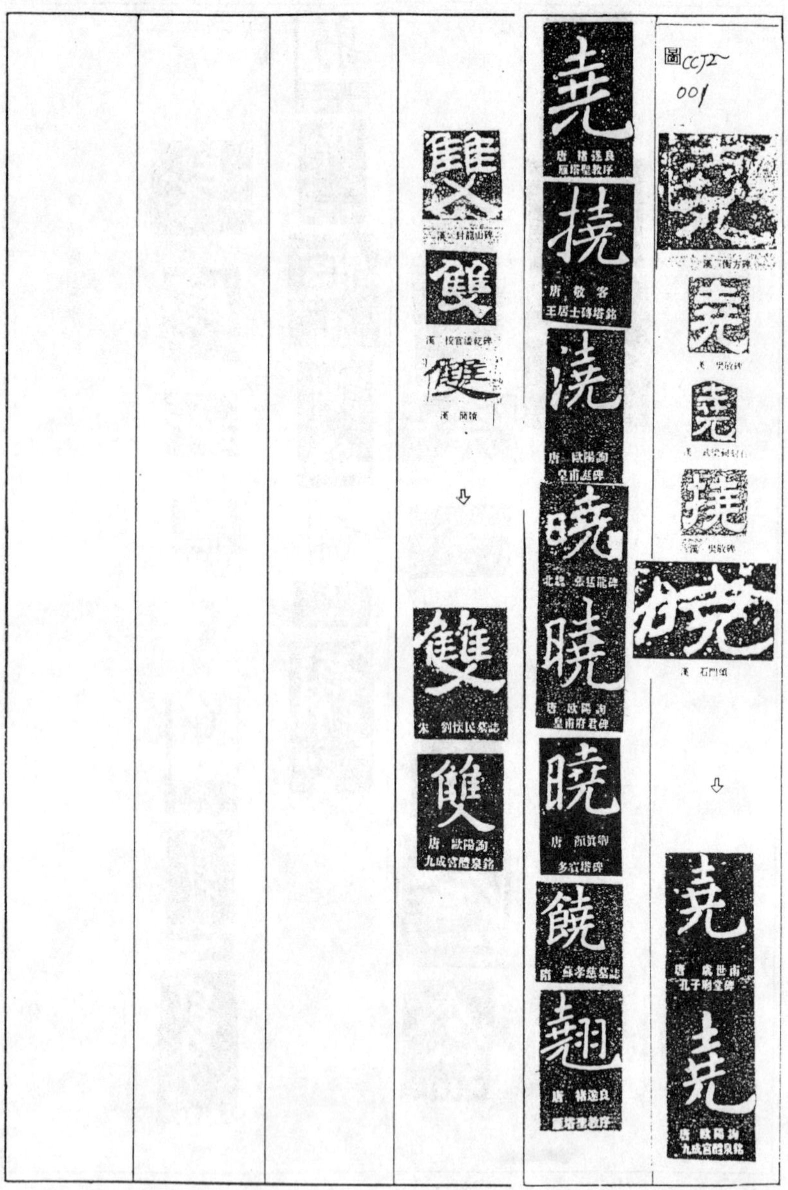

（十一）代

1：形符之同化

（1）部分形符同化

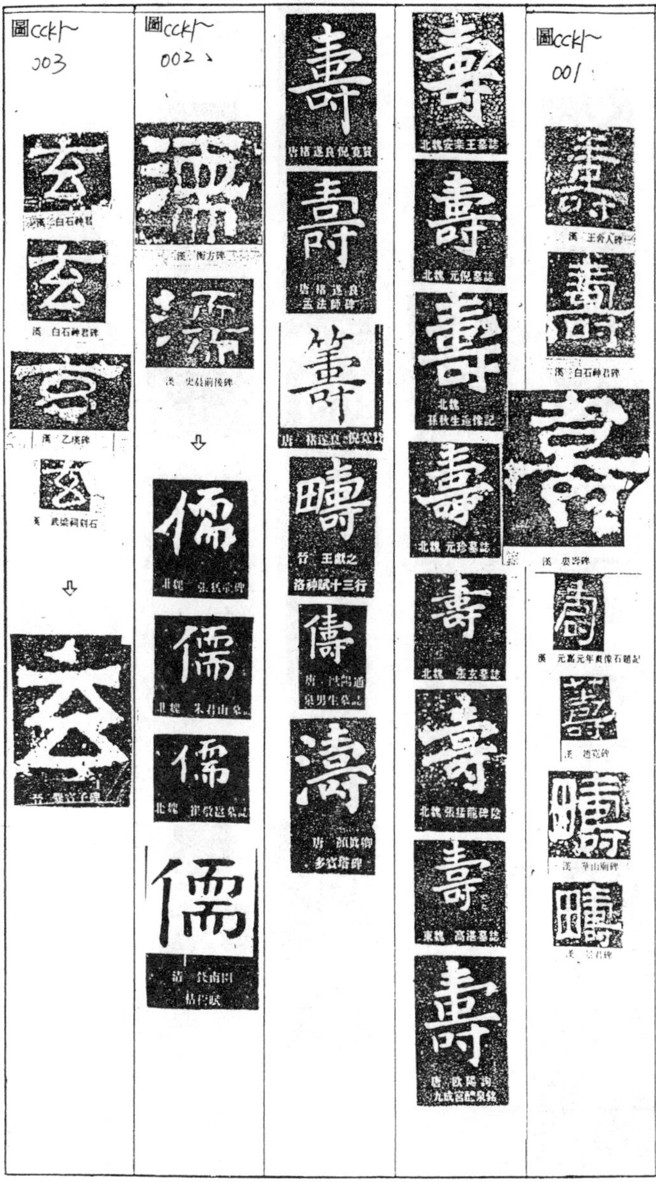

圖CCKT~001

漢 王舍人碑

漢 白石神君碑

漢 婁壽碑

漢 元嘉元年畫像石題記

漢 趙寬碑

漢 華山廟碑

漢 [illegible]君碑

北魏 安樂王墓誌

北魏 元倪墓誌

北魏 孫秋生造像記

北魏 元珍墓誌

北魏 張玄墓誌

北魏 張猛龍碑陰

東魏 高湛墓誌

唐 歐陽詢 九成宮醴泉銘

唐 褚遂良 倪寬贊

唐 褚遂良 孟法師碑

唐 褚遂良 倪寬贊

晉 王獻之 洛神賦十三行

唐 歐陽通 泉男生墓誌

唐 顏真卿 多寶塔碑

圖CCKT~002

漢 衡方碑

漢 史晨前後碑

⇩

北魏 張猛龍碑

北魏 朱君山墓誌

北魏 崔敬邕墓誌

清 [illegible]

圖CCKT~003

漢 白石神君碑

漢 白石神君碑

漢 乙瑛碑

漢 武梁祠刻石

⇩

晉 爨寶子碑

2：形符之變易

（1）變易為對稱形符

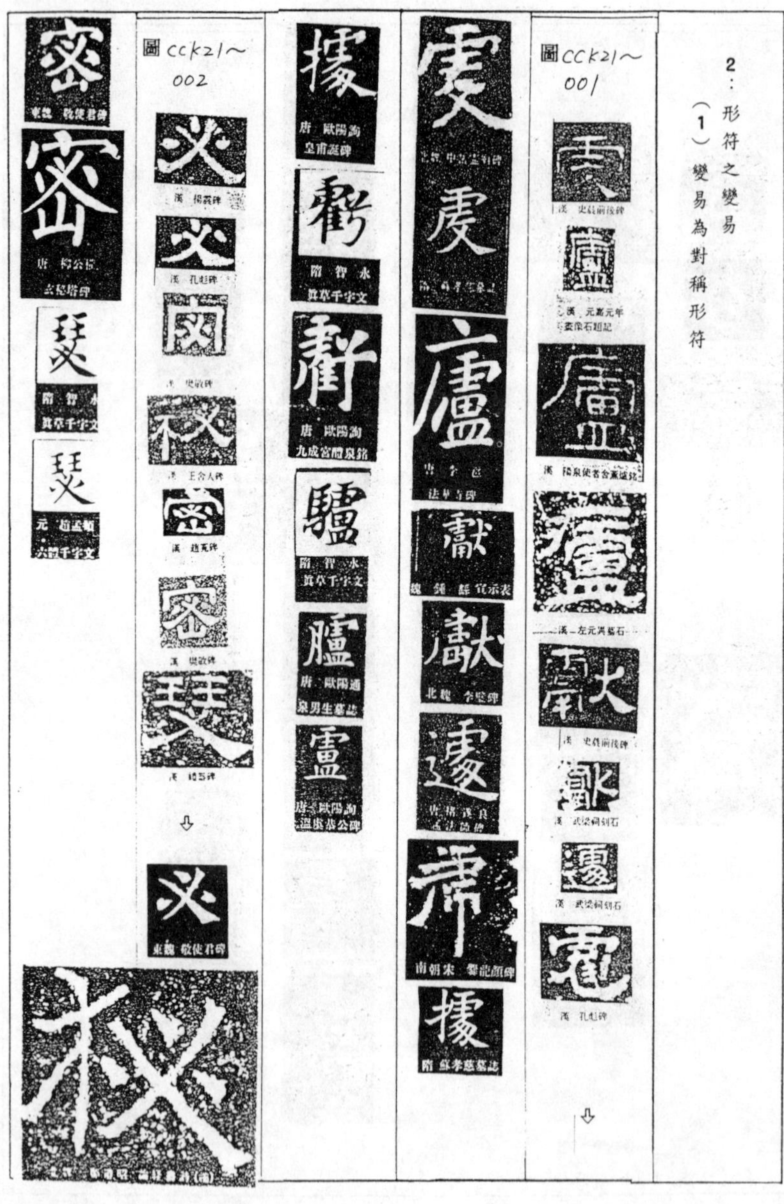

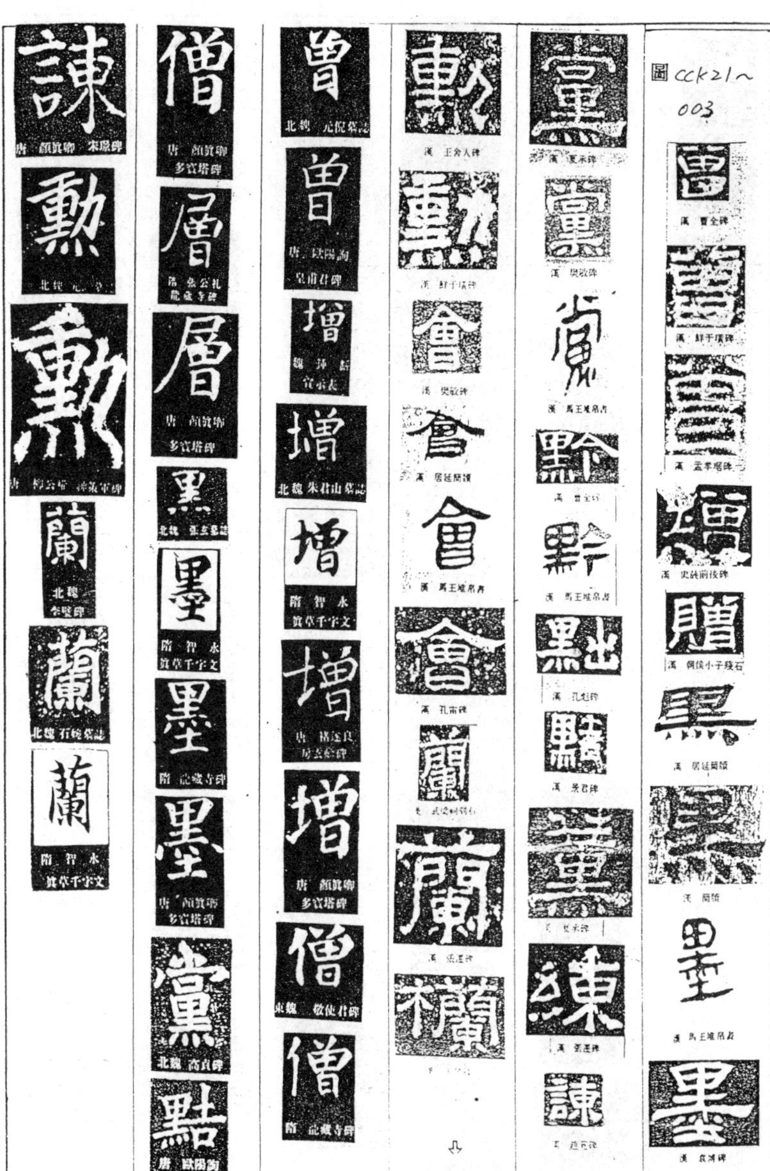
唐 顏眞卿 宋璟碑
北魏 元
唐 柳公權 神策軍碑
北魏 李璧碑
北魏 石婉墓誌
隋 智永 眞草千字文
唐 顏眞卿 多寶塔碑
隋 張公禮 龍藏寺碑
唐 顏眞卿 多寶塔碑
北魏 張玄墓誌
隋 智永 眞草千字文
隋 龍藏寺碑
唐 顏眞卿 多寶塔碑
北魏 高貞碑
唐 歐陽詢 皇甫誕碑
北魏 元倪墓誌
唐 歐陽詢 皇甫君碑
魏 孫 宣示表
北魏 朱君山墓誌
隋 智永 眞草千字文
唐 褚遂良 房玄齡碑
唐 顏眞卿 多寶塔碑
東魏 敬使君碑
隋 龍藏寺碑
漢 王舍人碑
漢 鮮于璜碑
漢 樊敏碑
漢 居延簡牘
漢 馬王堆帛書
漢 孔宙碑
漢 武梁祠刻石
漢 張遷碑
漢 夏承碑
漢 樊敏碑
漢 馬王堆帛書
漢 曹全碑
漢 馬王堆帛書
漢 孔彪碑
漢 景君碑
漢 夏承碑
漢 張遷碑
漢 趙君碑
圖CCK21～003
漢 曹全碑
漢 鮮于璜碑
漢 孟孝琚碑
漢 史晨前後碑
漢 侗侯小子殘石
漢 居延簡牘
漢 簡牘
漢 馬王堆帛書
漢 袁博碑

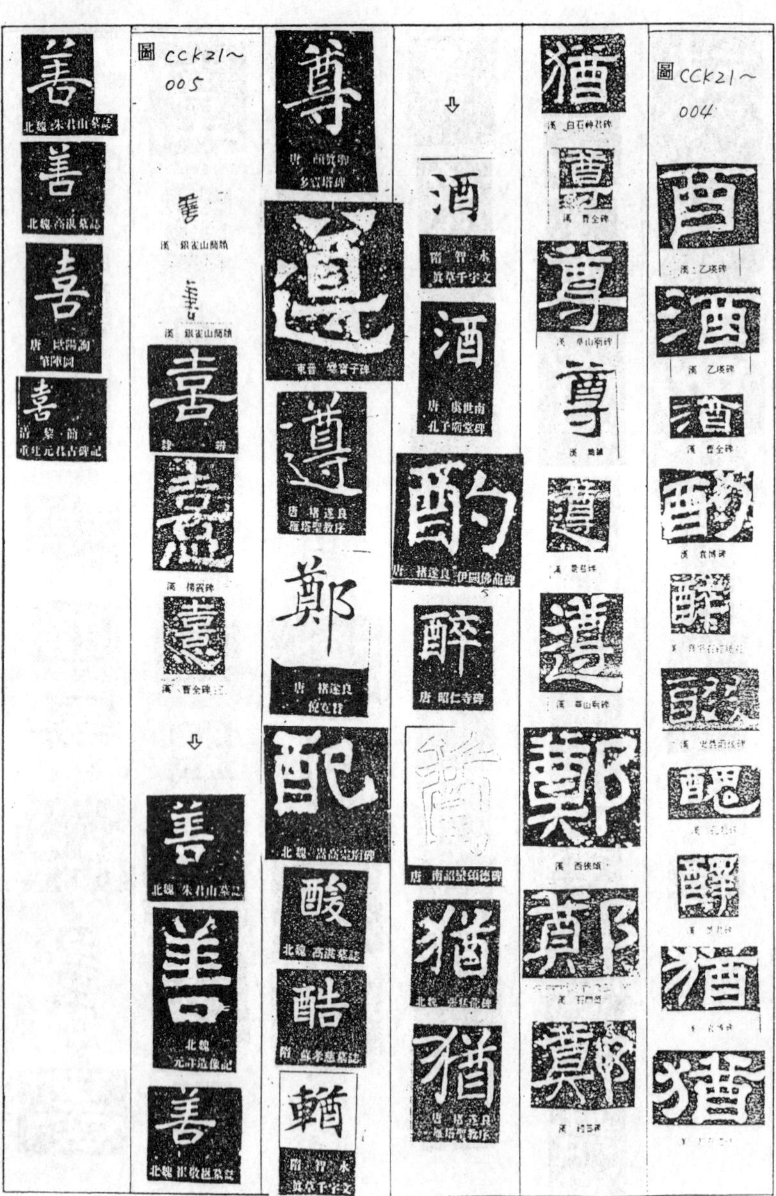

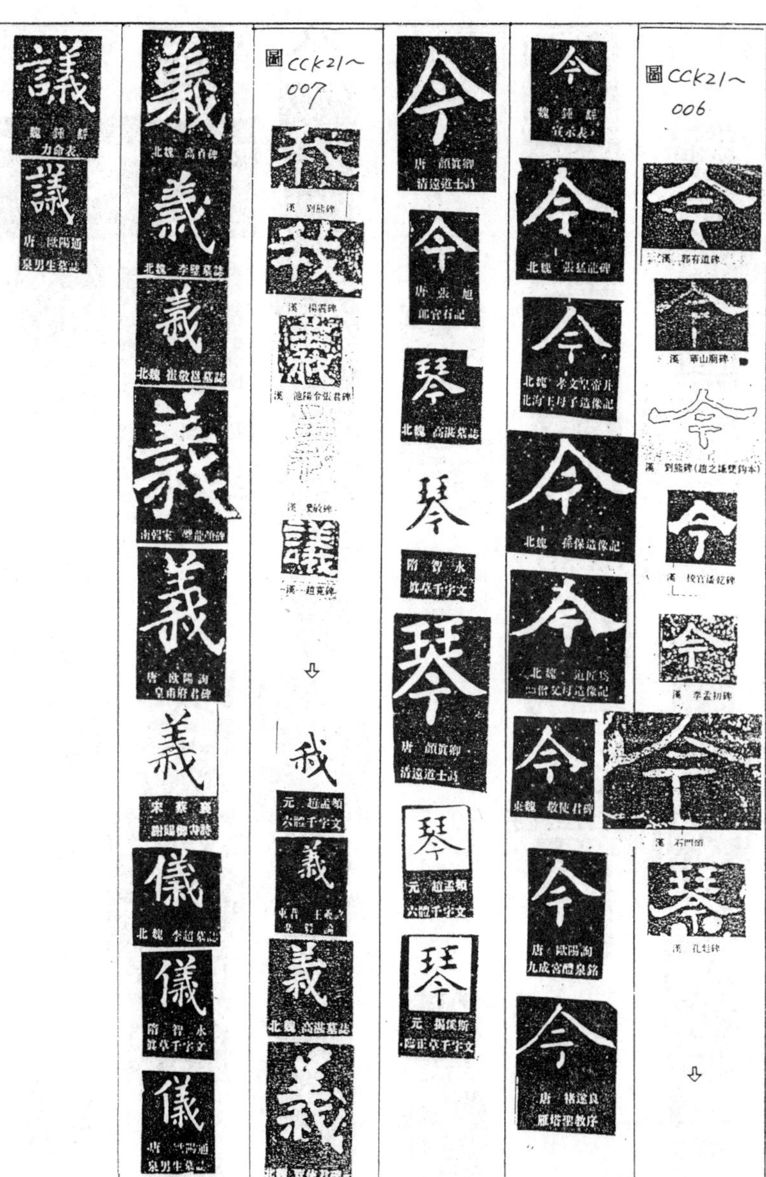

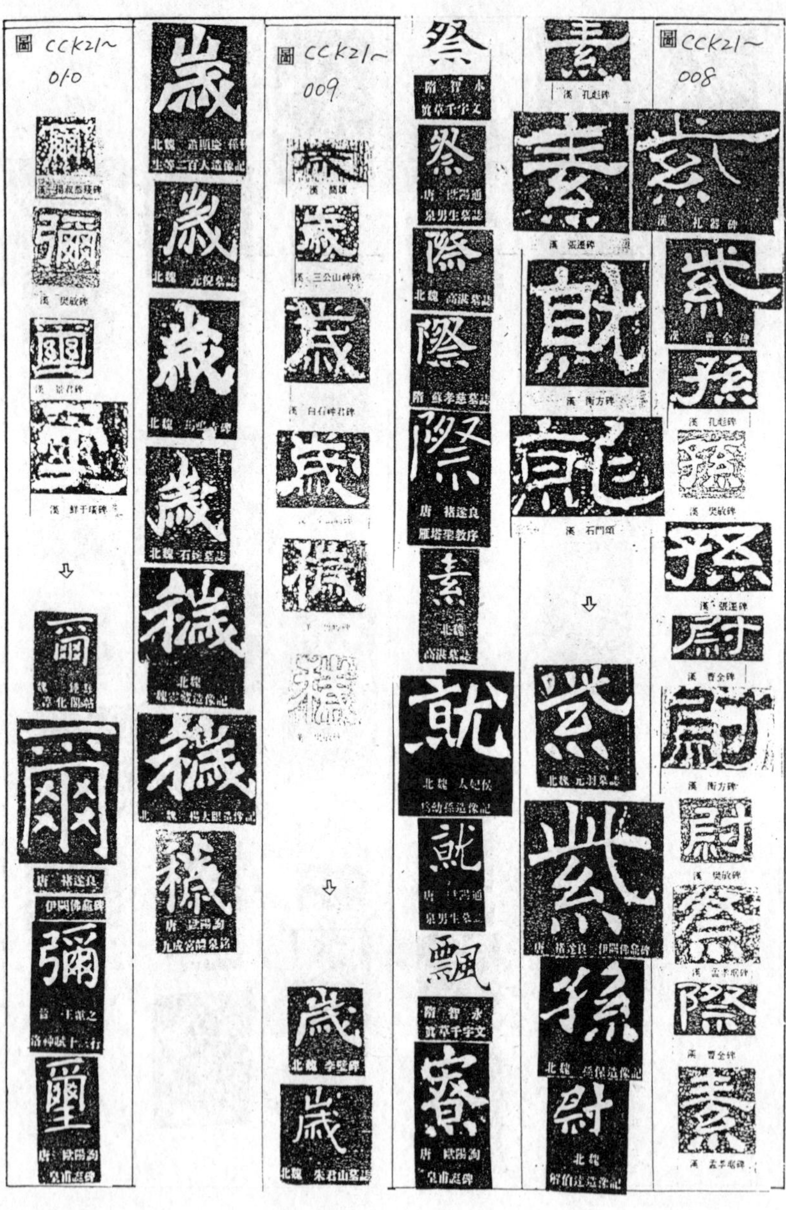

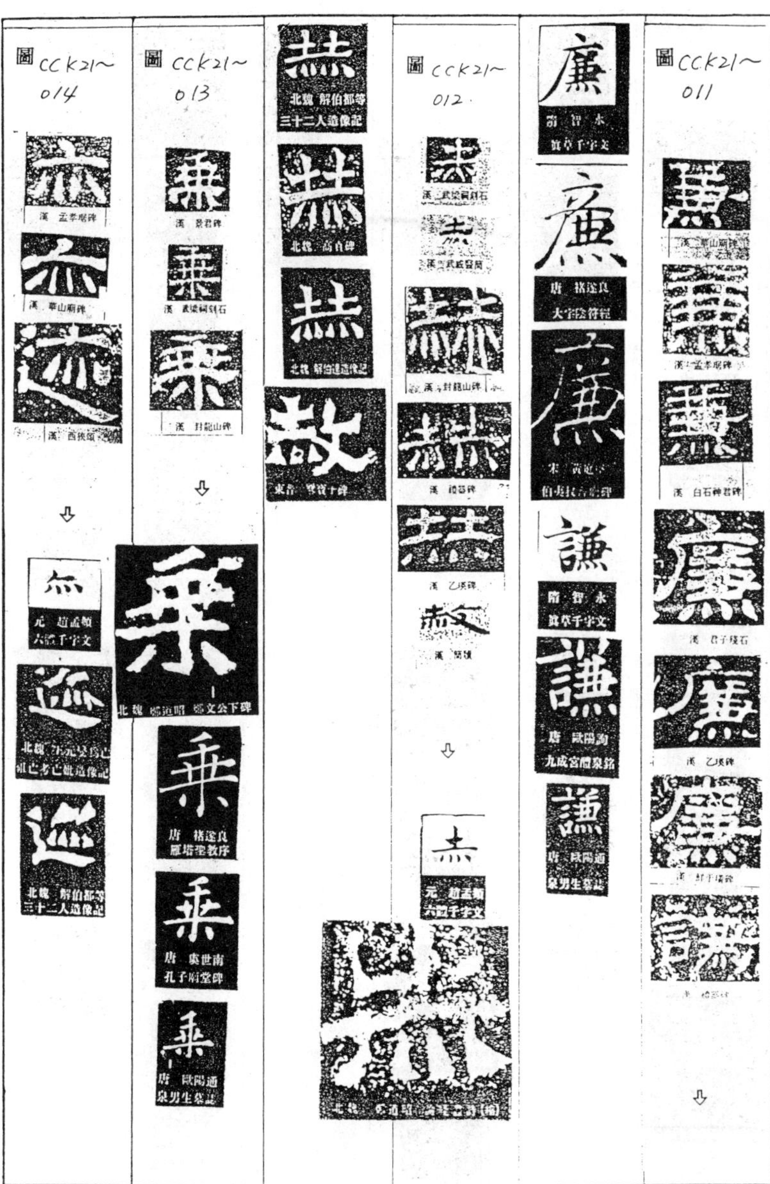

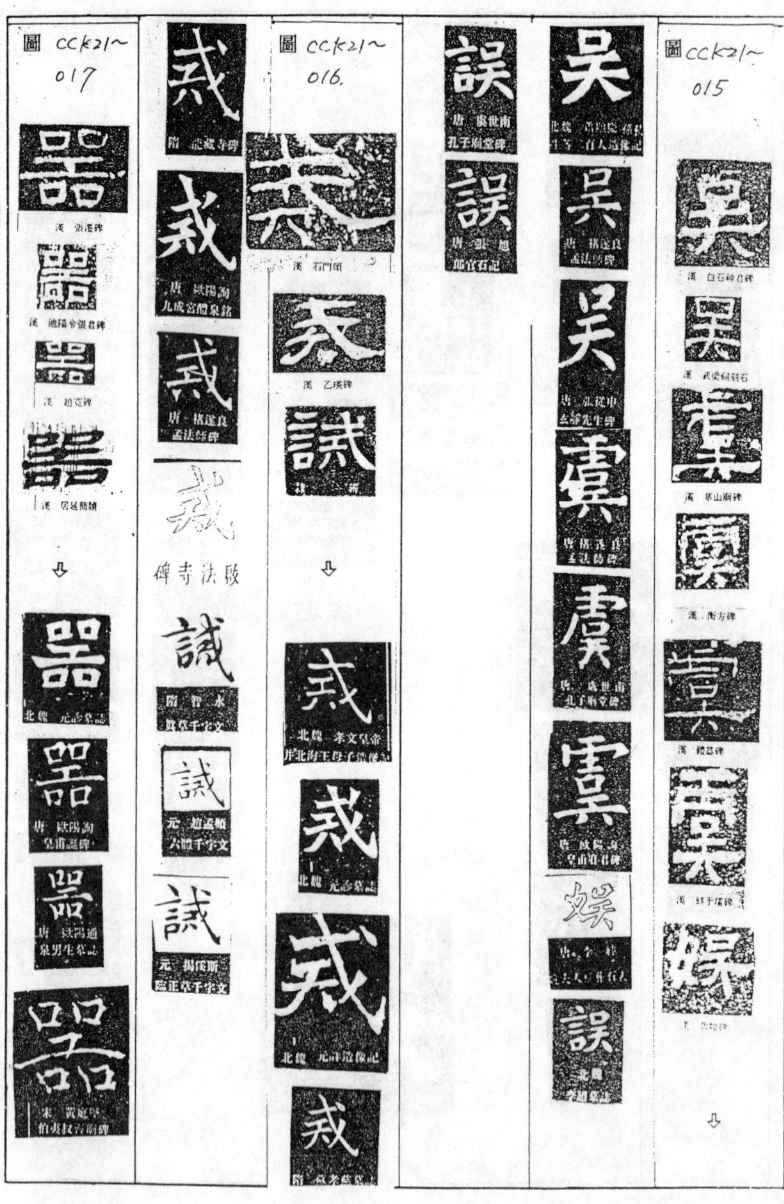

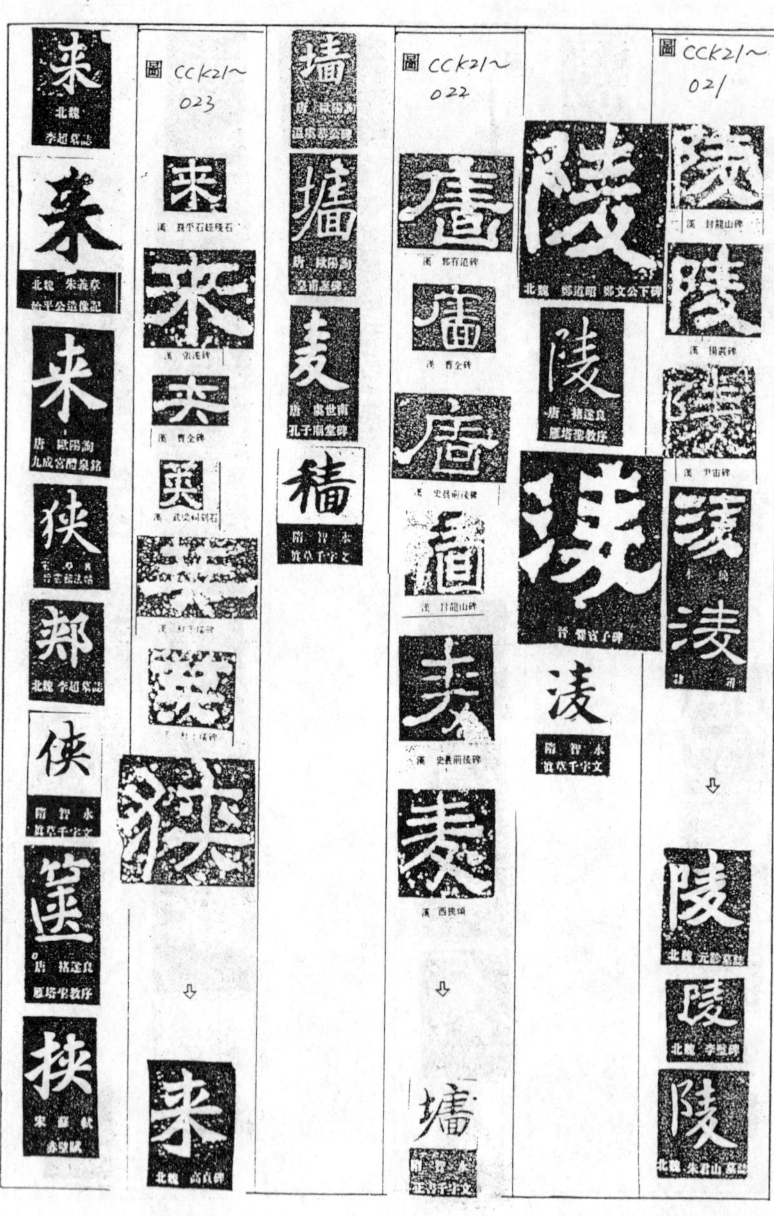
圖 CCK21~023
圖 CCK21~022
圖 CCK21~021

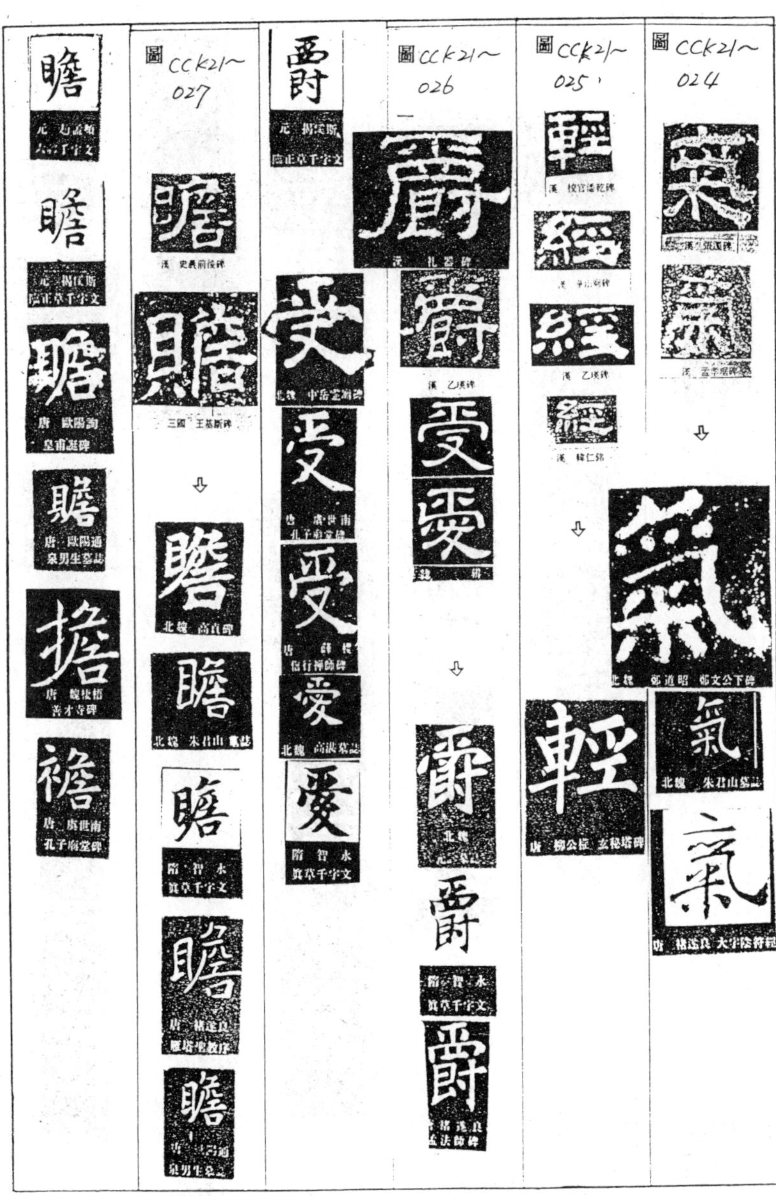

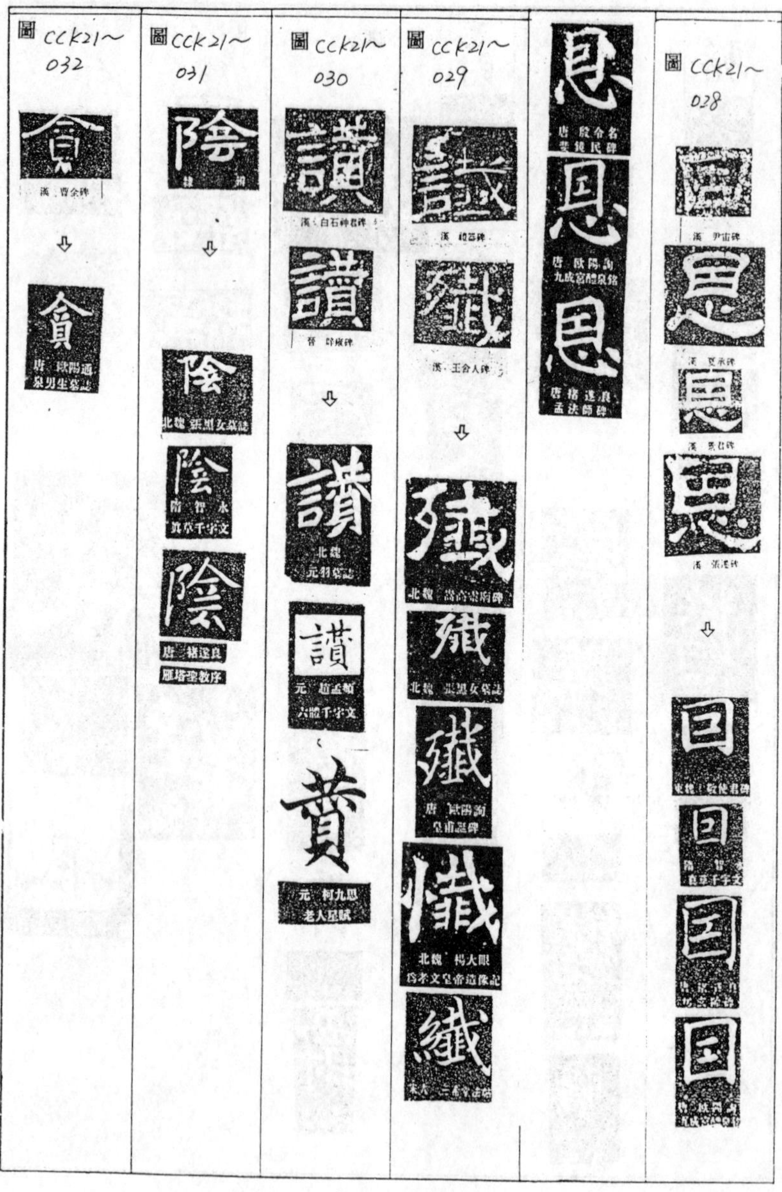

圖 CCK21~035
漢 銘碑
北魏 鄭道昭 鄭文公下碑
唐 歐陽詢 皇甫誕碑
唐 虞世南 孔子廟堂碑
晉 爨寶子碑
唐 顏眞卿 元結碑
北魏 徐狀元造像
圖 CCK21~034
漢 白石神君碑
漢 西狹頌
漢 史晨前後碑
漢 馬王堆帛書
漢 郭有道碑
漢 張遷碑
漢 石門頌
輕
隋 智永 眞草千字文
唐 虞世南 孔子廟堂碑
圖 CCK21~033
漢 白石神君碑
漢 景君碑
漢 石門頌
鄭文公下碑
唐 歐陽詢 九成宮醴泉銘
唐 褚遂良 雁塔聖教序
唐 虞世南 孔子廟堂碑

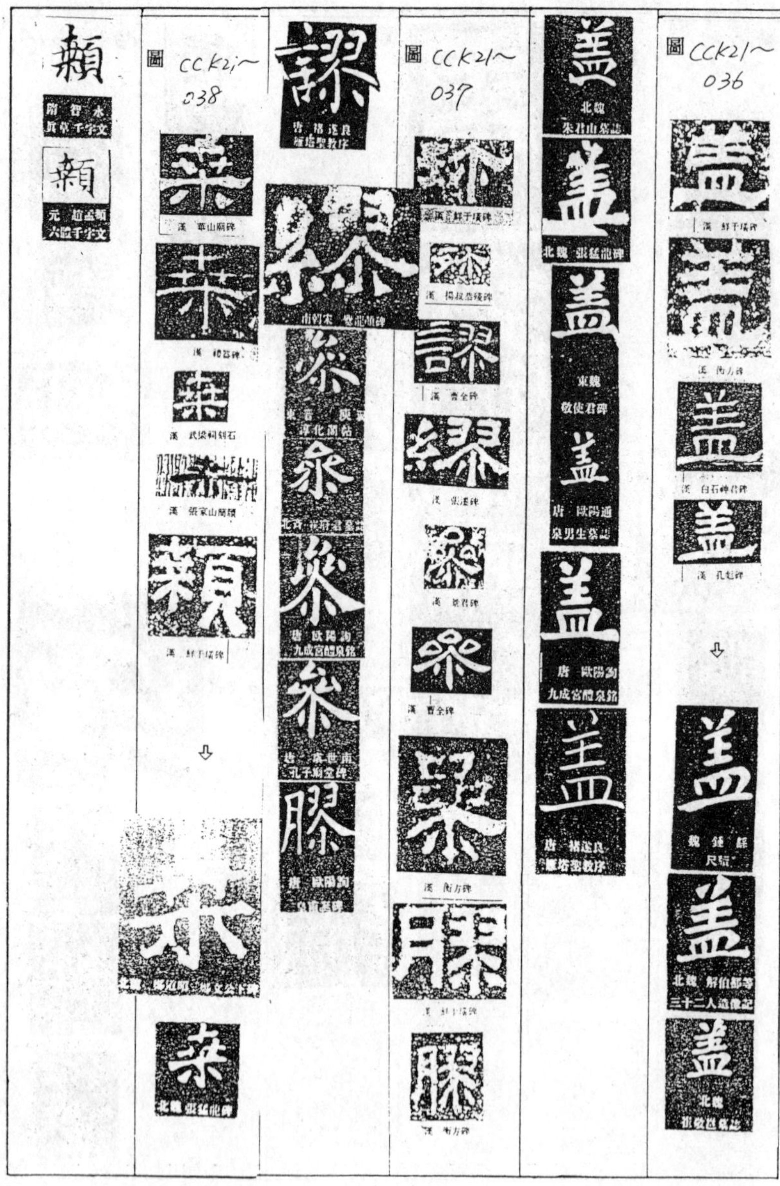

隋 智永 眞草千字文
元 趙孟頫 六體千字文
圖 CCK21~038
漢 華山廟碑
漢 孔宙碑
漢 武梁祠刻石
漢 張家山廟碑
漢 鮮于璜碑
北魏 張猛龍碑
唐 褚遂良 雁塔聖教序
南朝宋 爨龍顏碑
九成宮醴泉銘
唐 虞世南 孔子廟堂碑
唐 歐陽詢
圖 CCK21~037
漢 鮮于璜碑
漢 楊叔恭殘碑
漢 曹全碑
漢 張遷碑
漢 衡方碑
北魏 張猛龍碑
東魏 敬使君碑
唐 歐陽通 泉男生墓誌
唐 歐陽詢 九成宮醴泉銘
唐 褚遂良 雁塔聖教序
圖 CCK21~036
漢 鮮于璜碑
漢 衡方碑
漢 白石神君碑
漢 孔宙碑
魏 鍾繇 尺牘
北魏 解伯都等三十二人造像記
北魏

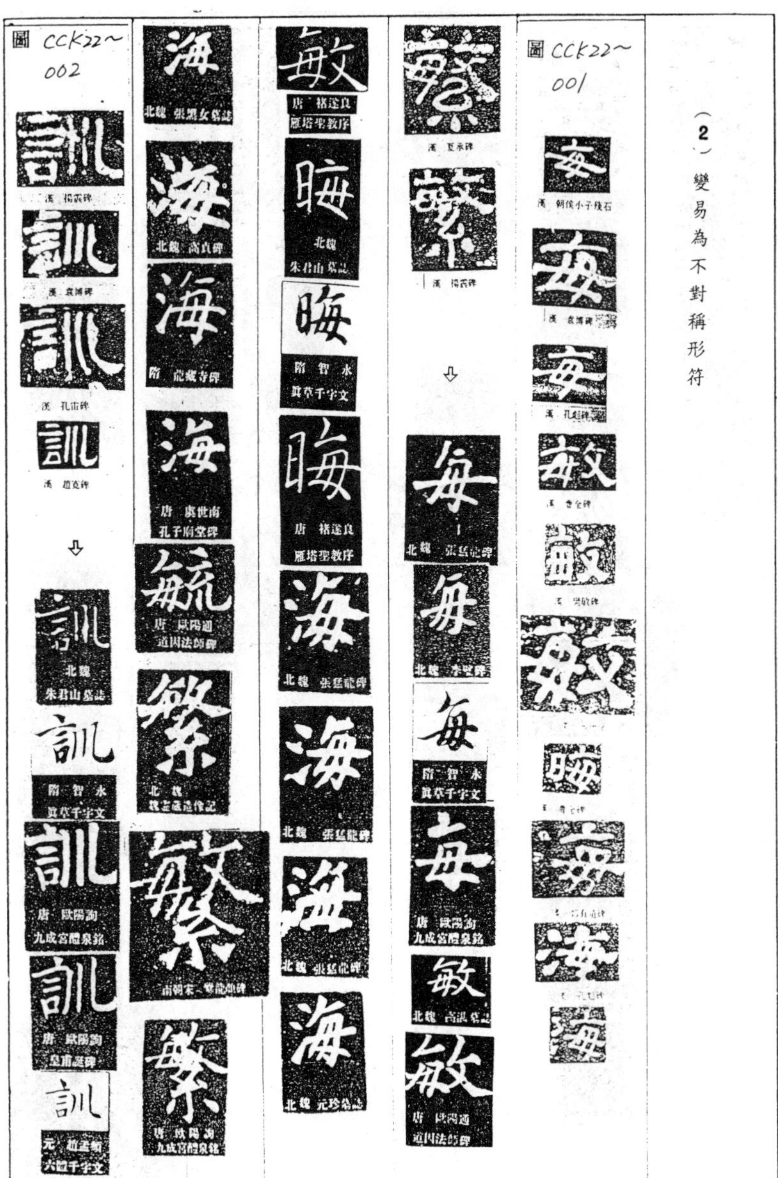
圖 CCK22~002
漢 楊震碑
漢 袁博碑
漢 孔宙碑
漢 道亥碑
北魏 朱君山墓誌
隋 智永 眞草千字文
唐 歐陽詢 九成宮醴泉銘
唐 歐陽詢 皇甫誕碑
元 趙孟頫 六體千字文
北魏 張黑女墓誌
北魏 高貞碑
隋 龍藏寺碑
唐 虞世南 孔子廟堂碑
唐 歐陽通 道因法師碑
南朝宋 爨龍顏碑
唐 歐陽詢 九成宮醴泉銘
唐 褚遂良 雁塔聖教序
北魏 朱君山墓誌
隋 智永 眞草千字文
唐 褚遂良 雁塔聖教序
北魏 張猛龍碑
北魏 張猛龍碑
北魏 張猛龍碑
北魏 元珍墓誌
漢 夏承碑
漢 楊震碑
北魏 張猛龍碑
北魏 李璧碑
隋 智永 眞草千字文
唐 歐陽詢 九成宮醴泉銘
北魏 高湛墓誌
唐 歐陽通 道因法師碑
圖 CCK22~001
漢 朝侯小子殘石
漢 袁博碑
漢 孔彪碑
漢 曹全碑

（2）變易為不對稱形符

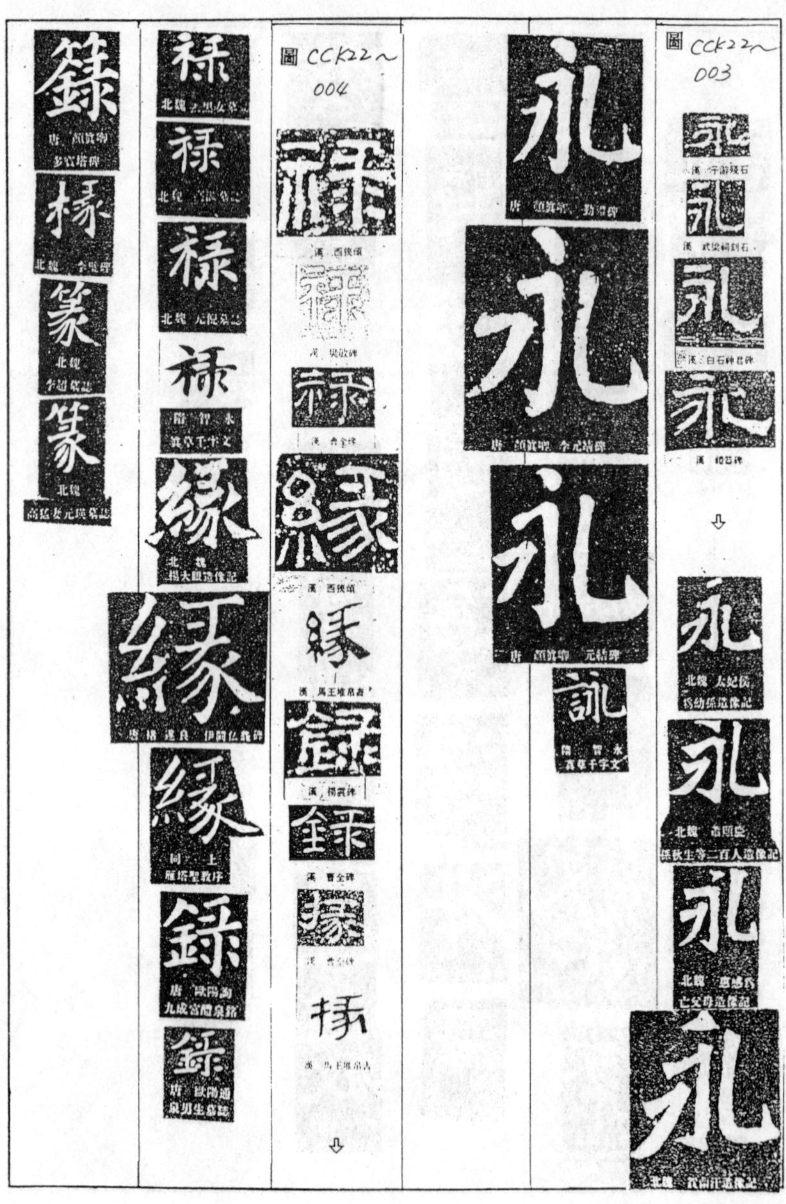

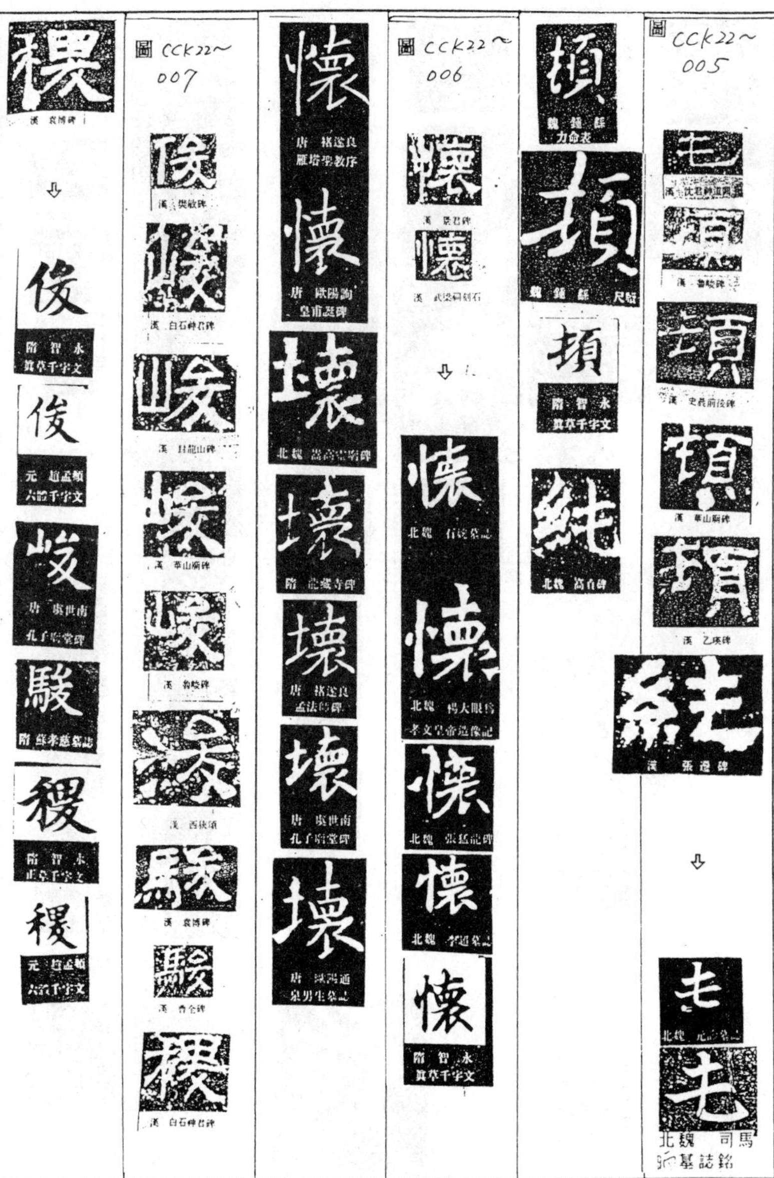

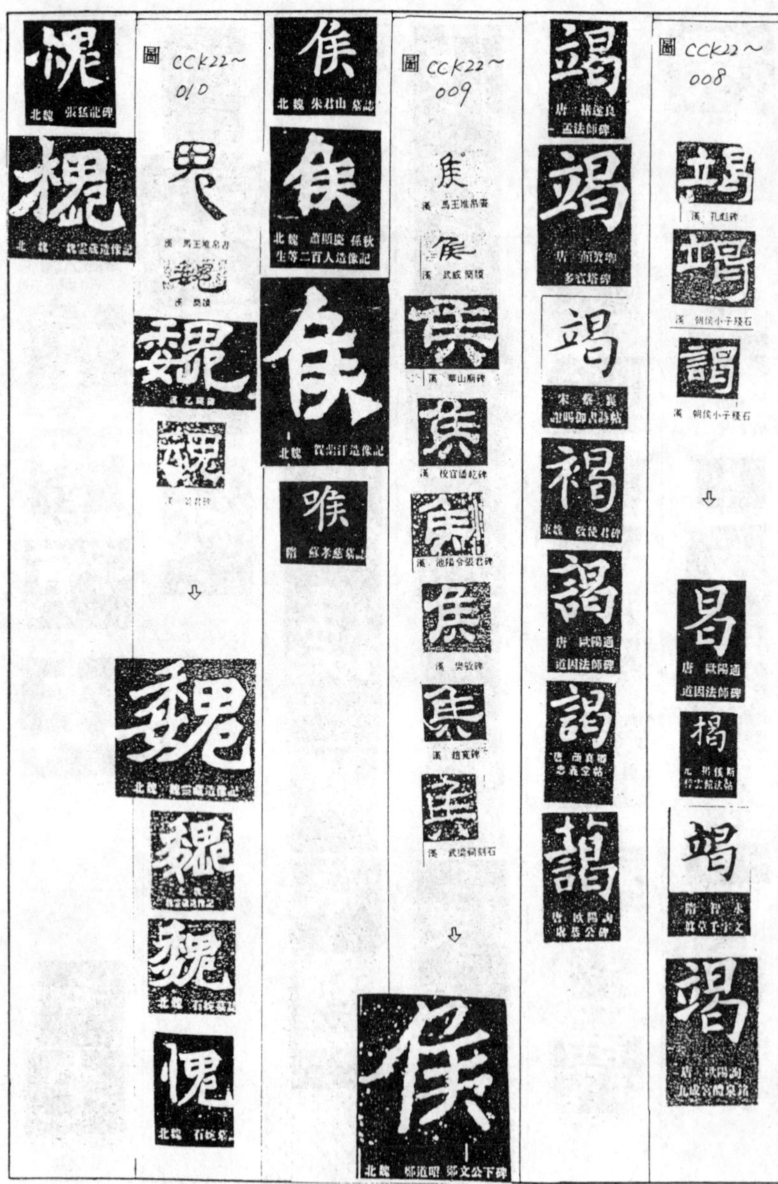

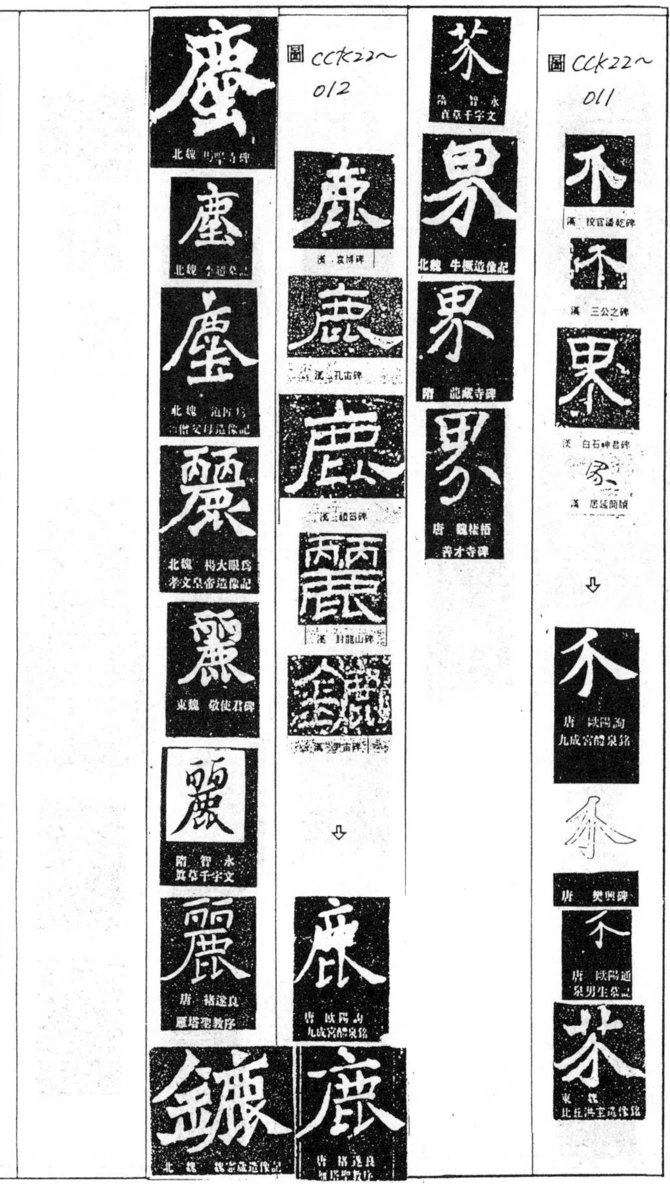
北魏 揚大眼爲孝文皇帝造像記
東魏 敬使君碑
隋 智永 真草千字文
唐 褚遂良 雁塔聖教序
北魏 魏靈藏造像記
圖 CCK22~012
漢 孔宙碑
漢 封龍山碑
漢 尹宙碑
唐 歐陽詢 九成宮醴泉銘
唐 褚遂良 雁塔聖教序
隋 智永 真草千字文
北魏 牛橛造像記
隋 龍藏寺碑
唐 魏棲梧 善才寺碑
圖 CCK22~011
漢 校官潘乾碑
漢 三公之碑
漢 白石神君碑
漢 居延簡牘
唐 歐陽詢 九成宮醴泉銘
唐 樊興碑
唐 歐陽通 泉男生墓誌
東魏 比丘洪寶造像銘

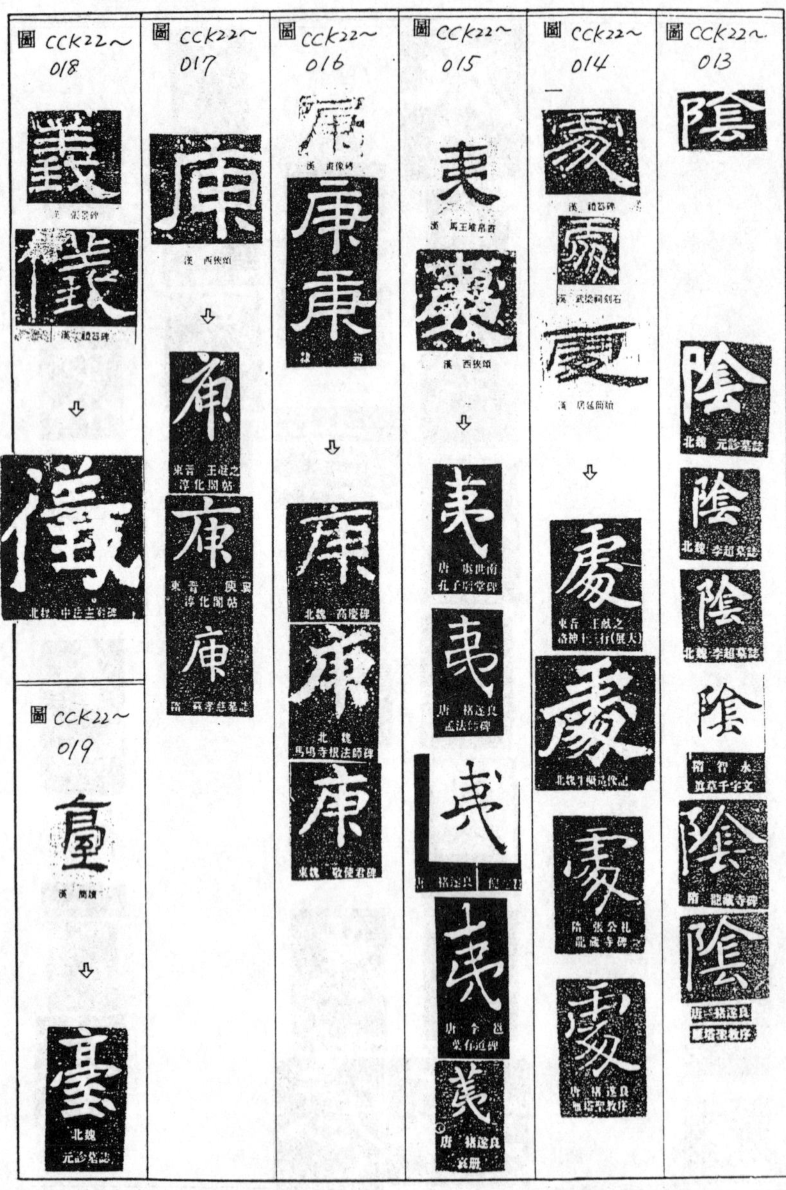

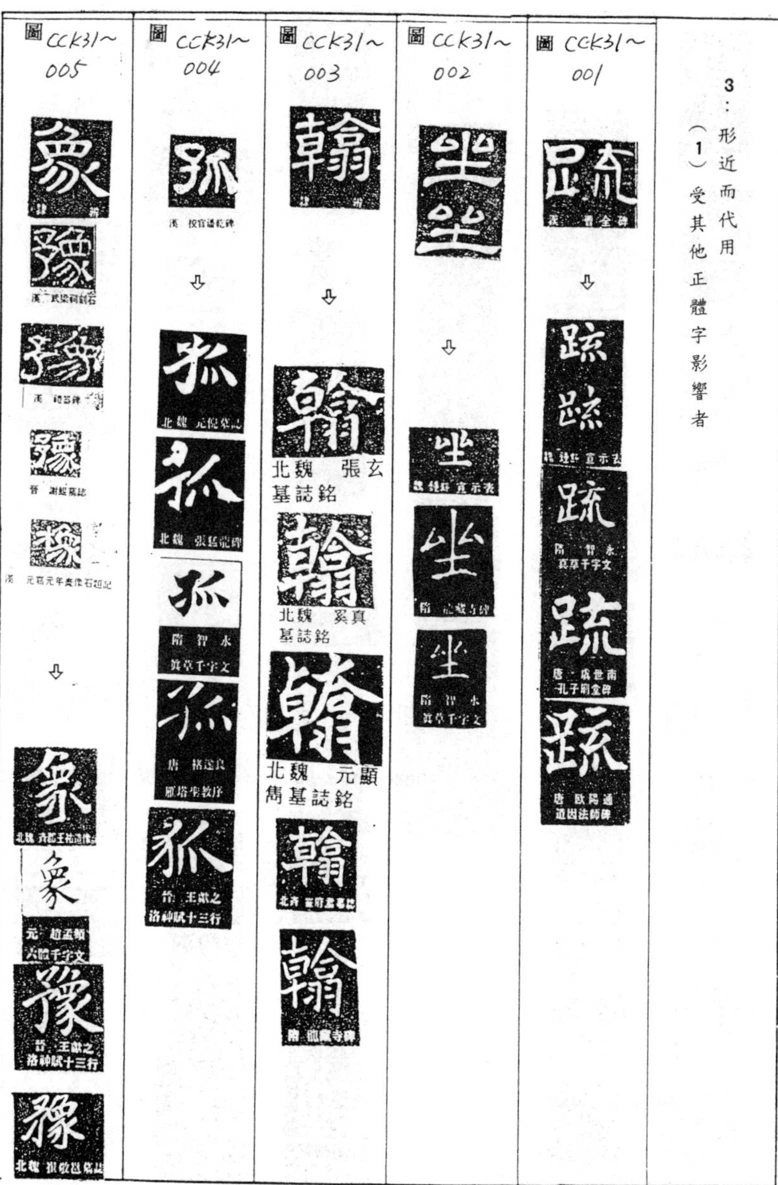
3：形近而代用
（1）受其他正體字影響者
圖CCK31~001
圖CCK31~002
圖CCK31~003
圖CCK31~004
圖CCK31~005
唐 虞世南 孔子廟堂碑
唐 歐陽通 道因法師碑
隋 智永 真草千字文
北魏 張玄墓誌銘
北魏 奚真墓誌銘
北魏 元顯儁墓誌銘
唐 褚遂良 雁塔聖教序
晉 王獻之 洛神賦十三行
元 趙孟頫 六體千字文

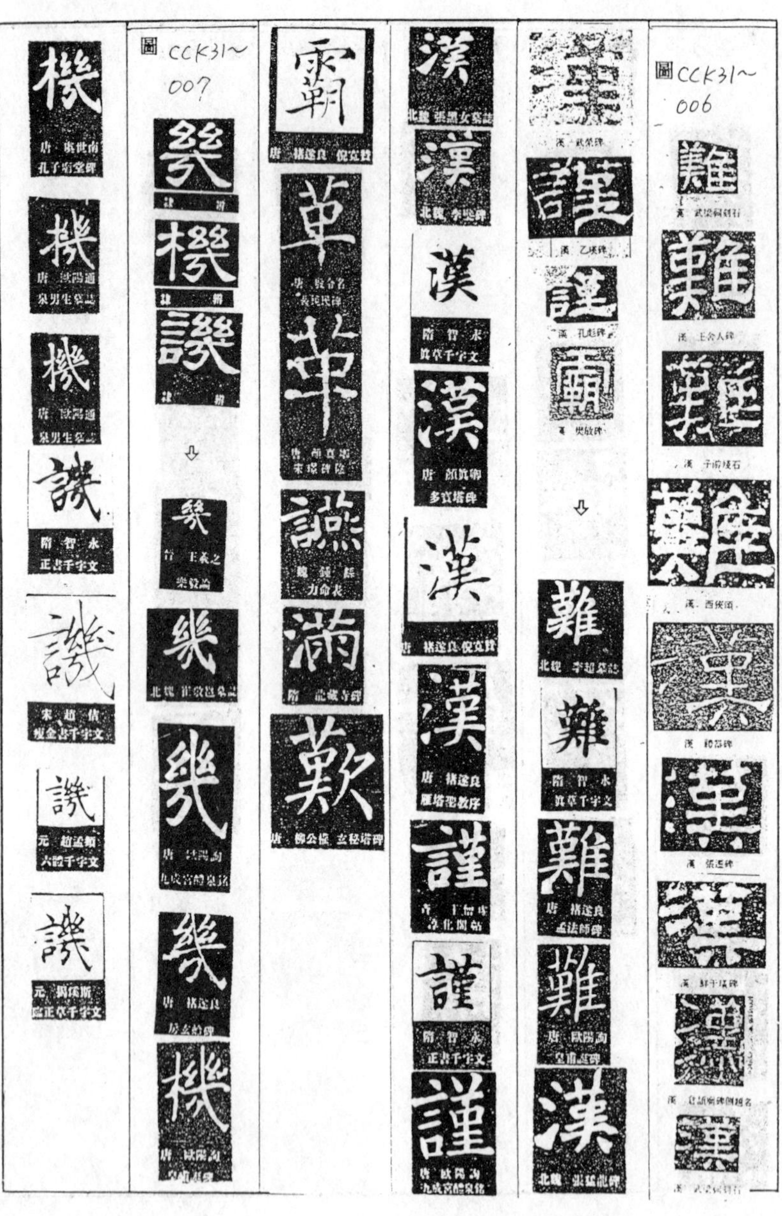

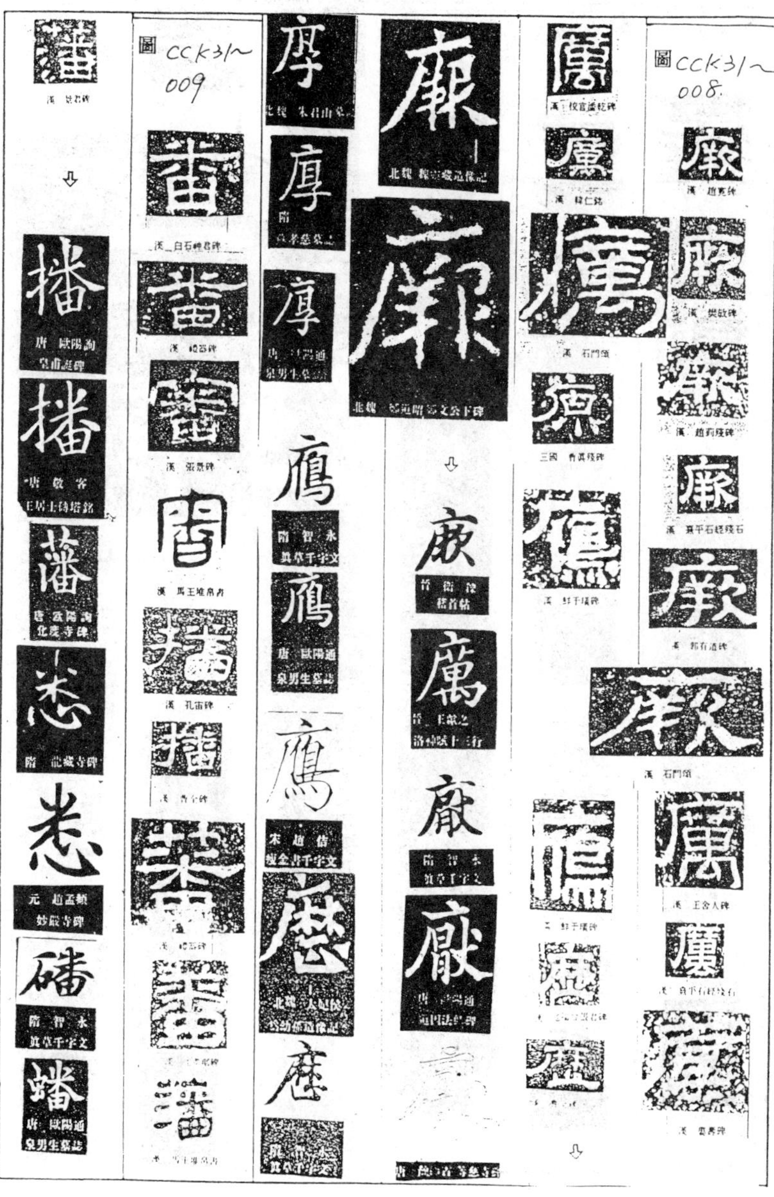

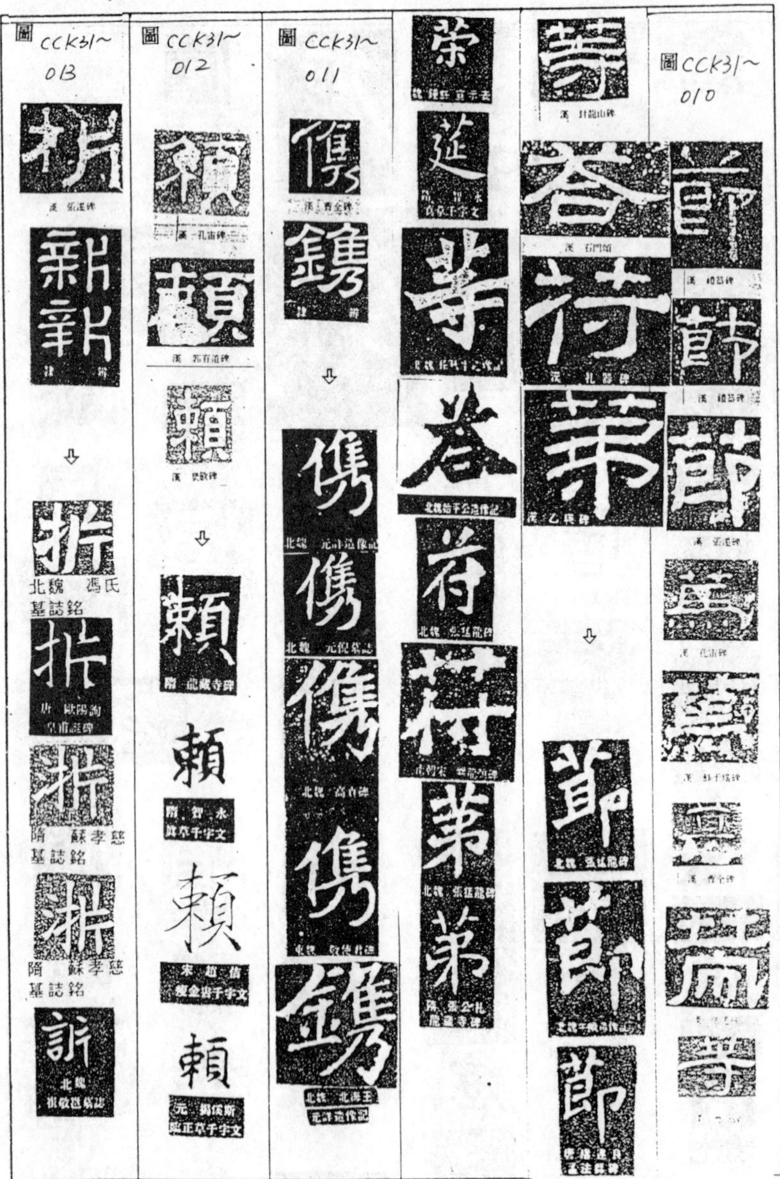

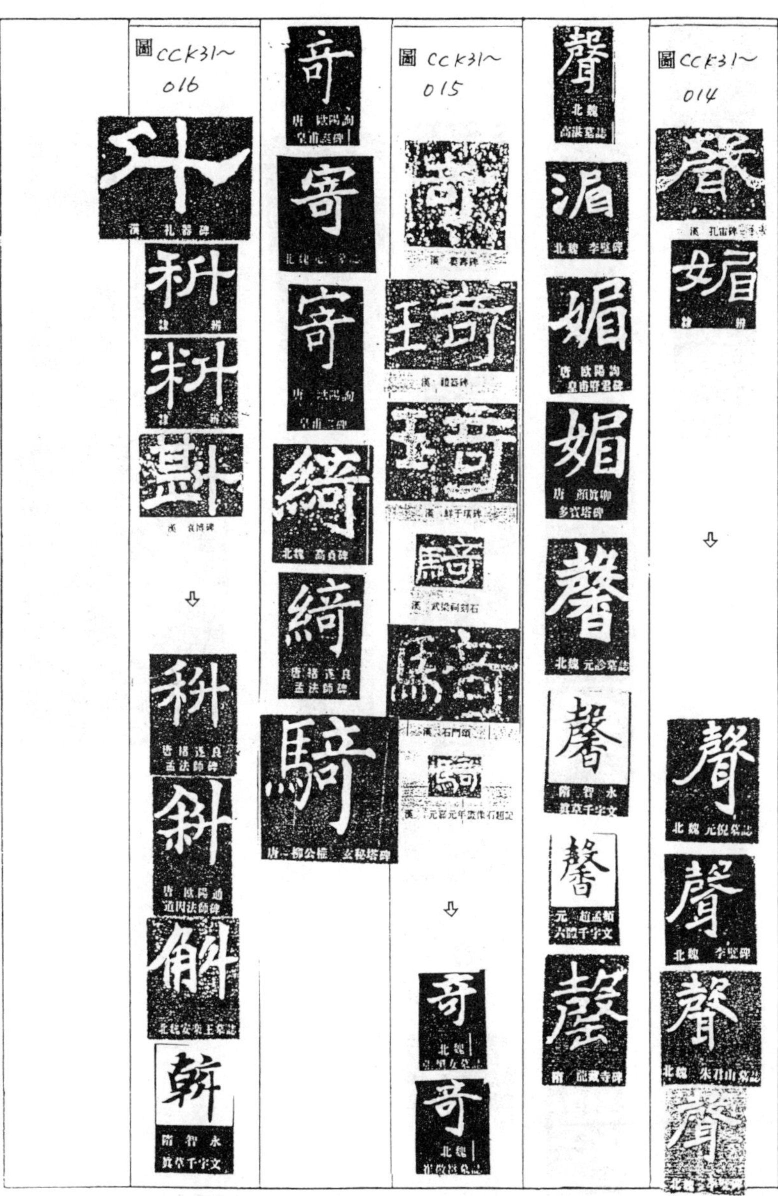

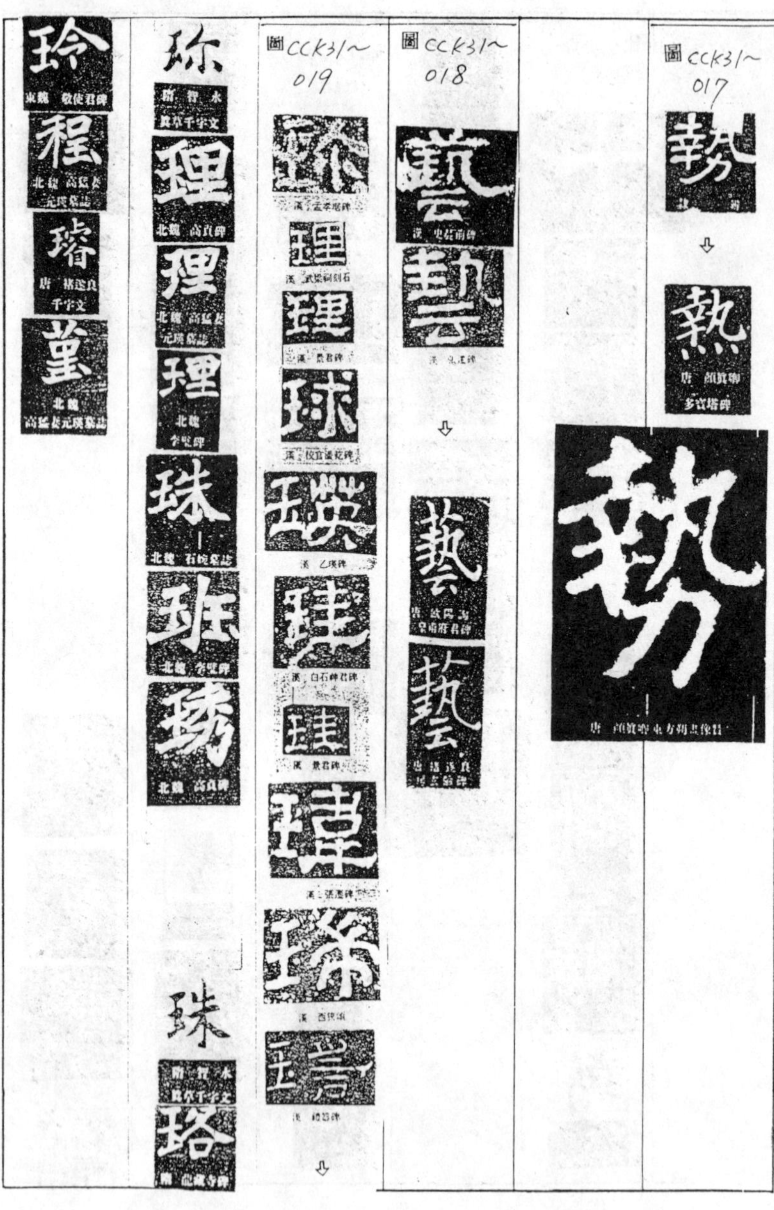
東魏 敬使君碑
隋 智永 真草千字文
北魏 高貞碑
北魏 李璧碑
圖CCK31~019
漢 乙瑛碑
漢 張遷碑
圖CCK31~018
圖CCK31~017
唐 顏真卿 多寶塔碑
唐 顏真卿 東方朔畫像贊

北魏 朱君山墓誌
圖 CCK31~021
北魏 高貞碑
唐 欧陽詢 九成宮醴泉銘
唐 欧陽詢 皇甫誕碑
漢 乙瑛碑
漢 石門頌
北魏 朱君山墓誌
北魏 李璧碑
唐 欧陽詢 皇甫府君碑
南朝宋 劉懷民墓誌
唐 欧陽通 道因法師碑
唐 褚遂良 雁塔聖教序
隋 龍藏寺碑
唐 欧陽詢 皇甫誕碑
北魏 李璧碑
隋 智永 眞草千字文
唐 顔眞卿 多寶塔碑
唐 欧陽詢 化度寺碑
圖 CCK31~020

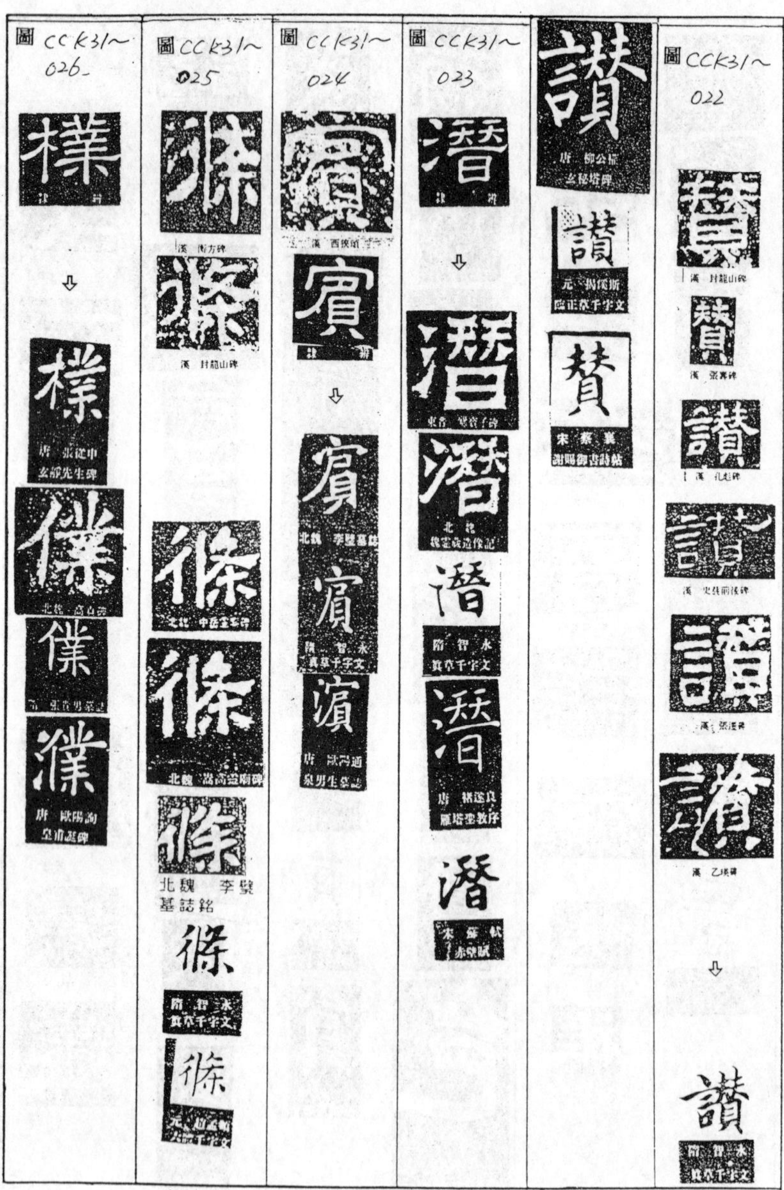

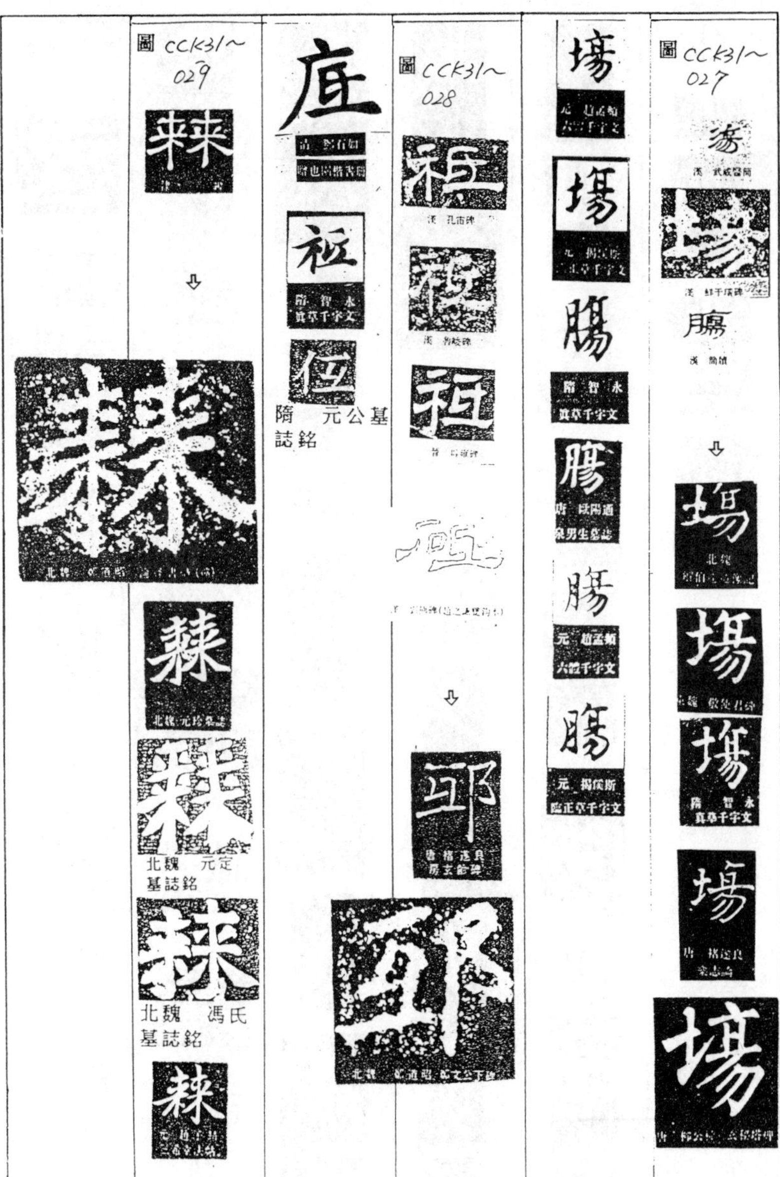

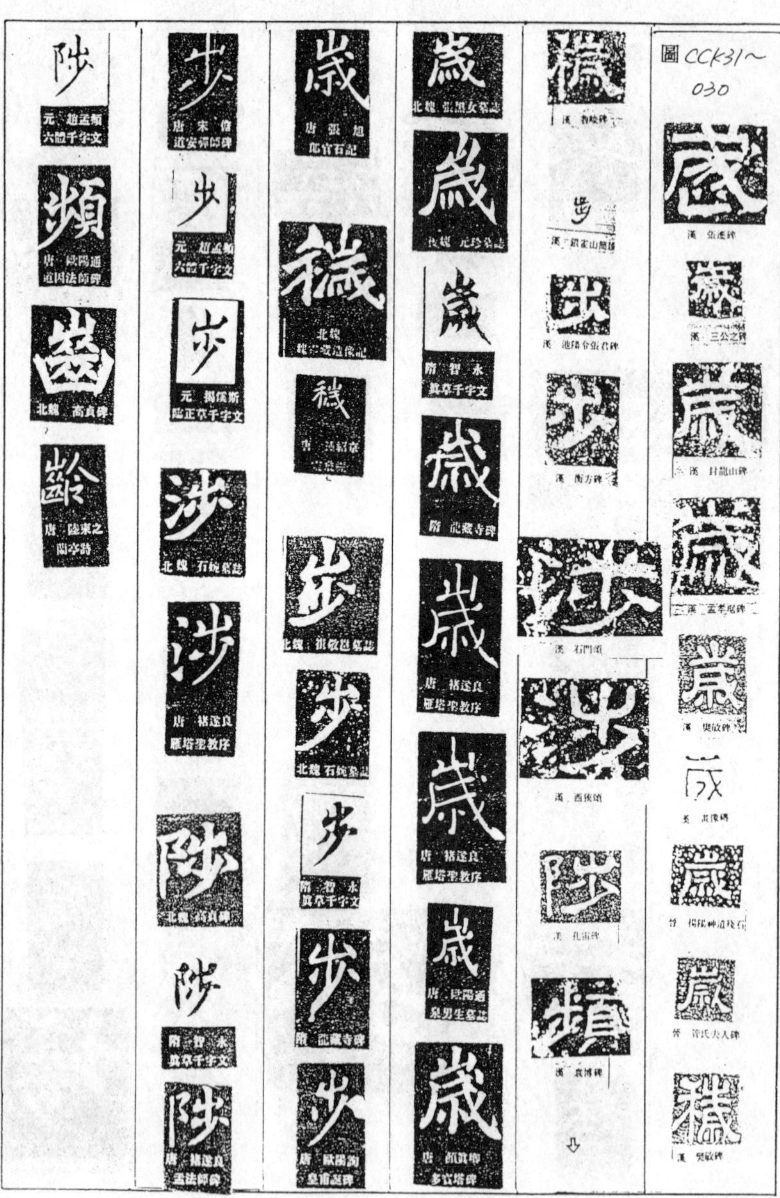

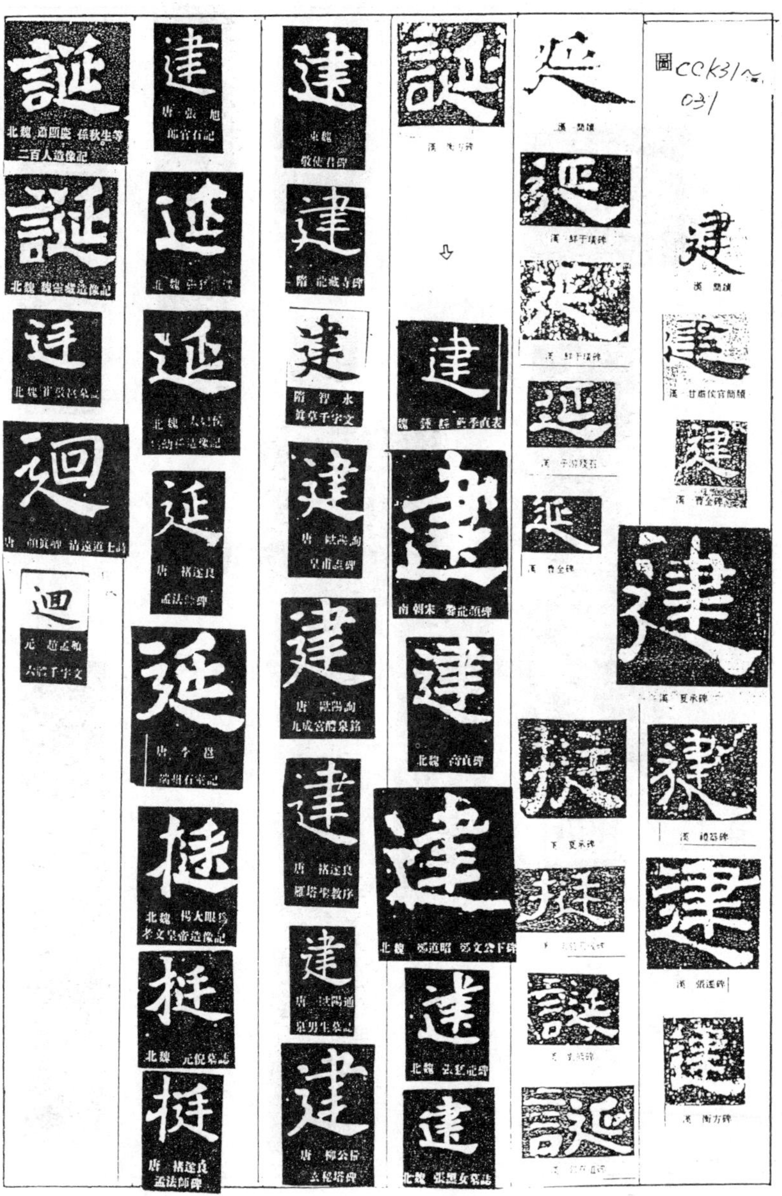

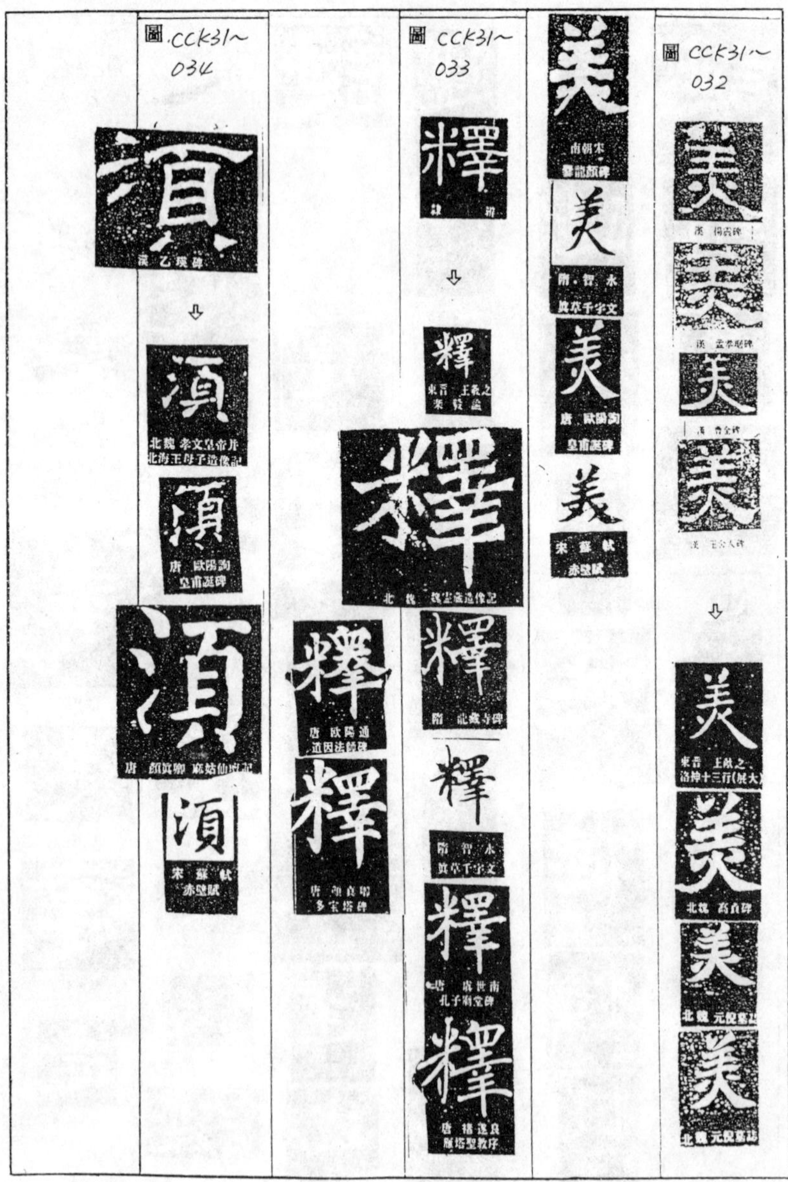
圖 CCK31~034
漢 乙瑛碑
北魏 孝文皇帝并北海王母子造像記
唐 歐陽詢 皇甫誕碑
唐 顏眞卿 麻姑仙壇記
宋 蘇軾 赤壁賦
唐 歐陽通 道因法師碑
唐 顏眞卿 多宝塔碑
圖 CCK31~033
東晉 王羲之 樂毅論
北魏 魏霊藏造像記
隋 龍藏寺碑
隋 智永 眞草千字文
唐 虞世南 孔子廟堂碑
唐 褚遂良 雁塔聖教序
南朝宋 爨龍顏碑
隋 智永 眞草千字文
唐 歐陽詢 皇甫誕碑
宋 蘇軾 赤壁賦
圖 CCK31~032
漢 孟孝琚碑
東晉 王獻之 洛神十三行(展大)
北魏 高貞碑

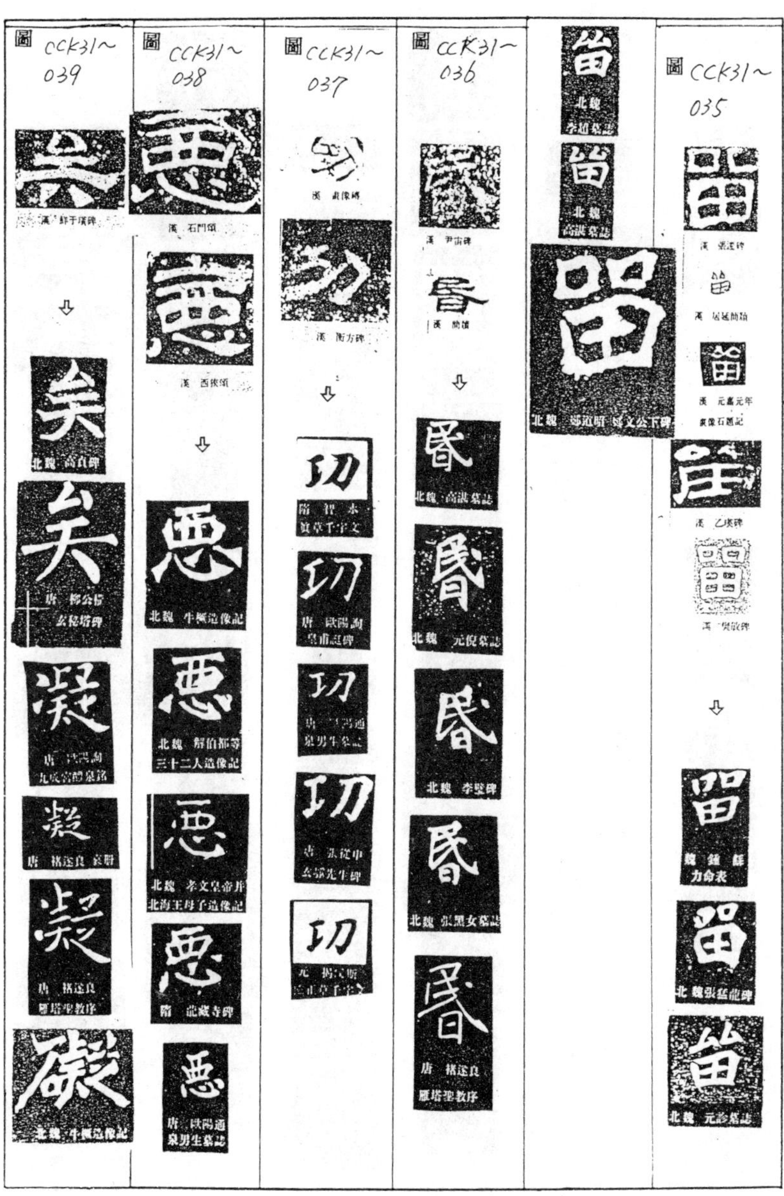

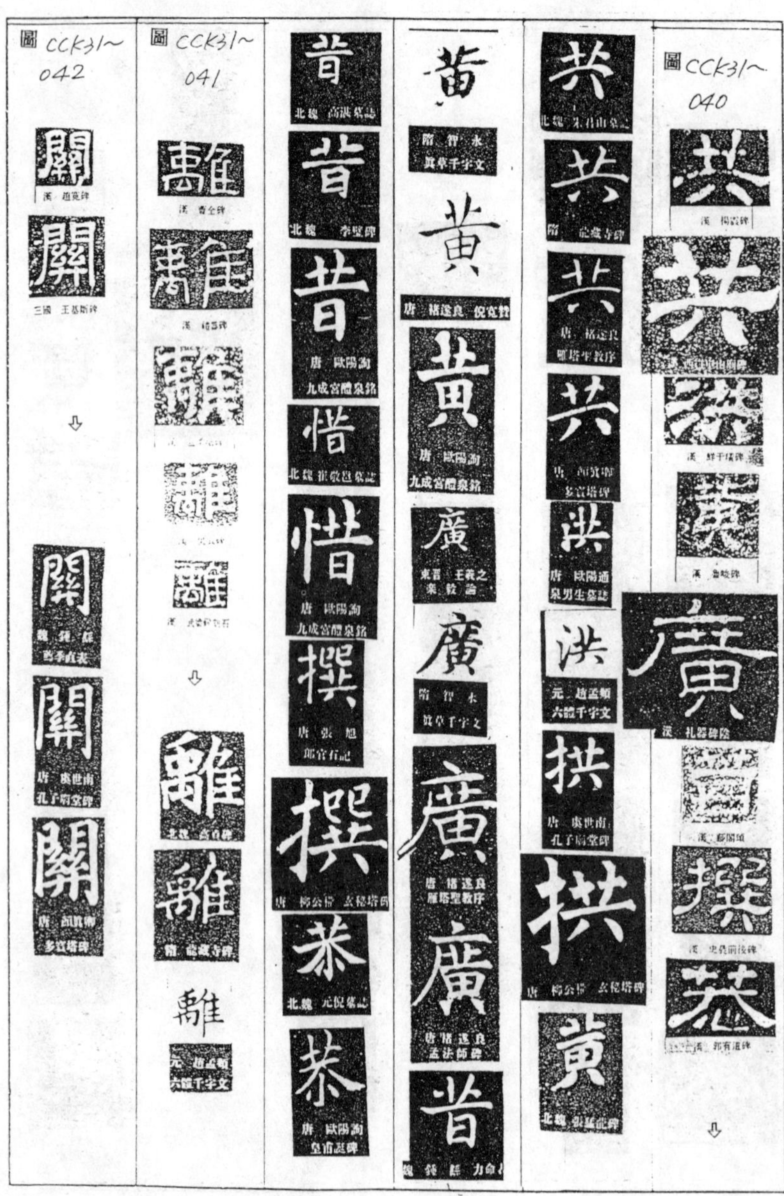

圖 CCK31~044
隸 辨
南朝宋 爨龍顏碑
隋 智永 真草千字文
五代 楊凝式 韭花帖
元 趙孟頫 六體千字文
唐 顏真卿 多寶塔碑
北魏 李超墓誌
隋 龍藏寺碑
唐 虞世南 孔子廟堂碑
北魏 馬鳴寺碑
北魏 李璧碑
唐 褚遂良 雁塔聖教序
唐 歐陽詢 皇甫誕碑
圖 CCK31~043
漢 石門頌
漢 西狹頌
漢 武梁祠刻石
唐 褚遂良 房玄齡碑

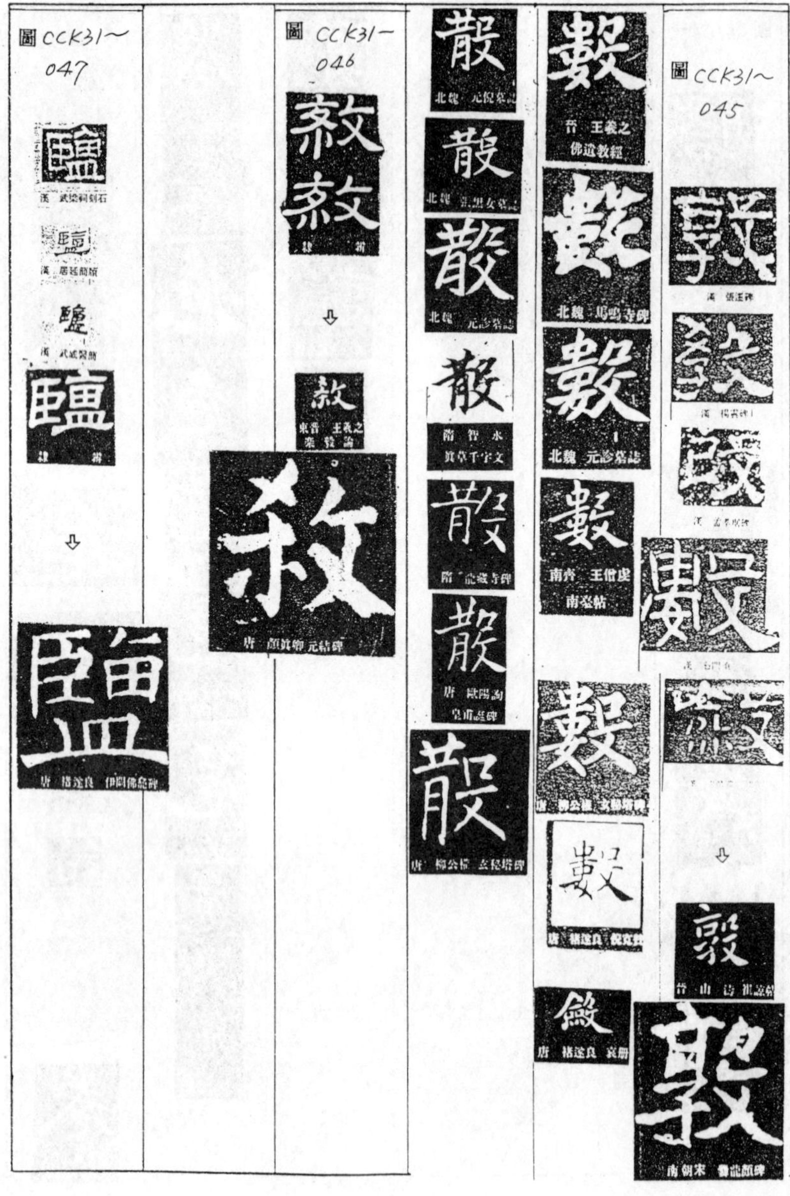

圖CCK31~047
漢 武梁祠刻石
漢 居延簡牘
漢 武威醫簡
隸 楷
唐 褚遂良 伊闕佛龕碑
圖CCK31~046
隸 楷
東晉 王羲之 樂毅論
唐 顏真卿 元結碑
北魏 元倪墓誌
北魏 元彥墓誌
隋 智永 眞草千字文
隋 龍藏寺碑
唐 歐陽詢 皇甫誕碑
唐 柳公權 玄秘塔碑
晉 王羲之 佛遺教經
北魏 馬鳴寺碑
北魏 元彥墓誌
南齊 王僧虔 南臺帖
唐 柳公權 玄秘塔碑
唐 褚遂良 倪寬贊
唐 褚遂良 哀冊
圖CCK31~045
漢 張遷碑
晉 山濤 崔諒碑
南朝宋 爨龍顏碑

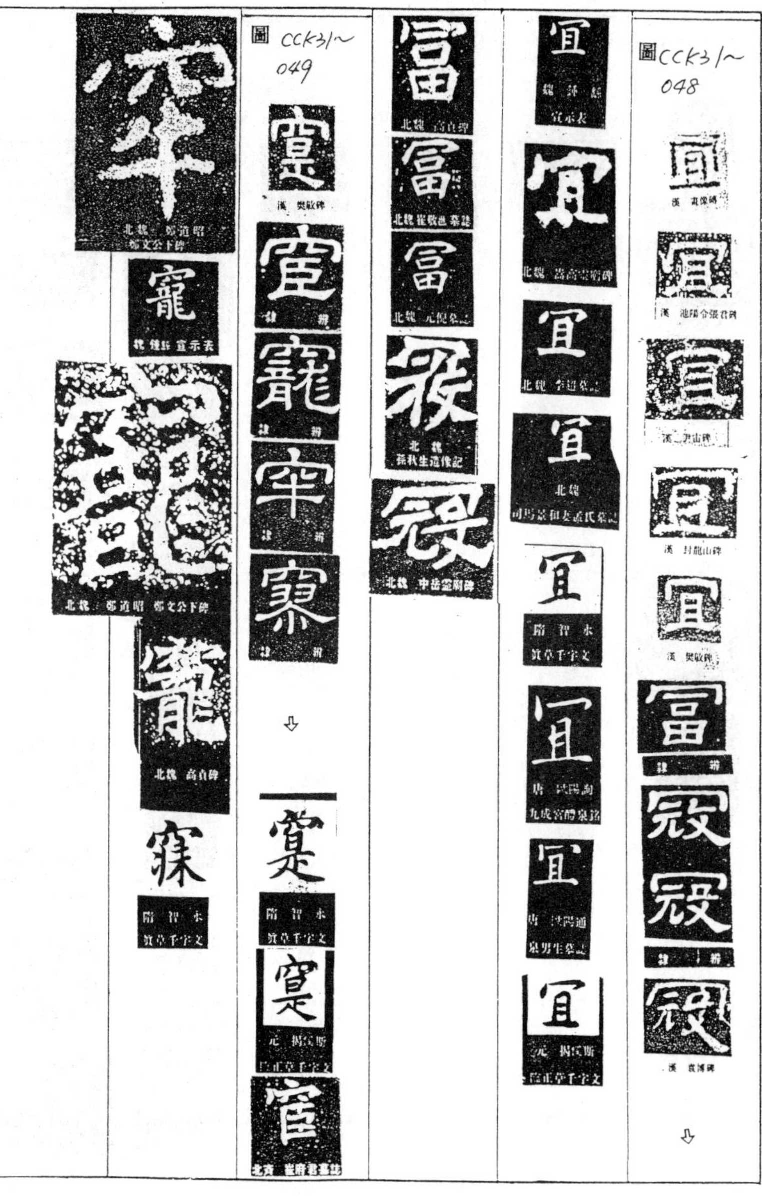

圖 CCK31~054
漢 石門頌
唐 昭仁寺碑
圖 CCK31~053
北魏 李超墓誌
北魏 姚伯多造像記
圖 CCK31~052
圖 CCK31~051
漢 孔彪碑
唐 顏真卿 多寶塔碑
漢 張壽碑
北魏 張元祖造像記
北魏 朱君山墓誌
北魏 元倪墓誌
隋 智永 真草千字文
隋 智永 真草千字文
隋 龍藏寺碑
圖 CCK31~050
漢 曹全碑
漢 郭有道碑
漢 孔彪碑
漢 曹全碑
漢 郭有道碑
漢 西狹頌

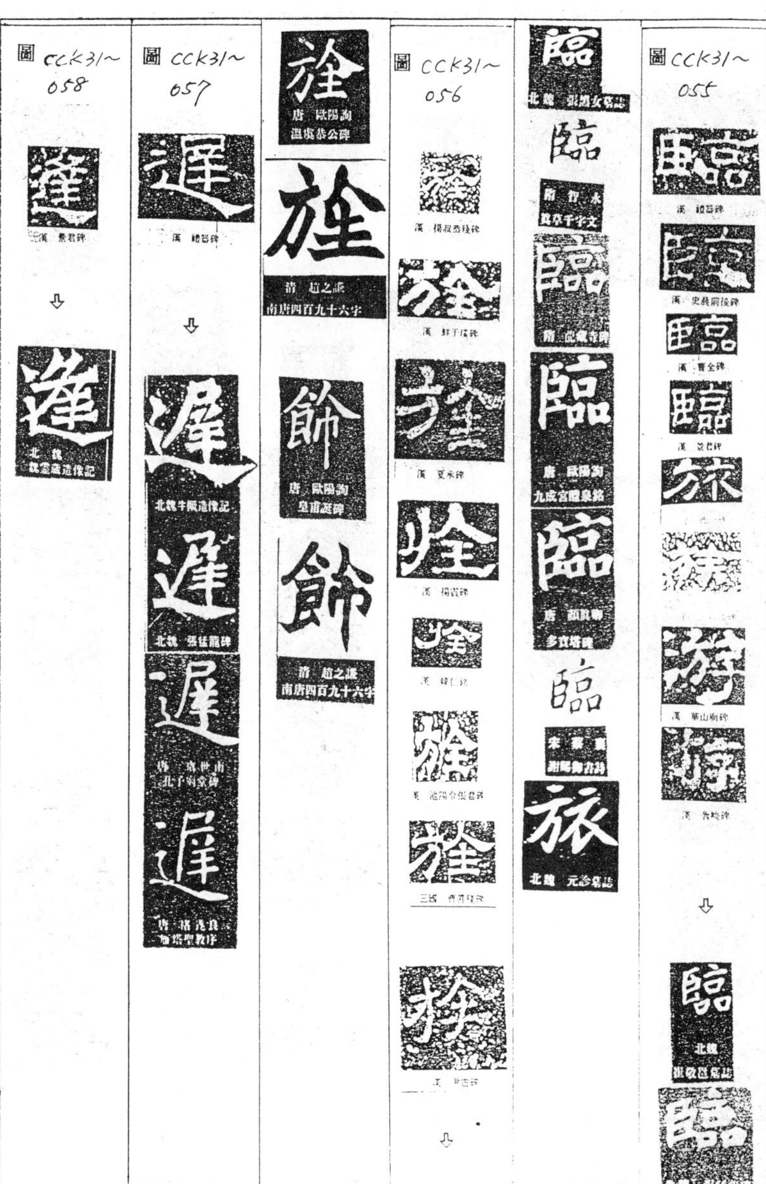
圖 CCK31~058
漢 景君碑
北魏 魏靈藏造像記
圖 CCK31~057
漢 曹全碑
北魏 牛橛造像記
北魏 張猛龍碑
唐 虞世南 孔子廟堂碑
唐 褚遂良 雁塔聖教序
唐 歐陽詢 溫虞恭公碑
清 趙之謙 南唐四百九十六字
唐 歐陽詢 皇甫誕碑
清 趙之謙 南唐四百九十六字
圖 CCK31~056
漢 楊叔恭殘碑
漢 鮮于璜碑
漢 夏承碑
漢 楊震碑
漢 韓仁銘
三國 曹真殘碑
北魏 張黑女墓誌
隋 智永 真草千字文
隋 龍藏寺碑
唐 歐陽詢 九成宮醴泉銘
唐 顏真卿 多寶塔碑
宋 蔡襄 謝賜御書詩
北魏 元診墓誌
圖 CCK31~055
漢 禮器碑
漢 史晨前後碑
漢 曹全碑
漢 景君碑
漢 華山廟碑
北魏 崔敬邕墓誌
北魏 張猛龍碑

圖CCK31~063
圖CCK31~062
圖CCK31~061
圖CCK31~060
圖CCK31~059
漢 乙瑛碑
漢 張遷碑陰
北魏 鄭道昭 鄭文公下碑
北魏 石挽墓誌
北魏 朱君山墓誌
唐 褚遂良倪寬贊
唐 歐陽詢九成宮醴泉銘
唐 顏真卿多寶塔碑
隋 智永真草千字文
北魏 朱君山墓誌

(2) 受其他帖體字影響者

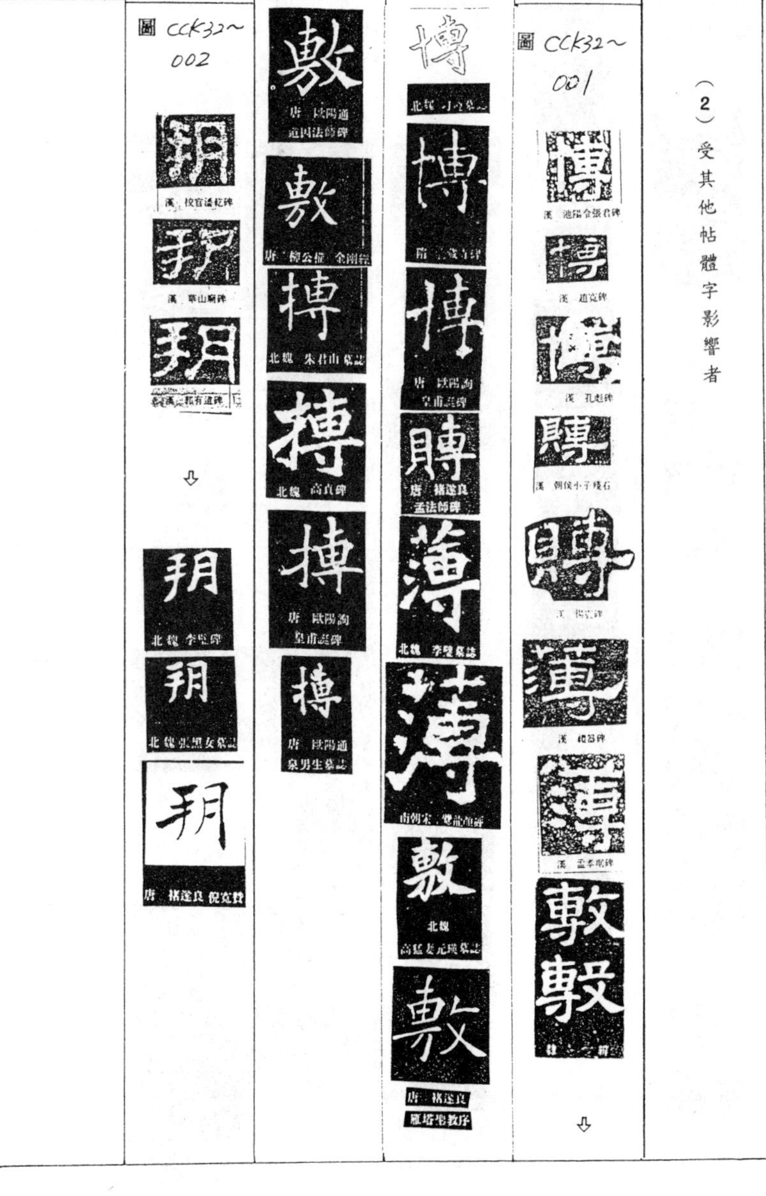

4：形遠亦代用

（1）受其他正體字影響者

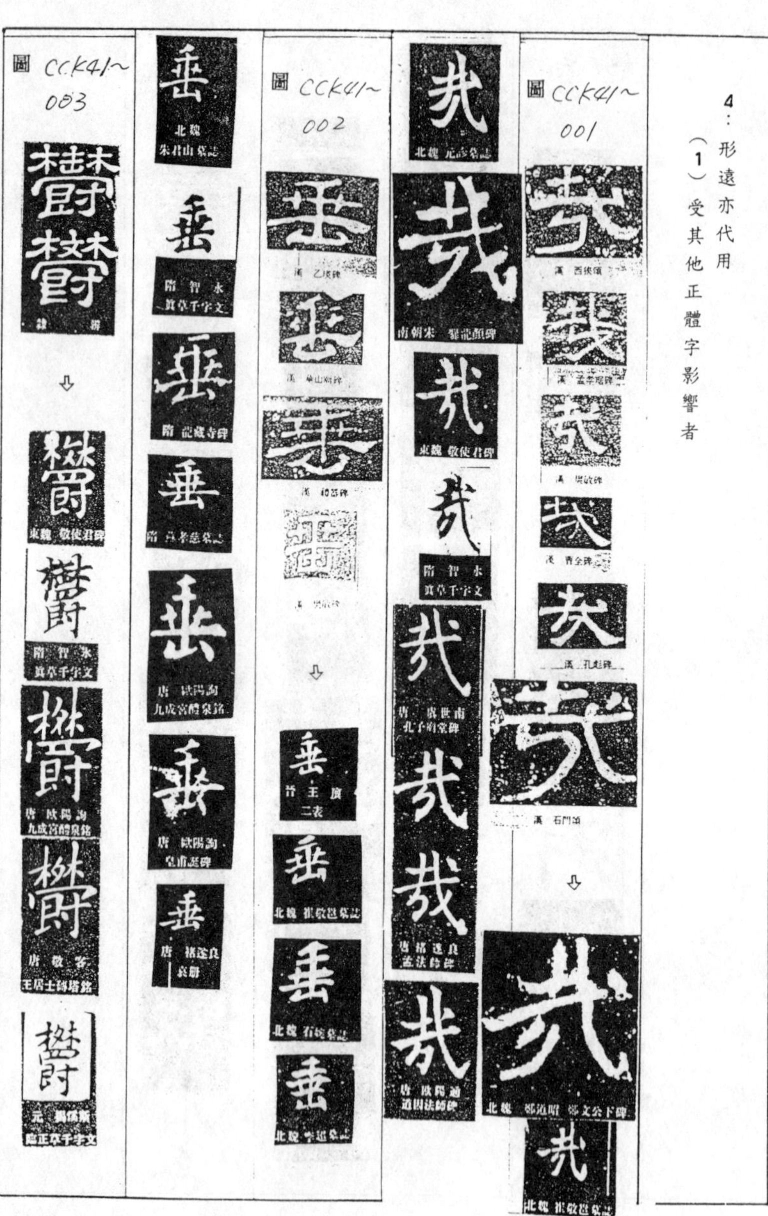

圖CCK41~004

北齊 感孝頌

漢 夏承碑

漢 袁博碑

隋 智永 真草千字文

元 趙孟頫 六體千字文

圖CCK41~005

漢 楊震碑

北魏 魏靈藏造像記

圖CCK41~006

隸辨

隋 智永 真草千字文

唐 虞世南 孔子廟堂碑

(2) 受其他帖體字影響者

圖CCK42~001

隸辨

北魏 李璧墓誌銘

唐 歐陽通 道因法師碑

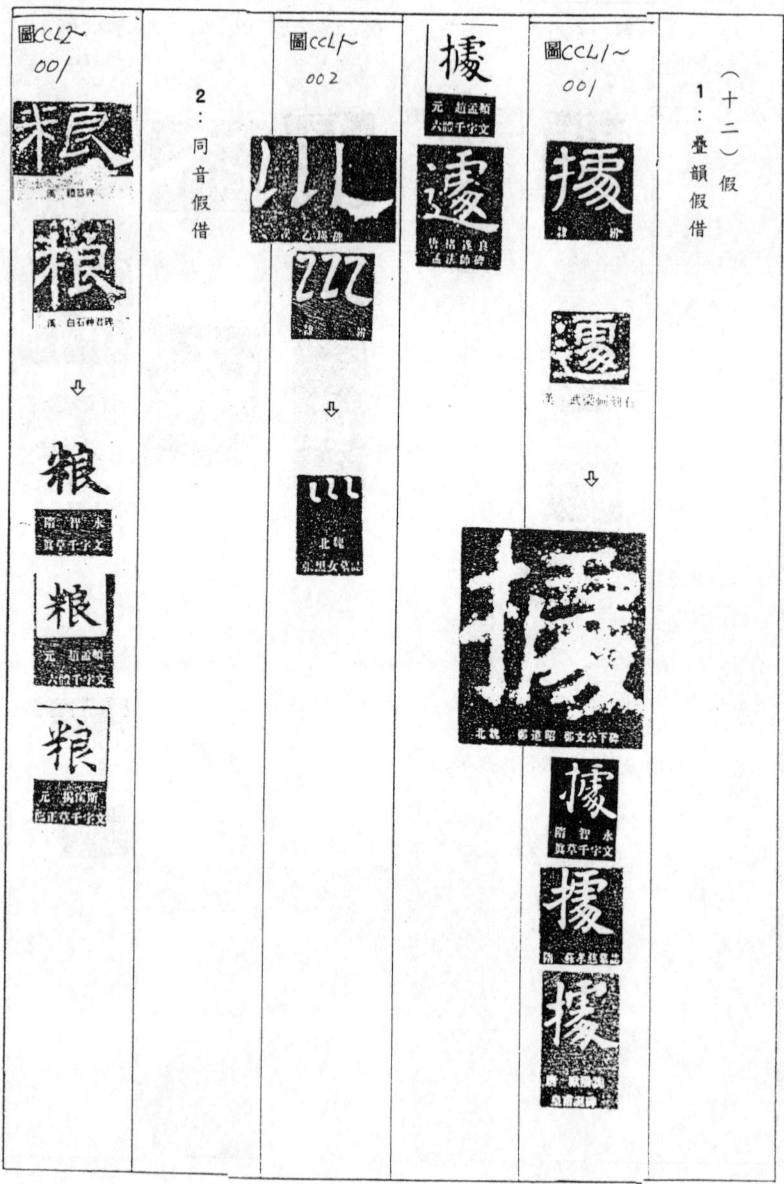
（十二）假借
1：疊韻假借
圖CCL1~001
漢 武梁祠刻石
北魏 鄭道昭 鄭文公下碑
隋 智永 真草千字文
唐 歐陽詢 皇甫誕碑
元 趙孟頫 六體千字文
唐 褚遂良 孟法師碑
圖CCL1~002
漢 乙瑛碑
北魏 張黑女墓誌
2：同音假借
圖CCL2~001
漢 白石神君碑
隋 智永 真草千字文
元 趙孟頫 六體千字文

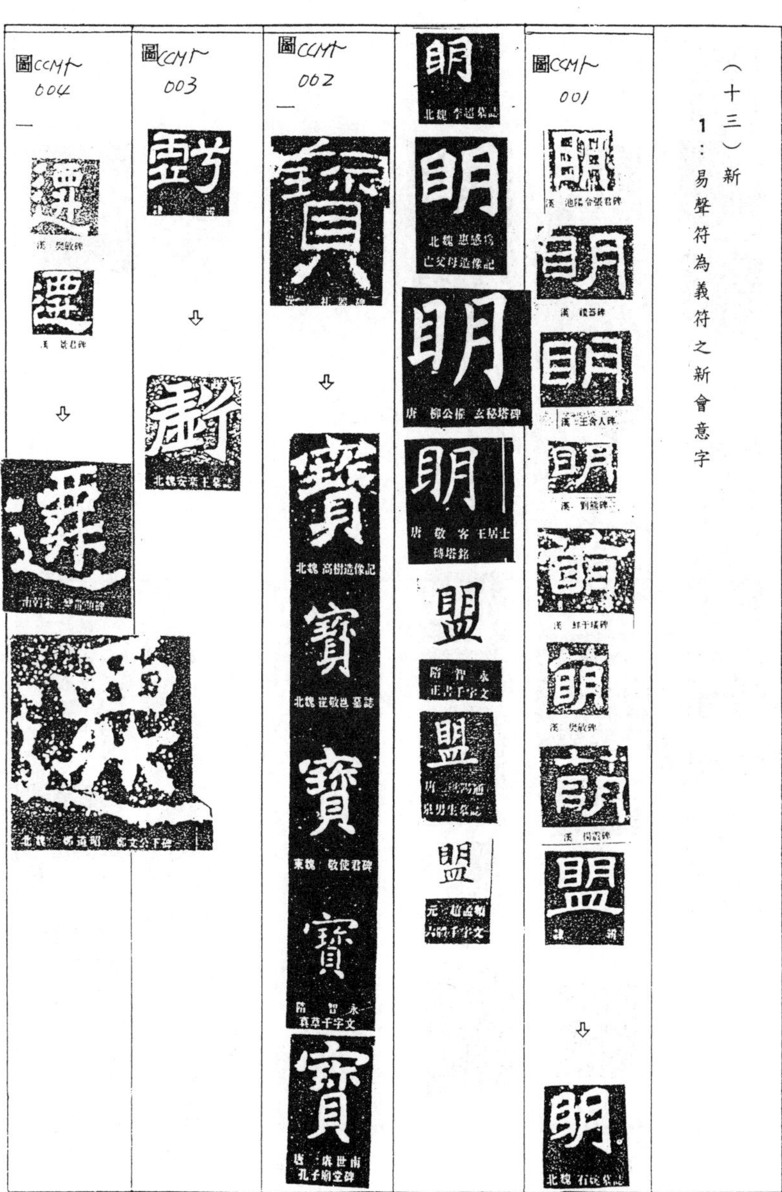
（十三）新
1：易聲符為義符之新會意字

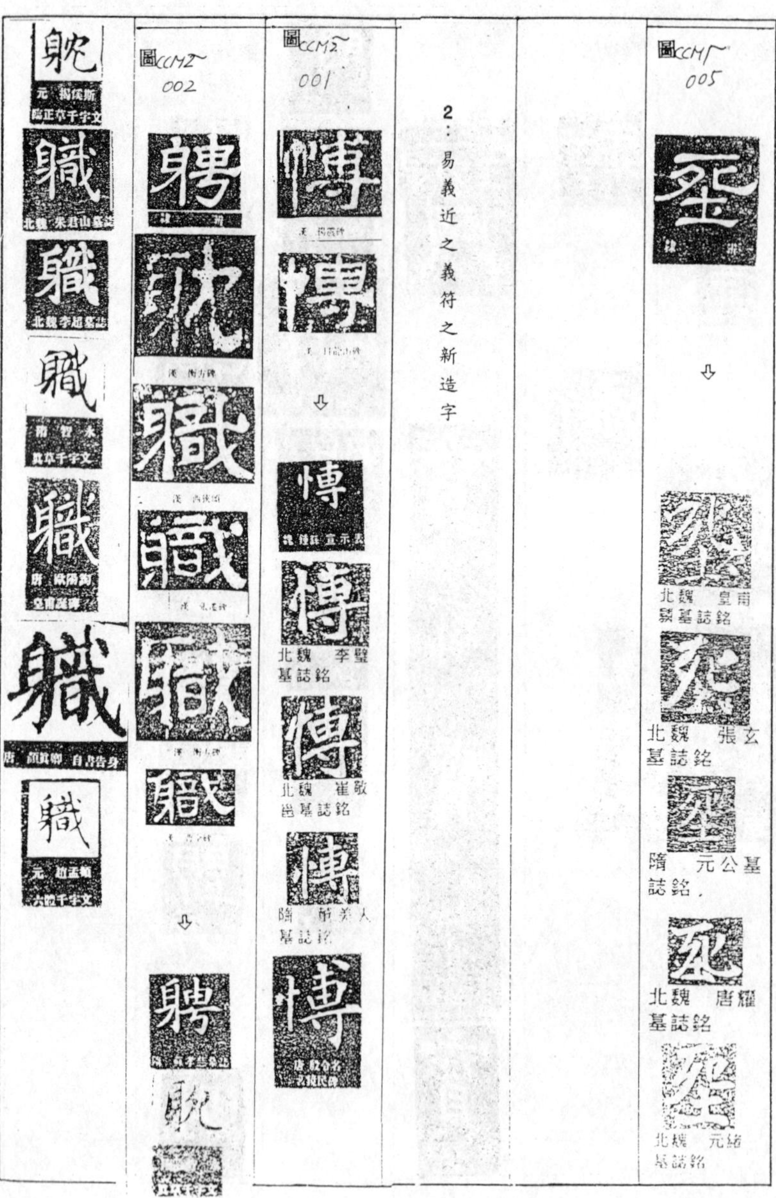
2：易義近之義符之新造字
元 揭傒斯
臨正草千字文
北魏 朱君山墓誌
北魏李超墓誌
隋 智永
真草千字文
唐 歐陽詢
皇甫誕碑
唐 顏眞卿 自書告身
元 趙孟頫
六體千字文
北魏 李璧
墓誌銘
北魏 崔敬
邕墓誌銘
北魏 皇甫
驎墓誌銘
北魏 張玄
墓誌銘
隋 元公墓
誌銘
北魏 唐耀
墓誌銘
北魏 元緒
墓誌銘

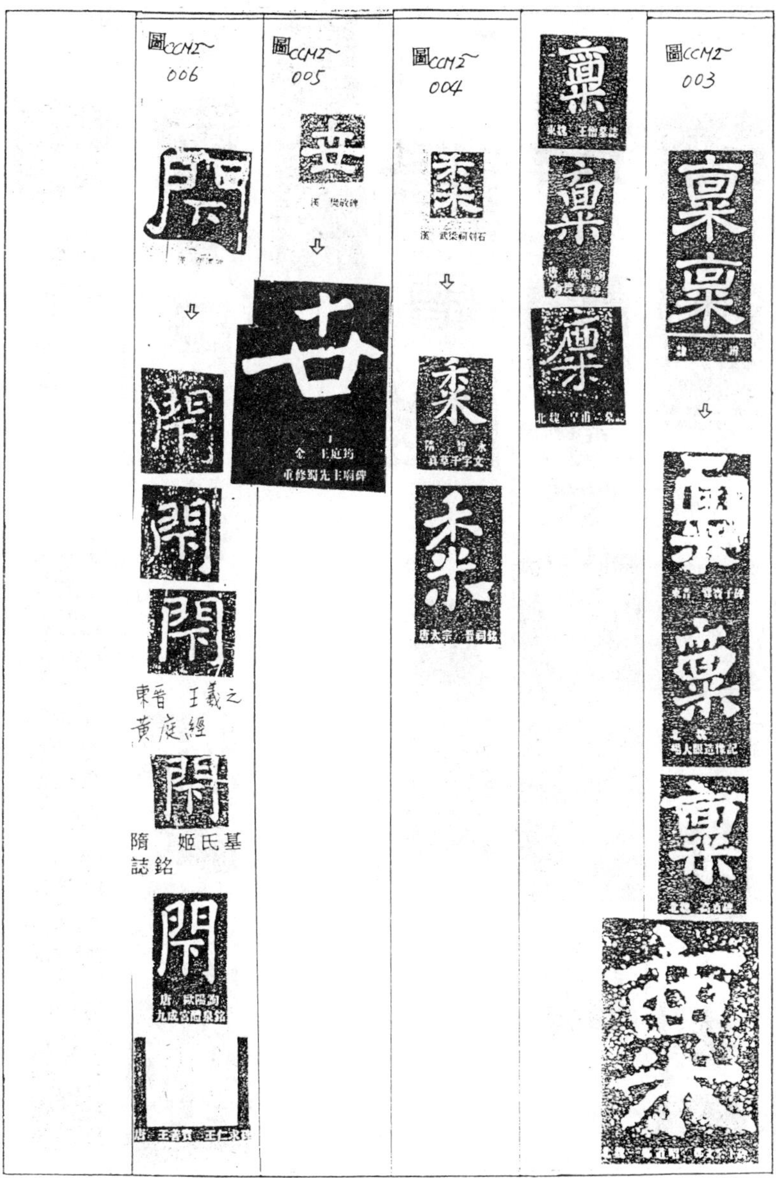
圖CCMZ-006
東晉 王羲之
黃庭經
隋 姬氏墓誌銘
唐 歐陽詢
九成宮醴泉銘
圖CCMZ-005
金 王庭筠
重修蜀先主廟碑
圖CCMZ-004
漢 武梁祠刻石
隋 智永
真草千字文
唐太宗 晉祠銘
圖CCMZ-003

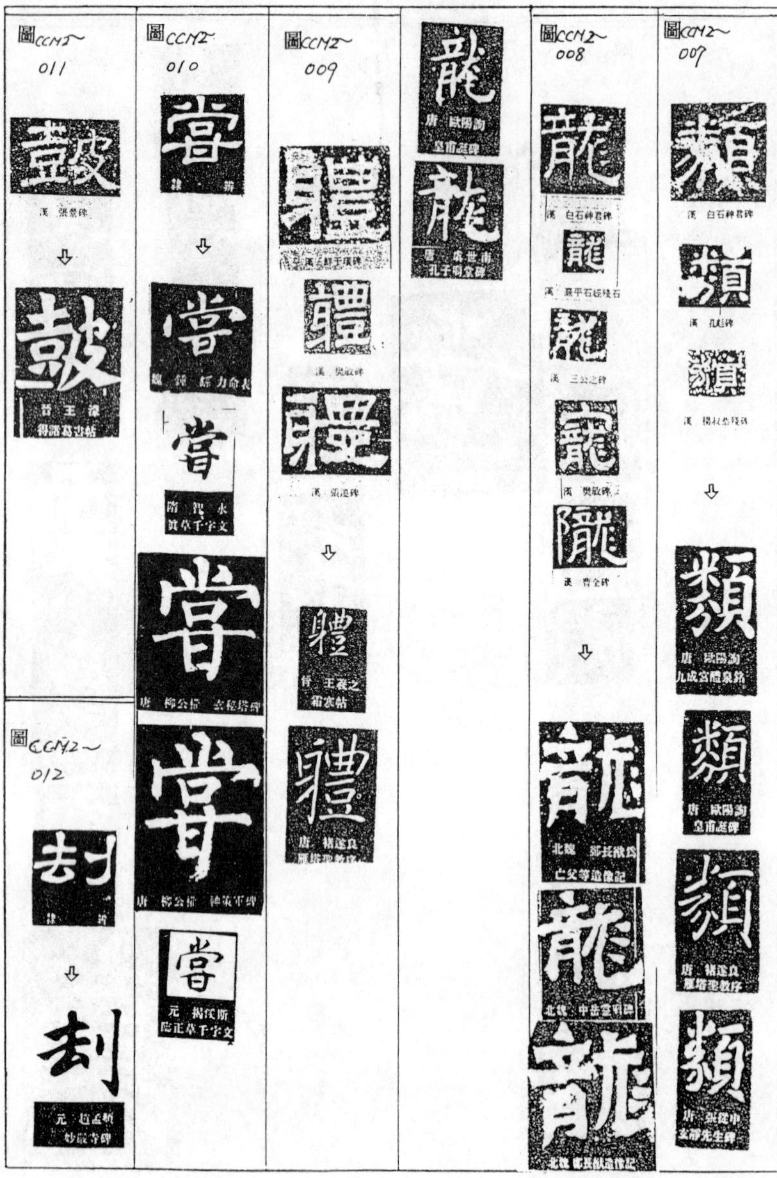

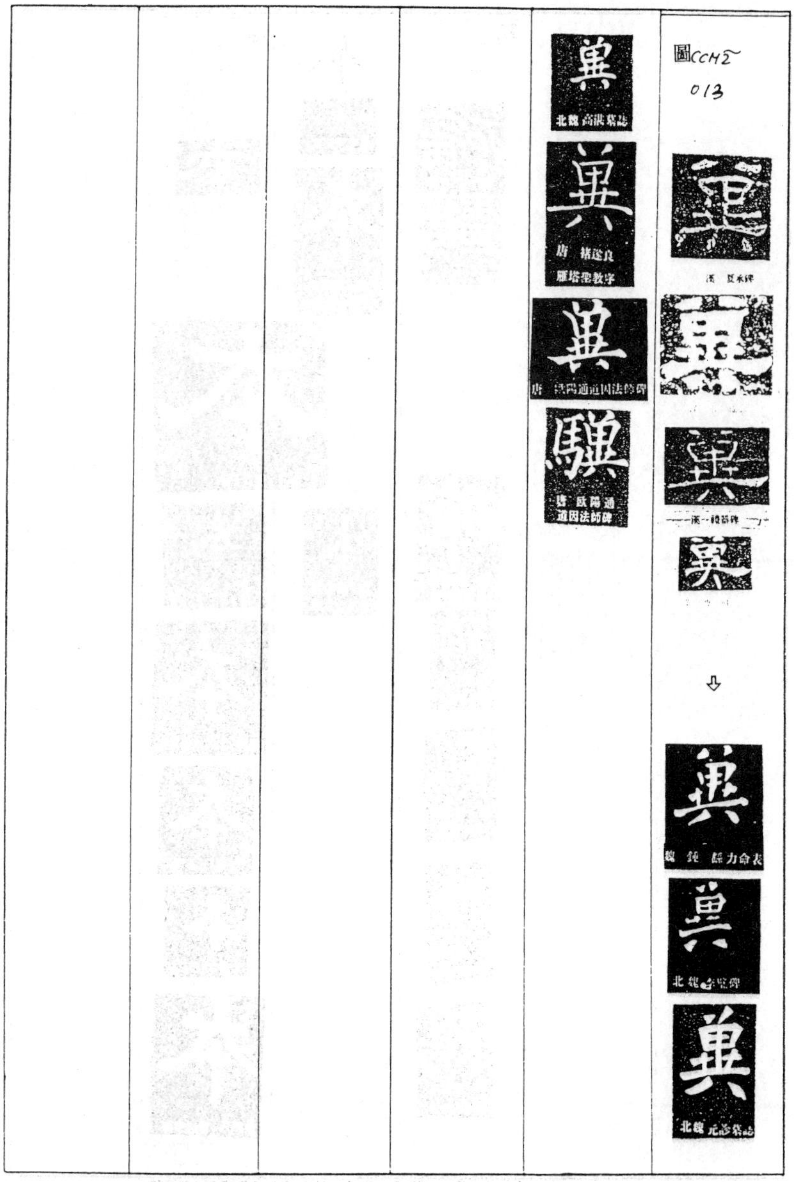

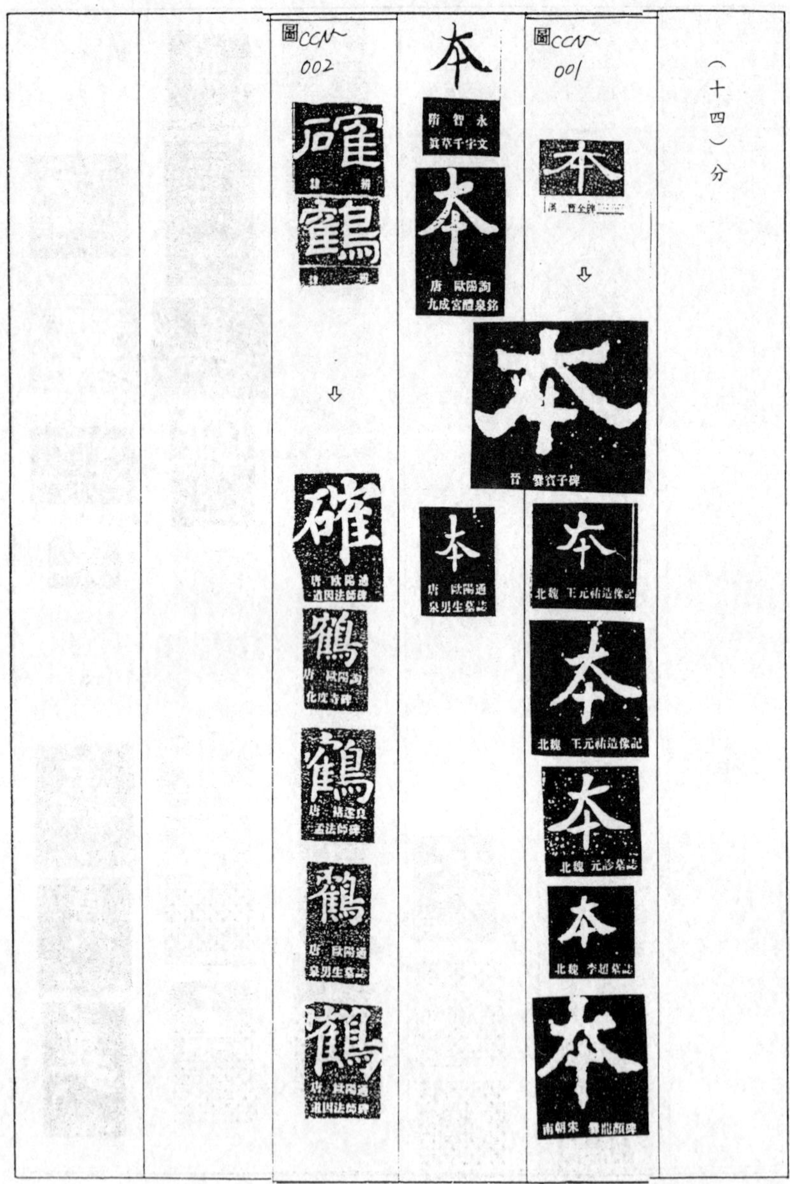
（十四）分
圖CCN-001
本
晉 爨寶子碑
北魏 王元祐造像記
北魏 李超墓誌
南朝宋 爨龍顏碑
本
隋 智永 眞草千字文
唐 歐陽詢 九成宮醴泉銘
唐 歐陽通 泉男生墓誌
圖CCN-002
確
鶴
唐 歐陽通 道因法師碑
唐 歐陽詢 化度寺碑
唐 褚遂良 孟法師碑
唐 歐陽通 泉男生墓誌
唐 歐陽通 道因法師碑

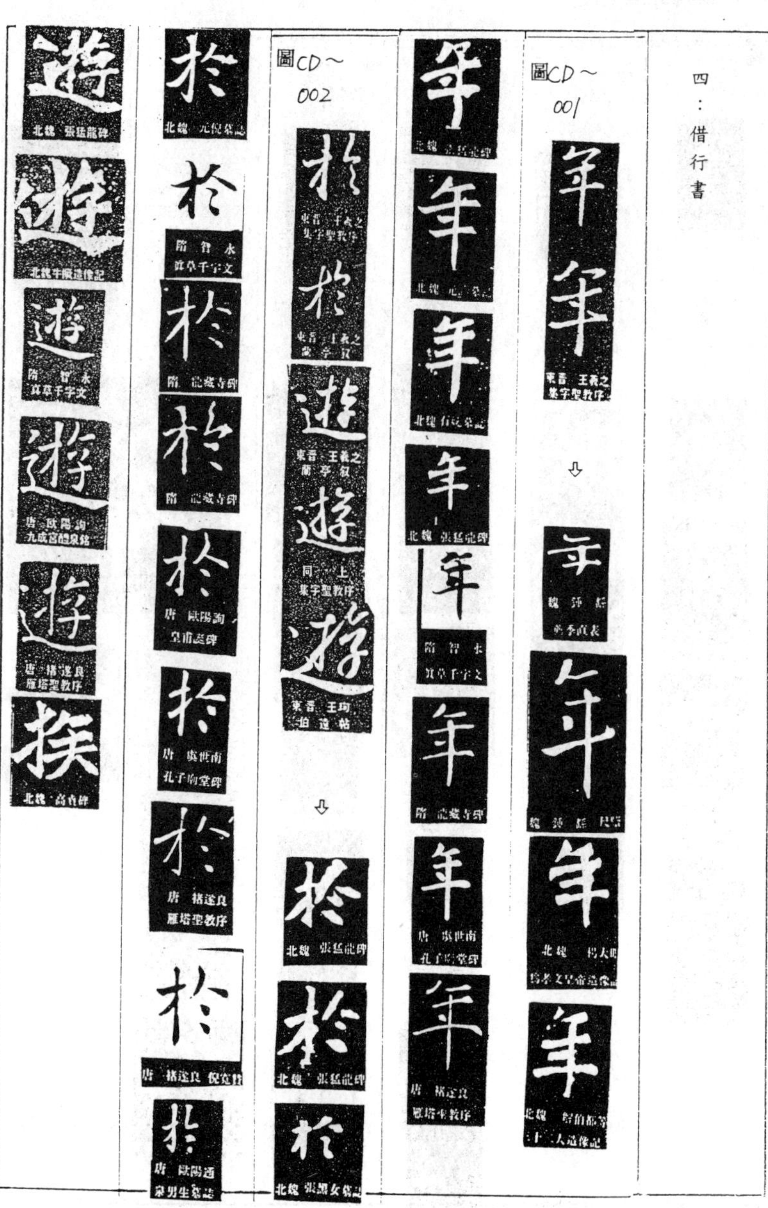
四：借行書
圖CD～001
東晉 王羲之 集字聖教序
圖CD～002
北魏 張猛龍碑
北魏 元倪墓誌
隋 智永 真草千字文
隋 龍藏寺碑
唐 歐陽詢 九成宮醴泉銘
唐 褚遂良 雁塔聖教序
北魏 高貞碑
唐 虞世南 孔子廟堂碑
東晉 王珣 伯遠帖
唐 歐陽通 泉男生墓誌

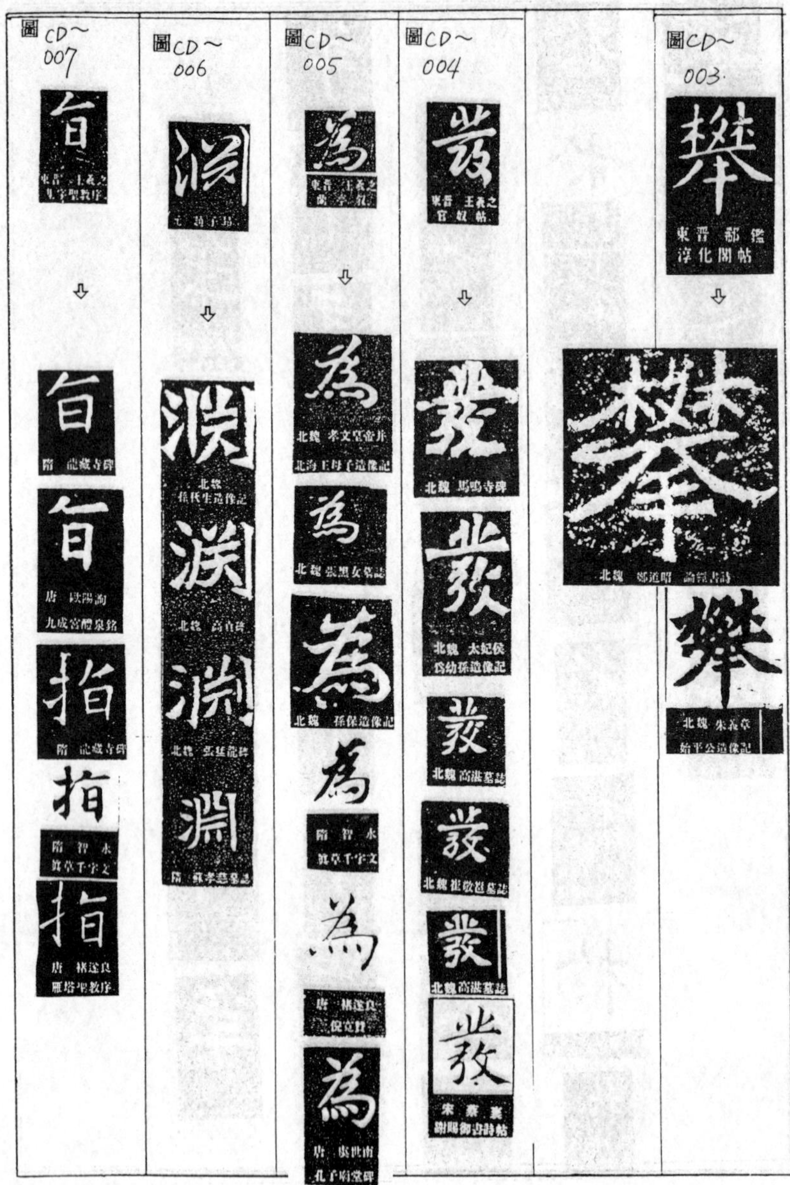

圖CD~003
東晉 郗鑒 淳化閣帖
北魏 鄭道昭 論經書詩
北魏 朱義章 始平公造像記
圖CD~004
東晉 王羲之 官奴帖
北魏 馬鳴寺碑
北魏 太妃侯 為幼孫造像記
北魏 高湛墓誌
北魏 崔敬邕墓誌
北魏 高湛墓誌
宋 蔡襄 謝賜御書詩帖
圖CD~005
東晉 王羲之 蘭亭敘
北海王母子造像記
北魏 張黑女墓誌
北魏 孫保造像記
隋 智永 真草千字文
唐 褚遂良 倪寬贊
唐 虞世南 孔子廟堂碑
圖CD~006
北魏 高貞碑
北魏 張猛龍碑
隋 蘇孝慈墓誌
圖CD~007
東晉 王羲之 集字聖教序
隋 龍藏寺碑
唐 歐陽詢 九成宮醴泉銘
隋 龍藏寺碑
隋 智永 真草千字文
唐 褚遂良 雁塔聖教序

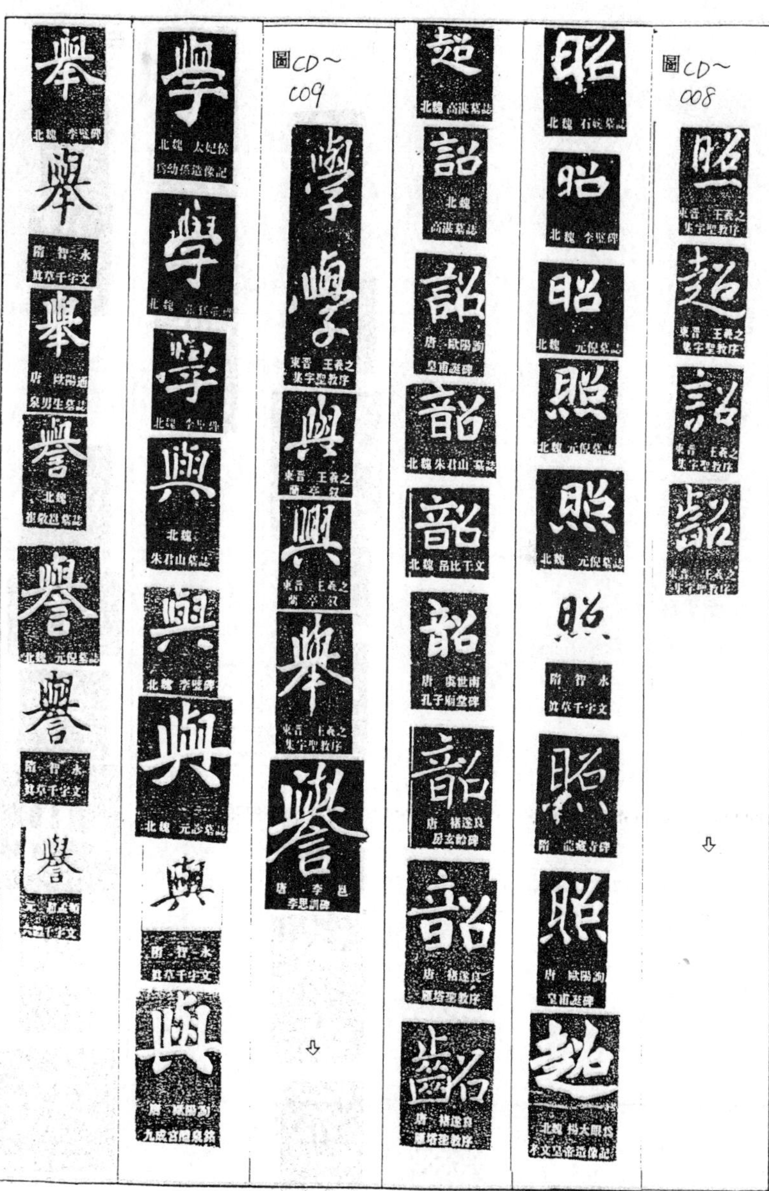

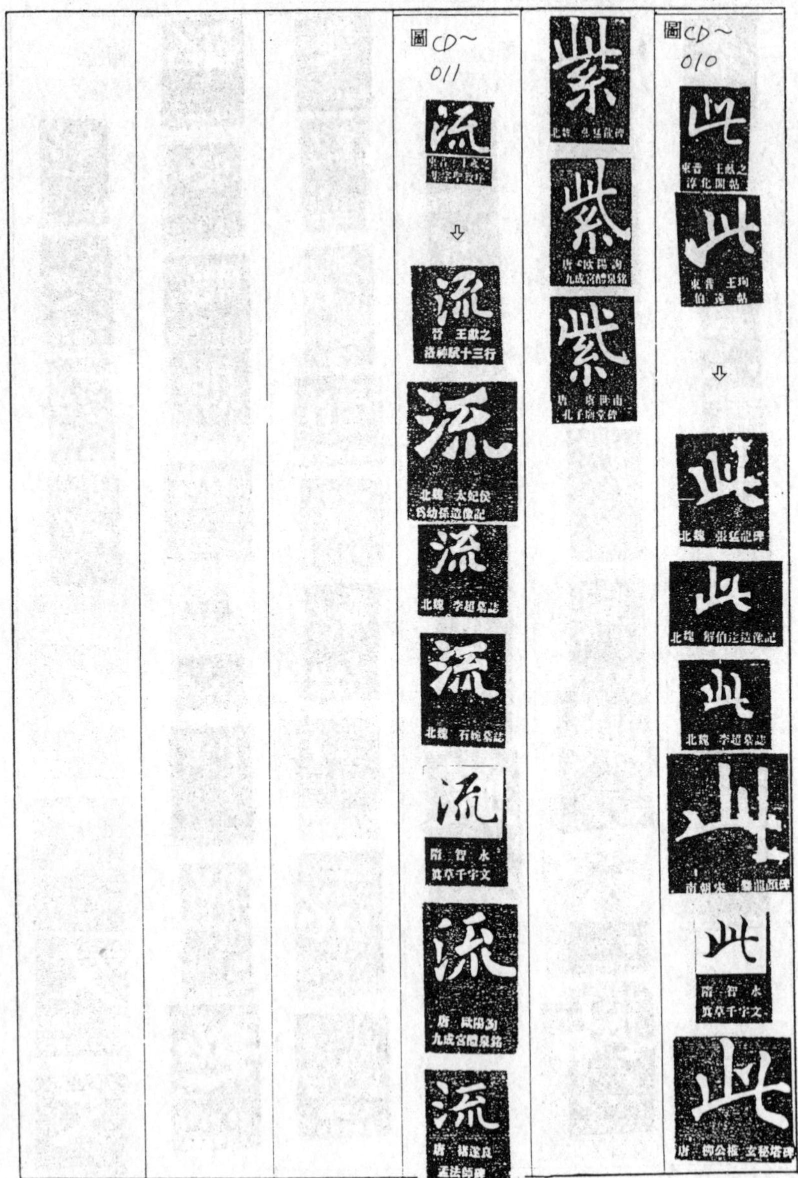
圖CD~010
此
東晉 王獻之
淳化閣帖
東晉 王珣
伯遠帖
北魏 張猛龍碑
北魏 解伯達造像記
北魏 李超墓誌
南朝宋 爨龍顏碑
隋 智永
真草千字文
唐 柳公權 玄秘塔碑
紫
北魏 張猛龍碑
唐 歐陽詢
九成宮醴泉銘
唐 虞世南
孔子廟堂碑
圖CD~011
流
晉 王獻之
洛神賦十三行
北魏 太妃侯
爲幼孫造像記
北魏 李超墓誌
北魏 石婉墓誌
隋 智永
真草千字文
唐 歐陽詢
九成宮醴泉銘
唐 褚遂良
孟法師碑

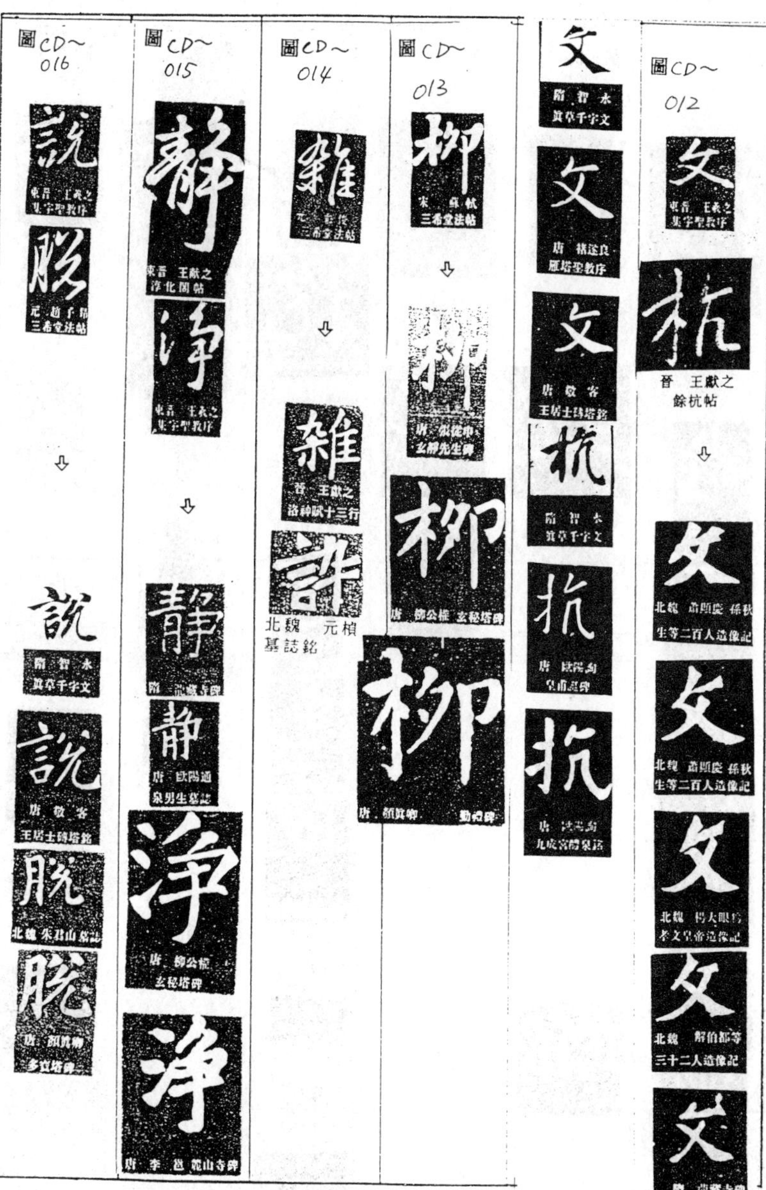

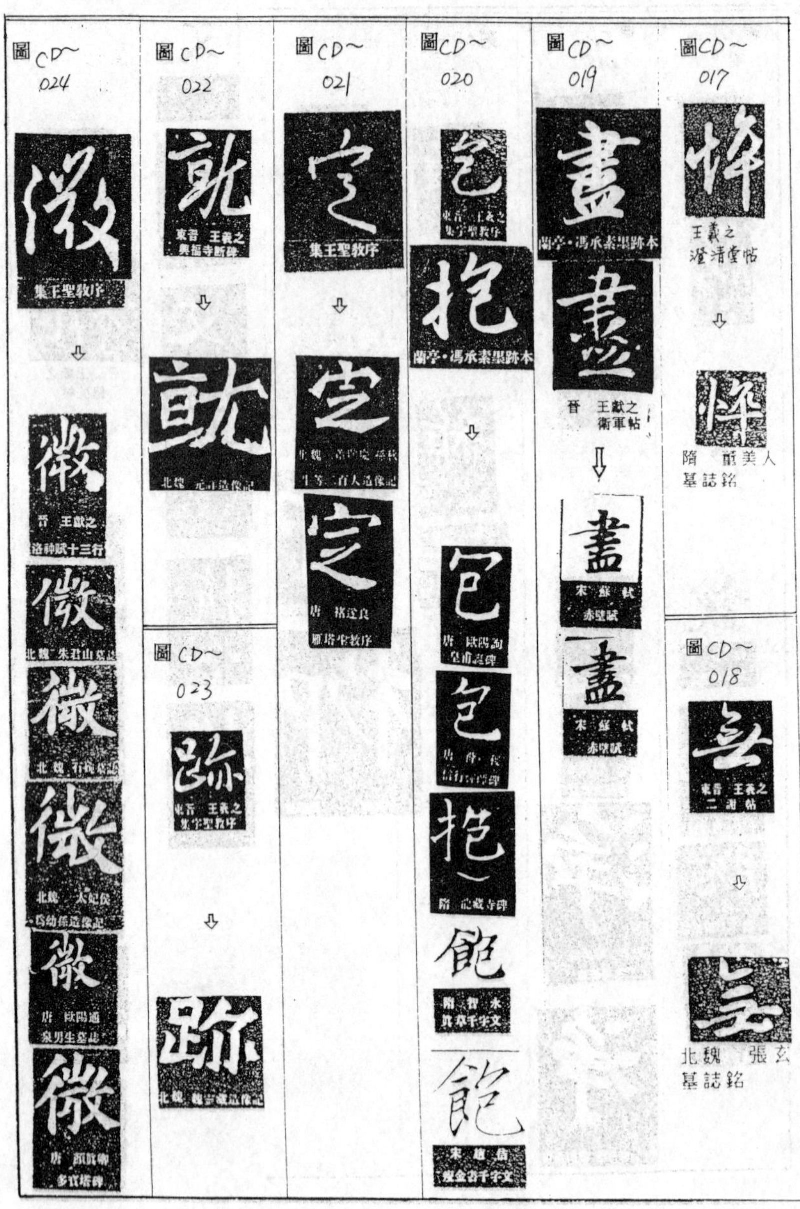
圖CD~024
集王聖教序
晉 王獻之 洛神賦十三行
北魏 朱君山墓誌
北魏 石婉墓誌
北魏 太妃侯 為幼孫造像記
唐 歐陽通 泉男生墓誌
唐 顏真卿 多寶塔碑
圖CD~022
東晉 王羲之 興福寺斷碑
圖CD~023
東晉 王羲之 集字聖教序
圖CD~021
集王聖教序
唐 褚遂良 雁塔聖教序
圖CD~020
東晉 王羲之 集字聖教序
蘭亭・馮承素墨跡本
唐 歐陽詢 皇甫誕碑
隋 龍藏寺碑
隋 智永 真草千字文
宋 趙佶 瘦金書千字文
圖CD~019
蘭亭・馮承素墨跡本
晉 王獻之 衛軍帖
宋 蘇軾 赤壁賦
宋 蘇軾 赤壁賦
圖CD~017
王羲之 澄清堂帖
隋 董美人 墓誌銘
圖CD~018
東晉 王羲之 二謝帖
北魏 張玄 墓誌銘

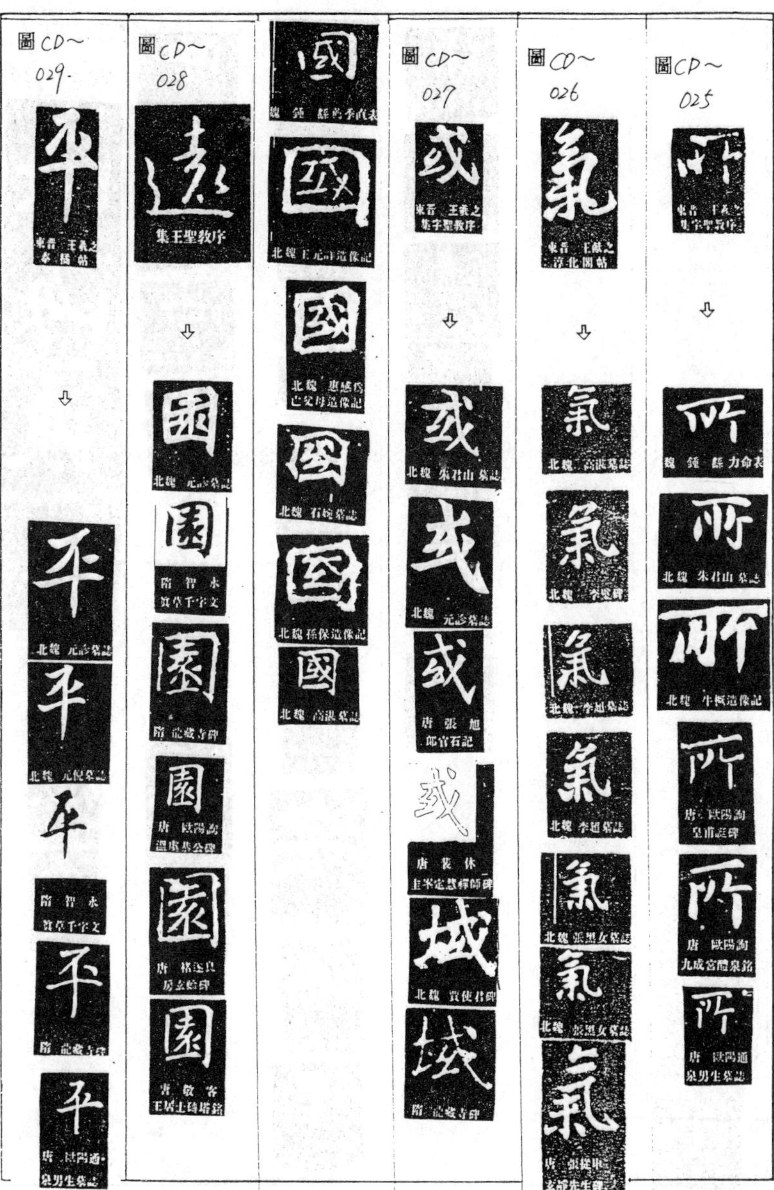
圖CD~029
東晉 王羲之 奉橘帖
北魏 元詮墓誌
北魏 元倪墓誌
隋 智永 眞草千字文
隋 龍藏寺碑
唐 歐陽通 泉男生墓誌
圖CD~028
集王聖教序
北魏 元詮墓誌
隋 智永 眞草千字文
隋 龍藏寺碑
唐 歐陽詢 溫彥博公碑
唐 褚遂良 房玄齡碑
唐 敬客 王居士磚塔銘
魏 鍾繇 薦季直表
北魏 王元詳造像記
北魏 惠感爲亡父母造像記
北魏 石婉墓誌
北魏 孫保造像記
北魏 高湛墓誌
圖CD~027
東晉 王羲之 集字聖教序
北魏 朱君山墓誌
北魏 元詮墓誌
唐 張旭 郎官石記
唐 裴休 圭峯定慧禪師碑
北魏 賈使君碑
隋 龍藏寺碑
圖CD~026
東晉 王獻之 淳化閣帖
北魏 高湛墓誌
北魏 李璧碑
北魏 李超墓誌
北魏 李超墓誌
北魏 張黑女墓誌
北魏 張黑女墓誌
唐 張從申 玄靜先生碑
圖CD~025
東晉 王羲之 集字聖教序
魏 鍾繇 力命表
北魏 朱君山墓誌
北魏 牛橛造像記
唐 歐陽詢 皇甫誕碑
唐 歐陽詢 九成宮醴泉銘
唐 歐陽通 泉男生墓誌

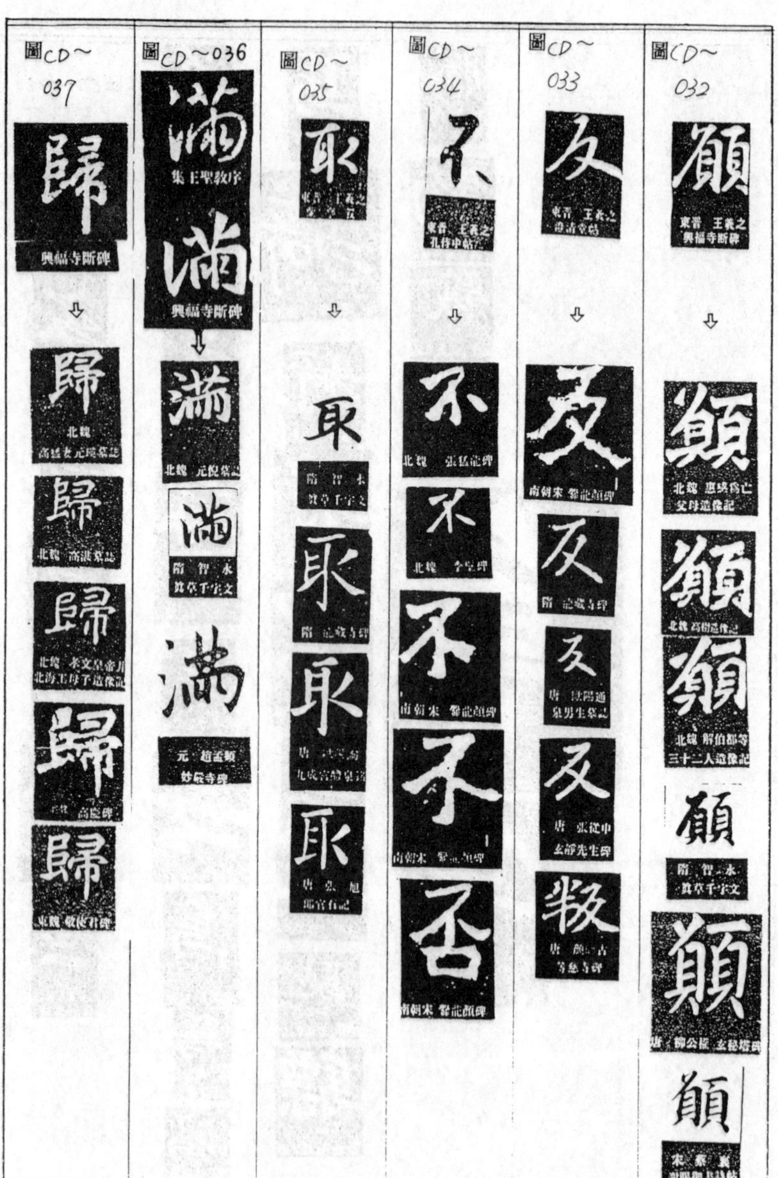
圖CD～037
興福寺斷碑
北魏 高甚妻元瑛墓誌
北魏 高湛墓誌
東魏 敬使君碑
圖CD～036
集王聖教序
興福寺斷碑
北魏 元倪墓誌
隋 智永 眞草千字文
元 趙孟頫 妙嚴寺碑
圖CD～035
東晉 王羲之
隋 智永 眞草千字文
隋 龍藏寺碑
圖CD～034
北魏 張猛龍碑
南朝宋 爨龍顏碑
圖CD～033
南朝宋 爨龍顏碑
隋 龍藏寺碑
唐 張從申 玄靜先生碑
圖CD～032
東晉 王羲之 興福寺斷碑
三十二人造像記
隋 智永 眞草千字文
唐 柳公權 玄秘塔碑

圖CD~041
圖CD~040
圖CD~039
圖CD~038
北魏 元詮墓誌
北魏 張敬造墓誌
唐 歐陽詢 皇甫誕碑
唐 顏真卿 多寶塔碑
晉 王獻之 洛神賦十三行
北魏 高猛妻元瑛墓誌
隋 智永 眞草千字文
隋 龍藏寺碑
唐 柳公權 玄秘塔碑
晉 王獻之 洛神賦十三行
北魏 朱君山墓誌
北魏 元倪墓誌
唐 歐陽詢 九成宮醴泉銘
東晉 王羲之 蘭亭敍
蘭亭·馮承素墨跡本
集王聖教序
東晉 王羲之 集字聖教序
興福寺斷碑
唐 褚遂良 孟法師碑
唐 褚遂良 雁塔聖教序
劉宋 王僧虔 謝憲帖
唐 虞世南 孔子廟堂碑
東晉 王羲之 集字聖教序
北魏 李超墓誌
碑象德報
北魏 元詳造像記
東魏 敬使君碑

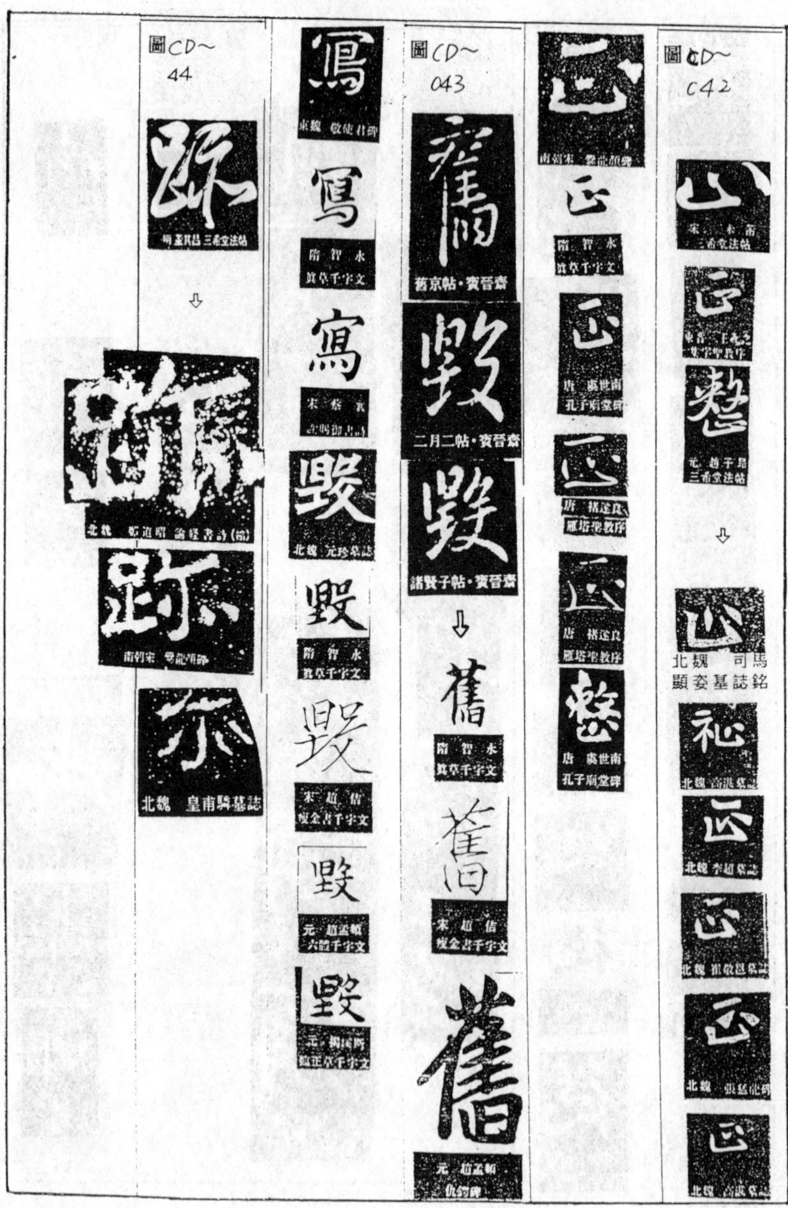

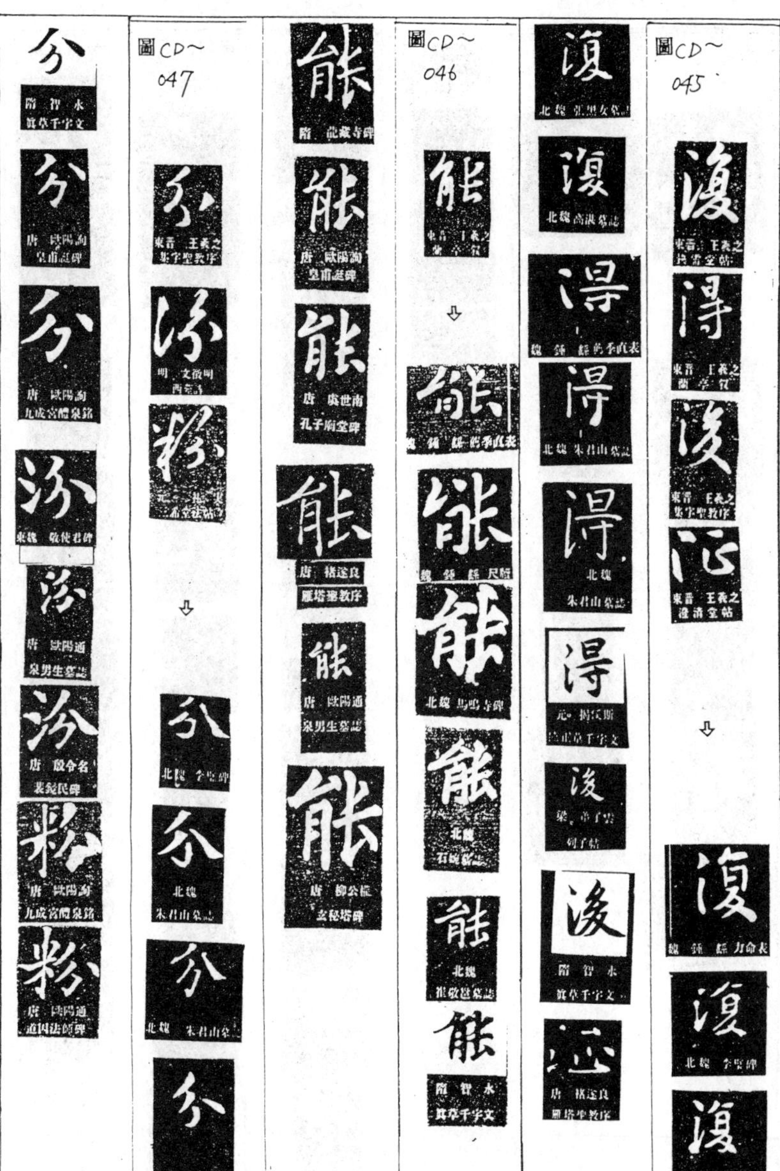

圖CD~052
姨母帖・眞賞齋
北魏 孫秋生造像記
唐 歐陽詢 九成宮醴泉銘
唐 歐陽詢 化度寺碑
唐 褚遂良 倪寬贊
唐 褚遂良 雁塔聖教序
圖CD~051
蘭亭・馮承素墨跡本
晉 謝莊 瑞雪詠
唐 褚遂良 孟法師碑
唐 顏眞卿 多寶塔碑
宋 黃庭堅 伯夷叔齊廟碑
隋 智永 眞草千字文
唐 歐陽詢 九成宮醴泉銘
唐 褚遂良 雁塔聖教序
唐 褚遂良 倪寬贊
圖CD~050
唐釋懷仁 集王羲之書聖教序
唐 歐陽詢 九成宮醴泉銘
唐 顏眞卿 多寶塔碑
唐 虞世南 孔子廟堂碑
北魏 元倪墓誌
北魏 張黑女墓誌
北魏 崔敬邕墓誌
圖CD~049
定聽帖・右軍
唐 歐陽通 泉男生墓誌
隋 智永 眞草千字文
隋 龍藏寺碑
唐 褚遂良 倪寬贊
圖CD~048
集王聖教序
興福寺斷碑
北魏 張黑女墓誌
唐 歐陽詢 皇甫誕碑
唐 張旭 郎官石記

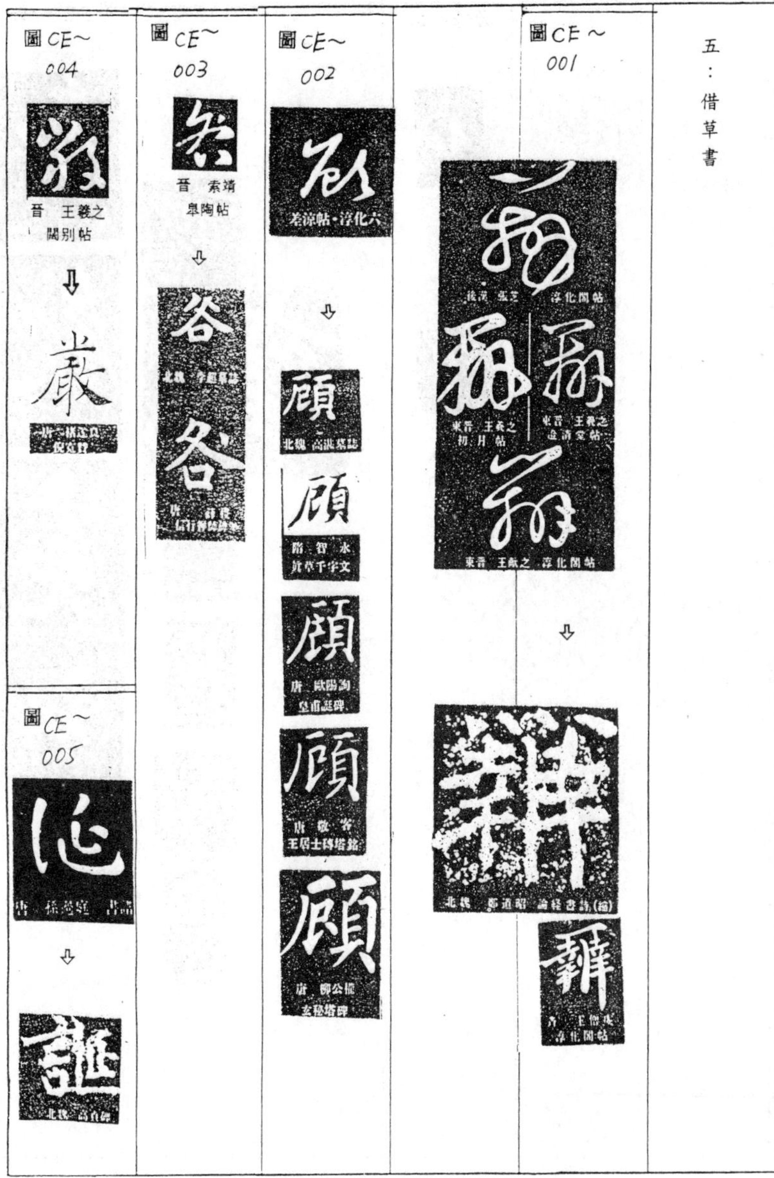
五：借草書
圖CE~001
後漢 張芝 淳化閣帖
東晉 王羲之 初月帖
東晉 王獻之 淳化閣帖
北魏 鄭道昭 論經書詩(縮)
淳化閣帖
圖CE~002
差涼帖·淳化六
北魏 高湛墓誌
隋 智永 真草千字文
唐 歐陽詢 皇甫誕碑
唐 敬客 王居士磚塔銘
唐 柳公權 玄秘塔碑
圖CE~003
晉 索靖 皋陶帖
北魏 李超墓誌
圖CE~004
晉 王羲之 闊別帖
倪寬贊
圖CE~005
唐 孫過庭 書譜
北魏 高貞碑

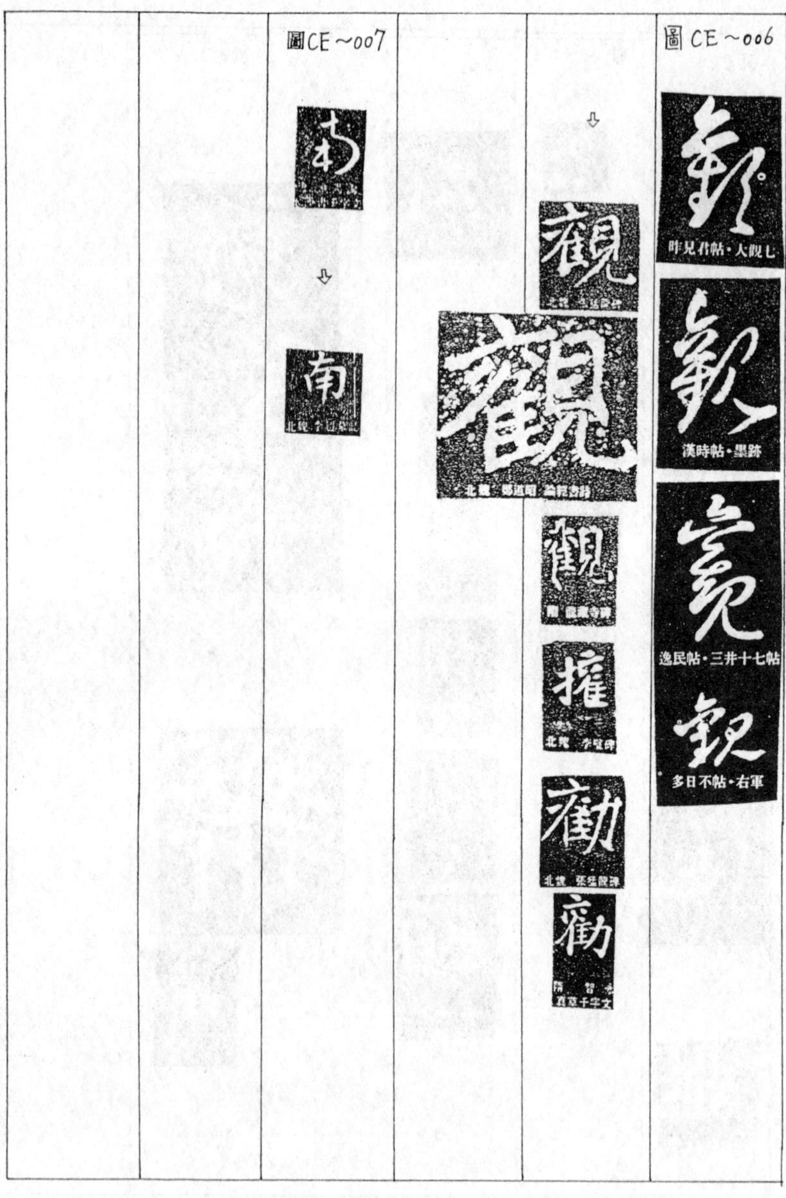
圖CE～007
圖CE～006
北魏 鄭道昭 論經書詩
隋 龍藏寺碑
北魏 李璧碑
北魏 張猛龍碑
隋 智永 真草千字文
昨見君帖・大觀七
漢時帖・墨跡
逸民帖・三井十七帖
多日不帖・右軍

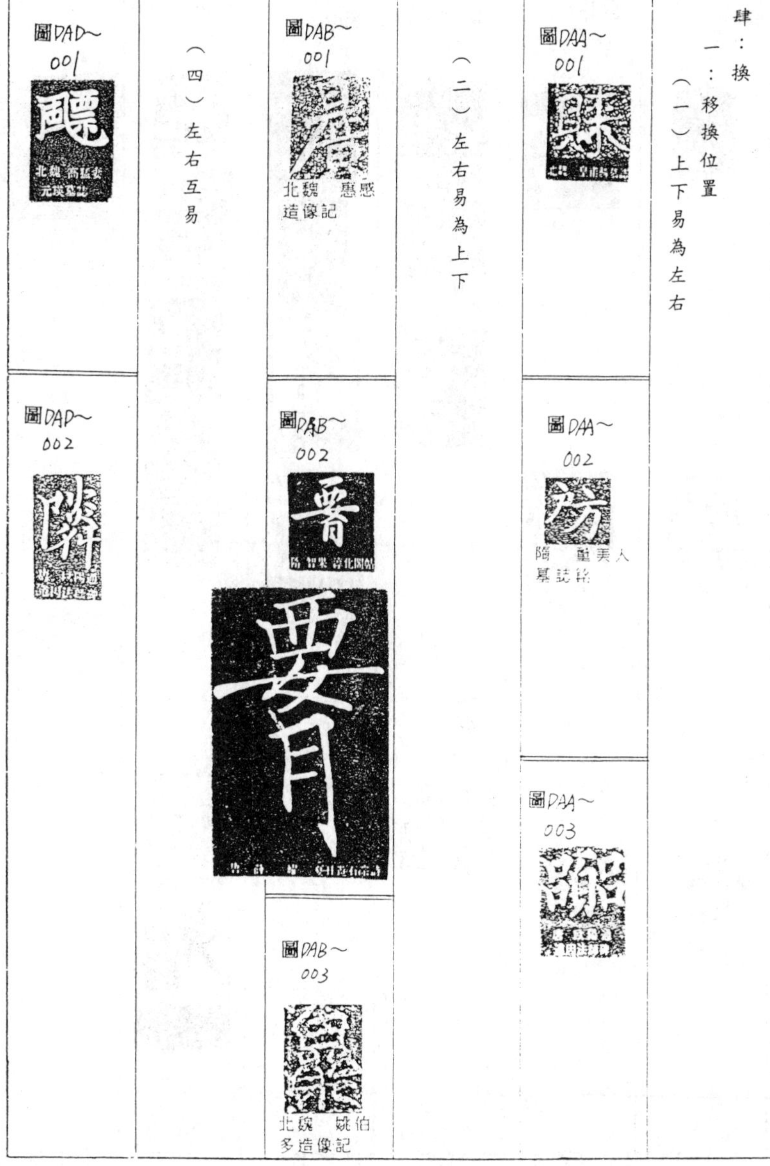

肆：換
一：移換位置
（一）上下易為左右
圖DAA~001
圖DAA~002
隋 董美人墓誌銘
圖DAA~003
（二）左右易為上下
圖DAB~001
北魏 惠感造像記
圖DAB~002
圖DAB~003
北魏 姚伯多造像記
（四）左右互易
圖DAD~001
北魏 高猛妻元瑛墓誌
圖DAD~002

（五）正易為偏

圖DAE～001

北魏 元朧
墓誌銘

北魏 元朧
墓誌銘

唐 虞世南
孔子廟堂碑

唐 歐陽通
道因法師碑

圖DAE～002

北魏 魏靈
藏等造像記

清 趙之謙
南唐四百九十六字

圖DAE～003

唐 歐陽通
道因法師碑

唐 褚遂良
孟法師碑

宋 蔡襄
謝賜御書詩

清 趙之謙
南唐四百九十六字

圖DAE～004

北魏 元鑒
墓誌銘

圖DAE～005

北魏 李璧
墓誌銘

北魏 李璧
墓誌銘

北魏 高貞碑

圖DAE～006

北魏 李璧
墓誌銘

圖DAE～007

北魏 高貞碑

圖DAE～008

北魏 吐谷
渾墓誌銘

圖DAE～009

北魏 穆玉
容墓誌銘

圖DAE～010

元 揭傒斯
停雲館法帖

圖DAE～011

北魏 蓋敬
親墓誌銘

圖DAE～012

隋 元公墓
誌銘

圖DAE～013

北魏 [illegible]

北魏 張猛龍碑

唐 歐陽詢 皇甫府君碑

唐 褚遂良 孟法師碑

圖DAE～014

唐 歐陽詢 九成宮醴泉銘

唐 柳公權 玄秘塔碑

清 趙之謙 南唐四百九十六字

圖DAE～015

北魏 司馬顯姿墓誌銘

圖DAE～016

[illegible] 中岳[illegible]靈廟碑

圖DAE～017

唐 褚遂良 雁塔聖教序

（六）偏易為正

圖DAF～001

北魏 穆玉容墓誌銘

圖DAF～002

北魏 慈香慧政造像記

圖DAF～003

北魏 皇甫驎墓誌銘

北魏 朱君山墓誌

（七）偏移至右

圖DAG～001

北魏 李璧碑

北魏 張黑女墓誌

東魏 王僧墓誌

北魏 中岳靈廟碑

北魏 中岳嵩高靈廟碑

北齊 釋仙報德像碑

圖DAG～002

（十一）上移至下

圖DAK～001

北魏 嵩高靈廟碑

北魏 元珍墓誌

南朝宋 爨龍顏碑

圖DAK～002

北魏 皇甫驎墓誌銘

圖DAK～003

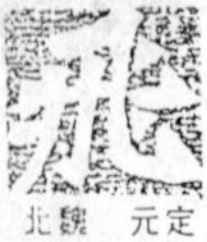

北魏 元定墓誌銘

（十二）下移至上

圖DAL～001

北魏 鄭道昭 鄭文公下碑

第三節：對古代書論的補充

壹：長

一：使筆畫間之關係產生變異者

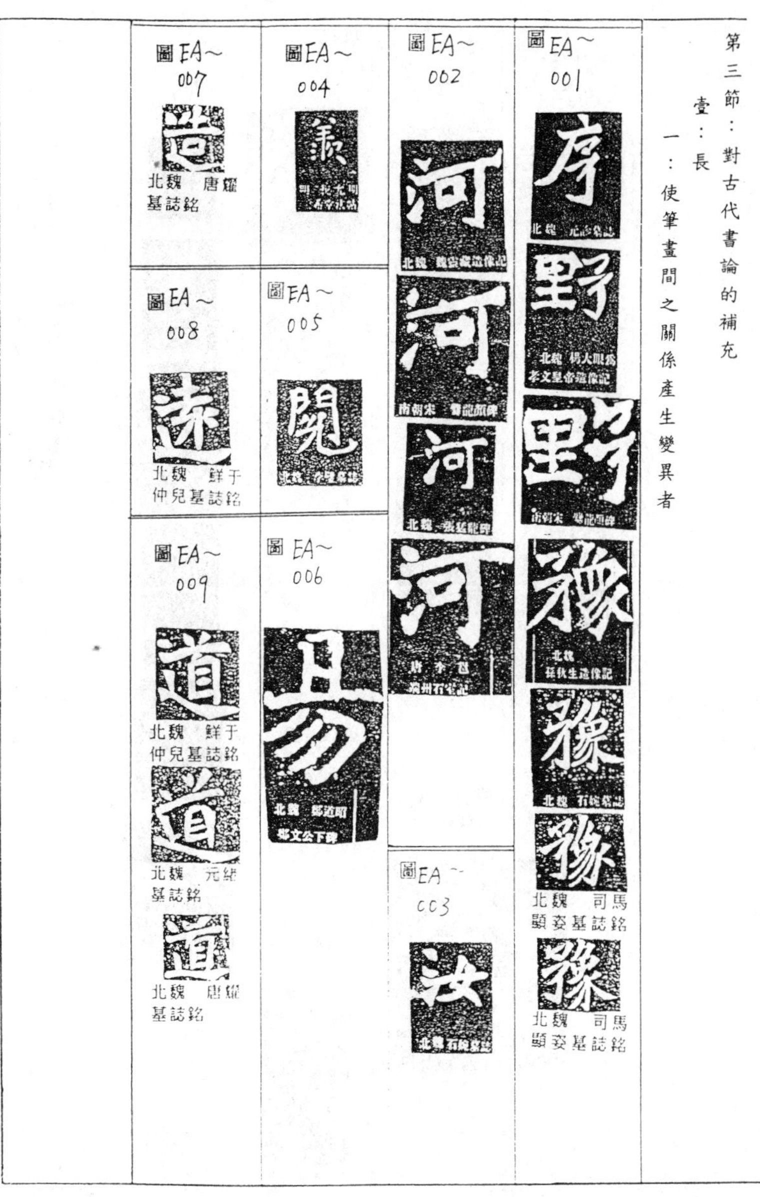

二：使內在結構關係產生變異者

圖EB～001 
晉 王羲之 樂毅論 
唐 虞世南 孔子廟堂碑 
唐 歐陽詢 九成宮醴泉銘 
唐 褚遂良 雁塔聖教序 
唐 歐陽通 道因法師碑 
唐 柳公權 玄秘塔碑

圖EB～002 
北魏牛橛造像記 
北魏 元騰 墓誌銘 
北魏 元騰 墓誌銘

圖EB～003 
唐 褚遂良 大字陰符經 
唐 褚遂良 雁塔聖教序

圖EB～004 
隋 智永 正草千字文

圖EB～005 
北魏 元倪墓誌

圖EB～006 
晉 爨寶子碑

圖EB～007 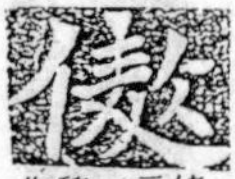
北魏 元緒 墓誌銘

圖EB～008 
北魏 元緒 墓誌銘

貳：短

一：使筆畫間之關係產生變異者

圖FA～001

北魏 元[illegible]

北魏 李超墓誌

北魏 李超墓誌

唐 歐陽通 泉男生墓誌

北魏 藍敬親墓誌銘

北魏 唐耀墓誌銘

北魏 劉根造像記

北魏 鞠彥雲墓誌銘

圖FA～002

北魏 元顯儁墓誌銘

北魏 奚真墓誌銘

北魏 吐谷渾墓誌銘

北魏 元定墓誌銘

圖FA～003

北魏 李璧墓誌銘

北魏 李璧墓誌銘

圖FA～004

北魏 劉根造像記

北魏 鮮于仲兒墓誌銘

北魏 高貞碑

圖FA～005

北魏 鞠彥雲墓誌銘

北魏 鞠彥雲墓誌銘

圖FA～006

北魏 鮮于仲兒墓誌銘

北魏 孟敬訓墓誌銘

北魏 元楨墓誌銘

圖FA～007

北魏 元診墓誌

北魏 高湛墓誌

唐 歐陽通 泉男生墓誌

圖FA～008

北魏 皇甫驎墓誌銘

北魏 孟敬訓墓誌銘

圖FA～009

北魏 鮮于仲兒墓誌銘

圖FA～010

北魏 元診墓誌

圖FB～001 北魏 皇甫驎墓誌銘	二：使內在結構關係產生變異者	圖FA～020 北魏 孟敬訓墓誌銘	圖FA～017 北魏 元緒墓誌銘	圖FA～014 北魏 元緒墓誌銘	圖FA～011 北魏 元緒墓誌銘
圖FB～002		圖FA～021 北魏 唐耀墓誌銘	圖FA～018	圖FA～015 北魏 元緒墓誌銘	圖FA～012 北魏 李安勝造像記
		圖FA～022 北魏 皇甫驎墓誌銘	圖FA～019 北魏 鮮于仲兒墓誌銘	圖FA～016 北魏 唐耀墓誌銘	圖FA～013 北魏 唐耀墓誌銘

參：斷

圖G～001
北魏 皇甫驎墓誌銘
唐 顏眞卿東方朔畫像贊

圖G～002
北魏 楊氏墓誌銘
北魏 楊氏墓誌銘

圖G～003
北魏 元緒墓誌銘

圖G～004
唐 顏眞卿 竹山堂聯句

圖G～005
唐 顏眞卿 麻姑仙壇記
漢 曹全碑

圖G～006
北魏 元緒墓誌銘

圖G～007
北魏 元楨墓誌銘

圖G～008
北魏 李璧墓誌銘

圖G～009
北魏 元緒墓誌銘

圖G～010
晉 爨寶子碑

圖G～011
北魏 元珍墓誌

圖G～012
北魏 楊氏墓誌銘

圖G～013
北魏 道匠爲 師僧父母造像記

圖G～014
唐 顏眞卿 麻姑仙壇記
北魏 [illegible] 造像記

					肆：連
				圖H~001 北魏 孟阿陀孫秋生等二百人造像記 北魏 元楨墓誌銘	
				圖H~002 北魏 司馬顯姿墓誌銘	
				圖H~003 北魏 [illegible]墓誌銘	

伍：穿

一：正穿

（一）上穿

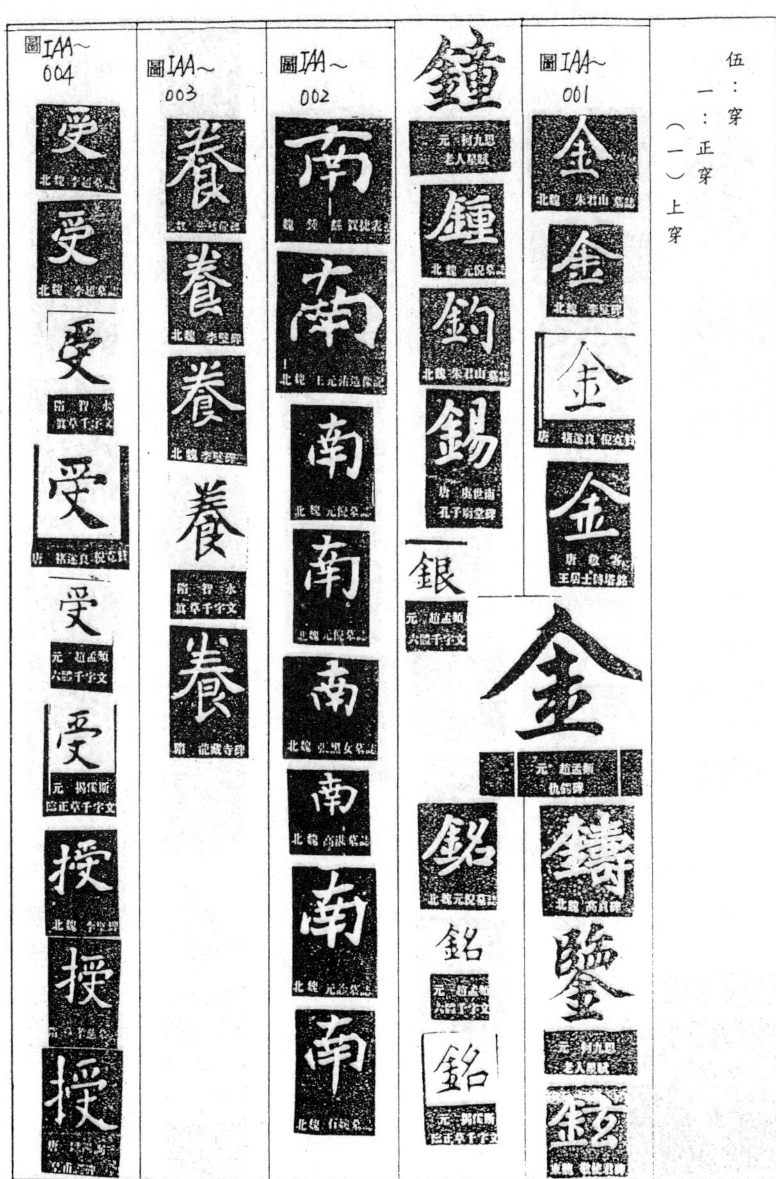
圖IAA～001
金
北魏 朱君山墓誌
金
北魏 李璧碑
金
唐 褚遂良 倪寬贊
金
唐 敬客 王居士塼塔銘
金
元 趙孟頫 仇鍔碑
鑄
北魏 高貞碑
鑒
元 揭九思 老人星賦
鉉
東魏 敬使君碑
鐘
元 揭九思 老人星賦
鍾
北魏 元倪墓誌
鈞
北魏 朱君山墓誌
錫
唐 虞世南 孔子廟堂碑
銀
元 趙孟頫 六體千字文
銘
北魏 元倪墓誌
銘
元 趙孟頫 六體千字文
銘
元 揭傒斯 臨正草千字文
圖IAA～002
南
魏 賀拔岳
南
北魏 王元洁造像記
南
北魏 元倪墓誌
南
北魏 元倪墓誌
南
北魏 張黑女墓誌
南
北魏 高湛墓誌
南
北魏 元孟墓誌
南
北魏 石婉墓誌
圖IAA～003
養
養
北魏 李璧碑
養
北魏 李璧碑
養
隋 智永 真草千字文
養
隋 龍藏寺碑
圖IAA～004
受
北魏 李超墓誌
受
北魏 李超墓誌
受
隋 智永 真草千字文
受
唐 褚遂良 倪寬贊
受
元 趙孟頫 六體千字文
受
元 揭傒斯 臨正草千字文
授
北魏 李璧碑
授
授

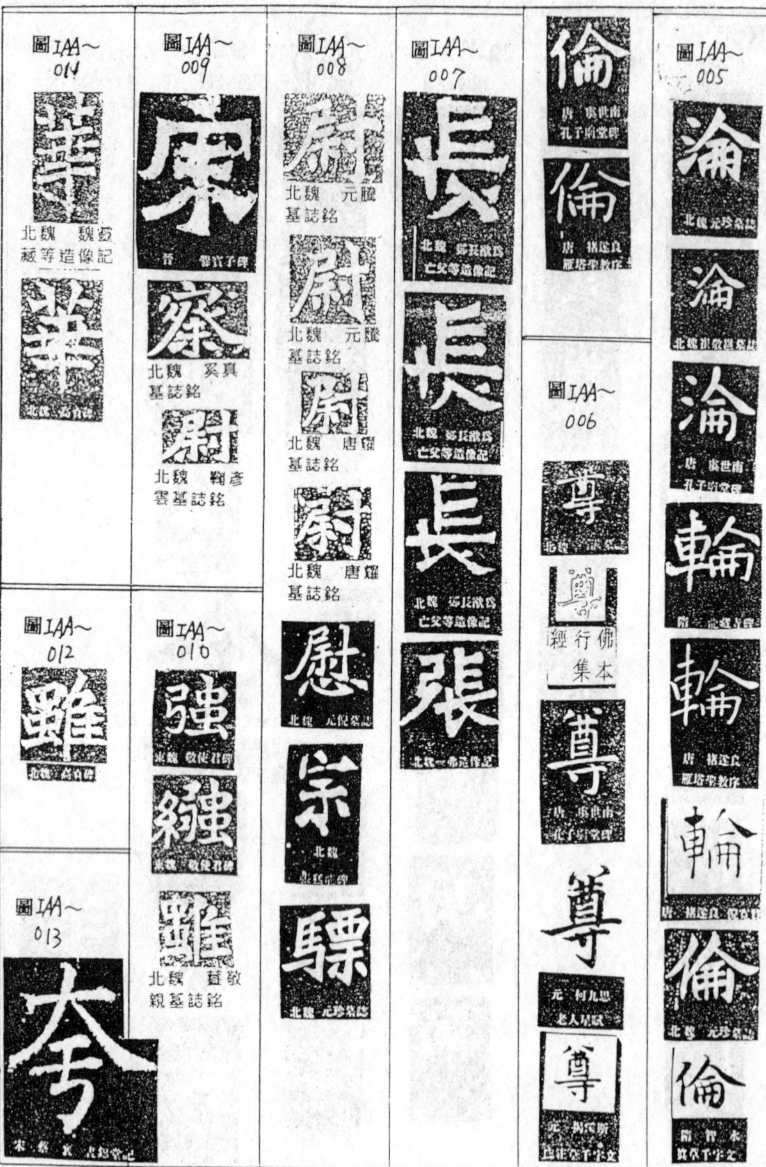

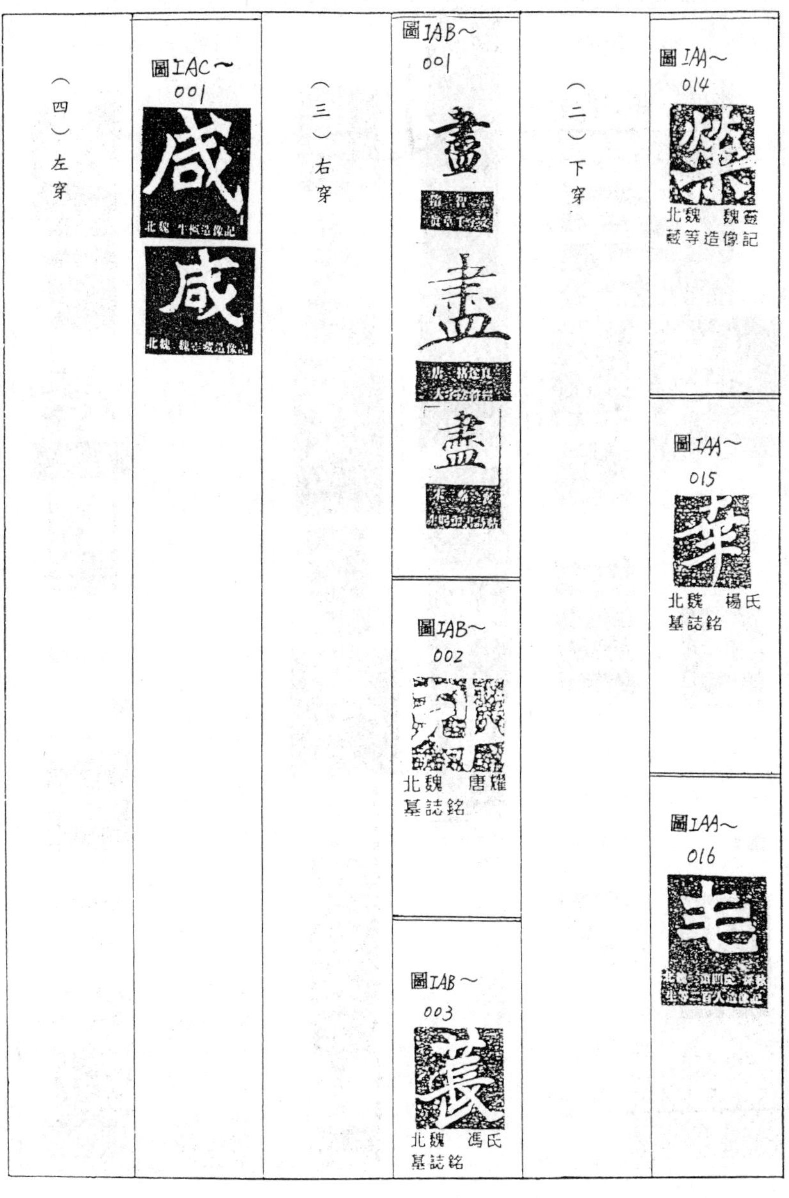
（四）左穿
圖IAC～001
北魏 牛橛造像記
北魏 魏靈藏造像記
（三）右穿
圖IAB～001
圖IAB～002
北魏 唐耀墓誌銘
圖IAB～003
北魏 馮氏墓誌銘
（二）下穿
圖IAA～014
北魏 魏靈藏等造像記
圖IAA～015
北魏 楊氏墓誌銘
圖IAA～016

圖IB～002
唐 顏真卿 李元靖碑
五代 楊凝式 韭花帖
隋 董美人 墓誌銘
唐 顏真卿 多寶塔碑
唐昭仁寺碑
北魏 李璧碑
唐 歐陽詢 皇甫誕碑
唐 歐陽詢 九成宮醴泉銘
唐 歐陽通 道因法師碑
唐 歐陽通 泉男生墓誌
圖IB～001
北魏 高湛墓誌
隋 智永 真草千字文
唐 歐陽詢 九成宮醴泉銘
唐 歐陽通 泉男生墓誌
唐 顏真卿 多寶塔碑
元 鄧文原 臨正草千字文
唐 顏真卿 多寶塔碑
元 鄧文原 臨正草千字文
二：斜穿
圖IAD～001
北魏 高貞碑
北魏 李超墓誌
唐 褚遂良 大字陰符經
宋 歐陽修 集古錄跋尾
圖IAD～002
北魏 司馬顯姿墓誌銘
圖IAD～003
北魏 劉根造像記
圖IB～004
北魏 解伯都等三十二人造像記
圖IB～003

圖IB～005

圖IB～006

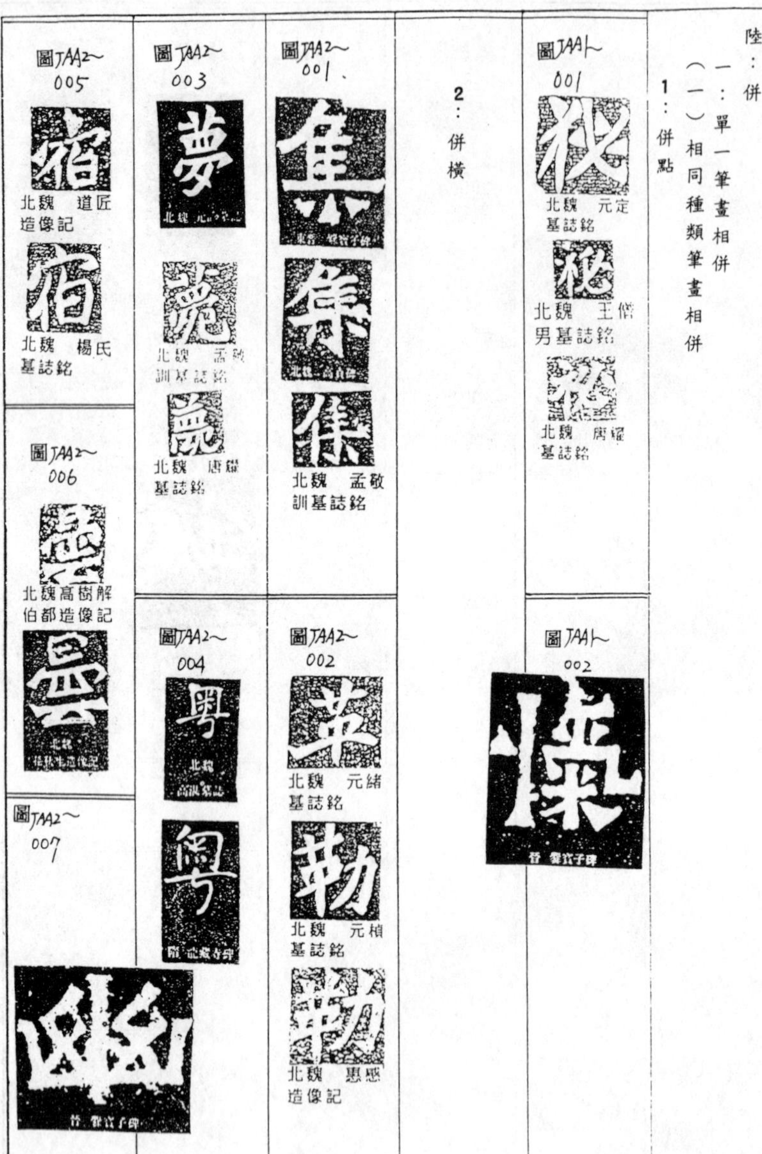
陸：併
一：單一筆畫相併
（一）相同種類筆畫相併
1：併點
圖JAA1~001
北魏 元定墓誌銘
北魏 王偕男墓誌銘
北魏 唐耀墓誌銘
圖JAA1~002
晉 爨寶子碑
2：併橫
圖JAA2~001
東晉 爨寶子碑
北魏 高貞碑
北魏 孟敬訓墓誌銘
圖JAA2~002
北魏 元緒墓誌銘
北魏 元楨墓誌銘
北魏 惠感造像記
圖JAA2~003
北魏 孟敬訓墓誌銘
北魏 唐耀墓誌銘
圖JAA2~004
北魏 高湛墓誌
圖JAA2~005
北魏 道匠造像記
北魏 楊氏墓誌銘
圖JAA2~006
北魏高樹解伯都造像記
圖JAA2~007
晉 爨寶子碑

4：併撇		圖JAA3～001 北魏 高貞碑	3：併豎	圖JAA2～012 隋 姬氏墓誌銘	圖JAA2～008 東晉 爨寶子碑
		圖JAA3～002 東魏 高湛墓誌		圖JAA2～013 北魏 唐耀墓誌銘	圖JAA2～009 北魏 [illegible] 孫秋生等二百人造像記
				圖JAA2～014 唐 顏真卿 多寶塔碑	圖JAA2～010 北魏 穆玉容墓誌銘
					圖JAA2～011 北魏 唐耀墓誌銘

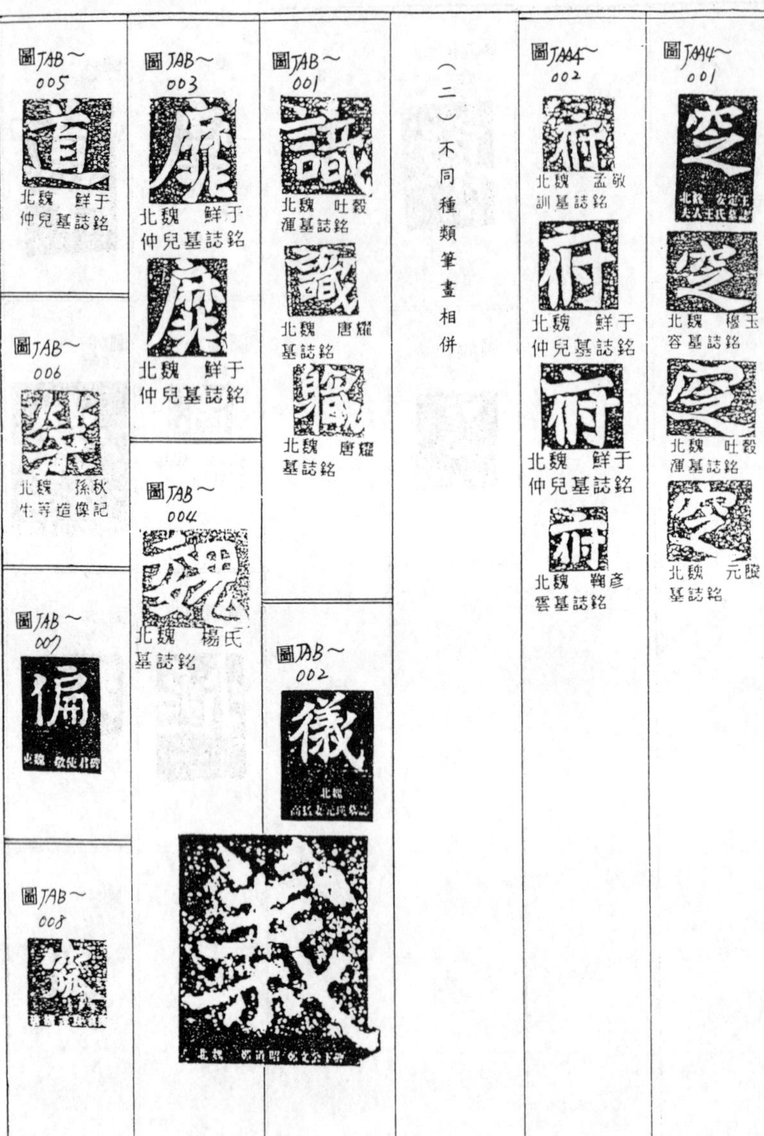
圖TAB～005
北魏 鮮于仲兒墓誌銘
圖TAB～006
北魏 孫秋生等造像記
圖TAB～007
圖TAB～008
圖TAB～003
北魏 鮮于仲兒墓誌銘
北魏 鮮于仲兒墓誌銘
圖TAB～004
北魏 楊氏墓誌銘
圖TAB～001
北魏 吐穀渾墓誌銘
北魏 唐耀墓誌銘
北魏 唐耀墓誌銘
圖TAB～002
（二）不同種類筆畫相併
圖TAA4～002
北魏 孟敬訓墓誌銘
北魏 鮮于仲兒墓誌銘
北魏 鮮于仲兒墓誌銘
北魏 鞠彥雲墓誌銘
圖TAA4～001
北魏 穆玉容墓誌銘
北魏 吐穀渾墓誌銘
北魏 元瞻墓誌銘

二：若干筆畫相併

（一）相同種類筆畫相併

圖JBA～001

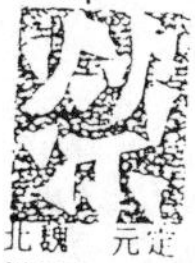

北魏 元定墓誌銘

（二）不同種類筆畫相併

圖JBB～001

北魏 中岳靈廟碑

北魏 楊大眼造像記

圖JBB～002

北魏 [illegible] 亡父等造像記

圖JBB～003

北魏 元珍墓誌

圖JBB～004

北魏 司馬顯姿墓誌銘

三：不成文彣符相併

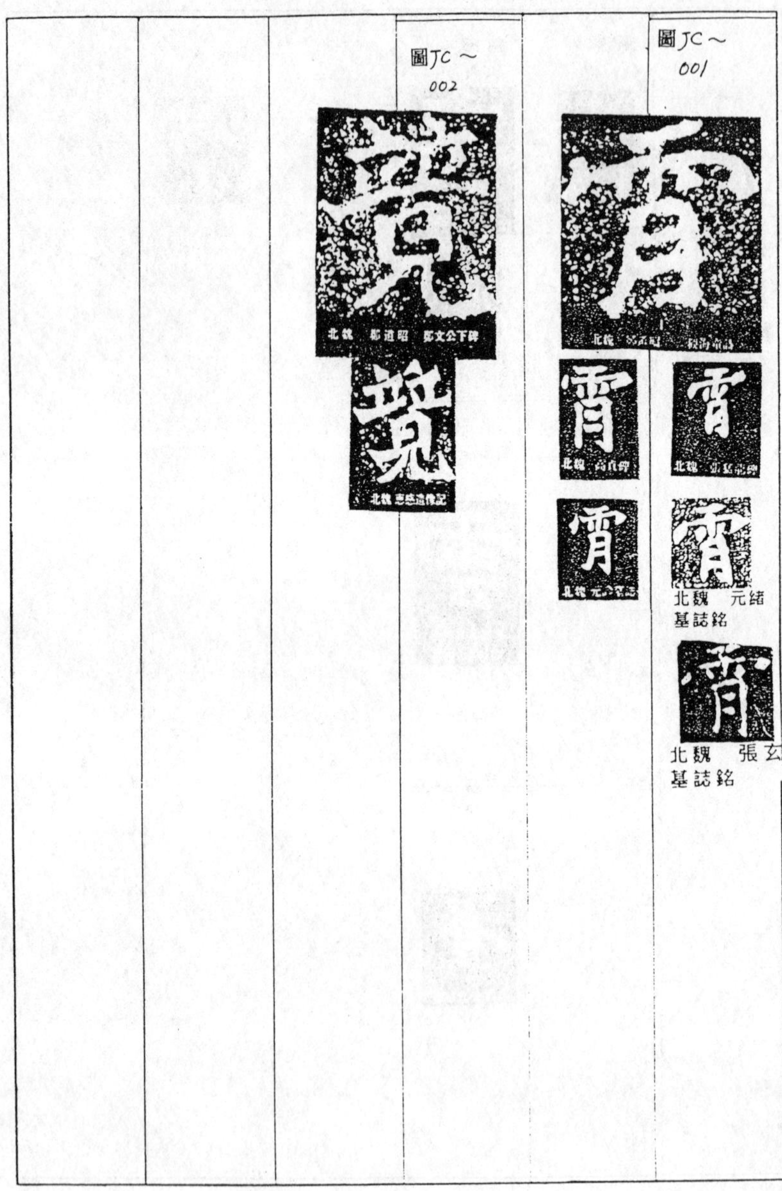

圖JC～002
北魏 鄭道昭 鄭文公下碑
北魏 惠感造像記
圖JC～001
北魏 高貞碑
北魏 元緒墓誌銘
北魏 張玄墓誌銘

柒：代

一：形符之同化

（一）部分形符化

圖KAA～001

北魏 李璧墓誌銘

北魏 李璧墓誌銘

北魏 李璧墓誌銘

圖KAA～002

圖KAA～003

北魏 皇甫驎墓誌銘

圖KAA～004

隋 董美人墓誌銘

圖KAA～005

北魏 [illegible]

（二）同化為複體字

圖KAB～001

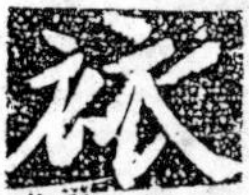

北魏 楊氏墓誌銘

二：形符之變易

（一）變易為對稱形符

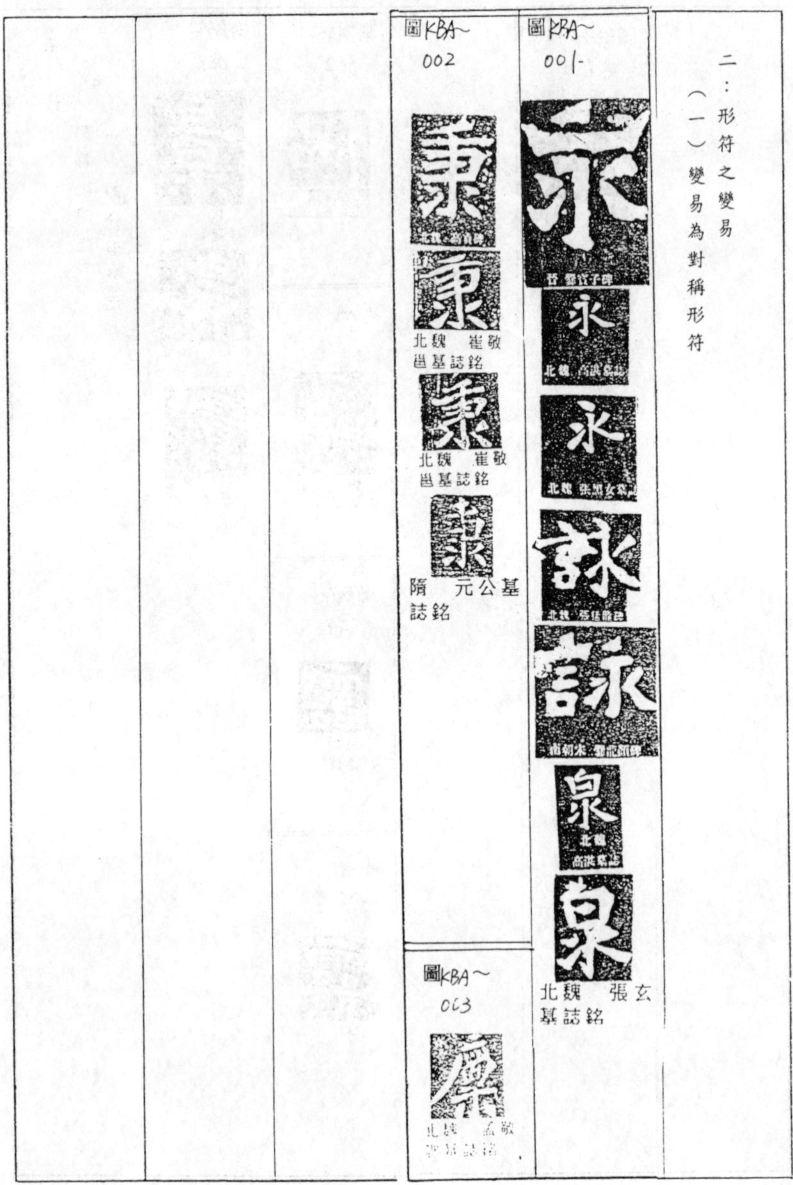

（二）變易為不對稱形符

圖KBB～001

北魏 朱君山墓誌

隋 智永 真草千字文

唐 [illegible]

唐 歐陽詢 皇甫誕碑

唐 虞世南 孔子廟堂碑

圖KBB～002

北魏 高湛墓誌

北魏 崔敬邕墓誌

北齊 [illegible]

唐 歐陽通 泉男生墓誌

北魏 牛橛造像記

圖KBB～003

北魏 張猛龍碑

北魏 元悅墓誌

北魏 石婉墓誌

北魏 道匠為[illegible]父母造像記

圖KBB～004

唐 歐陽詢 九成宮醴泉銘

唐 歐陽通 道因法師碑

圖KBB～005

唐 歐陽詢 皇甫誕碑

唐 歐陽詢 皇甫誕碑

唐 歐陽詢 皇甫誕碑

圖KBB～006

北魏 孟敬訓墓誌銘

圖KBB～007

北魏 皇甫驎墓誌銘

圖KBB～008

北魏 元緒墓誌銘

北魏 孟敬訓墓誌銘

北魏 元彬墓誌銘

圖KBB～009

北魏 張玄墓誌銘

圖KBB～010

北魏 皇甫驎墓誌銘

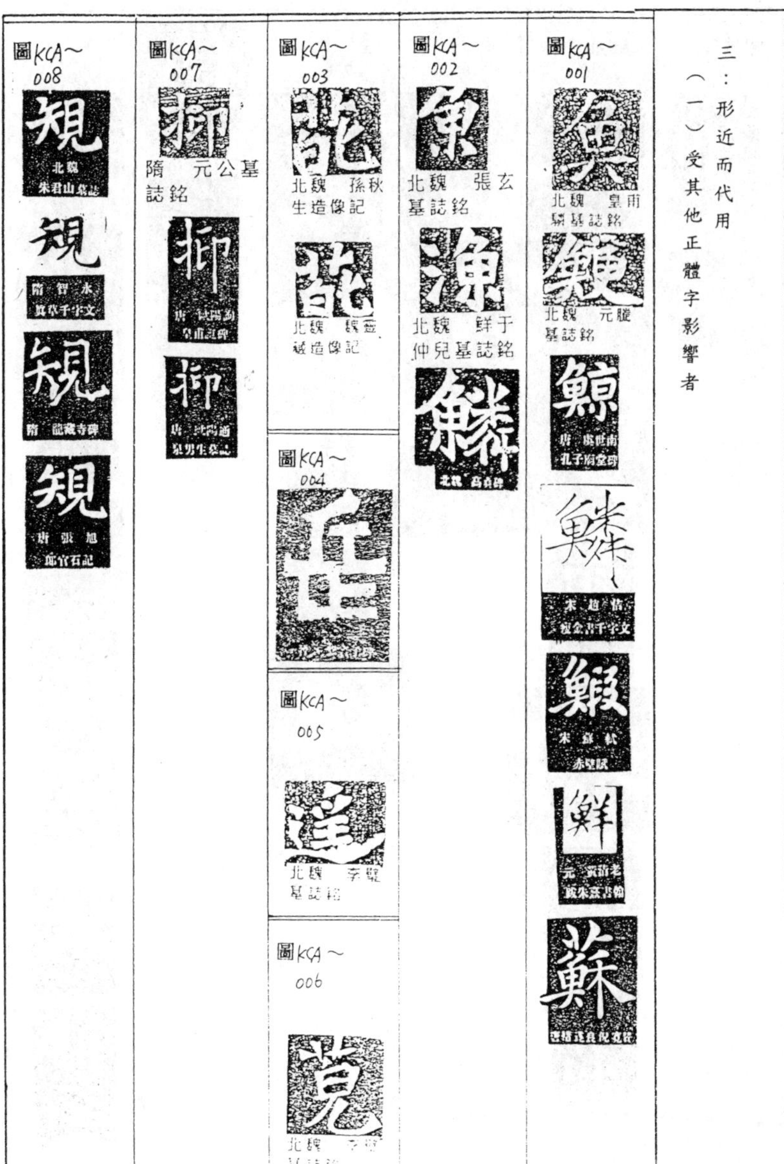
三：形近而代用
（一）受其他正體字影響者
圖KCA～001
北魏 皇甫驎墓誌銘
北魏 元騰墓誌銘
圖KCA～002
北魏 張玄墓誌銘
北魏 鮮于仲兒墓誌銘
圖KCA～003
北魏 孫秋生造像記
圖KCA～004
圖KCA～005
圖KCA～006
圖KCA～007
隋 元公墓誌銘
圖KCA～008

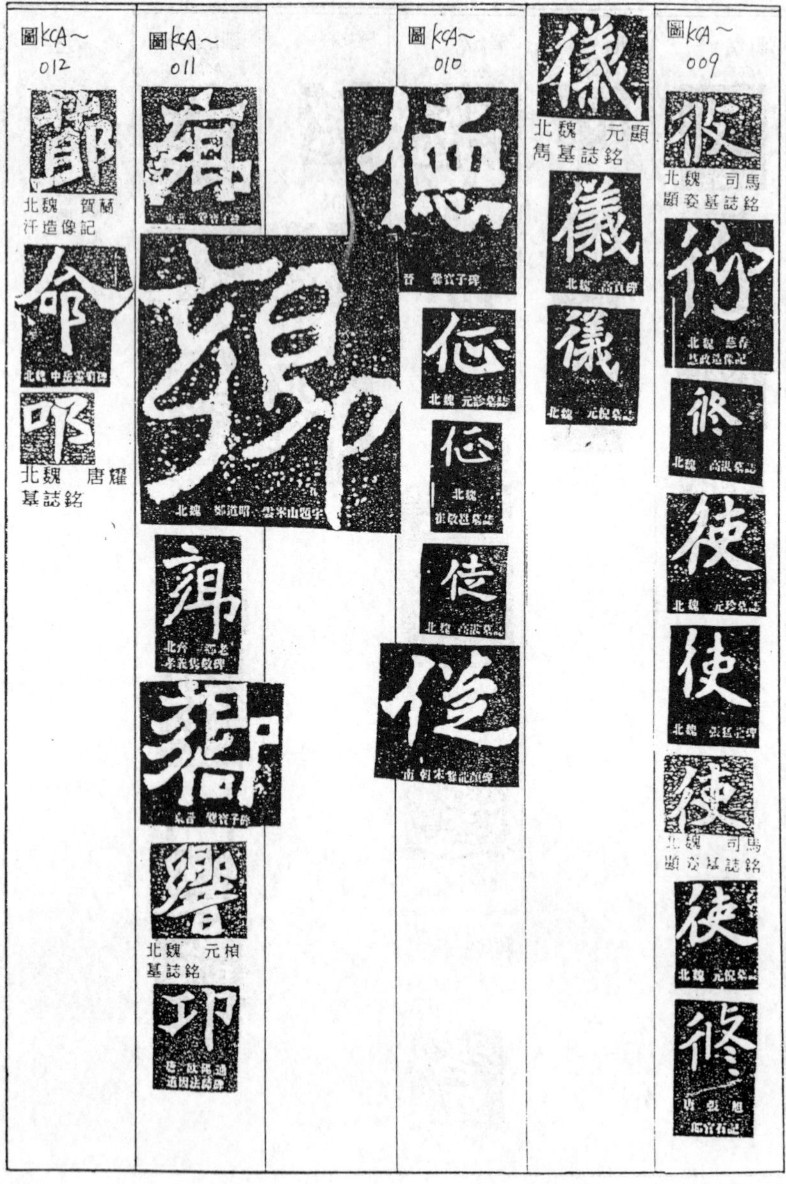
圖KCA~012
北魏 賀蘭汗造像記
北魏 中岳嵩高靈廟碑
北魏 唐耀墓誌銘
圖KCA~011
北魏 鄭道昭 雲峯山題字
北魏 元楨墓誌銘
圖KCA~010
晉 爨寶子碑
北魏 元彥墓誌
北魏 崔敬邕墓誌
北魏 高貞碑
南朝宋 爨龍顏碑
北魏 元顯儁墓誌銘
北魏 元悅墓誌
圖KCA~009
北魏 司馬顯姿墓誌銘
北魏 高湛墓誌
北魏 元珍墓誌
北魏 張猛龍碑
北魏 司馬顯姿墓誌銘
北魏 元悅墓誌

圖KCA~018
北魏 高湛墓誌
圖KCA~019
北魏 李璧墓誌銘
圖KCA~015
隋 姬氏墓誌銘
圖KCA~016
隋 元公墓誌銘
圖KCA~017
北魏 崔敬邕墓誌銘
北魏 崔敬邕墓誌銘
隋 董美人墓誌銘
圖KCA~014
圖KCA~013
北魏 唐耀墓誌銘

圖KCA～024
唐 褚遂良 大字陰符經
唐 顏真卿 東方朔畫像贊
元 揭傒斯 老人星賦
唐 柳公權 玄秘塔碑
圖KCA～026
北魏 司馬昞墓誌銘
北魏 司馬昞墓誌銘
圖KCA～025
圖KCA～023
北魏 元顯儁墓誌銘
圖KCA～022
北魏 高貞碑
北魏 鄭道昭 鄭文公下碑
北魏 李璧墓誌銘
圖KCA～020
唐 褚遂良 雁塔聖教序
唐 薛曜 夏日遊石淙詩
隋 蘇孝慈墓誌銘
圖KCA～021
北魏 高貞碑

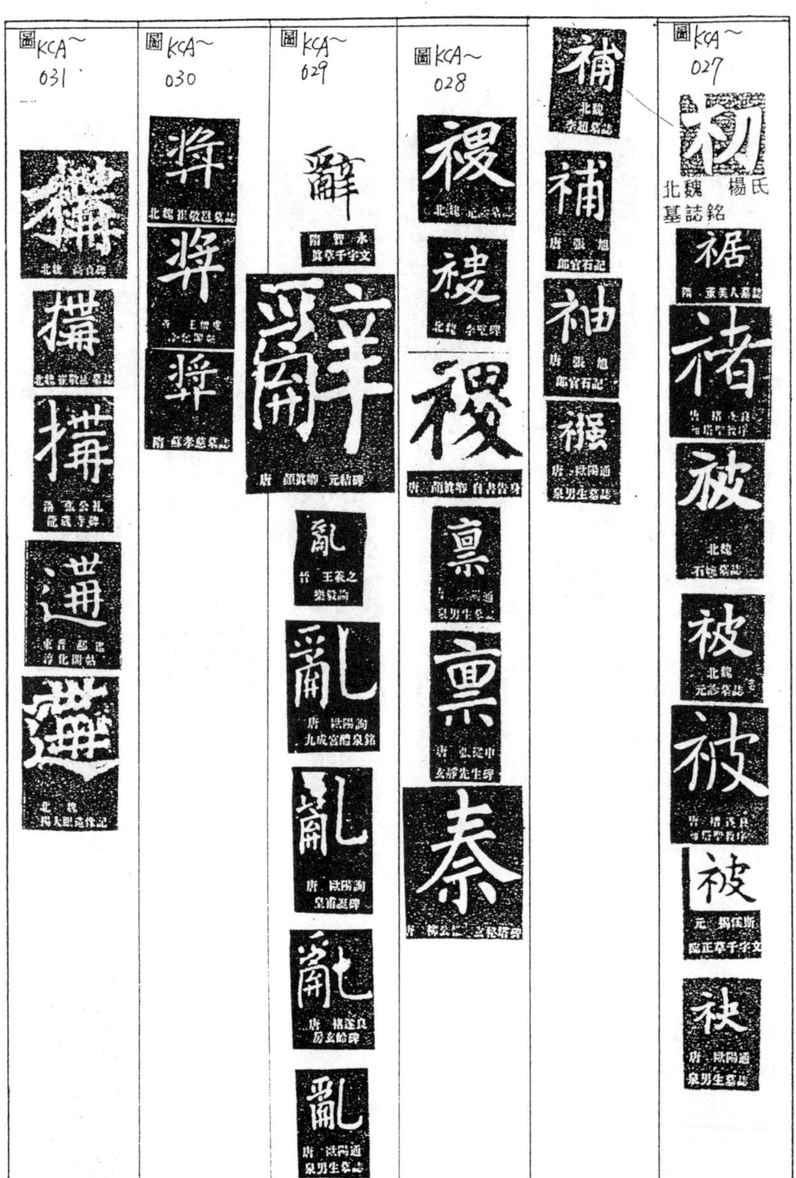
圖KCA~031
北魏 高貞碑
北魏 崔敬邕墓誌
圖KCA~030
北魏 崔敬邕墓誌
隋 蘇孝慈墓誌
圖KCA~029
隋 智永 真草千字文
唐 顏真卿 元結碑
晉 王羲之 樂毅論
唐 歐陽詢 九成宮醴泉銘
唐 歐陽詢 皇甫誕碑
唐 歐陽通 泉男生墓誌
圖KCA~028
北魏 元詮墓誌
唐 顏真卿 自書告身
唐 歐陽通 泉男生墓誌
唐 柳公權 玄秘塔碑
北魏 李超墓誌
唐 張旭 郎官石記
唐 歐陽通 泉男生墓誌
圖KCA~027
北魏 楊氏墓誌銘
隋 董美人墓誌
北魏 石婉墓誌
北魏 元診墓誌
唐 歐陽通 泉男生墓誌

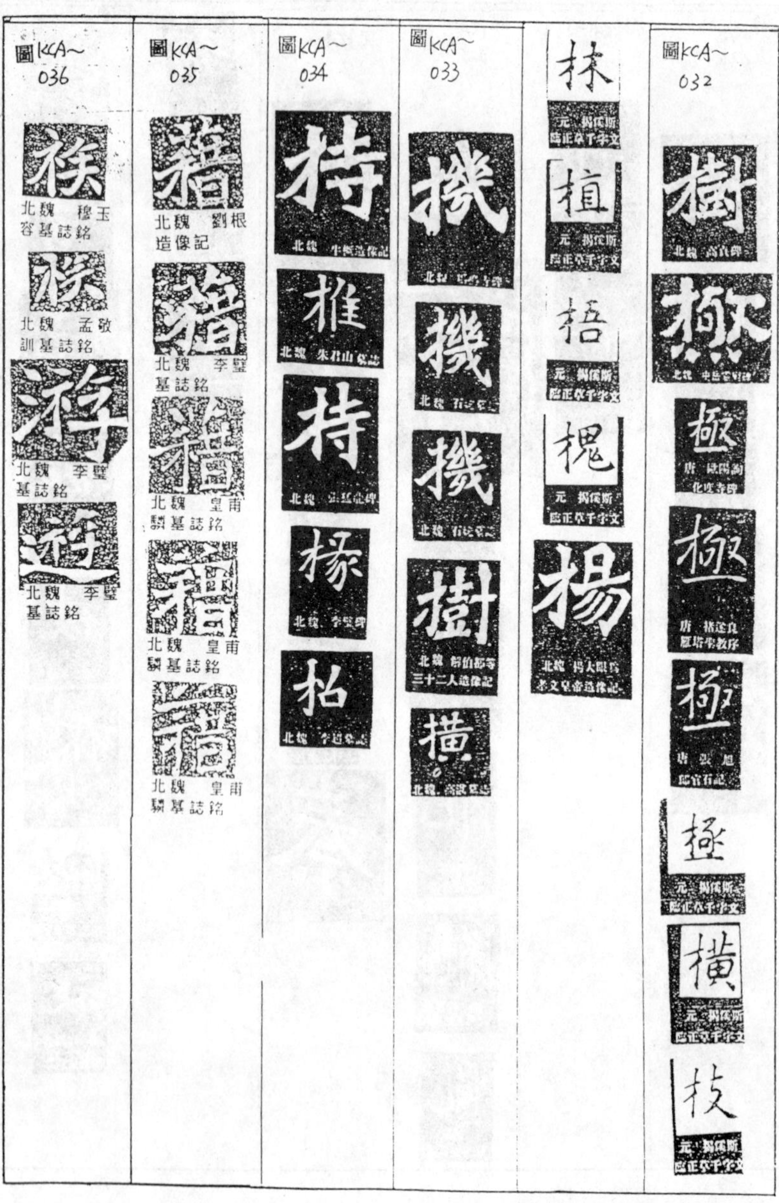
圖KCA～032
北魏 高貞碑
唐 歐陽詢 化度寺碑
唐 褚遂良 雁塔聖教序
唐 張旭 郎官石記
元 揭傒斯 臨正草千字文
元 揭傒斯 臨正草千字文
元 揭傒斯 臨正草千字文
元 揭傒斯 臨正草千字文
元 揭傒斯 臨正草千字文
元 揭傒斯 臨正草千字文
北魏 楊大眼爲孝文皇帝造像記
圖KCA～033
北魏 解伯都等三十二人造像記
圖KCA～034
北魏 牛橛造像記
北魏 朱君山墓誌
圖KCA～035
北魏 劉根造像記
北魏 李璧墓誌銘
北魏 皇甫驎墓誌銘
北魏 皇甫驎墓誌銘
北魏 皇甫驎墓誌銘
圖KCA～036
北魏 穆玉容墓誌銘
北魏 孟敬訓墓誌銘
北魏 李璧墓誌銘
北魏 李璧墓誌銘

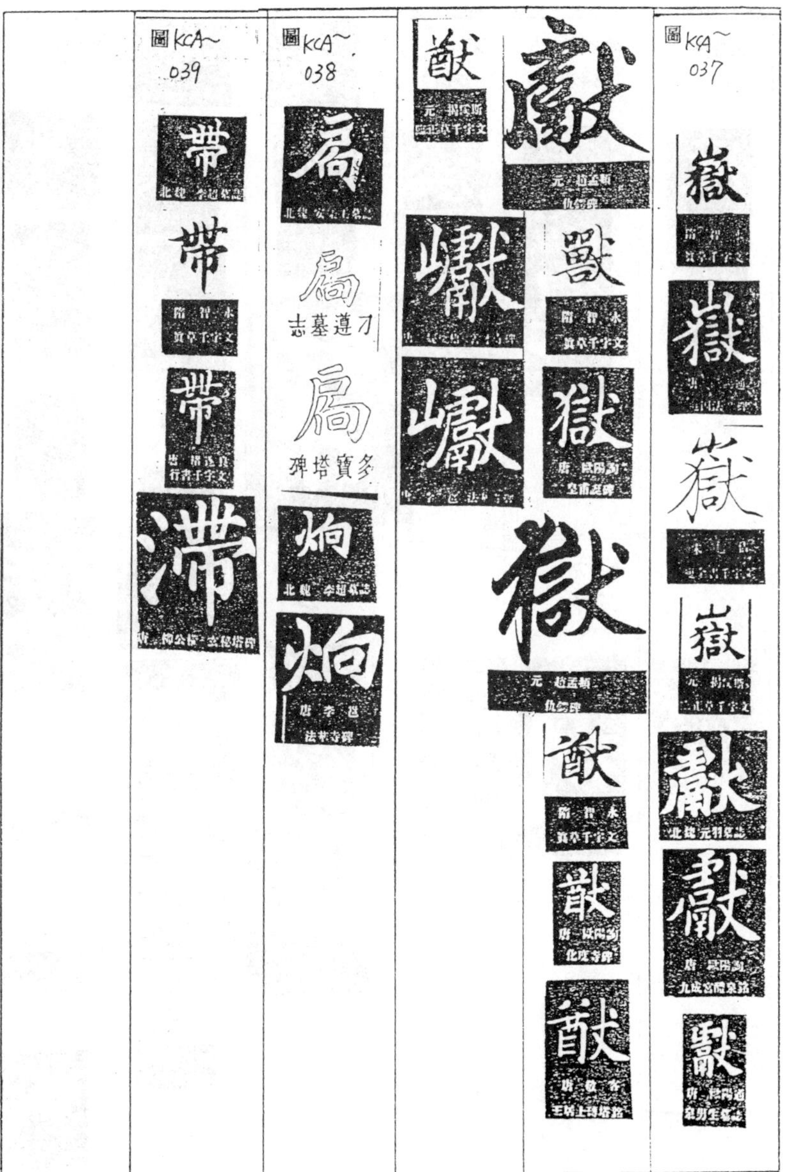
圖KCA~039
北魏 李超墓誌
隋 智永 眞草千字文
唐 褚遂良 行書千字文
唐 柳公權 玄秘塔碑
圖KCA~038
北魏 寇憑墓誌
志墓遵才
碑塔寶多
北魏 李超墓誌
唐 李邕 法華寺碑
元 揭傒斯 眞草千字文
元 趙孟頫 仇鍔碑
隋 智永 眞草千字文
唐 歐陽詢 皇甫誕碑
唐 李邕 法華寺碑
元 趙孟頫 仇鍔碑
隋 智永 眞草千字文
唐 歐陽詢 化度寺碑
唐 敬客 王居士磚塔銘
圖KCA~037
隋 智永 眞草千字文
元 揭傒斯 眞草千字文
北魏 元羽墓誌
唐 歐陽詢 九成宮醴泉銘
唐 歐陽通 泉男生墓誌

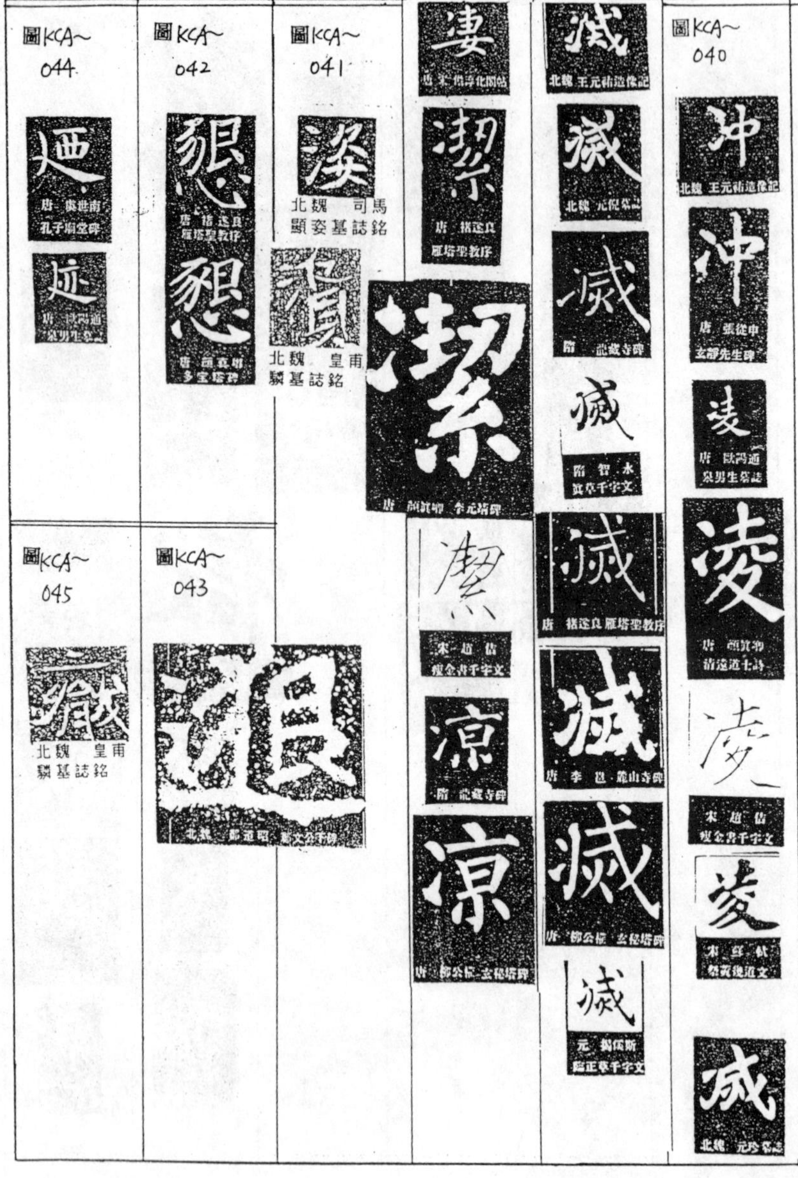
圖KCA~044
唐 虞世南 孔子廟堂碑
唐 歐陽通 泉男生墓誌
圖KCA~042
唐 褚遂良 雁塔聖教序
唐 顏真卿 多宝塔碑
圖KCA~041
北魏 司馬顯姿墓誌銘
北魏 皇甫驎墓誌銘
唐 顏真卿 李元靖碑
唐 褚遂良 雁塔聖教序
宋 趙佶 瘦金書千字文
隋 龍藏寺碑
唐 柳公權 玄秘塔碑
北魏 王元祐造像記
隋 龍藏寺碑
隋 智永 真草千字文
唐 褚遂良 雁塔聖教序
唐 李邕 麓山寺碑
唐 柳公權 玄秘塔碑
元 揭傒斯 臨正草千字文
圖KCA~040
北魏 王元祐造像記
唐 張從申 玄靜先生碑
唐 歐陽通 泉男生墓誌
唐 顏真卿 清遠道士詩
宋 趙佶 瘦金書千字文
宋 蘇軾 祭黃幾道文
北魏 元珍墓誌
圖KCA~045
北魏 皇甫驎墓誌銘
圖KCA~043
北魏 鄭道昭 鄭文公下碑

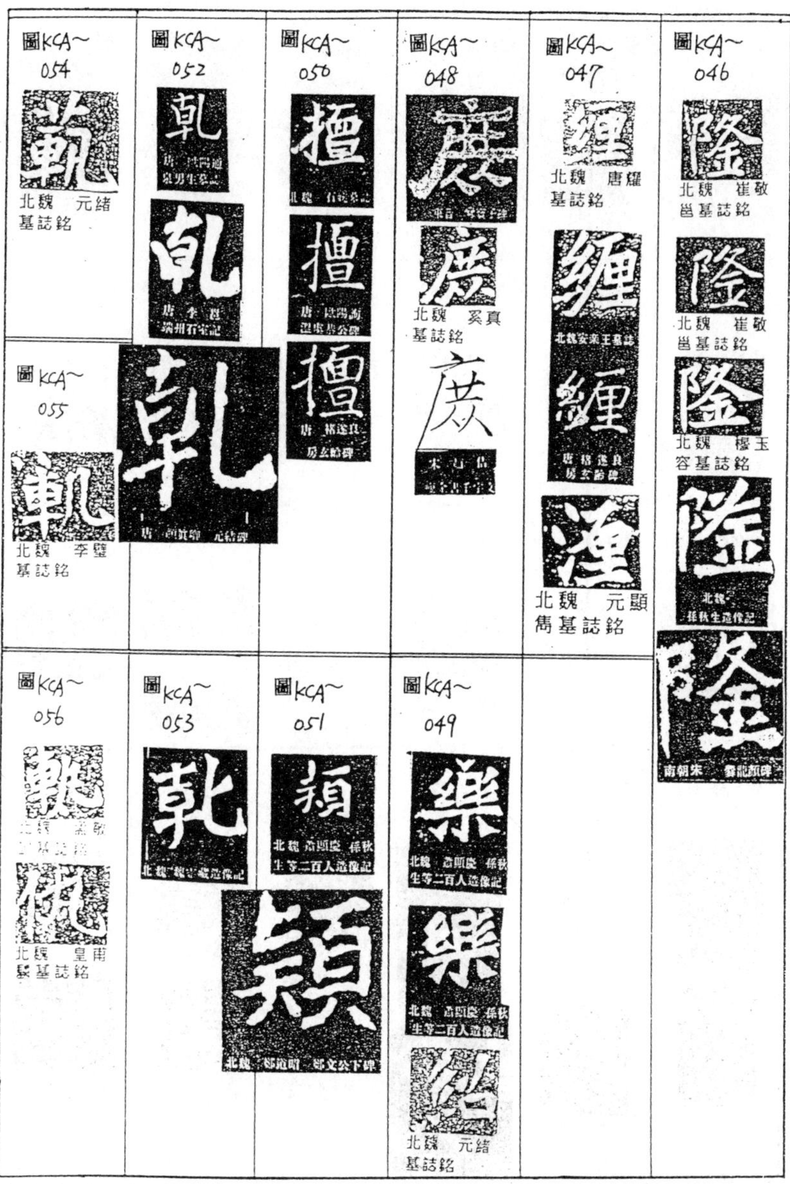
圖KCA~054
北魏 元緒墓誌銘
圖KCA~052
圖KCA~050
圖KCA~048
北魏 奚真墓誌銘
圖KCA~047
北魏 唐耀墓誌銘
北魏 元顥儁墓誌銘
圖KCA~046
北魏 崔敬邕墓誌銘
北魏 崔敬邕墓誌銘
北魏 檀玉容墓誌銘
圖KCA~055
北魏 李璧墓誌銘
圖KCA~056
北魏 皇甫驎墓誌銘
圖KCA~053
圖KCA~051
圖KCA~049
北魏 元緒墓誌銘

圖KCA~077 北魏 吐谷渾墓誌銘	圖KCA~073	圖KCA~069 北魏 奚真墓誌銘	圖KCA~065 北魏 李璧墓誌銘	圖KCA~061 隋 蘇孝慈墓誌銘	圖KCA~057 北魏 崔敬邕墓誌銘
圖KCA~078	圖KCA~074 北魏 奚真墓誌銘	圖KCA~070	圖KCA~066 北魏 元楨墓誌銘	圖KCA~062 北魏 李璧墓誌銘	圖KCA~058 北魏 楊大眼造像記
圖KCA~079	圖KCA~075 北魏 奚智墓誌銘	圖KCA~071	圖KCA~067 北魏 唐耀墓誌銘	圖KCA~063	圖KCA~059 北魏 司馬昞墓誌銘
圖KCA~080	圖KCA~076	圖KCA~072	圖KCA~068 北魏 元緒墓誌銘	圖KCA~064 隋 姬氏墓誌銘 隋 元公墓誌銘	圖KCA~060 隋 元公墓誌銘 北魏 李璧墓誌銘

		圖KCA~093	圖KCA~089	圖KCA~085	圖KCA~081
		圖KCA~094 北魏 鄭道昭 鄭文公下碑	圖KCA~090 北魏 李超墓誌	圖KCA~086	圖KCA~082
		圖KCA~095 唐 柳公權 神策軍碑	圖KCA~091 隋 元公墓誌銘	圖KCA~087	圖KCA~083 隋 姬氏墓誌銘
			圖KCA~092 北魏 李璧墓誌銘	圖KCA~088 北魏 吐谷渾璣墓誌銘	圖KCA~084

（二）受其他帖體字影響者

圖KCB~001

北魏 李璧碑

元 揭傒斯 臨正草千字文

圖KCB~002

北魏 高貞碑

北魏 高湛墓誌

唐 顏真卿 清遠道士詩

唐 歐陽通 泉男生墓誌

唐 顏真卿 玄靜先生碑

圖KCB~003

唐 歐陽詢 九成宮醴泉銘

北魏 穆玉容墓誌銘

圖KCB~004

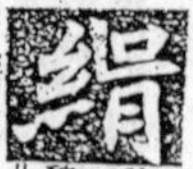

北魏 穆玉容墓誌銘

圖KCB~005

隋 董美人墓誌銘

圖KCB~006
北魏 鄭道昭 鄭文公下碑
隋 智永 真草千字文
唐 歐陽詢 九成宮醴泉銘
唐 張從申 玄靜先生碑
圖KCB~007
唐 顏真卿 多寶塔碑
北魏 元彥銘
唐 顏師古 等慈寺碑
圖KCB~008
隋 智永 真草千字文
元 趙孟頫 真草千字文
圖KCB~009
北魏 司馬昞墓誌銘
圖KCB~010
北魏 皇甫驎墓誌銘
圖KCB~011
北魏 司馬昞墓誌銘
圖KCB~012
圖KCB~013
隋 董美人墓誌銘
圖KCB~014

四：形遠亦代用

（一）受其他正體字影響者

圖KDA~001

北魏 元楨墓誌銘

唐 智永 眞草千字文

唐 歐陽通 泉男生墓誌

圖KDA~002

北魏 李璧墓誌銘

圖KDA~003

圖KDA~004

圖KDA~005

北魏 崔敬邕墓誌銘

北魏 崔敬邕墓誌銘

圖KDA~006

北魏 張猛龍碑

圖KDA~007

隋 姬氏墓誌銘

圖KDA~008

唐 歐陽通 道因法師碑

圖KDA~009

圖KDA~010

圖KDA~011

北魏 奚眞墓誌銘

圖KDA~012

北魏 元顯儁墓誌銘

圖KDA~013

北魏 崔敬邕墓誌銘

圖KDA~014

圖KDA~015

隋 元公墓誌銘

圖KDA~016

隋 董美人墓誌銘

圖KDA~017

圖KDA~018

北魏 司馬昞墓誌銘

北魏 司馬昞墓誌銘

北魏 李璧墓誌銘

北魏 穆玉容墓誌銘

北魏 皇甫驎墓誌銘

北魏 李璧墓誌銘

北魏 司馬昞墓誌銘

隋 元公墓誌銘

北魏 穆玉容墓誌銘

圖KDA~019

唐 歐陽通 道因法師碑

唐 歐陽詢 九成宮醴泉銘

唐 薛稷 信行禪師碑

北魏 高貞碑

隋 董美人墓誌銘

圖KDA~020

北魏 元倪墓誌

北魏 朱義章始平公造像記

北魏 齊郡王祐造像記

東魏 高湛墓誌

唐 歐陽通 道因法師碑

圖KDA~021

圖KDA~022

宋 蘇軾 豐樂亭記

圖KDA~023

圖KPB～002		圖KPB～001	（二）受其他帖體字影響者	圖KDA～028	圖KDA～024
北魏 北海王 元詳造像記		北魏 鄭道昭 鄭文公下碑		北魏 楊氏墓誌銘	
唐 褚遂良 雁塔聖教序	南朝宋 爨龍顏碑	北魏 張玄墓誌		圖KDA～029	圖KDA～025
	唐 歐陽通 道因法師碑	北魏 張猛龍碑		唐 褚遂良 雁塔聖教序	
		北魏 元超墓誌			圖KDA～026
					隋 龍藏寺碑
					圖KDA～027
					北魏 元緒墓誌銘

捌：假

一：雙聲假借

圖LA～001

北魏 鮮于仲兒墓誌銘

圖LA～002

隋 董美人墓誌銘

圖LA～003

北魏 李璧墓誌銘

北魏 司馬昞墓誌銘

三：同音假借

圖LC～001

北魏 楊大眼造像記

圖LC～002

北魏 崔敬邕墓誌銘

圖LC～003

隋 董美人墓誌銘

圖LC～004

南朝宋·爨龍顏碑

北魏 鞠彥雲墓誌銘

圖LC～005

北魏 李璧墓誌銘

玖：新

一：構字諸文全異之新會意字

（一）已於碑帖中尋得者

1：字形迥異之新會意字

2：字形相近之新會意字

二：易聲符為義符之新會意字

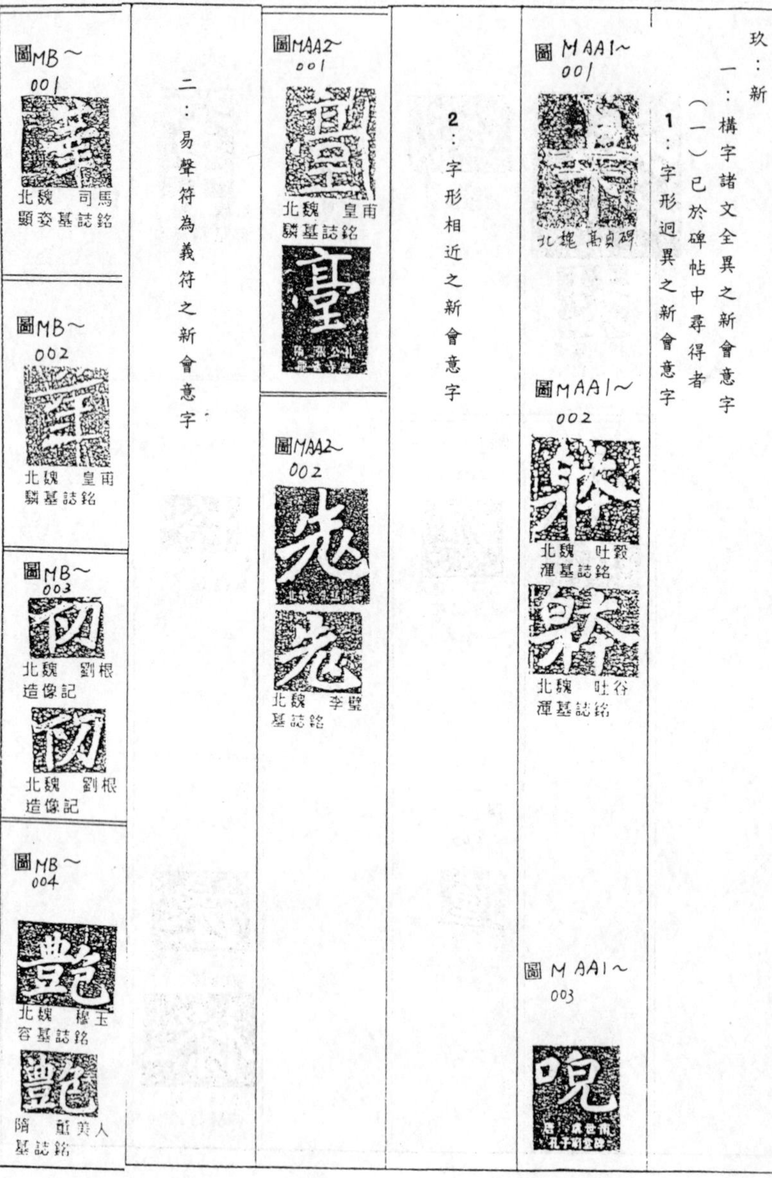

三：易義近之義符之新造字

（一）會意字

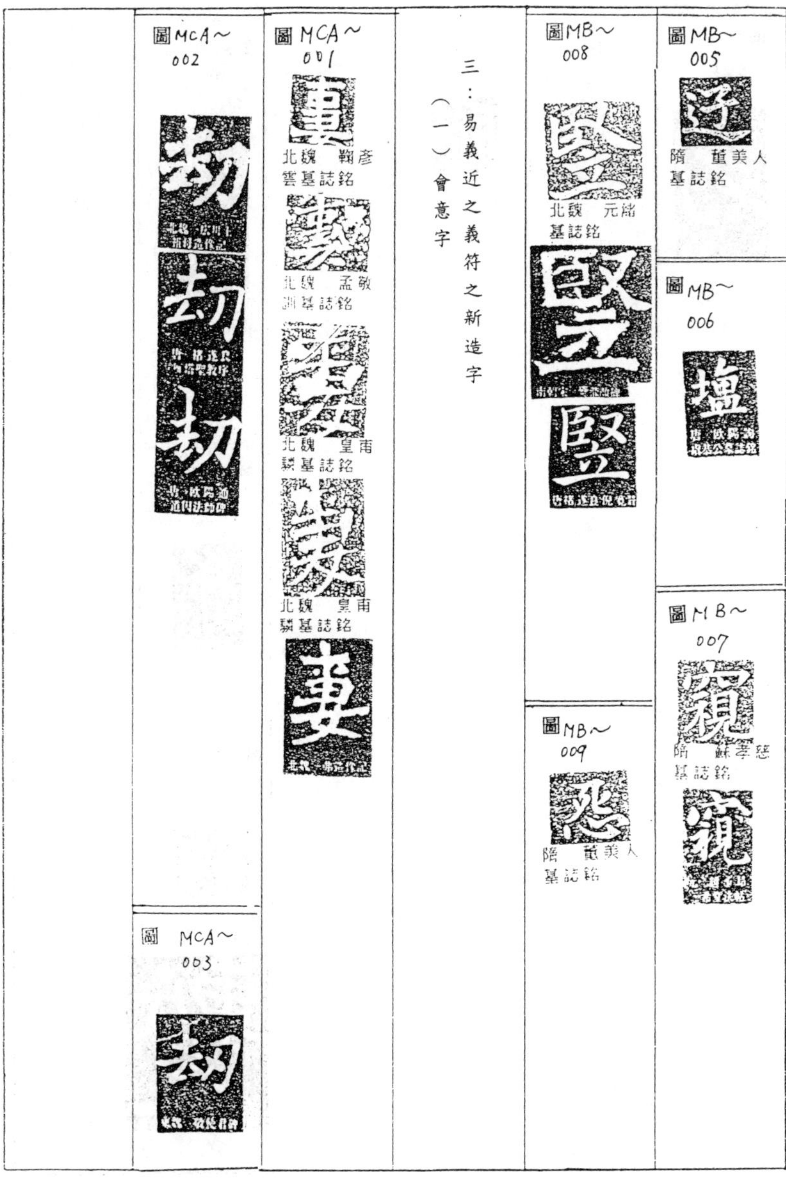

（二）形聲字

圖MCB～001

隋 董美人墓誌銘

圖MCB～002

唐 褚遂良 行書千字文

圖MCB～003

隋 姬氏墓誌銘

唐 褚遂良 伊闕佛龕碑

拾壹：分

圖O～001

北魏 奚真墓誌銘

拾貳：包

圖P～001

明 文徵明

附：錯字

圖x~001

隋 元公墓誌銘

圖x~002

北魏 鞠彥雲墓誌銘

圖x~003

北魏 李璧墓誌銘

圖x~004

北魏 皇甫驎墓誌銘

北魏元楨墓誌銘

圖x~005

A.A

A.B

B.A

B.B

北魏元顯儁墓誌銘

圖 X～006

A.A

A.B

A.C

A.D

B.A

北魏孟敬訓墓誌銘

圖 X～007

A.A

A.B

北魏皇甫驎墓誌銘

圖 X~008

A.A

A.B

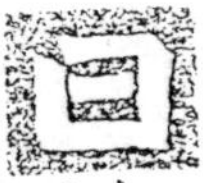

F.A

北魏崔敬邕墓誌銘

圖 X~009

A.A

F.A

F.B

B.C

F.D

	圖x~011			圖x~010	
B.A	A.A A.B	北魏穆玉容墓誌銘	B.A	A.A A.B	北魏李璧墓誌銘

	圖X～013	北魏司馬顯姿墓誌銘		圖X～012	北魏司馬昞墓誌銘
日 B.A	日 A.A 日 A.B 日 A.C		日 B.A	日 A.A	

F.A	圖X~015 A.A A.B A.C A.D	隋董美人墓誌銘	B.A	圖X~014 A.A	北魏張玄墓誌銘

	圖X~017	隋元公墓誌銘		圖X~016	隋蘇孝慈墓誌銘
	A.A		B.A	A.A	
	A.B			A.B	
	A.C			A.C	

				χ~018 A·A A·B A·C A·D	隋姬氏墓誌銘

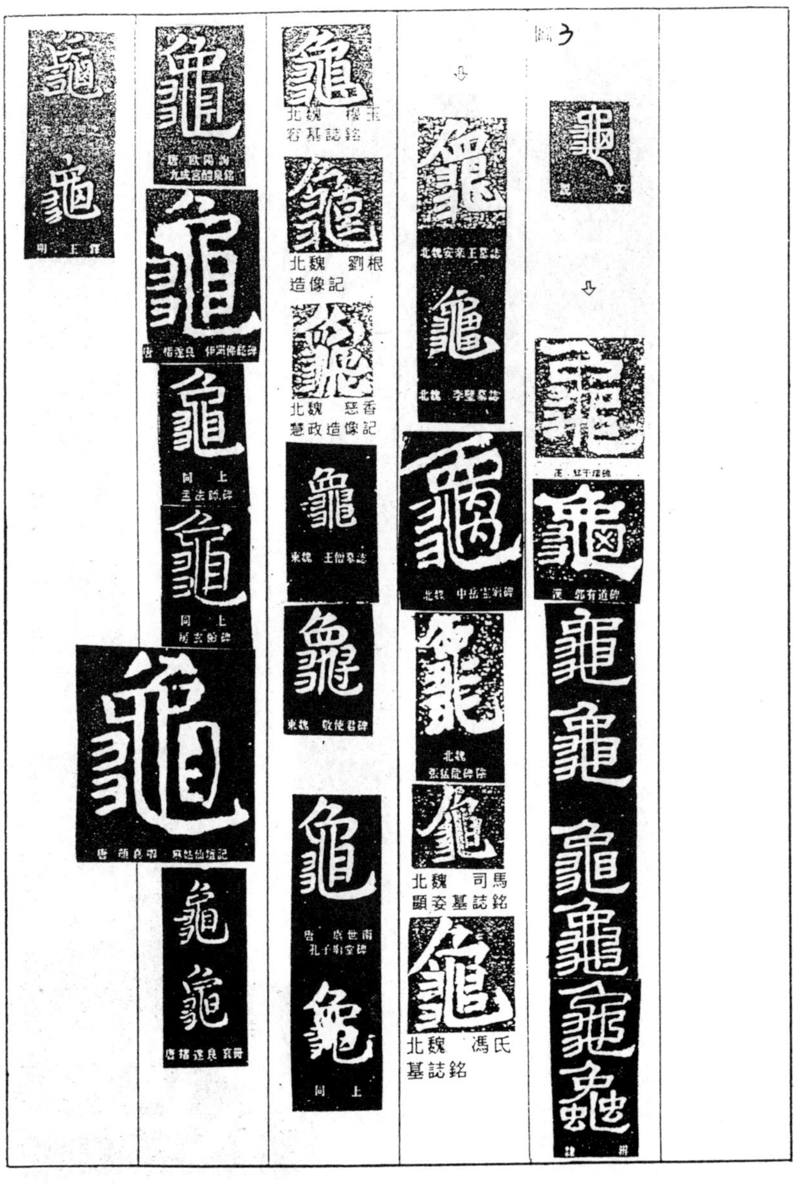
北魏 穆玉容墓誌銘
北魏 劉根造像記
北魏 惡香慧政造像記
北魏 司馬顯姿墓誌銘
北魏 馮氏墓誌銘

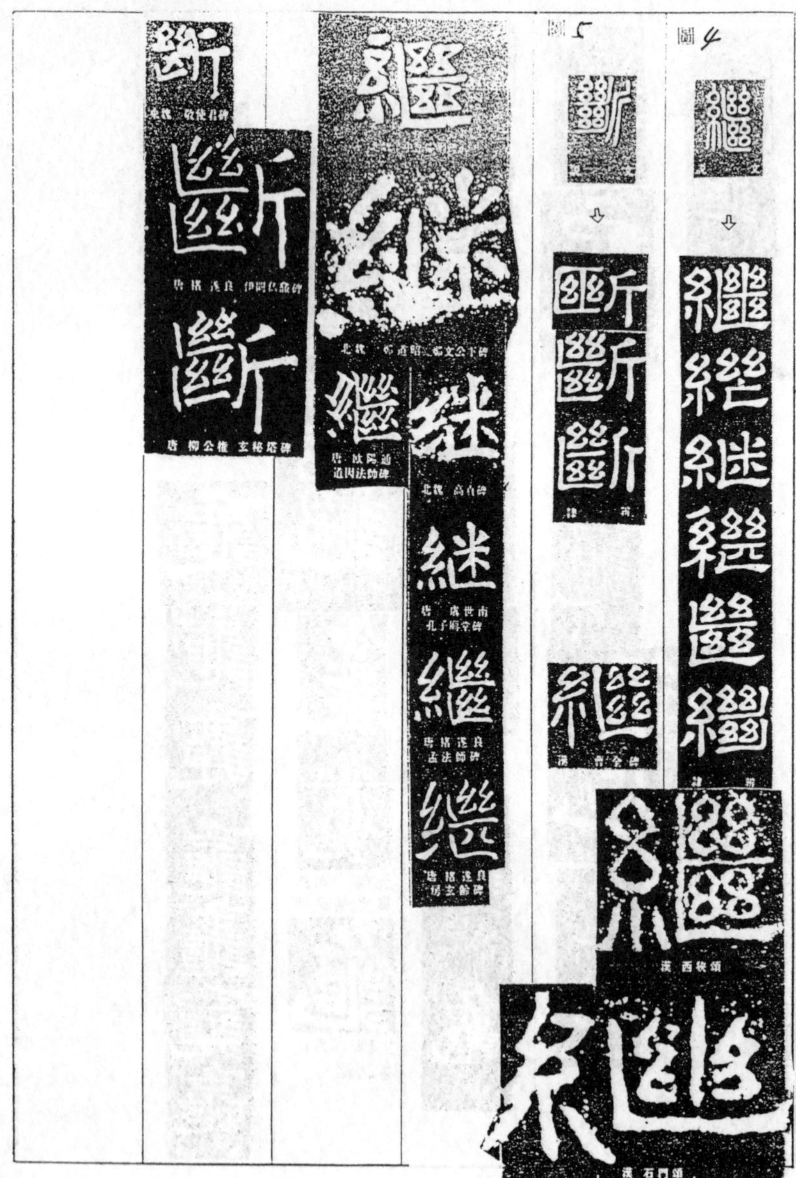

圖6

備

北魏 張猛龍碑

備

北魏 崔敬邕墓誌

備

北魏 鄭道昭 鄭文公下碑

備

唐 虞世南 孔子廟堂碑

備

唐 虞世南 孔子廟堂碑

備

唐 歐陽詢 皇甫誕碑

備

備

北魏 [illegible] 容墓誌銘

備

唐 顏真卿 李元靖碑

備

唐 顏真卿 多寶塔碑

備

唐 柳公權 玄秘塔碑

備

唐 張旭 郎官石記

備

唐 敬客 王居士磚塔銘

圖7

冠

北魏 [illegible]

冠

北魏 [illegible]

冠

[illegible]

冠

北魏 [illegible]

冠

北魏 [illegible]

冠

隋 [illegible]公墓誌

圖8

勸

北魏 張猛龍碑

勸

隋 智永 真草千字文

勸

隋 龍藏寺碑

勸

唐 [illegible]

勸

唐 [illegible]碑

圖9

北魏 元楨墓誌銘

圖10

北魏 元顯儁墓誌銘

圖11

北魏 楊氏墓誌銘

圖12

北魏 皇甫驎墓誌銘

圖13

北魏 慈香慧政造像記

圖14

北魏 魏靈藏造像記

圖15

東晉 爨寶子碑

圖16

北魏 鄭道昭 鄭文公下碑

圖17

北魏 太妃侯為幼孫造像記

唐 顏眞卿 多寶塔碑

唐 李邕 麓山寺碑

圖18

隋 元公墓誌銘

隋 元公墓誌銘

圖19

北魏司馬顯姿墓誌銘

圖20

唐 顏真卿 多寶塔碑

圖21

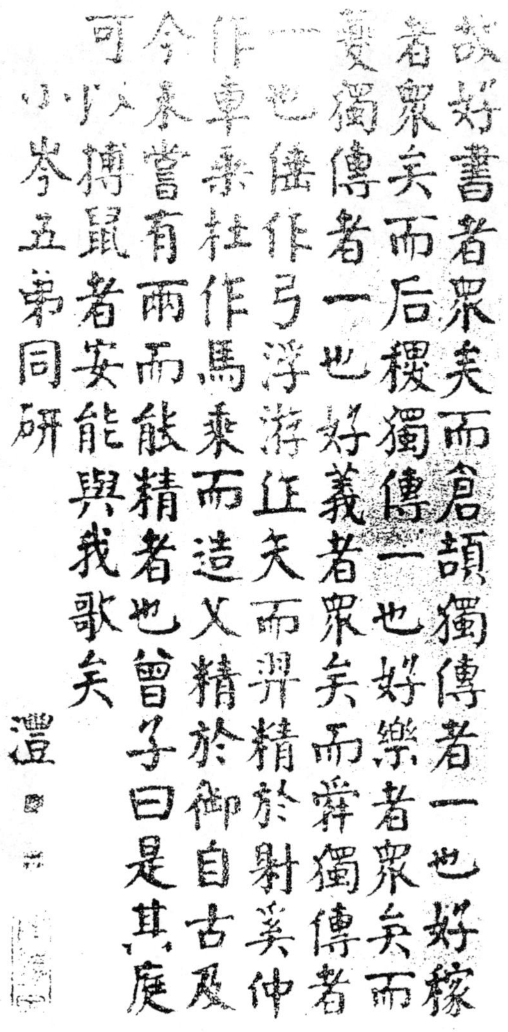

故好書者眾矣而倉頡獨傳者一也好稼
者眾矣而后稷獨傳一也好樂者眾矣而
夔獨傳者一也好義者眾矣而舜獨傳者
一也倕作弓浮游作矢而羿精於射奚仲
作車乘杜作馬乘而造父精於御自古及
今未嘗有兩而能精者也曾子曰是其庭
可以搏鼠者安能與我歌矣
小岑五弟同研
澧

清 錢澧 楷書中堂

圖 22

隋　董美人墓誌銘

圖 23

隋　元公墓誌銘

圖 24

圖 25

北魏　鮮于仲兒墓誌銘

北魏　鮮于仲兒墓誌銘

圖 26

唐　褚遂良雁塔聖教序

圖 27

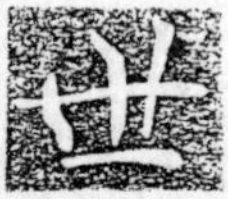

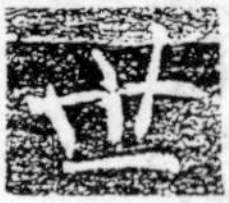

唐　褚遂良雁塔聖教序

圖 28

唐　褚遂良雁塔聖教序

圖29

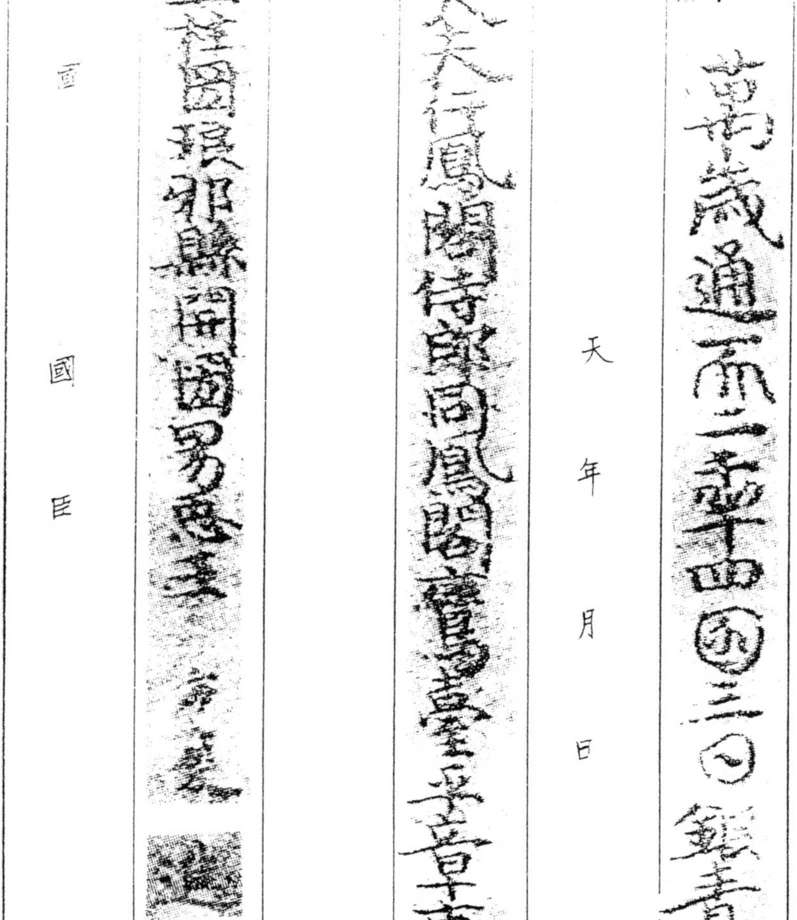

萬歲通天二年酉月三日銀青光祿

天 年 月 日

大夫行鳳閣侍郎同鳳閣鸞臺平章事

上柱國琅邪縣開國男臣方慶

國 國 臣 國

圖30

圀

國家圖書館出版品預行編目資料

帖體字學研究／王昌煥著. --初版
--臺北市：萬卷樓,民 91
面； 公分
參考書目：面
ISBN 957－739－380－2 (平裝)

1. 中國語言-文字-形體

802.29 91001447

帖體字學研究

著　　者：王昌煥
發 行 人：許錟輝
出 版 者：萬卷樓圖書有限公司
臺北市羅斯福路二段 41 號 6 樓之 3
電話(02)23216565・23952992
FAX(02)23944113
劃撥帳號 15624015
出版登記證：新聞局局版臺業字第 5655 號
網站網址：http://www.wanjuan.com.tw
E-mail：wanjuan@tpts5.seed.net.tw
經銷代理：紅螞蟻圖書有限公司
臺北市內湖區舊宗路二段 121 巷 28 號 4F
電話(02)27953656(代表號) FAX(02)27954100
E-mail：red0511@ms51.hinet.net
承印廠商：晟齊實業有限公司
定　　價：460 元
出版日期：民國 91 年 2 月初版

ISBN 957－739－380-2